念兹集

周博潇 著

江西人民出版社
Jiangxi People's Publishing House
全国百佳出版社

图书在版编目（CIP）数据

念兹集 / 周博潇著. — 南昌：江西人民出版社，2023.9
 ISBN 978-7-210-14886-9

Ⅰ.①念… Ⅱ.①周… Ⅲ.①散文集—中国—当代 Ⅳ.① I267

中国国家版本馆 CIP 数据核字（2023）第 186904 号

念兹集

NIAN ZI JI

周博潇　著

责 任 编 辑：王珊珊
装 帧 设 计：回归线视觉传达

 出版发行

地　　　　址：江西省南昌市三经路 47 号附 1 号（330006）
网　　　　址：www.jxpph.com
电 子 信 箱：jxpph@tom.com
编辑部电话：0791-86898316
发行部电话：0791-86898801
承　印　厂：北京虎彩文化传播有限公司
经　　　销：各地新华书店

开　　　　本：787 毫米 ×1092 毫米　1/16
印　　　　张：29
字　　　　数：360 千字
版　　　　次：2023 年 9 月第 1 版
印　　　　次：2023 年 9 月第 1 次印刷
书　　　　号：ISBN 978-7-210-14886-9
定　　　　价：68.00 元
赣版权登字 -01-2023-447

版权所有　侵权必究
赣人版图书凡属印刷、装订错误，请随时与江西人民出版社联系调换。
服务电话：0791-86898820

往事难忘

——散文集《念兹集》自序

时间过得真快，一晃我已经退休四五个月了。辛辛苦苦一辈子，回首一生辛苦路，有的地方让我刻骨铭心，有些往事令我难以忘怀。

生我养我的故乡，我没世难忘。1981年秋天，当时十九岁的我，携带着录取通知书，背着铺盖卷，千里迢迢奔赴外地去上大学。四年之后，我在北京一家部委管辖的研究总院工作。之后我又辗转在国家机关和中央企业供职多年，直至退休。屈指算来，我已离开故乡在外漂泊了四十一年。

我的故乡息县是一块古老神奇的土地。在华夏大地首次设县以来，三千年未更"息"名、未改县制，是当之无愧的"中华第一古县"。在故乡，流传着这样一句顺口溜："有钱难买息县坡，一半干饭一半馍。"足见故乡的美丽与富饶。

故乡是名副其实的鱼米之乡。它地跨淮河，地交南北，北接平原，南连丘陵，被世人誉为"淮上江南"。在丘岗地区，梯田层层，水田如网，水库、池塘、稻田环绕着村庄；岗陵下则是一望无际、广阔恢宏的大平原。

我的老家活脱是故乡息县一个神奇的缩影。村子位于淮河以南、淮河故道之滨，地处平原丘陵接壤地带，平地突起、东西蜿蜒的土岗，村庄坐落在土岗上。村子往南是连绵起伏的缓丘垄岗，岗面平缓，宽谷低丘，岗谷相间；北头的岗下是坦荡如砥的大平原。

老家是一个很大的自然村。我还在老家的时候，有五个生产队，总人口超过一千人。据说现在多达八个生产队，总人数达两千五百余人。

村子一大，自然热闹。尤其是过年时，玩狮子的，跑旱船的，唱"地出子"戏（土戏，也叫"灯戏"）的，竞相登场。唱戏的时候，村子里搭好舞台，点着火把，一连唱几天几夜，附近村庄的乡亲们也都赶来观看，舞台前简直是人山人海。过年时，村子里几乎日日锣镲喧天、鞭炮齐鸣，热闹非常。

老家气候适宜，土地肥沃，是农作物不可多得的生长良境，因而物产格外丰富。主产小麦和水稻，盛产落生（花生）、油菜和芝麻，还种植少量的红薯、玉米、秫秫（高粱）和各种豆子。蔬菜种类更是齐全，而且同样的菜，我们老家的比我在北京见到的更鲜绿嫩青，那水灵灵的质地和色泽直撩人的胃口。

神奇的自然孕育出绝佳食材，丰赡的人文创造出绝妙美食。老家的饮食非常讲究。干饭、馍、面条和鸡、鱼、肉、豆腐的做法花样翻新，有的竟能做成几种甚至十几种不同的花样和口味。蒸煮烀炕贴，炒炖划煎炸，烹艺复杂，费时劳神，味道自是与众不同，咸淡适度，甜酸合宜，口味绝佳。

逢年过节或婚丧嫁娶时，待客的宴席更讲究，一般的人家有七八个热菜、一两样汤、几碟凉菜。有钱人家的宴席有十几道热菜，热菜都是上双份，主食常做两三样：馍、饺子和汤圆，或糍粑和挂面。

我在老家生活了十九年。老家那千里平旷的畎亩田畴，雨水丰沛的适宜气候，鱼米之乡的美丽富饶，悠久灿烂的传统文化，质朴浓郁的乡音乡情，沸腾快乐的劳动场景，都深深地镌刻在我的脑海里。正因为此，虽说寄居北京几十年，但直到现在，我对故乡依然充满很深的感情，几乎每年都要回老家看看。故乡的一河一陵，一塘一坡，一草一木，都令我非常向往和思念。

翻天覆地的祖国，令我铭刻心骨。新中国成立后，短短几十年，就由一个苦难深重、积贫积弱的国家，一跃成为全球第二大经济体，在当今世界具有举足轻重的地位。几十年众志成城，几十年砥砺奋进，书写了一个崭新的时代篇章，走出了中国速度，创造了中国奇迹，令国人扬眉吐气，让世界刮目相看。我认为，适合国情的体制，十四亿多勤劳勇敢的同胞共同构筑起无坚不摧的中国力量，这是中国快速发展的秘诀，也是祖国必将强大的密码。

我爱家乡，更爱祖国。祖国繁荣强盛了，薄海腾欢，我也是满心欢悦。不由地振笔疾书，倾情讴歌祖国取得的辉煌成就，以及为之奋斗的时代楷模和英雄烈士。

苦辣酸甜的生活，我感受甚深。教育职业梦想，恋爱婚姻家庭，身心健康幸福，事系天下苍生，关乎每个家庭。有成功，有失败；有痛苦，有快乐。这就是真实的人生，也是现实的生活。只要我们努力过、奋斗过，无论结果怎样，都应无怨无悔。放宽心态，顺其自然，我们就会感受到生活的美好与幸福。

就自己而言，我心中一直有三爱：好书、美酒和山水。我酷爱读书，但死读书、读死书。从不思学习之法，也不知劳逸结合，只是一味地拼命死学，结果事倍功半，成绩不尽如人意，还把自己学成了书呆子，迂腐之至。

书呆子闯世界，难免懵懵懂懂，磕磕碰碰，坎坷不幸。在职场打拼了一辈子，也有辛苦也有甜，但甜的时候少，苦的日子多。甚至经历了两地分居的辛酸、筒子楼的无奈，但也有儿子考取大学的喜悦。

也许是因为职业的关系吧，几乎干了一辈子安全工作，我难免对安全问题更为关切。突发的安全事故会瞬间夺去鲜活的生命，给无数家庭带来毁灭性打击，惨痛至甚。更让人扼腕叹息的是，许多事故其实是可以避免的。结合自己多年的工作经验和体会，我撰写了散文《细说安全》，简化提炼些许日常预防安全事故的办法和要领。

我酒量不大，但喜欢小酌，常自斟自饮以为乐，尤爱和好友小聚。

喝了一辈子酒，常有感而发，写一点文字聊以慰藉。

  名山胜水的美景，我低回吟味。我爱旅游观光，最爱游览海内外的著名山水。跋涉在山巅水涯，纵情于青山绿水，极视听之娱，怏然自足，明心见性。对游赏过的好山好水，包括途中的所见所闻所感，又久久萦绕于怀，于是有了记录外出旅行感受的篇什。

  春风化雨的母校，我忆念在心。从在南学校开蒙起，而小学而初中而高中，直至上大学，最终获取博士学位。我经历了小学的懵懂疯玩，中学的苦读备考，大学的浪漫生活，从稚气未脱、天真烂漫，到青春四溢、朝气蓬勃，始终浸润在母校的培养、恩师的教诲、同窗的相助中。老师辛勤挥洒汗水春风化雨之情，同学朝夕亲密相处数载同窗之谊，自然有说不完的回忆、报不了的恩情、道不尽的友谊。所有的一切，我都将永远铭记在心。不惟举之于其口，而又笔之于其书，这本散文集，共穿插收录我回忆母校的文章达九篇之多。

  生活给我的启示是：人生很苦短，生活很美好。幸福不幸福，关键在创造寻找。只要你拥有美好的心态，热爱它，拥抱它，它总会给你意外的惊喜。

  退休之后，心中真是五味杂陈，百感交集，难免思己之短，想人之长，也算是自己对人生的肤浅感悟吧。于是围绕恋爱、婚姻和家庭，读书、友谊和幸福，以及事关孩子教育等尘事以及热点难点问题，粗谈了自己肤浅的感受和观点，以期对读者能有些许的启发和帮助。

  我已渐至暮年，到了爱回忆的年纪。有人似乎很潇洒，总说应不念过往，过好当下，心向未来。而我对过往的经历，偏偏总是念兹在兹。这难以忘怀的往事，也就渐渐凝结成了这些掬自肺腑的文字，也因此称之为《念兹集》。

周博潇
2022年12月31日

目 录

第一部分 故乡情 | 001

老家的冬天 | 002

我们家的年夜饭 | 008

老家的年席 | 015

乡音 | 020

南学校 | 028

搂柴火 | 034

老家的春天 | 038

风飑子 | 043

大姐和她的蒸面条 | 048

王岗小学 | 053

王岗初中 | 061

关店高中 | 068

老家的池塘 | 076

春荒 | 082

古息春图 | 088

老息高 | 095

大哥 | 102

观影旧事 | 110

老家美食 | 116

童年记忆 | 121

儿时游戏 | 128

卖苇子 | 135

我的父亲 | 141

少年时代 | 149

父老乡亲 | 156

老家的秋天 | 162

大姐 | 169

第二部分　尘事录 | 175

中国力量 | 176

哭干眼泪的医生 | 180

可爱的同胞 | 184

沉重的年 | 188

疫情下的回国潮 | 193

游戏的危害 | 199

奇迹与奇力 | 204

北京的秋天 | 210

喀喇昆仑鉴忠魂 | 216

幸福的微笑 | 220

百年奇迹 | 226

仰望沂蒙 | 233

传世经典
　　——大型情景史诗《伟大征程》观后感 | 240

情暖郑州 | 244

美丽的小公园 | 251

母校矿大记
　　——我们的大学时代之一 | 256

《今日说法》| 260

细说安全 | 265

我们的大学生活
　　——我们的大学时代之二 | 275

难忘的实习课
　　——我们的大学时代之三 | 288

鞍山之忆 | 294

大学趣事
　　——我们的大学时代之四 | 297

和平里与和平街 | 303

筒子楼 | 315

第三部分　人生思 | 321

梦想人生 | 322

跑向未来 | 327

生命的意义 | 333

夫妻 | 337

退休之时话沧桑 | 342

念兹集

漫谈孩子教育 | 363

幸福 | 368

性格与命运 | 372

闲话读书 | 377

友谊 | 381

第四部分　出行记 | 385

东京印象

　　——赴日培训札记之一 | 386

青藏高原 | 391

高原反应 | 397

藏乡江南 | 404

天路与天园 | 408

赴日培训事略

　　——赴日培训札记之二 | 412

日本朋友们

　　——赴日培训札记之三 | 418

生活在日本

　　——赴日培训札记之四 | 423

北海道之春

　　——赴日培训札记之五 | 428

上海的奥秘 | 431

五园争辉映姑苏 | 437

水乡周庄 | 449

第一部分

故乡情

老家的冬天

在老家的一年四季里,只有冬天让乡亲们感到悠闲与惬意。因为春天缺粮愁烧,夏秋要承受沉重的田间劳作之苦,唯有冬季过得自在逍遥。

虽说庄稼人四季闲不着,但进入冬季,农活还是明显少了许多,只有一些七零八碎的轻省活,并且也不像夏秋抢收抢种那样急迫,因而不用起早摸黑了。冬天的农活,不外乎送粪、挑塘泥,或者兴修一些小水利之类。

记得小时候,在我们老家,每家每户的院外都有一座粪堆,堆存牛粪、垃圾和火灰等肥料。每个生产队都有几个池塘,一年下来,池塘里淤积着厚厚的污泥。到了冬天,不少池塘干涸,把淤泥送到地里,就是麦苗上好的粪肥。

那时候,农村还很贫困和落后,生产队只有几辆红车(独轮木车),干这些活计,主要还得靠手挖肩挑。送粪时,有的用钉耙或刨镬(长镐)刨粪砸粪,把大粪块砸破捣碎;有的用铁锨、铁锹装粪,多数男劳力用篮子挑,路宽时推红车,女人或半大孩子两人合伙抬,将粪肥送到麦地里。兴修水利或挖塘泥时,一部分人用铁锹挖土或塘泥,别的人把土挑抬到水渠、库坝或塘埂上,把塘泥挑抬或用红车推到麦地里。在旷阔的原野里，阡陌之上人流穿梭，麦垄之间人群熙攘，水利工地热火朝天，那是老家冬天动人的劳动景象。

我们老家地处淮河之南，即使在冬季，晴天时依然很暖和。干活都在晴日，暖融融的，没有了夏秋烈日暴晒之苦。加之干活不需争分夺秒，出工晚放工早，大伙悠哉游哉地就把冬天的农活干完了。

一个冬天的劳作，挑走了村里所有的粪堆，及时给麦苗施上了肥料。多数池塘的淤泥清光了，塘底又平又深，好在来年春上承接满雨水，栽种水稻的水源就有了可靠保证。

靠着铁锹、扁担和篮子，乡亲们硬是在蜿蜒起伏、东西横亘大队三个村庄的土岗的岗腰，兴修了一条大约两公里长的水渠，把岗脚下淮河故道清凌凌的水，抽到山岗上，灌溉岗上层层的梯田。还在野外修了一座水库，较之池塘，水库更大更深，库水清澈，是夏天乡亲们洗澡的所在。

冬天下雨下雪时，那才是真正的冬闲，乡亲们过着更加安闲自在的生活。我们老家冬季经常下雨下雪，有时下下停停，能够持续十天半个月。遇到雨雪天，即使雨停雪霁，岗下平原的人们可以穿布鞋出行了，而我们岗上的道路还是翻浆翻得厉害，满地泥浆，坑坑洼洼，没有几天也是干不了的。天刚晴时我们岗上出行依然不便，仍然无法出工干活，因而乡亲们可以长时间地睡懒觉。

既然不能出门劳动，乡亲们大都待在家里干零活。男的编苇席、打穴子，女的掐辫子、砌草帽。穴子是用高粱或苇子篾子编织的一种很长的带状农具，式样如凉席，可以一圈圈围绕成高大的圆柱状，能够储存很多粮食。

闲暇无事，也有不少人会聚娱乐。约人打"三捉"（扑克牌游戏），玩骨牌和长牌。长牌又名"纸刻录"，是一种条形的硬纸片，纸片里面的白纸上刻印着红黑圆点，组成不同的图案，背面是彩色花纹。有的聚众小赌以为乐，推牌九、下"干子宝"，赌注很小，通常也就几毛钱。旁观者很多，屋子里往往挤满了人，哄哄嚷嚷，热闹非常。

在我们那地方，土地肥沃，人烟稠密，二三里一村，三五里一寨，村庄之间紧密相邻。在冬季，树叶脱落，枝杈光秃，一个个老鸹窝赫然蹲在树梢，时常听到老鸹"哇哇"地叫。树木茂盛处，总有几个老鸹窝，那就是一个小小的村落。

驻足田野，极目四望，一个个灰黑的老鸹窝，零零星星地挂在四边的天空，老鸹窝下面的一片片草屋掩隐在树林里，鳞次栉比，层层叠叠，灰灰黑黑的一大片，一派朴素淡雅的农家风光。村庄之间的田地上，嫩绿的麦苗在凛冽的寒风里顽强地生长，扑入你的眼帘里依然是无边无垠的青绿，构成一幅宁静优美的图画。

冬天里，乡亲们大都穿着臃肿粗拙的棉袄、棉裤、棉鞋，男人们一律戴着帽子、围着围脖；女人们头上都裹缠着五颜六色的头巾。棉袄棉裤外面套着罩褂罩裤，男人的或青或黑，女人的花花绿绿，易脱易洗，方便之至。罩褂罩裤多为粗布或洋布，少数有钱的人家，年轻人穿着时髦的绿军装。但棉袄的款式大不相同，老头子们大都穿着大襟长袍，腰里扎根布腰带；老太太们多数穿着清一色的大襟短袄，袄与罩褂一律是布疙瘩纽扣蜈蚣襻。

年轻人则穿着洋气的中山装，两个袄袖套着袖装（又名袖头），用别针别着，煞是风光。帽子可谓是五花八门，大都是青色或灰色的薄布帽，样式和军帽相仿，帽口里面是软塑料圈，帽前有一个硬塑料或硬质纸的帽盖（帽舌）。纸帽盖洗过后，很难恢复平整，局部耷拉，难看至极。

少数有钱人戴火车头帽子（罗宋帽）或军帽，老年人多数戴黑色的马虎帽（也叫"气死风"）。它好像城里女人们戴的针线帽，但没有顶部的线穗，这和北京现在的马虎帽也略有不同。没有帽盖，下口敞开，往上折几叠，折成厚厚的帽檐。帽檐外面一圈厚厚的折叠里，可以别纸烟、火柴或钱等。天冷的时候，把帽檐全部抹下来，遮耳护脖，非常暖和。

由于一冬天不洗澡，几乎人人身上、头上都长有虱子和虮子，有时还有虼蚤跳来跳去。晴天的晌午，乡亲们大都坐在自家院子里晒暖拍话（拍呱、拍话指闲聊、聊天），也有不少人脱下棉衣，逮虱子，捉虼蚤，刮虮子，或者用篦子篦头发里的虮子，也是那个年代农村冬日里的一景。

我们老家数九寒冬时，虽然晴天很暖和，但是一旦下雪，就会冷得厉害，天寒地冻，朔风刺骨。路面冻得硬邦邦、滑溜溜的，池塘里都结着一层厚厚的冰。晚上睡觉或早上起床时，被子、衣服冰凉，大人小孩子都冻得牙齿打战，身子筛糠。

那时老家还很穷，很多乡亲们粮食不够吃。遇到下雪天，大家索性一天只吃两顿饭，多半躺在暖和的被窝里，天不黑就上床，日头老高了也不起来。

虽然全副武装，乡亲们依然冻得够呛，有时还不得不抱柴火烤火。而我们学生坐在四面透风的教室里，只觉寒气袭人，常常是冻得缩头缩脑，身子哆嗦，只好上下抖动双腿、摇晃着身子以驱寒，呵冻写字是常事。有钱人抹蛤儿蜜（白色贝壳装着的面油），穷苦人家买不起，不少人冻得手皴脚裂，裂口洇血，狼狈不堪。

为了方便洗菜洗衣服，每个池塘的冰面上，都被乡亲们敲凿了几个深灰色的窟窿。洗菜洗衣的人们，冻得哆哆嗦嗦，鼻子直吸溜，手指通红，不住地左右捯着脚，并把手塞在棉袄里焐一焐，或者呵气取暖。有些聪明的乡亲，洗红芋（红薯）、青萝卜、胡萝卜时，干脆把它们放在篮子里，一手抓住篮绳，一手紧握着钉耙捣动着洗。

老家的冬天，虽然下雪时很冷，却有着城市里见不到的独特风景。在儿时的记忆里，老家冬天经常下雪，而且雪下得大，积得厚，有时平地达二尺来深。房屋、院墙和柴火垛下面以及犄角旮旯里，堆积的雪更厚，往往能没过大腿，我到北京三十多年来，从来没有见过下那么大的雪。

到了北京后，我才发现雪和雪也不一样。我们老家的雪湿润，雪花大，而且沾裹在物体上不易落。北京的雪很干，雪粒小，像面粉似的，大风起时雪飞扬，能把树枝上的雪刮得净尽。

在我很小的时候，冬天的早晨，只要一觉醒来，看见屋里映得明亮，我们就知道是下雪了，赶紧穿衣起床看雪景。

我们老家下雪真好看。只见纷纷扬扬，穿插回旋，缓缓而下，真是"风吹雪片似花落"。皑皑白雪覆盖着大地，将村庄装点得分外妖娆，满眼是银色的光辉。低矮草屋的顶上，柴火垛上，以及院落村巷里，到处积满厚厚的白雪。树木枝杈上也都裹覆着很厚的积雪，一片银白，直晃人眼目，真像是"千树万树梨花开"，村庄已变成童话世界。在雪光的映照下，房屋、树，以及行走在雪地里的人，通通变得闪闪发亮。

雪停天晴时，又会形成一道更为奇特的风景。太阳出来了，雪开始融化，在每家草屋的前后屋檐下，雪化的水珠不住地往下滴落，滴滴答答的，滴落到前后墙脚的沟里，水满后从沟中溢出，沿着低洼处四处漫流，在房屋周围形成很多小水流。

俗话说："下雪不冷化雪冷。"虽然天晴了，白天暖和，但夜晚依然还会上冻。白日里泥泞不堪的村巷，到了夜晚，全都结冰，冻得像水泥路面似的坚硬。翌日晌午，太阳照射下，路面再次解冻，又变得泥泞不堪。如此周而复始，一连反复好多天。

  有时候晴了几天之后，天色又突然阴沉起来，灰蒙蒙的天空飘着零星雪花，或下起了"琉琉"（冰霰），雪白的小小颗粒，像盐粒似的，在地上蹦跳翻滚。

  雪停上冻时，有时草屋屋檐的雪水滴水成冰，家家户户草屋前后屋檐下，都整齐地挂着长长的凌冰条子（冰凌柱）。上粗下细，长短不一，通常能达尺把长，有的长达二三尺，洁白晶莹，整然排列，煞是壮观。

  广阔无垠的冰雪，也是我们孩子的欢乐世界。下雪的时候打雪仗，双手用力把雪捏成团，追赶着把雪球砸向小伙伴。我们堆雪人，或者恣意堆雪玩，用铁锹或铁锨，兼或手脚并用，将雪堆成老坟状。我们有时从屋檐下拽下一根凌冰条子，想尝尝它的味道，谁知淡而无味，末了恨恨地把它扔掉，手、嘴也冰得通红。我们把干坷垃、破碗块、碎砖头扔向池塘或水库的冰面上，比试谁扔得更远。

  大人们在结冰的池塘里拉网打鱼时，我们小孩子都站在塘埂上围观。看大人们用铁锹或刨镬，把池塘四周的冰砸开，沿着塘埂小心翼翼地往前拉着鱼网，等鱼网快合拢时，白鲢胖头跳跃得老高，有的竟然跳到了冰面上，仍然在蹦跳挣动，看得我们心里乐开了花。

  那时候老家很穷，冬天也很寒冷，但我们小孩子一点儿也不知道愁滋味，依然玩得开心尽兴，现在回想起来，还是那么的美好与温馨。

2020 年 1 月 1 日

念兹集

我们家的年夜饭

小时候,在我们老家,无论大人还是小孩,说起过年,好像总是指大年三十吃顿丰盛的晚黑饭,也就是现在人们常说的年夜饭。

不过,在我们那地方,十里不同音,百里不同俗。虽说村庄紧密相邻,但依然有晌午过年和晚黑过年之分,我们毗邻的村庄就有晌午过年的。

我们老家是晚黑过年。老家的习俗,大年三十晌午,家家户户兴吃"钱串子"(面条,企盼来年发财之意)。吃罢"钱串子",全家人就忙活开了,着手准备一年一度的过年大典。

父亲忙着准备祭祖的火纸,要把两刀(一刀即是一沓,大约六十张)火纸裁成方形,对角折叠,叠摞在一起。大哥、二哥忙着洗肉、猪头和猪下水,上供后还要把猪头剔骨切肉。抹方桌板凳,清洗所有的碗筷和酒壶酒盅。擦拭祖宗牌位,摆放在供桌的东边。把两根大红蜡烛插在烛台上,或插在装满大米的白酒瓶口上,分放在供桌两端。

我和弟弟打下手,给大人跑腿递东西。母亲和二姐淘米洗菜,蒸一大锅干饭,烧火炖肉烀猪头,整个晚晌(下午)一家人都忙得团团转。那时大姐已出嫁到别的村庄,妹妹还小,只有两三岁。

吃年夜饭之前，必须先祭祖。烀好猪头，炖熟肉，蒸好干饭，父亲即动手做祭祀的准备。不知是何原因，老家过年祭祖的供品，几乎每家每户首选都是用猪头，只要过年杀猪的，无论贫富，猪头一概不卖。过年不杀猪的，只能用大块肉祭祖。

各家祭祖的习俗也不尽相同，多数为"三六"制，也有"三三"制或别的数制的。我家一直沿袭的是"三六"制，即六块肉、六碗干饭、六盅酒，在供桌上摆成三排，肉居中，酒盅靠前，干饭在后，纵横对齐。

肉中必有一个猪头或一整块肋条（每扇猪肉从脊背到猪肚底部切成条状的肉块），并用大瓦盆摆放在正中间。要把烀好的整个猪头、猪蹄和猪尾摆置在一个很大的瓦盆里，摆成猪状，插上三双筷子。另外五块均为刀头肉（一块肋条切成两三块，任一块都叫刀头肉），都插上一双筷子，分放在五个盘子里。

干饭要盛满，通常同时用两个大海碗盛干饭，将其中的一碗扣在另一个之上，用力按压旋转上面的一只碗，然后掀开上面的大碗，一碗圆圆鼓鼓的干饭就盛好了，活像一座小老坟。

供品按老例搁置停当后，父亲开始隆重地烧纸拜神祭祖，我们四兄弟恭恭敬敬地垂手侍立一旁，目不转睛地注视着父亲，堂屋里一时庄严肃穆。只见父亲点燃蜡烛，然后跪在供桌前面的草墩子上，神情虔敬地烧着火纸。父亲不时抓一把火纸，在燃烧的火焰上点着，在供桌下烧成一排。一时间，供桌前一长溜火苗舞动着，火光闪烁，烟雾缭绕。父亲烧完纸，手握酒盅在供桌前凌空一划，把六盅白酒倾倒净尽，醇酒在燃烧后仍冒火星的火纸灰烬上，然后作揖磕头三匝，虔诚地跪拜祖宗神明。

父亲起身后，我们兄弟四人，按长幼顺序，依次依样作揖磕头跪拜三匝后，照例要由大哥放一挂大鞭，几个"两响"（二踢脚），鞭炮纸屑落满一地，活脱是一片鲜艳的红花。燃放完鞭炮，即撤下供品做年夜饭。

那时候，家境贫寒，年夜饭非常简单。无非是猪头肉、大肉（肥肉）、白菜、豆腐和粉条什么的，掺合在一起煮成的大烩菜，偶尔才会煮一点离子肉（即瘦肉，因其系被割离肥肉的肉而得名）和酥（油炸）鱼。但在正月里，亲戚来拜年时，宴席是很上档次的，常常是几凉几汤几热菜。

大年夜要吃大米饭，男人们喝白酒。年夜饭虽不丰盛，但在那个艰苦的岁月，一年也吃不了几顿肉，能吃上猪头肉，已是当时最好的菜肴，闻着香喷喷的，令人馋涎欲滴。我们兄弟姐妹六人欢天喜地地和父母围坐一桌，吃得津津有味，其乐融融，这个情景一直温馨至今。

在我们吃年夜饭时，全村一百多户人家陆续放鞭炮，噼噼啪啪的鞭炮声震耳欲聋，长时间地沸腾着村庄。大年三十夜里，零零落落的鞭炮声响个不停，断断续续地一直响到半夜。吃罢年夜饭，母亲给我们压岁钱，虽然不过是两毛三毛的，我们依然非常高兴，怀揣着压岁钱，蹦蹦跳跳地去找小伙伴们疯玩。

虽然大年年年过，年夜饭年年吃，但不知不觉间，年夜饭也在悄然改变。先是二姐和二哥结婚后离开了老家。后来，老家通了电，房屋一下子亮堂起来，一家人开始在明亮的灯光下，欢欢喜喜地吃年夜饭。再后来小妹也嫁到了别的村庄，成员一下子减少了三个，欢喜热闹的气氛已大不如前。

1985年春节前，我参加完研究生入学考试后，便急急忙忙地赶回老家去过年。我坐火车倒火车再倒汽车，经郑州信阳抵达故乡息县后，突遇天降大雪，天空纷纷扬扬地飘着雪花。

弟弟骑车到县城接我，返回时无法骑行，只能推着自行车往前走。县城离我们村将近四十里，中途还要坐船过淮河，平时就得走四个来小时。那场雪下得特别大，路上积雪很厚，白雪茫茫，已分不清路迹，只能凭着感觉，深一脚浅一脚地蹚雪往前走。

及至过了淮河，不知何故，我硬是走不动了，头晕得厉害，浑身无力，只能跟跟跄跄地往家走，走走歇歇。好在过淮河时，碰到了我们村的一个年轻的本家，他和弟弟轮流搀扶着我，蹒跚而行。有时他俩试图用自行车驮着我，无奈雪厚路滑，车子东倒西歪，无法前行。我只好在他俩的搀扶下，在皑皑大雪中，趔趔趄趄地往前挪。

等到了吕湾村，虽然离家只有三四里路了，但我已是筋疲力尽，寸步难行，只好在舅舅家住了一夜，次日早饭后才回家。不承想，那年竟是我和父亲一起吃的最后一顿年夜饭，竟成了我和父亲的永诀，父亲不幸在我即将大学毕业的前夕突然去世。想我父亲，辛苦劳累一生，含辛茹苦地把我养育成人，我却未能向他尽一点孝心，真是让我悲痛万分。

大学毕业以后，我被分配到北京工作。不久弟弟结婚，再以后，弟弟分家另过，单身的大哥一直和母亲一块生活。刚工作那几年，老家到县城只能步行或骑车，县城到信阳的公路曲里拐弯，到罗山的三四十公里还是沙土路，坐长途汽车得颠簸三个来小时。北京离老家又那么遥远，回趟老家要经过将近三十个小时的长途奔波，但我每年必在大年三十以前赶回老家，为的就是和家人团聚，看望日夜思念的母亲和大哥，陪他们吃顿年夜饭，一家人欢欢喜喜地过大年。

我参加工作后，家境逐步改善，年夜饭自然不再是仅有一个大盆菜，已经是七个碟子八个碗。不光是猪头肉、白菜、豆腐和粉条，还有离子肉、酥鱼、牛肉、羊肉和狗肉，另外还要做几个凉菜，熬几个汤。总之,凡是老家集市上能够买到的,我们家年夜饭的餐桌上几乎是应有尽有。

1990年春节,我给母亲买了一台十四英寸的黑白电视机,成为全村第一户有电视的人家,开创了村里边吃年夜饭、边看央视春晚的先河。那一年我们家的年夜饭最为热闹,因为我们还在吃年夜饭时,屋里已经挤满了人,邻居们纷纷到我们家来看春晚。

又过些年,老家盛行吃火锅,我们家年夜饭的餐桌上,自然也添加了火锅。不仅饭菜花样多,做得也更精致,少了很多油炸,大都变成清炖。鞭炮更大更长了,不仅要放几万个头的鞭炮,还要燃放烟花。

可我总感觉没有以前过年热闹,也没有从前有年味了。因为村里的年轻人陆续外出打工,不少人过年也不再回老家。我们兄弟姐妹七人,已有四人在外村过年,父亲已不在我们身边,我们家也比以往冷清不少。父亲去世后,祭祖仪式的主祭也悄然变成了大哥。

后来,我也成了家,有了孩子。一开始爱人、孩子都在老家,我每年过年自然也要赶回老家,和爱人、孩子一起,陪母亲和大哥吃年夜饭。

但那时回家越来越困难,因为农村出现了空前的打工潮,火车票已是一票难求,有时高价票也买不到。由于信阳火车站几乎都是过路车,坐车的人又特别多,买票更是难上加难。虽然有时幸运地买到了车票,但要在车站苦等几个小时。候车室内挤满了旅客,弥漫着汗味、臭味和烟味,污浊难闻,实在难熬。

站前广场也是人山人海,到处是肩扛化肥袋的农民工,只能找空地站在风地里等候。上车的情景更为恐怖,旅客们在车门挤做一团,车上的人下不来,车下的人上不去,大家只好拼命挤上挤下,有的干脆从车窗翻爬进车厢。

乘客不能准时上车，火车无法按时启动，火车晚点是常事。原本绿皮火车就很慢，慢车又是站站停，加之晚点，那时候，坐慢车从信阳到北京，经常得十七八个小时。车厢内更是挤得水泄不通，简直是人挤人，无处倚坐，只能站立。

记得有一年回家过年，返回北京时，我硬是在车厢里连续站了十六七个小时，从信阳一直站到河北涿州，几乎一夜没睡。爱人孩子到北京后，带孩子回家更为艰难，回家之路已变成畏途。因此有几年，我没有再回老家过年，我只是在平时利用出差之际，顺道回老家看望母亲和大哥。以至于母亲病逝那一年，我都没有陪母亲吃上最后一顿年夜饭，于今想来，依然让我追悔莫及。

母亲去世后，大哥独自一人生活，后来大哥也成了家。自那以后，我很长时间没有在老家吃过年夜饭。长兄如父，况且大哥一生劳苦，五十多岁才成家，也没有孩子，一辈子孤苦寂寞。每年过年的时候，我都是在北京和爱人、孩子一起吃罢年夜饭，大年初一赶回老家看望大哥。几乎年年如是，一直坚持很多年。

好在后来老家到县城通了公路，县城到信阳也有了宽阔平整的一级路，特别是京广线通了高铁后，从北京到老家只要七八个小时，较之以往愣是缩短了三分之二的时间，真是快捷舒适，方便之至。

2015年春节的年夜饭更是令我难忘。腊月二十七，二姐突然给我打电话，说是大哥快不行了，让我赶紧再回老家一趟。其时我刚从老家回京也就几天，那次也是接到老家人打来的电话，回家看望已病入膏肓的大哥。

因为大哥病危，我们兄弟姐妹五人，先后从外地赶回老家。自从二姐结婚后，我们姊妹（北方方言，指兄弟姐妹）还是第一次在老家一起吃年夜饭，屈指算来，已经二十余年。但还是少了因病早逝的大姐，而生命垂危的大哥也不能入席。更其不幸的是，一辈子受苦受累的大哥，就在那年的大年夜永远地离开了我们。

大哥病逝后，我们三口小家一直在北京过年，而且每年都必在家里吃年夜饭，从来不去饭店，因为我觉得，只有自己动手做的年夜饭才更有味道。何况年夜饭和家相融相合，在家里吃年夜饭，吃下的是乡味，享受的是团聚，荡漾的是亲情，洋溢的是家韵。假如到饭店，那就索然无味了。

如今我们小家在北京过年，虽说不能像老家那样去祭祖，但我们依然沿袭着老家的习俗，贴对联，剪纸、福字和卡通画，挂灯笼和年饰挂件。

每年大年三十晚上，烹饪手艺很高的爱人，都要忙忙碌碌地干半天，做七八道带有家乡风味的菜品，有凉有热还有汤，量少样多，精致可口。我和儿子也上阵，干一些七零八碎的家务活。

年夜饭做好后，打开家里所有的照明灯和装饰灯，家里顿时明亮柔和，五彩缤纷，弥漫着浓郁的喜庆氛围。我爱喝白酒，爱人、孩子喜欢红酒，我们频频举杯，气氛欢悦。一家人融融泄泄，尽情享受年的氛围和味道、家的幸福和温馨。

世事如风，时光如水，一晃我在北京已经居住了三十多年。而今渐至老境，每逢过年，我都会无限怀念逝去的亲人，想念仍在各自东西的兄弟姐妹，想起小时候我们家的年夜饭。

2020 年 1 月 10 日

老家的年席

小时候，我们老家过年的宴席既讲究又热闹，烘托出浓郁的过年氛围和味道，是红火过年气象的重要元素和文化。

据老辈人讲，我们周岗村的周姓族人，是在明清的时候，从遥远的江西迁徙而来，一代代地在此繁衍生息，带来了江西的风俗习惯和烹饪技艺，并沿袭至今。

在我们老家，过年的时候，邻里之间时兴请吃酒席。我们那里拜年持续很长，从初一开始，断断续续地一直拜到正月十五；甚至在正月二十几，依然还有拜年的。

拜年就要喝酒，而只有坐在宴席上，大家的喜庆劲才能推向高潮。亲戚来拜年，吃饭时还要请人作陪。乡亲们相互请客，有时候会一天三喝。

常常是正喝到酣畅处，请客的亲朋好友就来了："晚黑别走哈，都到我里（我家）。"有时客人客气几句，惹得请客的不高兴："咋，再穷，还管不起一顿饭含（吗）？"吃完饭，喝罢水，有的客人还是执意要走，请客的就只好下手了，连拉带拽，主客拉拉扯扯，客人推却不过，只好应允出席。

客人走在前面，请客人殿后陪着，一群人有说有笑地走在村巷里。

客人嘴里还不住地说:"见面不就中了吗?非要吃一顿好些哎?"这时请客人就有点不满:"真是航事(说或干不该说的话或事),管不起一顿饭,请你喝口凉水总行吧?"过年时节,村巷里到处是三三两两去赴年席的人们,成为那时过年村子里动人的一景。

在20世纪六七十年代,我们那地方虽然很穷,然而年席很讲究。一般人家的年席有七八个热菜、两三样汤、几碟凉菜。有钱人家的宴席有十几道热菜,热菜都是上双份,主食就有两三样:馍、饺子和汤圆,或糍粑和挂面。主打热菜是鸡鱼肉,以及大白菜、豆腐等,有钱的人家才会上牛肉、羊肉和狗肉。

老家的年席,上菜也很讲究。宴席开始前,先在方桌的四角摆上凉菜。待第一道热菜杂拌上来后,才开始喝酒。然后依次上离子肉、酥鸡、酥鱼,接下来上炒猪杂、炒猪肉、甜肉、豆腐、白菜、炒青菜等,中间穿插上汤,最后上甜汤。

等上一道菜快吃完了,再上下一道菜。老家过年的时候,天气还很寒冷,这种轮流上菜法,可以让客人一直吃着可口的热菜。有钱的人家上菜用托盘,木质红漆,一次能上两盘菜。

老家有句俗话:"无酒不成席",老家的年席盛行喝酒和抽烟。过年的时候,几乎每家都要买几胶篓(扁形的白塑料桶)散酒,或几件瓶装白酒、几条烟。那时乡亲们都很穷,多数人家喝的是散酒,是用红薯干或秫秫(高粱)酿造的,一斤只有几毛钱。纸烟很低廉,多是九分钱一盒的"白鹅",或一毛多钱一盒的"经济"和"公子"。只有少数有钱的人家喝档次稍高的白酒,瓶装的"迎宾"或"白干",当时一瓶一块多。抽两三毛一盒的"黄金叶"或"芒果"。

虽然酒质不高,但在烧火做饭时,把散酒倒进红褐色的粗陶酒壶里,放在刚烧过火的锅肚(锅灶)里的火灰中温一会儿,喝起来温乎乎的，闻着有一股浓郁的醇香。

那时的年席非常热闹，有时从晌午能一气子喝到天黑。当时喝酒用的都是小酒盅，白色粗瓷青花，喝酒时要走酒（敬酒）、打通关（人人要过关）。过关时往往要"来枚"，或者猜"老虎杠"、"大压小"。

"大压小"是老家常见的玩法，大拇指赢食指，食指赢中指，依此类推，小拇指赢大拇指。玩时两人都不言语，比心斗智，手指一出，即分出胜负。手指一屈一伸中，尽显人的机敏与迟钝。

通常是主人领着大家一起喝几盅之后，开始走酒，先敬客人中的年长者。走酒时讲究跟趟，领头的人说，谁谁谁跟我一趟，然后领着一两个，甚至三四个人一起敬，被敬者一下子要喝好几盅。被敬者也立马回敬，邀请自己一方的人，一起把酒走向敬酒者，如此你来我往，直至酒量小的客人喝瓢（告饶）为止。

有的人一看门前酒盅太多，就开始想辙，死乞白赖地求别人替喝。也有的耍滑使赖，硬往别人酒盅里折。更有甚者，有的离席躲到厨房里，和女主人聊天，男主人急忙撵过去，把他生拉硬拽请回来，但酒只能让别人替他喝。

主人一看要冷场了，就提议打通关。能打通关的都是喝酒的好手，而且枚也来得好，常是主人或是请来陪客的。打通关时，在座的每人必须应关（小孩子除外），不会"来枚"就来"老虎杠"、"大压小"。

打关人自恃自己酒量大，枚来得好，通常的喝法是"里一外无数"，即应关人必须赢打关人一次、让他喝一盅才能过。假如应关人"枚"来得不行，老也赢不了，就得一直喝下去。有的输了第一盅之后，用手指或筷子在酒盅旁一点："有一个"，或者"等一个"，赢方不愿意，连忙说第一盅必须喝。输方无奈只好拿起酒盅，一仰脖把酒喝了。

如果"来枚"再输了，输方就说"等一个"，然后接着"来枚"，若输方赢了，两人同饮；假如连输了好几盅，便不服气，就说"对上"，意思是这一盅不喝了，重新来一排子（三盅或五盅甚至更多摆成一排）。

输方有时还会装孬耍赖，说是对方出手晚，或者是某个手指似弯未弯，或似伸未伸，硬是不喝，非要重来。如果赢方强端给他，他就扭过头半转着身子，连说："我不搞（干），我不搞中板（近乎吧）。"

但有时也因人而异，当打关人觉得应关的实在不能喝时，就关照一下，规定"外一个"，就是应关人输一盅即过关，不"来枚"喝一盅也算过。

两人"来枚"时，揎拳捋袖，一手指间夹着烟，一手大幅度地上下挥舞。有时索性将烟别在耳朵上，双手左右开弓，动作极为潇洒。酒过三巡，菜过五味，他们脸色酡红，大声说笑，声传老远，村巷里处处回荡着"哥俩好啊，五魁手啊，六六顺啊，巧七"等猜拳行令声。

近些年，乡亲们富裕了，老家的年席也有了翻天覆地的变化。离子肉、酥鱼和酥鸡少了，现在人们讲究清淡健康，喜欢清炖，多数吃火锅，在寒冷的新年里，也能吃上热腾腾的饭菜。

菜的品种更齐全，既有鸡鱼肉，又有牛羊肉，甚至还有山珍海味。烟酒的档次也提高了，酒往往七八十，烟一二十，"白云边"酒和"玉溪"、"芙蓉王"烟最普遍，几百块的酒和软硬"中华"烟也常见。一些在外打工回来的年轻人，嫌在家做饭太麻烦，基本上把年席摆在了饭店，在镇上和县城来回转。

虽则如此，我总感觉现在老家的年味已大不如前。虽说我们村现如今有两千多人，但年轻人大都到大城市去打工，即使没有外出打工的，不少人也已住在县城，常在老家居住的，听说只有四五百人，还不到我小时候全村人口的一半。而且现在住得很分散，不像那时聚族而居，望衡对宇。多数乡亲们四海漂泊，各自东西，为生活忙碌奔波。即使到了过年的时候，仍只有部分年轻人回老家，还有很多的乡亲在外地过年。因而村子里显得冷冷清清，甚为寥落。

逝者如斯，往事如烟，儿时热闹的年席恐难再现，那已成为我心中美好的记忆，永远的怀恋。

2020 年 1 月 26 日

乡　音

也许是又到了年关的缘故吧，近来我常常想起20世纪八九十年代回老家过年时的情景，想念那时父老乡亲们朴实而亲切的乡音。

1981年秋天，当时十九岁的我携带着录取通知书，背着铺盖卷，千里迢迢、高高兴兴地赶赴外地去上大学，从此开启了我在外数十年的漂泊生涯。

我是个故乡情结很深的人。无论是在外上大学，还是后来到北京工作和生活，一到过年，心中对亲人的思念和对老家过年的向往，总是把我风雨无阻地引领回老家。

每次在信阳下了火车，我总是径直到汽车站坐长途汽车回息县。那时候，县城到信阳的公路弯弯曲曲，到罗山的三四十公里还是沙土路，坐长途汽车得三个来小时。

一路上不时有乡亲伫立在路边等车，见到汽车驶来，老远就赶忙招手。这时女售票员就会推开车窗，头探出窗外："到哪里咹？现在走板（吗）？""俺到化肥厂，多少钱？""两块。""咦，咋恁么贵？能便宜点板？""便宜不了，这是国营的，上板？"虽然嫌车票贵，他（她）也只好无奈地上车。

后来有了私人运营的中巴车。我一走出信阳火车站，老远就听到高亢嘹亮的呼喊声:"息县哩,马会儿(马上)走!息县哩,马会儿走!"这是女售票员手举写有"息县"的牌子招揽乘客的声音,她的声音特别好听,音色轻俏细润,声调婉转绵长,只有息县老城关人才能说出这么地道而美妙的声音。

有很多年,每次回老家,我都是乘坐这种中巴车,从信阳颠簸到息县,再从息县摇晃到信阳。每回听到这种声音,心里顿觉亲切舒畅。我就心甘情愿地顺着她的手势,向她示意的中巴车走去。

等上了中巴车,她会马上让我买票。"你到哪里哓?""息县。"她把零钱(余头)找给我,我悠闲地坐着耐心等待——车不坐满,司机是不会发车的。有的乘客等得不耐烦了,就问:"多暂(多会)走哓?俺都等好盏(好久)了。""你不是将么(刚才)上的车吗?马会儿走,再上一个俺就走。"一直等到中巴车坐满了,司机方才启动车子出发。

坐在车上,一路上我好奇地欣赏着窗外一掠而过的故乡景致。公路两旁那高高耸立的水杉或杨树,密布如网或阡陌螺旋戳着枯黄茬子的稻田,一片片清澈明净的池塘,一望无际绿油油的麦苗,以及远处旋转后退的村庄农舍,故乡的一草一木、一塘一坡、一河一陵,都令我莫名地心动。

车过淮河,驶过孙庙,我心里便颇不宁静,因为我们的车很快就要到息县了。下了车,我就马不停蹄地往老家走,或坐在弟弟自行车的后座上往家赶,归心似箭,总想着早一点回到阔别一年的老家,恨不得马上就见到我的亲人们。

待到坐船渡过淮河,踏上家乡关店公社(后改称乡)的大地,更是心动不已,真是近乡心激动、更喜见乡亲。

由于快过年了,在县城到关店公社的大路上,行人络绎不绝,交叉穿梭。骑自行车的，拉架子车的，担挑子的，背着大包小包步行的，大家都行色匆匆，忙着赶路。大都是到县城采买年货的人们，因而经常会碰到上县城的老家人。

等到了关店街上，碰到的老家人就会越来越多。他们大都纯朴憨厚，热情实诚，见到我老远就热情地打招呼："三佬回来懒（了）？！"或"三长辈多暂回来的没？"佬即是叔之意，我在兄弟中排行老三，故有此称谓。有的叫我三爷、三哥或三长辈的，我在村中辈分较长，有的辈分比我晚得太多，口头上实在不好叫，就笼统地叫我长辈的。"没"有"吗"、"啊"等多种意思。

我就紧走几步，或从车后座跳下来，连忙趋前和老家人一一握手寒暄："三佬好板？""还好，你在家也好板？""好好，你有空到俺那哈。"意即到他家做客。一路上不停地听到热心的老家人打招呼问候的乡音，热情亲切的话儿始终荡漾在耳边，听得人心里暖洋洋的。

及至上了老家北边的土岗，老远看见大哥、侄子和邻居们已站在我们家屋后的塘埂上望着我。到了村里，不管认识不认识，也不论大人或小孩，都会站起来定定地看着我，用微笑的目光迎接我，熟悉的忙着跟我打招呼。

待我兴冲冲地进入自家大门，看见母亲早已迎到院子里，她或许听到了我的说话声，知道我快到家了。母亲看到我很高兴，眼睛里闪烁着无比喜悦的光芒。

母亲总是走到我跟前慈爱关切地说："走累了吧？赶紧搬坡（凳子）歇会儿。"大哥和弟弟一家也都拥到堂屋里，亲人们四圈环坐，小孩子们远远地站着，大家都目不转睛地盯着我。毕竟一年未见了，亲人们彼此非常想念，在这难得的合家欢聚的时候，自然有拍不完的家常话儿，真正感受到家庭的温馨和幸福。

刚坐一会儿，就会有乡亲们来看望我，陪我拍话，问这问那。由于我在北京工作，刚参加工作那几年，每次回到老家，总会有人好奇地问我："三佬去过中南海蛮（吗）？瞧着邓小平了啵？""没有没有，我也瞧不着。"旁人就又插嘴："三哥你尽说瞎话，你当恁么大的官，还能瞧不着？"我就又重复前面的话，乡亲们都一脸的遗憾。

过会儿，又有人问我："北京大不大，有多大？"我说："北京很大，就好比我从县城到俺这，地下量（步行）了四个小时，要是在北京，可能还没出城呢。"乡亲们全都瞪大眼睛。有的就说："咦，恁么大？！赶明个（以后）俺一定去瞧瞧。"别的人开玩笑说："就你那个熊样也想去？你就日吧！"

临近年关，老家到处显现出热闹的过年气象来。集市上人山人海，各个乡村辐辏于镇上的大道小路上，到处是川流不息的赶集的人们。我也经常涌入到赶集的人流中，到人头攒动的集市上去瞧热闹，有时抽空去看望近邻和亲友。家中自是人来人往，不少父老乡亲陆续来看我。回到老家后，我几乎每天都沉浸在欢乐祥和的热闹气氛中。

那时候，我们村子很大，有五个生产队，一共一千多号人。而且乡亲们还都没有外出打工，大家都挨墙傍院地住着，过年时村子里非常热闹。

大年初一那天，村巷里到处是拜年的人们。老家的规矩，近门人往往一块去拜年，因而大家三五一伙，或七八个一群，大人领着小孩，成群结队、挨家挨户地去拜年。由于我们村有一百多户人家，就是一个生产队也有四五十户，到人家屋里拜年只能站一会儿，即使这样，也得拜老半天。

每到一户人家，主人热情得不行，连忙给你拿瓜子、落生（花生）

或递烟,大伙或推让不要,或客气几句点着抽,或装在兜里,有的干脆把纸烟别在耳朵上,说几句拜年的话就走。

那时我每年大年初一都要到邻居们家中,特别是一个生产队的乡亲们家里去拜年。老人们往往会拉住我的手,上下不住地打量我,仔细端详着我的脸:"咦,我搬识(仔细看)半天,这不是谁谁谁家老三吗?长得真光棍(帅气),变白变胖了,还是当官好。"然后非让我坐下,拉着我的手不让走:"别走了,值这!""值这"就是让我在他(她)家吃饭。我说刚出来,很多人家还没去呢,说着就转身往外走。

主人会陪我走到大门外,嘴里不住地说:"大老远地回来一趟,连我们家的一口水都没喝。"然后目送我远去。我一回头,主人还在门口站着呢,只得感激地连连对他(她)说,赶快回屋吧,赶快回屋吧。

我们那里酒风很盛。过年时,邻居们更兴相互吃请,有时会一天三喝。晌午乡亲们大都外出到亲戚家去拜年,晚上(下午)回来。我也会在正月初几那几天里,到所有亲戚家去拜年。无论在村里,还是出村到亲戚家去拜年,照例要喝酒。

开席之前,客人相继到来,有时请来的客人刚进门:"真是客气,见面不就中了吗?非要吃一顿好些唉?"又忽然想起来什么,"靠死(坏了),包也没带,我折回去拿。"后悔没拿礼物,立时扭头要回去拿包,被主人一把拉住:"拿啥子唉,别拿了,这样的至亲客气啥?"

一会儿又一个客人拿着包来了:"过年也没啥拿的,拿包馃子给二奶尝尝。"主人赶紧说:"你真是打渣子(不该那样做),还拿什么包嘛,赶快到屋里。"主人赶紧把他礼让到屋里坐下。

大伙坐在板凳、椅子、凳子上拍话,柴米油盐,无所不谈。少不了先夸奖主人一番:"他老马子(妻子)真贤惠,很能干,菜做得好,盖物（被子）总是很干净，屋子收拾得很利朗（整齐干净）。不像谁谁谁的家里，脏得无法下脚，进屋简直让人硌硬（不舒服）得慌。"

有时候拍家常。"今年年景咋样？""不粘弦（不行），明年也越熊唻（不中），得有两三个月没下雨了，麦都干死完唻。"和他一起来的忙插嘴说："你信他扛大蛋（说瞎话），他今年卖了一窝猪娃，卖了百十块，真眼系人（让人羡慕）。"

接着又拍起拜年。"拜年走了几家了？""昨个才出门，去的老干爷（岳父）家。明个得去老契（干兄弟）家，他家二妮子（女儿）和她老皇子（公婆）不斗筋（不和），赌气回老契家了，得去瞧瞧啊。"

酒席上主人非常热情，不停地劝客人吃菜。"没什么菜，别作假（别客气），赶紧克哈，咋不叨没？""克"就是"吃"、"叨"就是"夹菜"的意思。假如主人给某人叨菜，他不要，主人忙说："真航事（怨别人该吃不吃），叨一块尝尝。"如果他还作假不吃，主人就会说："别胡扯八连唻，赶紧克一块。"当客人叨的菜盐多，盐得齁死人，正龇牙咧嘴时，主人忙说："快坂（扔）了，来来，再叨别的菜。"

他还不停地劝客人喝酒，邀请客人"来枚"，玩"大压小"，鼓动能喝酒的人打通关，不喝得客人东倒西歪不罢休。每次宴席，总会听到有的客人说："我已经喝洋了（喝好了），不搞（喝）了。"主人赶紧说："真枪蛋（该喝不喝），别装洋（假装）了，赶快喝。"有时主人会强端给客人，客人就扭过身子，连说："我不搞，我不搞中板。"主人又说："你真是屌粘（磨唧）啊，喝不喝？不喝我拿酒盅子灌你哈！"

这时别的客人会从旁说："我都喝七八两了，你才喝多一点？顶多二三两，还装什么洋呢？"先前说话的客人马上不客气地说："你就是个嘴子精（光说不干或不喝），别吹大气了，你顶多喝有三四两。"

刚说话的客人也不服气,戟着小拇指:"日他姐,谁要说瞎话就是这个,好不好?"先前说话的客人也不高兴起来:"不过是开个玩笑,你怎么绝人(骂人)唉?"

见有了火药味,主人赶忙打圆乎(圆场):"他不是成心绝你,他说话就爱带闲子(脏话)。好了好了,大过年的,大伙都别生气了,来根烟。"他给每人递根烟,坐得远的抛一根,并说:"给,洋火!"洋火就是火柴。不知为何,我们那里总是把水泥叫洋灰,煤油叫洋油。

席间常见有邻居来串门,蹲在厨屋里和主人屋里的(妻子)拍话。主人看见,忙走过去让烟递洋火,并说:"别骨堆那,到屋里喝一盅呗。""骨堆"就是"蹲"之意。

老家过年,让我深刻难忘的,还有年席上客人们那南腔北调的声音。我们那地方,十里不同音,百里不同俗,有时甚至是几里不同音。

酒席上坐的客人,有的就是来自邻近的村庄,与我们村相距不过是六七里,有的甚至是二三里,口音竟是那么的不同。北边客人的声音粗犷浑厚,我们称之为"侉子";南面客人的声音清脆轻细,我们叫他"蛮子"。蛮子说话很有意思,把"大"叫"达",将"说"读作"雪",称"什么"为"某是"。

席上主人常问客人:"你大今个咋没来没?""俺达今个走人家去了,顾不得来。"席间客人也会问我,"你多暂走没?有空到我里。"我说该回北京了,赶明个再说。那个客人便说:"你现在雪某是没,当官了,我们请不动了。"

我总是感觉,农村过年才最像过年。在老家过年那些天,我几乎每天都在热闹、开心、尽兴、激动中度过,感觉过得特别快,一转眼,假期就要结束了,我只好快快地告别亲人离开家乡。

每次临走时,母亲都会亲自送我出家门,千叮咛万嘱咐,然后站在屋后的塘埂上，目送我远去。我都走很远了，回头一看，母亲和很多乡亲们仍然站在那里远远地望着我，我也频频回首，不胜依依。

初离家上大学，以及刚参加工作那些年，乡亲们还都没有外出打工，村大、房密、人多，过年非常热闹。每次回到老家，听到的是熟悉的乡音，看到的是热闹的景象，感受的是浓浓的乡情，总觉假期太短，在家还没待够，临行时总是有万般不舍，总想在家再待一段时间。

没离开过老家时，这些老家的土话，人云亦云，并没有什么特别的感觉。可不知怎的，刚刚离开老家头半年，我再回到老家，听到这些土话就感觉很亲切。以后离开老家越久，就越想听听这些老家话。如今渐至暮年，更是变成了一种思念。

而今老家的年轻人陆续外出打工，有不少人过年也不再回老家，老家过年没有以前热闹，也没有以前有年味了。更为重要的是，我亲爱的父母和大姐、大哥，以及许许多多的乡亲们也都相继去世。即使现在再回老家，也见不到那些质朴熟悉的身影，听不到那亲切而纯正的乡音了。

2020 年 2 月 5 日

南学校

九岁那年春上,大概是农历三月底,我和母亲刚从外地要饭回来。一天早饭后,母亲喊着我的小名说,你今个去上学吧,我已经和学校说好了。母命难违,我便老老实实地扛着凳子去上学,那时我已经比别的同学晚上了两个多月的课。

在我们那地方,乡亲们几乎都会把适龄儿童送到学校去念书,无论男孩或女孩。他们不为别的,就是想让孩子们识几个字,好在将来长大成人后,不会成为"睁眼瞎",并没有让孩子们升高中考大学的想法,因为那时候社会上还没兴起考大学。

我开蒙的小学是大队办的学校,在我们村的最南头,乡亲们习惯叫它"南学校",学校只有一年级和二年级。

我们的学校没有校牌,也没有围墙。北边是一排低矮的六间房子,土墙草顶,坐北朝南。

西面三间是一年级的教室,里边是一排排的泥巴台子,那就是我们的课桌。二年级在东面两间上课,里头摆放着破旧的木课桌。两个教室的西墙上,在黑板上方,都张贴着巨幅毛主席像,两旁粘贴着排列整齐的大红斗方,上写"好好学习,天天向上"几个大字,黑色楷体,字体厚实有力。

最东头一间是老师的办公室，房门开在二年级的教室里，老师出入须经过教室。这间屋子是用箔榾子（秫秸编成的席箔）隔成的，外面涂抹着一层厚厚的泥巴。

学校的东边还有一间低矮的草屋，北屋山墙上开有小门，正对着老师办公室的窗户，这是公办老师的住所兼厨房，他是外村的，平时寄住在学校，周末才回家。

学校后面紧挨一个狭长的弧形池塘，水很清澈，我们有时在那里洗脸洗手。西边、南边是一片开阔的空地，再往西是全村最大的一口池塘，名为"南大塘"，水不是很干净，一片浑黄，我们喜欢在那里用薄碗片打水漂。

我上学那会儿，乡亲们还很穷，天气暖和的时候，同学们几乎都是打赤脚去上学。书包也是因陋就简，五花八门。多是家长自己用簇新或半旧洋布缝缀的口袋，四四方方，直不笼统，顶部将布口折叠起来，把布边缝住，缝成一个长长的小孔洞，里面穿一根粗线，有的穿细麻线或松紧带。

也有用棉布或卡其布缝合的，最奇葩的，还有用毛巾缝制的书包。上学、放学时将书包的粗线拉紧，背在肩上或手里拎着，方便之至。有钱的人家，则到集上扯点新布，找村里的裁缝，用缝纫机将书包缝缀成敞口或军用式的挎包。男孩子的书包多为蓝灰黄，女孩子的书包则是由各种花布做就的。

上学或放学时，我们就邀约几个要好的同学结伴而行。通常是站在同学家的院墙外或大门口，大声呼喊同学的名字。然后大家光着脚板，扛着板凳，一同去上学。一路上说说笑笑，打打闹闹，学校离家本就很近，不大一会儿就到了。那时不少同学经常旷课，按老师的话说，就是三天打鱼、两天晒网。

学校只有三位老师，两位女老师都是我们村的，另一位老师是来自别的大队的公办教师。

　　三位老师中，我印象最深的是黄祖英老师。那时她很年轻，长得漂亮，性情温和，课上得好，唱歌也好听，很少批评同学们，因而我们都很喜欢听她讲课。前年清明节，我回老家时，还专程去看望过她。她虽已八十多岁了，依然精神矍铄，只是患风湿性关节炎多年，走路得拄着拐杖。

　　那时候，我们的主要课程是语文和算术。一年级时，语文课每篇课文只有一两句话。我记得一年级第一篇课文是《毛主席万岁》，还有《中国共产党万岁》《我爱北京天安门》等。

　　对天安门的印象尤为深刻，因为课文中有天安门的插图。老师告诉我们说，北京是中国的首都，天安门城楼坐落在北京天安门广场。在当时幼小的心灵里，根本不知何为首都，听得一脸茫然，但心中充满无尽的向往。过了几年，大约是上小学五年级或初中时，过年扎灯笼卖，我在灯笼上经常画天安门城楼。

　　语文课主要是认识笔画和汉字。上语文课时，老师先用粉笔把课文写在黑板上。每写一个字，老师都会不厌其烦地告诉我们笔画的书写顺序，并边写边读笔画名称："横、竖、撇、捺、点、提"，"横、横折、横折折、横折折折、横折折折钩"……然后仔仔细细地教我们如何写字，书写一毕，右手拿一根细长棍，依次点在每个字的下方，教我们认字。老师不教我们拼音，据说他们也不会，只教我们写字、认字读课文，因此我们那里的学生，字的读音都不是很标准。每个字要连续朗读好几遍，老师读一遍，同学们一齐循声朗读一遍。

　　每个字读几遍之后，老师就将一句话连起来读："我爱北京天安门！"同学们仰着稚气的小脸，扯着嗓子，一起大声地吼读，几十个稚声嫩气的声音汇聚在一起,形成特别大的声浪,会传得很远很远。

整个句子教完了,老师就用细棍从头开始点起,依次点着每个字的下方,领着同学们再读几遍。一连把课文教数遍后,老师就让同学们自己读课文,这时教室里立马就响起了琅琅的读书声。同学们各自读着,声音错杂,颇为有趣。

等到下节课时,老师可能随机考同学们。她会点名让某个同学站起来,老师任意点一个字,让你读,有时会跳着点或倒着点,看你是否认得出,检验你的熟练程度。如果你不会读,老师一生气,很可能罚你站相(罚站)。算术课更是简单,只教一些数字的加减乘除法,主要背诵乘法口诀。

那时的作业不是很多,我们通常在学校就把作业写完了。语文作业通常是习字,用铅笔在专门的语文作业本上,将课文抄写好几遍。算术基本是算数,主要练习加减乘除,留几道作业题,让同学们自己演算。

到了二年级时,开始影写大仿。大仿本上有虚线组成的影格纸,下面一张印着字,影格纸是透明的,能够清晰地看到下面的字,只要用毛笔照着描写出来就行了。但看似简单描起来难,总是描得歪歪扭扭,时粗时细,经常出格。有时毛笔尖没有膏顺,墨汁会滴落在影格本上,顿时留下一个大黑点。

初练毛笔字,毛笔最难拿捏,往往不听使唤,笔画常常出头,写成错字,老师就会打一个大大的红叉子。一篇大仿,老师能给判两三个大红的圆圈儿就欢喜得不行。有的同学毛笔字写得很好,一页大仿纸能得好几个红圆圈儿,老师有时会把他(她)的大仿本翻开来挂在教室后面的墙上,供同学们观摩学习。

我也是大仿本经常被老师挂在墙上的少数同学之一,而且我几乎每学期都会考"双百",总会得到一张奖状,高高兴兴地拿回家交给母亲,然后母亲总是让我自己把奖状粘贴在堂屋东面或西面的土墙上。

那时我们的课程还有音乐、劳动和体育课,这三门课都很少,好像是每周或两周才有一次。教音乐的也是黄老师,她教我们唱歌,现在还能记得的歌曲是《七亿人民七亿兵》,开头两句特别好听:"七亿人民七亿兵,万里江山万里营……"

上劳动课时,老师带领着我们一块去参加劳动。麦收时节拾麦穗、种蓖麻、摘蓖麻蒴果、砍蓖麻。秋季捡柴火,主要捡树上掉落的枯树枝,比如椿树的麻蒂子(叶子下面的一截细树梢)。

大队在我们村的东面和南面修了一条引水渠,从村子东边土岗下的小河抽水,通过水渠引到村子南头,灌溉那里的一片稻田,我们在水渠两岸种上蓖麻。同学们的劳动成果全部上交给学校,具体用场我们也不得而知。能够享用到的只有一点柴火,在冬季天寒地冻时,同学们偶尔在教室里烤火取暖。

体育课基本上是马放南山,任由同学们恣意嬉戏。有时候,老师也会组织大家一块玩游戏。我们经常玩丢小包(或手绢)或"瞎子"摸人。

玩丢小包时,同学们席地坐成一个大圆圈。先推选一名同学拿着小包(里面多是黄豆),在圆圈外蹑手蹑脚地走,边走边琢磨目标,然后神不知鬼不觉地将小包搁在一名同学身后,依然装模作样地往前走几步后,再快速往前跑,一直跑到被丢小包的同学的位置坐下。被丢小包的同学要是未能发现自己身后的小包,从而被丢小包的同学抓住;或者虽发现了小包,并拼命奔跑追赶丢小包的同学,但没有追上,他(她)就要表演个小节目,跳舞、唱歌或者讲个小故事什么的。表演之后,他(她)还得接着丢小包。假如追上了,丢小包的同学就得表演节目,并继续丢小包。

在南学校，印象很深的还有上忆苦思甜课。上课时，一、二年级挤在一间教室里。讲述人就是我们村的，他是养父母讨来的儿子，自小给地主当帮工。他讲到过去自己的悲惨生活时，便一把鼻涕一把泪，哭得我们鼻子酸酸的。听他讲完了，还要吃忆苦思甜饭。小麦麸子煮野菜，那是喂猪的，真是难以下咽。我们每个人只是尝几口，虚应故事而已，而有的顽劣的同学干脆一口不也尝，一走了之。

那时我们谁也没把学习当回事，见天想着的就是怎样玩。每天早早地扛着凳子到学校，凳子放到座位后，就跑出教室去疯玩。课间休息时玩，放学后有时迟迟不回家，继续和要好的同学一起玩耍。

那时我们上课或下课，都是由老师吹哨子。"哔——哔——"哨声响起，老师喊罢下课后，同学们一哄而出，四散到学校前面的空地上去结伴玩。玩打宝（也叫"摔面包"），捉迷藏，跳方，跳绳，翻绞，女同学喜欢玩拣子（碎石子或用碗底棱砸磨成的碎碗块）。

时间过得真快，弹指一挥间，近五十年过去了，我们的南学校已杳无踪影，现在只剩下一片荒地。那里每年都长满茂盛的野草，周围的池塘也全都干涸，变成了一个个干坼的大土坑，眼前一片荒凉。当中的一小块地被开辟成了小菜园，里面种植时令蔬菜，儿时的南学校只能是在我的想象之中了。一所学校也有它的沧桑，真是让人不胜怅惘。

每次回到老家，我总会到那里去看一看，现在那里什么也没有，只剩下我不尽的回忆。每次站在那里，耳边总是回荡着同学们细嫩的读书声，浮现在眼前的是一群衣衫褴褛、光着脚丫、浑身脏兮兮的小孩子们在打宝、跳方，在跳绳、拣子……

2020 年 3 月 15 日

搂柴火

在秋天，乘坐高铁时，我经常会看见窗外田野里浓烟滚滚，农民们正在焚烧庄稼秸秆或田边地头的荒草，心里不禁感慨起来，多好的柴火呀，烧了真是可惜了。

近些年，每到清明节，我回老家给父母和大哥上坟时，常常看到村庄四野里，到处是厚密干枯的野草。我就会问陪同的亲友们，那么好的枯草，怎么没人搂柴火？他们说，现在农村很少有人烧柴火，几乎家家户户都用煤气罐，因为烧柴火又脏又麻烦。

我这时才恍然大悟。怪不得每到秋季，全国各地的农民们都忙着烧秸秆和枯草，原来现时这些柴火已没有用场了，不如一烧了之，否则会影响后面的播种。真是世事沧桑，农民兄弟们也终于用上煤气了。看着周围那一片片厚厚的枯草，我眼前不禁浮现出小时候搂柴火的情景来。

那时候，我们老家很落后，乡亲们很穷，一到春上，很多人家就缺粮愁烧。每年秋收时节，我们家的院子里，总有一个高大的柴火垛，堆摞着麻秆、玉米秆、芝麻秆，或麦草、豆秸、落生秧子之类。我们那里是舍不得烧稻草的，全都留给生产队喂牛，因而每个生产队的稻场上都有一两个堆得山似的稻草垛。

但到了冬天，每家的柴火垛日见缩小。到了过年时，一连几天，乡亲们忙着蒸馍、酥鱼、酥鸡、酥肉，柴火垛更是用去不少。待到青黄不接时，很多人家的柴火垛就没了踪影。乡亲们缺柴烧，我们家更是愁得不行，真的是度日如年，全靠东挪西借，对付着熬到收大麦或菜籽时，柴火问题才算彻底解决。

有几年春上，我们村兴起了烧煤，几乎每家厨房里都添加了一个木风箱。但风箱跟风箱不一样，有钱人家的风箱做工精致，风足火旺。而我们家的风箱是由两三种薄木板拼凑而成的，粗糙简陋，里面隔板四周的鸡毛老是掉，四面漏风，风弱火小，煤烟弥漫，做顿饭风箱得"忽哒忽哒"响老半天，有时还不得不借着蒲扇扇火。

为防止到了春上缺柴太多，有几年放寒假的时候，父母就让我和大哥一起到野外去搂柴火。我们老家地处淮河之南、淮河故道之滨，雨水丰沛，很适宜草木生长。任凭放牛人不断地割，牛马驴羊不停地吃，但割后、吃后草又生，依然长得很茂盛。到了冬天，百草枯死，再经雨雪浸泡后，草很容易折断，正是搂柴火的好时候。

我们搂柴火常到村子的南坡（村子南面高低起伏的一片田野），有时甚至再往南面走。因为那里到处是大片的老坟地，而且岗岭绵延，池塘密布，坡坎众多，很适宜搂柴火。但这些地场都是黏土地，下雨、下雪后很泥泞。因而搂柴火须是天气晴好、土地干硬的时候。

我们搂柴火用的是大竹笆子。宽1米多，方形竹篾笆齿，用麻绳将每根笆齿绑在两根平行的粗棍上，再用薄竹篾把两根粗棍之间的笆齿柄编织、缠绕、捆绑起来，笆齿就被牢牢地固定住。笆齿很粗很长，精细停匀，紧密排列，底端一律是整齐的弯钩。在一排笆钩上方套一个细绳圈，由悬在笆顶的几条细绳吊挂着，笆子走动时，绳圈压覆在沿笆齿上升的柴火上，以防柴火崩掉。

经常是早饭后,我和大哥各扛一把竹筢子,带两根有煞鸡头(一种粗而结实的"V"形木杈)的粗麻绳,拿一把镰刀,一块到南坡搂柴火。

我们搂柴火多到宽阔的老坟地,或岗坡田坎,或塘埂沟岸。搂柴火时,将筢绳套在腰上,把绑在筢子上的扁担搁在肩上,身子微微前倾,拖着筢子朝前走。走到尽头时再转身,紧挨着前边搂过的地方,拖着筢子往回搂,如此循环往复,直到把一片地方的杂草搂完为止。

因为多在斜坡上搂柴火,一边高,一边低,坑洼不平,常常要歪斜着身子,立足都难。拖筢前行时,往往深一脚浅一脚,必须小心翼翼,不然就有摔跤或崴脚的危险。

搂柴火跟剃头发一样,一筢紧挨着一筢,尽可能地把枯草搂干搂尽。搂满一筢子时,便抖动筢齿将柴火抖落到事先选好的地方,搂完一个地场时,就可搂到一小堆柴火。如发现有灌木或荆棘,或者不好搂的梭子草和茅衬草等,就用镰刀砍伐或割掉。搂完一个地方也不收拾,再去寻找下一个搂柴火的去处。

累了的时候,我和大哥就席地歇息一会儿。大哥趁机抽会儿烟,我则漫无目的地抬头四望。每当望见我们的村庄时,我心里真想回去和小伙伴们一起玩耍,可一想到家里春上断烧的情形,不得不打消这个念头。

我们每天要搂四五个小时,有时要到午后一两点,临回家时才将草堆归拢到一起,捆成两大捆,足有一两百斤。大哥将他的大筢子挂在扁担的一头,吭哧吭哧地挑回家。

我则扛着自己的筢子,常常饥肠辘辘,口干舌燥,筋疲力尽,紧赶慢跑地紧跟在大哥身后,匆匆忙忙赶回家去吃晌午饭。搂柴火很不容易，往往要跑到五六里外，甚至更远的地方才能搂到好柴火，由于路远，两大捆柴火挑起来其实是很沉的。

搂柴火时最头疼的事，莫过于选择适宜的地场。草再厚再密，也架不住我和大哥成天地搂，因而村庄周围的坡坡坎坎几乎都留下了我和大哥的足迹，那里的荒草榛莽，已让我们砍光搂尽，我们只好跑到更远的地方。方圆十里的原野，无不留下我们的身影。

因为搂柴火很苦，即使在那个年头，村子里搂柴火的也很少，经常搂柴火的，好像只有我和大哥。搂柴火活不重，但拖着笆子没完没了地来回走，时间一长，很是累人，常常是咬牙坚持。虽是寒冬腊月，依然累得浑身大汗。而且四下无人，非常寂寞和无聊，因而很磨人的性子。只是家里太穷，实在没办法了才去搂柴火。

为了搂柴火，我和大哥拖着笆子几乎跑遍了村子南边所有宽敞的草地。一个冬天，我和大哥能搂上千斤柴火，在我们家的院子里，堆成一个不小的柴火垛，好长时间也烧不完。

如今大哥已经去世好几年了，我每年清明都回老家给他上坟。站在大哥的坟茔前，极目望去，呈现在眼前的是绵延起伏的岗陵、层层叠叠的田塍和塘埂。我和大哥拖着笆子搂柴火的情景仿佛就在昨天，每每此时，心里总会有些悲伤。

2020 年 4 月 1 日

老家的春天

记得在我还是个孩子的时候，老家的春天景色非常优美，但也是一年四季中，乡亲们生活最为艰难的时节。

我的老家位于淮河以南、淮河故道之滨，地处平原丘陵接壤地带，平地突起东西蜿蜒的土岗，村庄坐落在土岗上。村子往南是连绵起伏的缓丘垄岗，岗面平缓，宽谷低丘，岗谷相间；北面的岗下是一望无际的大平原。

小时候，村子周围都是稻田，梯田层层，水田如网，并环绕十几口水库和池塘，东岗下还有一条弯弯的小河（淮河故道）。我们那里雨水丰沛，春天的时候，经常下雨，有时候淅淅沥沥地连续下十多天，经常下得水满塘，稻田水汪汪。

家家户户的庭院及草房周围，都耸立几棵合抱粗的大树，槐树、椿树最多，还有柳树、泡桐、榆树和皮树什么的。远远看去，整个村庄就像一片茂盛的树林，草房掩映在林荫里。

老家春来早。即使寒冬腊月，只要天晴，天气就很暖和。加之雨水多，土质肥沃，真是万物生长的良境。过年的时候，苦腊菜和黄花头（蒲公英）已经开花，摇曳着金灿灿的小脸，娇媚地笑着。还有一种不知名的蓝色小花，开得灿烂，浩如繁星，蓝得清新可爱。

小草露出嫩芽，漫山遍野，已泛出一片隐隐的绿色。

待到三月，岗坡田塍，塘埂沟岸，小草苗长，野花怒放，金色的猫儿爪（猫爪草）花贴地烂漫，紫色的头痛花和地钉花临风婀娜。

麦苗拔节，茂密旺盛，春风徐来，绿油油的麦苗随风飘荡，岗下辽阔的平原犹如浩瀚无垠的绿色海洋。

紫云英（草籽）花和笨油菜花也竞相开放，岗陵上一片粲然夺目的雪青和金黄。那一大片泼泼洒洒紫莹莹的草籽花，娇艳欲滴，如霞似锦；那轰轰烈烈金闪闪的笨油菜花，挓挲繁茂，辉煌耀眼。连同如波起伏的麦苗，似镜闪烁的水田，碧水涟漪的池塘，绿草茵茵的田野，交织错杂，相映生辉，将家乡大地装点得五彩斑斓，大有江南水乡的韵味。

春天的景色虽美，乡亲们却无心欣赏，因为每在此时，他们正为生计问题而忧愁。那时我们老家很落后，乡亲们很穷，一到春上，很多人家就缺粮少柴，常常是寅吃卯粮，成天为一日三餐发愁。尤其是青黄不接的时候，不少人家往往吃了上顿没下顿，等米下锅是常事。

乡亲们饥不择食，千方百计到田间地头寻找食物，时常挖黄花头、木仙头、苦腊菜等野菜充饥。草籽是猪牛喜食的草料，乡亲们连草籽嫩苗都吃，经常用其炒菜。割草的时候，我们有时会偷割一些草籽，放在篮子底层，惶恐不安地背回家。有时饿极了，不少乡亲竟然吃大麦，这在有钱的人家，可是喂猪的饲料。少数人家，实在走投无路了，只好腼颜拖棍，走村串巷，挨门逐户地去乞讨，乡亲们真是苦不堪言。

一出正月，乡亲们就为度春荒和春播忙开了。在漫长的雨季，大姑娘、小媳妇们见天忙着掐辫子、砌草帽。下雨时白天黑夜连轴转，农忙时挑灯夜干。一斤辫子能挣块把钱，一顶草帽则卖一两块，这是一笔不小的收入,是当时乡亲们一条重要的挣钱门路。

男人们则忙着剥落生种,有时也会支使我们小孩子下手剥。这是生产队摊派给每家每户的活计,剥完上交,生产队按重量计分。剥落生种活很轻,但时间一长,手指会硌得生疼。

每年秋天,拔完萝卜、白菜后,乡亲们接着在菜地里种腊菜(雪里蕻)、莴笋叶、分葱、蒜苗、芫荽、韭菜等蔬菜。待到春上,成天小雨纷纷,蔬菜茁壮生长,鲜绿嫩青,用其烹制的菜肴,清香诱人。那时候,几乎每家都种植大量的腊菜,这是乡亲们春上的主打菜,或腌渍咸菜,或烹炒佐餐。

清明过后,小孩子们又高兴地忙着放牛了。我们多半成群结队去放牛,或骑或牵,几头、十几头牛首尾相衔,排成蜿蜒蠕动的游龙,说笑声、吼喊声和"哞哞"的牛叫声响成一片,煞是热闹。

放牛时,我们最乐意骑牛,手牵缰绳,双腿夹紧牛肚。牛前行时,肥大的肚子左右摇摆,我们在上面也随之来回地晃荡,悠闲自在。

耕牛犁田耙地时,我们就得背着篮子拿着镰刀去割草,春季我们常到麦地里去拔锯儿齿和劳豆秧,这是牛最喜欢吃的青草。

豌豆结荚时,在放牛或割草的间隙,我们有时会偷摘一两捧,藏在兜里慢慢地享用。及至小麦和豌豆黄熟变硬时,我们就捡拾柴火生火,把偷摘的麦穗、豌豆放在火堆上烧熟吃,个个嘴巴吃得乌黑,这是我吃过的最早的露天烧烤。

到了五月,槐花绽放,全村百余户人家草房的左右前后,都是一片片的雪白,分外壮美。我们老家的槐花开得茂盛,繁花如簇,瓣大而厚,洁白而嫩,在当时算是很好的食材。我们有时会把撅下的槐花穗抖搂干净,也不洗,直接塞到嘴里大嚼起来,甜丝丝的,无论大人小孩都爱吃。把槐花淘洗干净,还可以拌面、煎馍或蒸馍,都味道可口。

一年之计在于春。春天是播种的好时节，开春就要下红芋模子，培育红芋种苗，好在割罢小麦后能及时栽种。那时我们生产队的红芋模子，多下在和我们家紧邻的老五保家的院墙内，常在他家院墙的东北角，我在墙外踮起脚就能瞅见。在靠墙的平地上，将红芋直立地紧密排列在一起，摆成四四方方的厚块，不大一片。下面垫土，土上铺一层沤熟的牛粪，红芋上面再覆盖一层牛粪，牛粪上撒一层麦影子（打场时，小麦颗粒外壳及麦芒被碾成的碎屑物）。

老家有句谚语："清明泡好稻，谷雨下断秧。"所以在谷雨之前，必须把秧苗下完。乡亲们还要在菜地里种植夏季吃的蔬菜，什么都有，瓠子、葫芦、茄子、豇豆，还有荆芥、苋菜、青椒，等等。

五月里，乡亲们迎来一年之中的第一波收获。父老乡亲们在田野里拉开雁阵，挥着镰刀割大麦、草籽和菜籽。还要送粪，犁田耙地，种落生，秧棉花，插早秧。畎亩阡陌之间，到处是乡亲们忙碌的身影，人语喧闹，笑声爽朗，田野里一派繁忙的劳动景象。

收草籽的时候，我们小孩子也很忙活，大人割完挑走后，我们跟在后面拣撒落的草籽。晒干后用梆槌捶掉草籽籽，那黄绿泛黑扁小的草籽籽，一斤能卖七八毛，好的能卖块把钱。

菜籽收割完毕，生产队留下种子后，余下的全都分给乡亲们，好让大家自己榨菜油，有的人家径直到油坊或集上换菜油。待到五月端午时，炸油馃子、油疙瘩、糖糕和油角子，预备过一个快活的节日。

离开老家快四十年了，我至今仍时时记起儿时春天的景象。过去乡亲们守着得天独厚的美丽沃土，却过着极其苦难的生活；现在乡亲们富裕了，但生态环境却又没有以前那么美好。

我常常在想，不知乡亲们何时才能真正幸福地生活在青山绿水的环境里，现在的景况真是辜负了上苍对我们的厚爱。

2020 年 4 月 17 日

风飏子

在北京，我经常看到有人放风筝。每当看到风筝在天空中临风浮动的时候，我都会想起小时候在老家放风筝的情景。

我们老家管风筝叫"风飏子"。我们那里的风飏子形状很特别，我在别处没有见过。北京的风筝不是雀鸟形，就是昆虫状，全都蒙着彩色的绢绸。线是腈纶或丙纶，收放线用自动的线轮或线盘，材质很考究，制作极精美，新颖雅致，色彩缤纷。飘浮在空中的，往往是轻盈弯曲鲜艳的细长条，酷似柔弱细嫩的小女子。

我们老家的风飏子多为竹骨架，椭圆形，上下稍长，左右略窄，圆框里纵横着几根细棍，并络着网线支撑纸张，用面浆子糊上报纸或旧书纸。在风飏子的背后，在上中下三个适当的位置，横拉两三条细麻绳或粗线，松紧要合适，使风飏子绷成弧形，背面凹进，正面凸出，整体呈飞翔状。既减弱阻力，防止风吹破纸张，又新颖雅致，特别好看。

风飏子正面的上端，安装三根提线，上二下一，交接处绾结在一起。提线位置角度要适宜，长短要适中，要让风飏子放起来不翻筋斗，平平稳稳。放风飏子的线多为细麻绳，一头系在提线结上，另一头缠绕在线拐子上。线拐子多为木制，上下横着两根粗棍，各向一边伸长,作为把手;中间竖着两根细棍或一根粗棍,牢牢地固定和支撑着上下两根粗棍子。

风飐子背面的顶部,一般都安装"响口"(弦弓,状如弯弓,声音很响,如口琴)。大风飐子一般装两个,小的通常安一个。"响口"为竹棍弓,绷着架子车内胎的红皮子作弦。

风飐子的下面系三根尾绳(或粗线),上面两根,每根绳上缀着数目相同、位置对称的纸穗,各三个或五个,视风飐子的大小而定。下面一根绑在上面两根下端的中间,起关键的平衡作用。

风飐子的大小不一,大的将近一人高,很像一个笸箩底;小的不过一尺见方。老家的风飐子虽然材质粗糙,简陋寒伧,但有"响口",有纸穗,外观协调对称,极具风致。大的风飐子面积大,吃风多,浮力强,一个小孩子根本拉不住,非强壮的年轻小伙子无法放起来。比之于北京的风筝来,我们那里的风飐子真是风筝中的伟丈夫。

小孩子也有放"合纸夹"(把整张纸夹起来)的,把两根长梃子(秫秆顶端的一截细秆子,粗如筷子)从中间一劈两半,沿对角夹住一张四四方方大而硬的纸,两头用线绑紧,就是一个简易的风飐子。

我们老家的风飐子,看似简单,但在那时糊一个也极为不易。尤其是合用的竹篾很难找,制作"响口"的皮子也不易得,要想办法找纸,弄面浆子。

制作时还得将竹篾浸水,令其变软,做工也颇复杂,很费工夫和精力。风飐子的大小,往往折射出家庭的富裕与贫穷。那时候,乡亲们很穷,我们家尤为寒苦。在儿时的记忆里,我只糊过一次小风飐子,完全是七拼八凑,极其简陋。我放了一个冬天,放不高,来年就不再放了。我经常是看别人放,凑热闹,但也非常高兴。

北京多为大人放风筝,而且好像一年四季都有人放。我们那里放风飚子的，大都是年轻人和小孩子，且只在冬天放。因为别的季节农活忙，而一出正月，麦苗又开始拔节，是不能踩踏的，因而没有时间放，也没有地场放。

我的老家地处丘陵平原接壤地带，村庄坐落在土岗上。土岗（又名北山头）高出平原二三十米，是放风飚子得天独厚的地方。冬季北风多，大家常在北山头放风飚子。

那时候，北山头上都是稻田，田畴平旷。冬天的时候，稻田或干涸，或种着小麦大麦，冬季的麦苗不怕踩，越踩长得越旺盛，正适合放风飚子。记得有一年，南大塘少见地干坼了。池塘很大，塘底又平整，大家经常集聚在那里放风飚子。

因风飚子头部安有"响口"，头重尾轻，很容易倒栽葱，要顺利地将其升上天空并不容易，需要很高的技巧。我们那里放风飚子须两人合力，并且要配合默契。那时的乡间，风飚子是新奇的玩意儿，放的时候自然有一些小跟班，还有不少的小孩子站在一旁围观；有时候，大人们也会驻足观看。

临放风飚子时，一人拿着风飚子往前走，主放人双手转动线拐子放线。将线放到一定长度（具体放到多长，视地方和风力大小而定）后，主放人便说："拿好风飚子，我让你抛你就使劲往上抛哈！"持风飚子者赶忙应道："好！""你抛吧，将风飚子拿正了，用力向上抛！""注意啦，我现在要抛了……我已抛了，赶紧跑！"

主放人双手紧抓住线拐子，应声拼命地侧身往前跑，边跑边看风飚子起飞的状况，并及时放线。风飚子爬升时，有时会缓缓下落，这时围观的小孩子比主放人还着急，忙不迭地大声喊叫："风飚子要掉下来了，还不赶快跑！"主放人赶忙连拖几次线，或撒腿往前跑。假如运气好，跑一次就会让风飚子成功地升到空中。

有时特别不走运，得连续放好多次，才会将风飏子放起来。风飏子起飞时，"响口"哇哇嗡嗡地响，非常悦耳动听。看到风飏子徐徐上升，最终升上蓝天，在高空中荡漾，围观的小孩子们无不欢呼雀跃、眉飞色舞，就像是自己的风飏子上天一样高兴。并时常仰起小脸，目不转睛地盯着看，还不忘连声夸赞："咦，放得怎么高，真好看！"

但风飏子起飞时，往往失事的时候多。抛歪了，或跑慢了，风飏子就会一头折到地下。如果风劲而不稳，风飏子刚起飞时，会左右来回大幅度地摇晃。让人丧气的，有时风力太小，根本放不起来，只得怏怏地回家。

更令人伤心的，有时风力过于凶猛，绳子会突然绷断，风飏子折戟沉沙，或缠挂在树上或电线杆上，很难取下来，经常撕扯得千疮百孔。

假如风飏子没糊好，要么提线角度不对或长短不一，要么"响口"位置不妥，要么尾绳左右不对称，这时就会出现特别好玩的景象：主放人朝前奔跑时，风飏子时而摇向左，时而荡到右。或者干脆来个空中大回旋，不住地在空中旋转，翻了几个筋斗后，最终一头折到地下。主放人只好扫兴而归，回家重新琢磨，怎么才能把风飏子调整好。

风飏子漂浮空际时，通常很平稳，只是微微荡漾，纸穗和尾绳迎风抖动，前面还有一个弯曲的线肚子，风姿极其优美。我们村里人常在一起放风飏子，比谁放得高，看谁的"响口"响，瞧谁的风飏子漂亮。大大小小的风飏子在空中轻盈浮动，高低错落，加之很多人看热闹，场面极为壮观。

风飏子升到高空后，大家都在相隔不远的地方站着。有时天太冷，冻得浑身瑟缩着，手脸通红，实在忍受不住，索性坐在塘坎里躲着寒冷的北风。

　　有时候，个别坏小子会做恶作剧。他们仗着自己的风飑子大，故意欺负小块头，假装缠绕别人的风飑子，把别人吓得够呛，赶紧躲开。实在躲不开时，就会被交缠在大风飑子的绳上，直至被缠下为止。结果招来一顿臭骂，设法解开之后，重新去放。

　　大风飑子浮力极大，即使年轻力壮的小伙，也须双手攥住线拐子，使出浑身的力气方能拉住。而且要想往前走，有时须用肩膀背着风飑子。手拉风飑子，短时间尚可，时间一长，根本承受不住。他们往往干脆把风飑子拴在自家附近的大树上，夜深时方才收回。夜黑里，我们经常仰望星空，睁大眼睛在空中寻找风飑子，还能看到巨大的黑影在空中波动，听到"响口"哇哇地响。

2020 年 5 月 21 日

大姐和她的蒸面条

我的故乡息县有很多令人馋涎欲滴的美食,蒸面条便是其一。时至今日,虽然在北京已生活了三十多年,我依然很爱吃蒸面条。

我小的时候,吃过煮面条、捞面条、凉面条和芝麻叶面条什么的,唯独没有吃过蒸面条。因为做蒸面条得放肉,那时候,一斤猪肉将近块把钱,唯有有钱人家才吃得起,像我们穷苦人家是不敢问津的。

我第一次吃蒸面条是在1980年夏天。那年我已经十八岁,刚刚参加完高考。记得有一天下大雨,一家人坐在堂屋明间闲聊天。忽然猴哥撑着雨伞,一脸喜悦地来到我们家,兴冲冲地对我父母说,县城大外甥今年要考技校,大姐想让我到县城待一段时间,好好帮他复习功课。

大姐名叫周荣英,是我老爹(大伯)的女儿,他仅有堂姐一个孩子,这样的至亲,父母当然二话不说就应允了。猴哥是我一门(亲近的本家)的大哥,后来过继给了老爹,他外号叫"老猴",因而我们都叫他"猴哥"。如今,他已经去世很多年了,我非常想念他。

雨停天晴的时候,我和猴哥就出发了。那时我们公社到县城还没有通车,步行要走三四十里路,中途还要到新木街(新铺街村)坐船过淮河。那天下午,我们走了4个多小时,傍晚赶到大姐家时已疲惫不堪。

大姐家在县城北关外，住的是单位的连排红瓦房，被隔成若干小院，一家一院，户户紧邻。大姐家的正房是三间，宽大纵深，里边被隔成四室一厅，中间为大客厅，东西两边各有两间卧室。南面并排两间小屋，西边是过道，东边是小厨房，后来在过道西边又加盖一间小屋，均为红砖红瓦房。紧挨大门外面是一条东西向的小水泥路，小路的南边是菜园，一户一块菜地。

到了大姐家，洪哥、大姐都很高兴，连忙迎了出来。大姐一面热情地把我们让到客厅，一面忙招呼说，你们一路走累了吧，赶紧坐下歇歇，我给你们倒杯茶。

那天晚上，大姐亲自给我们做了一顿丰盛的晚餐，鸡鱼肉蛋都有，大姐和洪哥一起亲热地陪着我们。大姐厨艺很高，做的菜精致可口，满厅飘香。洪哥陪猴哥喝白酒，但他酒量不大，喝得不多。大姐见我有点内向，很局促，不住地往我碗里夹菜，总是关切地说，三弟（我家兄弟四个，我行三）别客气，多吃菜，走了一下午，太辛苦。大姐那时已很胖，看上去很威严，不苟言笑，但对我很热情。

报考技校考的多是初中的课程，这对我来说并不难。所谓辅导，只不过是答疑解惑，主要靠大外甥自学。他不会就问我，我给他讲解一番，直至他明白为止。大外甥只比我小两岁，我们同届，但他学习不好，大姐不放心，因而让我帮助他。他那时对考技校好像不上心，调皮贪玩，学习吊儿郎当，经常跑出去找同学玩耍，我也乐得个清闲自在。大姐常常劝他好好用功，但收效甚微。

大姐心疼我家境寒苦，平常吃的粗糙简单，总是做好吃的招待我。有一天，大姐微笑着对我说，今天请你吃蒸面条，看看我的手艺怎么样？只见大姐给我端来满满一碗蒸面条，堆得直冒尖，满碗酱红色，面条里无汤水,很干,一根根粗面条缠绕盘结在一起,里面有很多五花肉丁和黄豆芽,老远就闻着喷香,那天我竟吃了两大碗。

大姐还陪我看电影看戏,那是我生平第一次踏进高敞气派的电影院、剧院。电影院和剧院都在县城东关,离我大姐家少说也有四五里。肥胖的大姐走路很吃力,但她还是坚持陪我们一块去观看。看的什么电影我记不清了,看的戏是豫剧《卷席筒》。苍娃的故事感人至深,至今剧中的情景我仍然记忆犹新。

那时在我们农村,住的是低矮的草房,村巷都是土路,晴天三尺土,下雨满地泥,出行得光脚腿,很不方便。而大姐家是砖瓦房,水泥地,干净整洁,而且吃得好,天天有肉。猴哥待两天回家后,我自个儿在大姐家过得非常开心,感觉时间过得很快,一晃十几天就过去了,我只好依依不舍地告别大姐,回到老家去等候高考的消息。可我等来的是无比的失望——我高考落榜了。

1980年的秋天,在母亲的一再坚持下,我终于如愿以偿地由公社高中转到县高中去复习,因而又有了与大姐经常见面的机会。

我在县高中复习一年。那一年,大姐对我很关心,给了我很多资助。一到周末,她经常让我去她家,给我做好吃喝——当然也有我喜欢吃的蒸面条。有时周济我三块五块,还时不时地让大外甥到学校给我送好饭菜。

那年冬天,天气格外寒冷。大姐亲手给我缝制了一件加厚的灰蓝色的劳动布大棉袄,大姐的深情厚谊漾动在新棉袄上,使我倍感温暖,让我暖暖和和地度过了那个严寒的冬季。

过正月十五的时候,她不让我回老家,力邀我到她家去,她和大外甥给我做了一顿丰盛的晚宴,大盘小碟、盆盆碗碗摆满了一大桌,热热凉凉、七荤八素总有十几道菜。

在 1981 年的高考中，我幸运地考上了大学。离别老家赴外地上学的时候，大姐给了我一百块钱。洪哥费尽周折，帮我找到了一辆油罐车，让我搭便车到信阳，好省去部分路费。

出发的那天早晨，大姐起得很早，给我和二哥做早饭，吃完饭天才蒙蒙亮。大姐和洪哥又送我们到大车旁，待到我和二哥登上驾驶楼后，她还反复嘱咐司机一定要把我们送到信阳火车站。

上大学的四年里，无论寒暑假，只要我一回到老家，来往路过县城，大姐总要让我到她家里去做客，并总是做她最拿手的饭菜招待我，还经常给我做蒸面条，感动得我不知说什么才好。

不仅如此，大姐对我们家也是倾力相助。那时我们家很困难，1985 年秋天，我弟弟结婚的时候，家里实在拿不出钱了，母亲无奈向大姐赊借。弟弟举办婚礼的烟酒等物品，都是从大姐的售货亭里拉回家的，拉了满满一架子车，一分钱没给，全都赊着。

大姐家里也不是十分宽裕。大姐四个孩子，三个在上学，大外甥待业，一家六口，只有洪哥在工作，而且只是一位普通的工人。大姐在北关弄了个洋铁皮售货亭，每天起早贪黑地守在那里，其实也挣不了多少钱。

当时我时常在心里想，等参加工作了，我一定要好好地报答大姐。不承想，在我大学毕业分到北京不到半年，即 1985 年的冬天，大姐却突然离世了。

那年冬天，大姐有事回到洪哥的老家住了几天。一天晚上，洪哥的本家和邻居因纠纷发生口角，后来竟大打出手。大姐赶忙出去劝解，不知怎地，路上大姐突然倒地，从此她再也没能起来。

大姐去世后，我常常想起她。她的音容笑貌时常浮现在我的眼前，耳畔也总响起她那亲切暖心的声音：三弟，快吃饭吧，今天是蒸面条！

可巧的是，我来自老家的爱人也会做蒸面条，而且做得很不错。我们结婚后，我经常让她做蒸面条。假如隔个十天半个月没吃蒸面条，我总会对她说，是不是该做蒸面条了？

不过，虽说我现在经常吃蒸面条，但总感觉好像缺少点什么，因为老是觉得没有大姐做的柔软筋道，清香可口。思索再三，我方才明白个中的缘由：一则故乡的食材好，猪肉、黄豆芽和白面是地道的绿色食品，尤其是土猪肉，在北京很难买到。二则那时乡亲们生活都清苦，平时基本吃不上肉，在大姐家突然吃到蒸面条，那真是难得的享受；更何况那蒸面条里，还浸润着大姐的亲情至爱呢，那是一种炎凉人世的特别温馨的味道。

我爱人做蒸面条的时候，我有时会在一旁仔细看，有时也问她蒸面条怎样做。做蒸面条主要用五花肉、黄豆芽和白面条。把油烧热，搁葱姜蒜和盐，多加酱油，把五花肉丁炒得半熟后，放进黄豆芽。待到黄豆芽炒得断生后，添加凉水，水烧开后焖煮两三分钟。然后把汤水舀出来搁着，直到露出黄豆芽为止。再把面条均匀地摊在黄豆芽上，蒸个三五分钟后，用筷子把面条翻抖均匀，把舀出的汤水再均匀地浇淋在面条上，煮开后小火再蒸三分钟，然后用筷子把肉丁、黄豆芽、面条掺和在一起后抖搂均匀，撒上翠绿的葱花即可。

如今，每当我吃蒸面条的时候，我都会想起已去世的大姐，想起和大姐在一起的那些个日子，想起大姐对我的深情厚意，我在味蕾的记忆中不断重温和大姐在一起的那些亲情洋溢的美好岁月。

2020 年 7 月 9 日

王岗小学

王岗小校是我们王岗大队创办的学校,只有三、四和五三个年级。学校紧挨大队部,我在那里上过三年小学。

校址地处一片开阔的平地。四面环水,三个水塘把平地围在水中央,只有东南、西南和北面三个路坝(塘埂)出入平地,活脱是一块平旷的水渚。学校位于平地中间,土夯的围墙,南墙最西边留设一个很大的方形豁口,即是校园的大门,没有安装门扇,也没有悬挂校牌。

校园南面、校门口的东面是一排六间草房。紧西头是个暗间,进出须经过教室,和最东头两间草屋一样,都是公办老师的卧室兼厨房。他们是公社委派的,来自我们公社别的大队,平时住在学校,只在周末回家一趟。当中三间是三年级二班的教室,里边是一排排的泥巴台子和凳子。这几间草房大门全都朝北。

北面一溜则是九间草房。西边三间是三年级一班的教室,是由榨油房改建的,里边也是泥巴台子和凳子,当时我就在这个教室上课。中间和东头的三间分别是四年级和五年级的教室,里面摆放着破旧的木课桌和长板凳。

校园西端有两间低矮的小草房,那是老师的办公室,一人一桌一椅，设施极为简陋。东端是一堵土墙，紧靠土墙砌了两张乒乓球案，东西并列，土台子水泥桌面，正中间横放着一排砖头；有时在两边各放一块砖头，上面横搁着一根细棍权当球网。

这两张球案可是我们的乐园。上课前、课间休息、放学后，我们常在那里打乒乓球。因为同学多，球案少，为了让更多的同学都能玩上一会儿，我们的惯例是挂号，即新上的同学头三个球必须赢两个，方有资格打满一局。人少的时候，则不需挂号。

我们的球拍或是自己动手，或是央大人们帮忙，用薄木板锯成的，五花八门，奇形怪状，大小厚薄不一，粗糙之至，但我们仍然玩得很开心。冬天的时候，正是农村的冬闲岁月，有时在星期天，我们会邀约几个要好的同学，特意从家里赶到学校去打乒乓球。

东院墙外也是一排老旧的草房，住着两户农家，都没有院墙，两家的厨房旁侧各有一个柴火垛，房前屋后种着不少的椿树、杨树、槐树和桑树。他们的厨房门都不锁，我们经常跑到那里，拿水瓢舀水缸里的井拔凉（刚拔上来的井水，很凉，故名之）喝。

正对大门往南是一条笔直的土路，直通水塘的西南路坝。路东是一片白杨树林，再往东是一块空地，那是我们课间休息玩耍的所在。空地一旁还有一个沙坑，是我们练习跳远、跳高的地方。

校园外的西边是大队部，为三间砖瓦房。校园的后边也是一片宽阔的空地。从远处遥望我们学校，树木茂盛，很像一个小小的村庄。

那时候，我们大队有七个自然村，分布在学校周围，校址坐落在中部偏北，离我们家约有二里路，到最远的村庄也不过三里地。

过去我们那里很闭塞，农村还很穷，夏天的时候，我们常常打赤脚去上学。多数同学都穿着破旧的洋布或卡其布的裤褂，男生一律是蓝灰黑黄，夏季清一色的大裤衩子，白棉布汗衩（背心）或短袖衫；女生则穿得花花绿绿。但都是补丁摞补丁，斜背着家人缝缀的布书包，真是衣衫褴褛，一副穷酸相。只有少数有钱人家的同学，身穿漂亮的绿军装或的确良，肩背时髦的黄挎包，意气风发，惹人眼目。

我们的学习任务很轻松，课程并不多，主要是语文和算术，还有珠算、政治、音乐、体育和劳动诸门课程。也许是那时只顾贪玩的缘故吧，学的时候印象就不深刻，时间一长，学过的课程大部分内容早已忘到了爪哇国。现在还能记得的只有两篇语文课，即《半夜鸡叫》和《富饶的西沙群岛》，周扒皮半夜学鸡叫的故事印象最为深刻。

每学期开学伊始，我们感到新鲜高兴的事莫过于领新书，最爱看的是语文课本，往往会迫不及待地一口气浏览一遍，最喜欢看课文插图。

到了三年级，仍让大家写大仿，后来则要求练习小毛笔字，我们得经常端着墨水瓶、拿着毛笔去上学。写作业也不准用铅笔了，必须用圆珠笔或钢笔。

上三年级时，我们是两个小班分别上课，一个班只有一位老师，既教语文，又教算术；到了四年级，合成一个大班，约莫有五六十人，语文和算术也由两个老师分别担任。

在王岗小学，我学习很好，整整三年，功课成绩一直名列前茅，几乎每学期都能拿到奖状，三四年级时，还一直担任班长。

我们喜欢的课是音乐、体育和劳动课。所谓音乐课，就是老师教我们唱歌，老师唱一句，我们跟着学唱一句。我至今还能记得的歌曲有《学习雷锋好榜样》《三大纪律八项注意》和《姐妹们喜晒战备粮》等。几十个少年神情专注，扯着嗓门，稚声嫩气地齐声歌唱，当真歌声嘹亮:"学习雷锋好榜样,忠于革命忠于党,爱憎分明不忘本,立场坚定斗志强……"歌声在教室内外荡漾,离校园老远就能听见。

体育课大都是跑步,练齐步正步走,跟着老师喊"一、二、三、四",按老师的口令做着左转、右转、向右看齐、向前看、稍息等动作。有时也练跳远和跳高。

刚入学时,学校没有操场,我们时常在学校站成纵队,一路跑到南面的一个小村庄的稻场,在稻场上练习跑圈。有时在学校到这个村庄的路上,选取较为平整的路段跑百米。上课时,同学们不时蹦蹦跳跳,或叽叽喳喳,大声说笑,闹嚷不迭。

那几年,全国掀起了学工、学农、学兵的热潮。我们那里没有正规的工厂,大队只有一个酒作坊、一个榨油作坊、一座养猪场,三个厂坊都种有田地,也没有驻扎部队,只能下乡去学农。上劳动课时,我们经常抬粪、割麦;有时插秧、拔落生,帮助学校、大队厂坊或生产队干一些力所能及的农活。

记得刚上三年级时,学校规定学生必须午休,违反者一经发现,将被点名批评,严重者或被罚站。那时我们正是青春年少,精力旺盛,根本睡不着,因而违纪者甚多,有的交头接耳,有的东张西望,也有的甚至故意迟到以逃避午休。班主任让我这个班长监督,我心里甚是洋洋自得。我中午也毫无睡意,因而非常理解同学们,即使发现违规者,多是当场提出口头警告,从不向老师报告。

有一年春上,公社规定所属各校必须上早自习。我们每天天不亮就起床,披星戴月地赶到学校,点着自带的煤油灯读课文。整个早上,同学们一直都大声地诵读,教室里书声琅琅。

早晨放学后,还要求一个村的同学排成一队,边走边唱歌,我记得唱得最多的是《三大纪律八项注意》。曙光初照的早上,同学们唱得很带劲，歌声在田野里回荡。不知是何缘故，早自习只坚持了很短的时间，就不了了之。

校园西边水塘外，有一块学校的试验田，每年都种植小麦。在农历春二三月，我们村上的几个男女同学激情燃烧，都想好好地表现一番，便相约凌晨到学校去劳动。我清楚地记得，每年都有好几个早上，我和同村的几位同学起来得很早，大家聚集在一起，一同踏着皎洁的月光，急匆匆地赶到学校厕所掏大粪。两人一伙，抬着尿桶将臭烘烘的粪水送到学校的试验田，再用粪舀子浇洒到麦地里。浇完地，急匆匆地赶回家，吃罢早饭后再赶紧去上学。

有一年麦收时节，为防止有人偷麦子，大队临时决定，从学校抽调几个学生，成立护麦队，我有幸入选。好像分成两组，分片看护，每天不过是在自己片区内各个村庄的麦田里走走看看，工作很轻松，却拿着和在田间劳作的同龄人一样的工分，因而队员们感到无比的风光和自豪。大家头戴草帽，袖戴红袖章，手持七彩棍（用红黄蓝绿颜料间隔涂抹成的彩色木棍），冒着酷暑，高高兴兴地到各个村庄的麦地去巡查。看见做贼心虚的大人、小孩们望风而逃，我们心里真是美滋滋的。

四年级的时候，我也曾优孟衣冠。那是在1974年冬季，大队从我们王岗小学抽调十几个学生，连同两三位老师，以及从村里挑选出来的五六个成年人一起，成立文艺宣传队。虽然只有二十来人，我们班竟有八人之多。大家在一起苦练了一个多月，排练了十好几个节目，有大合唱、独唱、歌舞，还有三句半、快板和相声等等。我是主角之一，参与大合唱，和一个同学说相声，我自己还单独表演一个快板书——数来宝《计划生育就是好》。宣传队在春节期间到大队部和各个自然村去巡演，我的足迹第一次踏遍了大队的各个村落。

在那个年代，勤工俭学之风盛行。有两年，学校要求每个学生在秋季开学时上交一两百斤干草，低年级交得少，高年级得多交。为了完成任务，在暑假，同学们总是千方百计抽空去铲草或割草。铲草用长柄铁铲子，铲头呈倒三角形，大小和一个伸展开的巴掌差不多。双手紧握铲子长木杷，用力将铲子推入草根下的土中，然后用力平推铲子，草皮便被铲断，抖落掉草根上的泥土以后，挑回家摊开在院子里晒干。

在田埂岗坡，或在路边沟岸，都留下了我们铲草割草的身影。在秋季开学时，该上交干草了，父亲却又舍不得。因为家境贫寒，每年春上青黄不接的时候，家里总是缺粮愁烧。记得五年级一开学，老师多次督促同学们尽快上交，我跟家里好说歹说才勉强交纳一些，但最终还是未能交齐，我因此受到老师点名批评，这与我后来落选班长不无关系。

那时我们正值豆蔻年华，也是贪玩的年龄。社会上还没实行高考，父母之所以让我们上学，不过是让我们认识几个字，好在长大后别当"睁眼瞎"。而且还没有升学考试的压力，所以大家根本没将学习搁在心上。

很多同学还是发小，光屁股一块长大，特别是在我们村的南学校上小学一、二级时建立起来的友谊，很自然地在王岗小学延续下去。虽然那时同学们家里大都苦寒，吃的是粗茶淡饭，有时甚至根本吃不饱，但少年不识愁滋味，成天无忧无虑，一门心思想着玩。

上学、放学的路上，三五同学一起，一路上说说笑笑、打打闹闹。有的在后面的同学，一路狂奔，拼命追赶前面的同学；有时干脆赛跑，看谁跑得最快，一路欢声笑语地赶到学校（或回到家）。

到了学校,不是打乒乓球、踢铆(毽子)、跳方,就是玩摔跤、捣鸡、玩石子,或看连环画,《鸡毛信》《荷花淀》《智取威虎山》和《白毛女》等都看过。有时一人翻页,好几个同学凑着脑袋一起看,看到精彩处,大呼小叫。同学们相互借着看,愣是把画册翻得卷角破损,书口一片灰黑的指痕。大家花样翻新地玩耍,玩得开心,笑得灿烂,教室内外每天都是欢乐的海洋。

那时我们这些少男少女们,身体里的荷尔蒙开始沸涌,大多已春心萌动,慢慢有了不安分的心,彼此内心有好感,爱在异性面前表现。不知怎么一来,班里便有谁谁谁有了相好的传言。

不上课的时候,有些顽皮爱做恶作剧的男生,竟公然把传言中的一对相好生拉硬拽在一起,让他们亲口承认,逼迫他们搂抱。双方就拼命往两边躲,一帮同学说什么也不放过他们,大家便撕扯在一起,使劲把他们往一起推,甚至往一块拖,或硬抬在一块,弄得二人脸红脖子粗,实在拉急了,有时破口大骂,甚至挥拳乱打。大家也不理睬他们,在嘻嘻哈哈中,在二人的怒骂声里,愣是把他们强推拽拉在一起,才算完事大吉,以致弄得凳倒桌子歪,书包、课本和笔掉到地上,教室里一片狼藉。

传言公开后,"相好"之间竟记起仇来。好长时间彼此不说话,劈面相逢时黑着脸,不是低头,就是别过脸,快速从对方面前走过。其实,内心里却特别想和对方单独待在一起。

1975年,我们大队奉公社之命筹建王岗初中。那年我们正上四年级,五年级的同学毕业后,将在我们大队就地入学上初中。当时地无一垄、房无一间、师无一人,是真正的白手起家。五年级的同学毕业在即,教室和老师尚无着落,真是火烧眉毛。大队当即决定就在我们小学校园后面,再盖六间草房,一排相连,先建初一教室,后盖初二教室。

不久，大队鸠工庀材，大兴土木，动工修建初中教室。由于这是给我们盖将来上初中的教室，同学们当然责无旁贷地参加劳动。挖土抬土，和泥脱坯，打墙盖房，到离学校三四里路的小河去抬沙，一应活计，无不参与。

初中教室竣工后，学校将小学前后两排房子当中的一间都打通，改为过道，校园西南的豁口予以封闭，建成了相连通的前后两院。前院为小学，后院是新建的初中，师生们都从校园当中的前后过道出入学校。

我对王岗小学很有感情，因为我在那里度过了一生中最快乐的三年，那是我最美好的少年时光。

这些年回老家，我曾多次故地重游。所有的土墙和草房全都拆掉，两户农家也不知搬到了哪里，四周的池塘已经干涸，尽是水草、淤泥和垃圾，儿时的母校已杳无踪迹。

只有一栋崭新的两层米黄色小楼赫然屹立在眼前，周围是灰白色的围墙。紧挨校园西墙还有大队废弃不用的两间破旧的砖瓦房。仔细看看门楣，方知是新的王岗村小学，据说只有一、二年级，学生很少，因为大多数人家都把孩子送到镇上和县城去上学。

去年春天，我又到母校去看看。小楼又漆成粉红色，院墙也刷成粉白色，两间低矮的砖房也没有了，代之而起的是几间白色的小平房。

真是似水流年，四十多年光阴一晃而过，母校已是沧海桑田，儿时的王岗小学仅成了我心中一段美好的回忆。

2020 年 8 月 15 日

王岗初中

1976年秋天,从王岗小学毕业后,我们班五十余名同学,整体就地升入大队新设立的王岗初中,又在那里读了两年,直至初中毕业。

我们初中坐落在小学后院,是一排新建的六间草房,仅有初一、初二两个年级,一共只有两个班。出入学校须从前面两排草房中间的过道穿过小学校园。

虽说我们的教室很简陋,但是非比寻常。因为这是我们全班同学参与兴建的学校,凝聚着我们的心血和汗水,承载着我们的青春和梦想。

初入学时,我们的教室刚刚竣工,但黑板还没砌好。班主任张荣尤老师一边带领几个男同学忙着砌漆黑板,一边安排同学们在教室外面上课。

记得晴天时,我们常在学校南面的杨树林里上课。同学们从教室里扛出长板凳,围坐在树林里;老师讲课时,则坐在树林前面的土路上。有几次语文课,张老师让我领学《人民日报》。

刚开学不久的一天下午,我们和五年级的同学一起,在校园西面水塘埂旁挖土、抬土。正干得热火朝天的时候,大队部的有线广播里忽然传来了低沉凄伤的哀乐,接着就听到一个让举国震惊的消息：伟大领袖毛主席不幸在北京逝世。噩耗传来，犹如晴天霹雳，全校师生一下子都惊得目瞪口呆。大家都停下手中的活计，屏息凝神，仔细地收听广播。

更让我们惊诧的是，五年级班主任张老师竟然当着所有同学的面流下了眼泪，这一幕永远印刻在我的脑海里。那一年我们只有十几岁，正是少不更事、不识愁滋味的年龄，只是默不作声，呆愣愣地看着她潸然泪下。

不久，大队在大队部瓦屋里搭设灵堂，沉痛悼念伟大领袖毛主席。大队所有干部社员和学生都参加了悼念仪式，大家穿着清一色的白色粗布或洋布衬衣，列队陆续到灵堂前鞠躬致哀。凡是进入灵堂的人几乎都哭了，不少人涕泗滂沱，有的更是声泪俱下，灵堂里哭声一片。也许是环境使然，同学们也是哀从中来，多数同学泪水涟涟。后来，我们还和大人们一起，到公社参加了追悼大会。

永远难忘1976年那个金色的十月。中央一举粉碎祸国殃民的"四人帮"，真是薄海腾欢，国人振奋。我清楚地记得，有一次，大队要求干部社员和学生踊跃参加大游行。那天凌晨，我和家人天不亮就起床，赶到大队部时天刚蒙蒙亮。

天亮以后，游行开始。参加游行的约有上千人，站成纵队，浩浩荡荡，如同蜿蜒蠕动的游龙。不少人高举红旗，有的人敲锣打鼓，只要领呼口号者振臂一呼，大家便跟着一起齐声高喊："打倒'四人帮'！""中国共产党万岁！"……大伙大声邪许欢笑，呼喊声整齐高亢，震天动地。那天游行队伍一直往大队南部行进，先后经过三个村庄，大概游行了一个多小时。

上初中以后，我们开始学数学、物理和化学，但是没有开设英语课。一则我们初中的老师，多是从大队高中毕业生和各村小学中遴选上来的,他们压根没有学过英语。二则也许与当时的社会思潮"我是中国人,何必学外文,不学 ABC,照样干革命"不无关系。正是由于我在初中时没有学过英语,到高中时才从头学起,对我后来的高考成绩影响很大。

我对初中的几位老师印象十分深刻。教初中语文的是班主任张荣尤老师,他是刚从村办小学抽调到大队初中任教的。他黑瘦而高,长脸尖下巴,爱开玩笑。他的书法很有功底,间架均衡,清癯刚正,笔力遒劲。

初中开学了,这时家里却发生了一件出人意料的事。虽然我在小学时,学习成绩一直名列前茅,不知何故,父母却突然不让我上学了,喝令我成天放牛。

当张老师得知我一直是班上的尖子生时,便到我们家力劝父母让我上学。我母亲比较开通,很快同意了。可是脾气暴躁的父亲起初死活不同意,为了能让我尽快上学,张老师一连到我家跑了两三趟,最终做通了父亲的思想工作。不仅如此,我上学以后,张老师很快就让我担任班长。

真得感谢张老师,如果不是他苦口婆心地劝说父母,说不定我得在农村当一辈子老实巴交的农民,一生过着面朝黄土背朝天、土里刨食的生活。

刘新富老师个头不高,一脸雀斑,常穿绿军装。他教数学和化学,授课特别认真,一堂课下来,袖口处满是粉笔灰。他和张老师都来自大队西边的刘大店村,他俩说话都带着明显的蛮音,音调舒缓轻细,且有曼妙的拖音,声音特别好听。据说刘老师后来生活很不幸。他因计划生育超生,被大队开除教师资格,只得回乡务农。如今,他已经去世六七年了。

现在想来，我依然感觉很奇怪。在我们那里，竟然是几里不同音、十里不同俗。两位老师所在的刘大店村离我们周岗村最多也就三四里路，语音差别如此之大，令人费解。

周有黎老师中等个，圆脸，面色微黑，说话快而幽默。他教我们物理，还附带着教小学的音乐课。他会吹一口好笛子，笛音悦耳动听，余音袅袅，时常回荡在校园内外。我们两家是近邻，中间只隔一户人家。

初二语文课老师是何其祥，个高且胖，一脸严肃，不苟言笑，同学们都很忌惮他。何老师当时已是中年，在所有老师中他最年长。他是公办教师，来自我们公社别的大队，离校较远，平时住校，周末回家。他讲课讲得非常好，言简意赅，思路明晰，通俗易懂。如今，听说何老师逝世已经三十年了。

他讲的一个故事让我终生难忘。他说，他们村的一个少年，因天气闷热，浑身大汗，正午时分，水性很好的他兴冲冲地到村旁的池塘去洗澡，大裤衩一抹，往塘埂上一甩，纵身一跳，一猛子扎进池塘里，但他从此再也未能游出水面。末了，何老师语重心长地对我们说，你们在洗澡的时候，一定要注意安全啊！

思想品德课由校长周有为兼任。周校长中等个，皮肤白净，双眼炯炯有神，面含微笑，端庄稳重，气质斯文，常穿蓝色中山装，左胸兜上总是别支钢笔，说话不紧不慢，很有领导派头。他讲课有条不紊，深入浅出，很受同学们欢迎。

大队有了初中以后，学校要求出大字报。班主任张老师指令我担纲，并挑选两三个同学从旁协助。我们的工作不外乎是从《人民日报》《红旗》上摘摘抄抄。

出大字报时，大家真是一通忙活。先要仔细翻阅报刊，选好文章及段落，多由老师指定，然后用毛笔摘抄在很大的白纸或火纸上，因缺乏书写经验，字行常常歪歪斜斜。誊好后，还得用白面打糨子，踩着课桌或课凳，张贴在前面过道的东墙上。

那时候，全国还没有恢复高考，我们总以为学习再好也没有用武之地。根本没心思学习，依然十分贪玩。

我们小学快毕业时，学校在试验田上，建造了一个简易的篮球场，木篮架，泥巴地，同学们依然欣喜若狂。初中两年里，一有空闲，我们便争相跑去打篮球。在夏季，放学以后，我和几个要好的同学经常相约打篮球，打得大汗淋漓、筋疲力尽之后，我们就一块到村西的水库去洗澡，清凉怡人，十分快活。

当时，我最痴迷的是听书。上学放学的路上，总是央求同学说他听过的书，听得津津有味，不知不觉间已到学校或村上，只恨上学的路途太近。有时在村里，或者跑到邻村去听书，听到凌晨才睡觉，翌日昏昏沉沉，萎靡不振。

记得有一次上课时，我竟在课堂上睡着了。后来我的同桌把我摇醒。睡眼惺忪中，我看见何老师正站在我桌旁，阴沉着脸对我大吼："站起来！"这是我十几年的学习生涯中唯一一次被罚站。

那时候，公社电影放映队到我们大队放了几次电影。在我们王岗初中，不知怎地，忽然兴起了请同学到家里看电影。今天我们村放电影，邀请同学到我们家；以后在同学村里放电影时，同学又让我们到他们家。当然是男同学请男同学，女同学叫女同学，因为男女同学之间几乎不说话。一般一个同学约请一两位同学到村里看电影，且要在家里住一晚上。

1977年的秋天，学校和村里相继风传冬天要举行全国高考，我们村里的几个年轻人已经开始复习准备应考。我二哥也在夙兴夜寐地复习，想和村里的年轻人一块参加高考。出于好奇，我时常翻看二哥的复习材料，看到有些题目我也会做，心里非常高兴。然而直到此时，我仍不很清楚高考对我意味着什么，依然故我，一心玩耍。

虽然奉上级指示，我们这届初中生毕业之后，须通过考试晋升高中，但学校的教学秩序和学习氛围一如从前。周日照常休息，也没有三天一小考、五天一大考。唯一的变化，就是取消了劳动课。

我们一点也没感受到学习的压力，整天吊儿郎当，变着法儿玩耍。有的同学依然三天打鱼、两天晒网，当一天和尚撞一天钟。以致那年我们学校在全县统一组织的初升高考试中，成绩惨不忍睹，全班五六十名同学，只有五人考上了公社高中，且没有一人考取县高中。

考试一结束，我们这届同学便如烟云散。学校既没举行毕业典礼，也没有拍毕业合影。想想我们这一班同学，同窗五年，有些甚至同学七载，一同上学，一块玩耍，一起上课。临毕业的时候，居然没说一句告别的话，什么仪式都没有，简直如鸟兽散，实在是令人心酸。而今想来，依然让人难以置信。

离开王岗初中以后，大家各自东西。几年以后，王岗初中被撤销，我们大队的孩子们又得到公社初中去上学。

再后来，全班五六十名同学，只有两位同学幸运地考上大中专学校，毕业后有了正式的工作，吃上了老家人十分羡慕的商品粮。

其余绝大多数同学初中毕业后，立马成了地地道道的农民。民工潮涌之时，他们又陆续到全国各地去打工。虽然我经常回老家，除了我们村的少数同学偶尔相见之外，别的村庄的同学几乎再未见过面。四十多年过去了，当年的少男少女都已成了皤然老者，多数都已成了爷爷奶奶，有的甚至已不幸离世。

遥想当年我们在一起玩得那么开心快乐，如今大家为了生活四处漂泊，虽然相距不过三四里路，竟然咫尺天涯，难得一见。每每想到此处，内心不禁有些酸楚。

2020 年 9 月 1 日

关店高中

人生之路坎坷而修远。回首过往辛苦路，总有一些岁月让你难以忘怀，总有不少地方令你刻骨铭心。关店高中是我的母校故土，是我逐梦大学的搏击之地，自然让我魂牵梦萦。

1978年秋天，我作为王岗大队初中五个幸运儿之一，满怀考上大学的梦想，心中充满期待地到关店高中去读书。直到20世纪70年代末，我们公社才拥有真正属于自己的高中，在此之前，全公社的莘莘学子，只能徒步跋涉几十里路，赶到八里岔公社或县高中去求学。

我们的校址在关店镇外的东首，坐落在一片坦荡如砥的沙土地上，是个敞风校园，没有围墙，没有校牌，也没有硬化路，只有四周模糊的小沟将学校与周边不甚明显地分隔开来。

学校所有的建筑都是红色或青色的砖瓦房，主要房屋皆坐北朝南，分东西两区均衡布置，中间是宽阔的南北大通道，各有三排，排排东西对称，校园平旷，校舍俨然。

西区后面一溜瓦房是高一四个班的小教室，我们高一一班在最西头那个教室上课。这排瓦房较为奇特，教室的地面比校园的空地高出一截，出入教室须上下台阶。高一上学期，我们还没有分班，既学数理化，也上史地课。高一下学期开学伊始，学校即按同学们的学业成绩进行了排序分班。四个班中，理一文三，成绩好的在理科班，别的同学全都在三个文科班中。我们理科班仍在紧西头的教室上课。

西区中间一排高大宽敞的瓦房是高二两个班的大教室。上高二时，我们在西边的那个教室上了一年学。高二教室宽大，可容纳的学生多；另外有的同学转学到了外校，有的中途辍学，也转入一些往届高考落榜的复习生，学校将原先高一的四个小班，调整为一理一文两个大班。

东区后面一排瓦房是男生宿舍，同学们都睡大通铺。房间从东墙到西墙的里侧，是一长排低矮的泥巴台子，同学们通通睡在土台子上，两人一伙，抵足而眠。我高一下学期快结束时才住校，曾在这个宿舍住过一段时期。东区当中也是一排瓦房，西头是老师的大办公室，东头是女生宿舍。东西两区前排瓦房均是老师住室。

在东区老师宿舍东面的把角处，还有几间低矮的小瓦房，坐东朝西，南端是伙房，北端也是老师住室。伙房门口有一眼水井，全校师生用水都汲自这口井，也是我们经常洗碗盒的所在。伙房前墙右边有一个大窗口供学生打饭，下课铃声一响，同学们都拿着铝饭盒或搪瓷碗，急急匆匆地赶到伙房，在窗口前排起长龙等着打饭，一直站到水井旁，夏天晒得直淌汗，冬季冻得鼻子吸溜、身子筛糠。

西区老师住室的南边，还有一个简易的体育场，是一块光洁平整的沙土地，有两个木质篮球架、一个沙坑，住校的同学清晨在此出早操，沿着操场四周跑圈。上高一时，偶尔还有一节体育课，不外乎到那块空地跑跑步、跳跳远什么的。到高二时，体育课也不了了之。

校园四周的小沟旁，以及校园内的空地上，种有很多树木。在西区两排教室的前后及西面，有不少高大的泡桐和椿树，夏天的时候，枝繁叶茂，遮盖下一大片荫凉，真是绿荫满园，树影临窗，知了叫个不停。走在树荫下，或坐在教室里，心里总是格外舒爽。后来在校园的别处又种了不少法国梧桐。远远看去，浓密树荫掩映，瓦房整然有序，校园简洁而素雅，是非常理想的学习之所。

校园外田畴一片，阡陌纵横。紧挨学校北面的是一条东西向的宽广土路，是公社的交通要道，往西一直通达县城。出学校往北再往西，沿着这条土路走不多远，即是我们公社最繁华的所在——关店镇。我们时常到镇上供销社买学习用具，方便之至。有钱的同学，偶尔到镇上买一些吃食，夏季多是买瓜果，不外乎菜瓜、小甜瓜和桃子之类尝尝鲜。

学校南面有一条小河——淮河故道，河岸很高，河上没有桥。在夏季，小河两岸苇子森森，分外壮美。我们那里的苇子很特别，状如竹子，很是高大，我在别处再也没有见过。

我家住在小河之南，离学校四五里路。在关店高中上学的两年里，我几乎每天都须从正对校园南北大通道的河槽过河。平时光脚趟水，冬天跳着过河——人们在水流中垫几块石头，或筑几个土墩子，要想过河必须连续纵身跳跃。假如河槽涨水，还得绕到西边很远的吕湾村去坐小划子。

那时我们的学习抓得真紧、学得很苦。整日上课写作业背诵、预习、自修、做复习题，阶段测验、期中考试、期末大考，有时还穿插单科竞赛，真是搞得身心疲惫、焦头烂额，几乎没有任何娱乐活动，也无暇自行玩耍，更没人谈情说爱，整天过着苦行僧似的枯燥生活，失去了少年应有的很多欢乐。也许是刚刚恢复高考，对于大多数农家子弟来说，参加高考无疑是逃离苦难生活、跳跃龙门的唯一阶梯。大家心里都铆足了劲，发誓苦读考上大学，所以都特别用功、拼命学习。

同学们每天早晨6点就起床，匆忙洗漱一毕，赶紧到教室朗读背诵。白天连续上六七节课；午间急忙赶路回家吃饭，返回教室后，根本顾不上休息，立即伏案潜心研习。吃罢晚饭，到教室一坐就是几个小时，埋头学习，或写或看，或问或听，相互切磋，互帮互学，一直忙活到下课。教室电灯熄灭后，不少同学点燃蜡烛，再继续学习到三更半夜。高二寒暑假仍旧照常上课，只在春节休息几天。一年365天，同学们几乎日日夜夜都在为高考奋力拼搏。

那时学校的设备设施简陋，条件极为艰苦。我们老家地处淮河以南，夏季闷热难熬，冬天潮湿阴冷。我们的教室又是老旧的瓦房，没有煤炉和暖气，也没有安装电扇，天热似蒸笼，天冷如冰窖。驱寒主要靠身子抖，纳凉只能用双手扇，夏季热得浑身是汗，冬天冻得直打战。那时学校还时常停电，夜晚同学们经常点着蜡烛，靠着一豆烛光学习到很晚。

数九寒冬时，同学们仍用冷水洗漱洗碗，水井旁盛水的红塑料大盆里漂浮着冰块，井口四周全结着滑溜的厚厚的冰，望着就让人觉得透心的寒冷。手伸进大盆冰凉的水中，顿觉冰冷刺骨，每回洗完碗盒，手指都冻得通红。在漫长的冬天，有的同学冻得手足生冻疮，甚至皲裂出血。

在那个贫穷落后的年代，同学们家境普遍惨淡。在荒年灾月，或青黄不接的时候，很多家庭都是缺粮少柴，家里如有一个天天住校的高中生，生活困苦的程度更是可想而知。为了减轻家里的经济负担，每天中午，同学们大都不畏辛劳，紧走慢赶几里路，有时甚至要迎着烈日或顶风冒雨走路回家吃饭。

同学们晚上多数住在学校，早晚不是嚼干饭就是啃冷干粮，就着自带的咸菜充饥，每天根本吃不饱。大家从家里装点剩干粮，或者背来大米换饭票，早晚到伙房通常只打四两干饭，偶尔买五分钱一份的豆腐或粉条；至于两毛钱一份的肉菜，只有少数人才敢问津。那时学校还没有餐厅，同学们都在教室用餐。吃饭时，每个同学的书桌上都摆放着一个瓶子，形状五花八门，里面装着腌渍的酱秆白、腊菜等咸菜，好一幅动人的校园就餐图。

在关店高中，有两位老师令我终生难忘。一位是高一时的语文老师任泽恩，他是南部的光山县人，20世纪50年代随父母到我们公社定居。他中等个，黑而瘦，一口的蛮音，轻俏细语。平时一脸严肃，不苟言笑，但上课思路清晰，课讲得很好。承蒙任老师关照，上高二时，我和另两名同学在他的宿舍打地铺睡了一年，这份厚恩永远难忘。我考上大学后，曾专程到他家拜访过两三回。

另一位是同学们无限景仰的谷士风老师，高二时他教我们数学。谷老师个头不高，面色灰黑，有很深的黑眼圈，目光炯炯有神，总是漾动着睿智的光芒。他和蔼可亲，幽默风趣，是我们公社远近闻名的数学老师。如今谷老师已经去世十几年了，每当我回想起关店高中的学习生活时，我总会想起他，他那谈笑风生的音容笑貌经常浮现在我的眼前。

两年的工夫一晃而过，同学们很快就面临着人生的大考——1980年的高考在人们的期盼中到来。考试结束不久张榜公布时，全校高考成绩既出人意外，但也在意料之中，毕竟社办高中师资水平摆在那，再加上同学们又多是从村办初中毕业，之前还没有学过英语，总体成绩当然很难尽如人意：文理两个班一百余名同学中，只有五人光荣上榜，其中我们理科班六十九名同学仅有三人考上了大学，但都不过是刚够最低录取分数线，上个大专或中专什么的，竟没有一人考取本科。

更让人诧异的是，我的一位交谊甚笃的同学，平时学习很努力，每回考试门门功课几乎都是头名，但他却很意外地落榜了，大家都难以置信，也为之惋惜。我的另一位很要好的同学，平时学习看上去似乎不是很用功，成天好像吊儿郎当的模样，却是当年轰动一时的全校高考状元。

而今想来，同学们当年高考成绩不理想，原因固然很多，但不知劳逸结合，只是一味地拼命死学，弦绷得过紧，简直学得头昏脑涨，则是成绩不佳的重要原因。结果事倍功半，天天苦学，成绩糟糕，发人深省。

高考结束之后，同学们无奈各自东西。落榜的同学中，多数人回家务农或教书，据说有些后来陆续转成了公办老师，自毕业后，这部分同学绝大多数我再也没见过。也有不少同学选择继续拼搏，或留校，或设法转到县高中去复习，其中的不少同学先后考上了大学，毕业后大都返回家乡，在县城一直辛勤工作至今。

在关店高中的两年里，我学习得很刻苦，但学习成绩一直不太理想，始终徘徊在前十名，好像也从未进入过前三名。最令人失望的是，在高二第一学期行将学完之时，学校举行数理化语文四门学科竞赛，我全都名落孙山，高考落榜也就不足为奇了。

高考失利之后，无奈之下我转到县高中去复习了一年，终于如愿以偿地考上了大学。参加工作后，我几乎每年都回家乡，和在县城工作的同学经常相见。几十年来，我每次回到老家，同学们都会盛情款待，真是让我感动莫名。

前年清明期间，我的一位高中同学亲自驾车陪同我回到母校。他说，在我们离校不久，学校即已改为初中。如今校园的变化实在是天翻地覆，面积扩展了很多，围起了高高的院墙，西区的三排瓦房已全部拆除，高大的树木也已杳无踪迹。代之而起的是宽广气派的篮球场、新颖别致的教学楼，一所现代化的新型初中赫然矗立在我的眼前。

原先东区的三排瓦房前两排还在，但已破败不堪，很多房屋弃之不用，已沦为废墟，不知为何没有拆掉。这两排房子的中间及南面又搭建了很多矮小的砖瓦房，简直是密密麻麻。徜徉在曾经学习生活过两年的校园里，眼见人非物换，我不禁感慨万分。

据说如今东区的新旧瓦房也已扒拆殆尽，预备再兴建新的校舍。校园以前的建筑已荡然无存，母校的形貌只成了我心中美好的回忆。

前些日子，我的另一位高中同学通过微信给我发了一张全班同学的毕业合影，是一张黑白照，我仔细寻找半天方才看到自己。仔细端详着每一张稚嫩的脸庞，很多同学的名字已无法想起，有的老师和同学也已永远地离开了我们，真是让我伤感不已。

那时的我们天真未凿，风华正茂，个个洋溢着青春的活力。一晃毕业四十年，现时的我们脸上都留下了岁月的痕迹，头发都白了，脸上布满了深深的皱纹，都已到了快要退休的年龄。

遥想当年在学校里，我们一帮穷孩子一块上课，一同挑灯夜战，一起排队打饭，晚上同睡一个房间，结伴上学或回家，一路上谈笑风生，憧憬未来。当时只道是寻常，而今一切成追忆！

关店高中办学时间很短暂，前后也就几年时光，大家在那里同学两年，那艰辛苦累的日子总是让人怀念。面对激烈而残酷的竞争，为了梦寐以求的大学梦,同学们一起努力过、拼搏过,有欢笑、有忧愁,有成功、有失败,但都已尽心尽智尽力,所以都无怨无悔。大家因梦而聚,因学而识,朝夕相处,交谊甚深。那段美好的记忆,永远是我人生世界的一道亮丽的风景。

2020 年 11 月 15 日

老家的池塘

我还在老家的时候，村子的周围有很多池塘，这是父老乡亲们生产生活一刻也离不开的水源，也是我们小孩子的天然乐园，更是老家不可或缺的秀美水韵和亮丽点缀。

那时候，我们老家的池塘星罗棋布。我们村庄分为寨里头和寨外头，有四个生产队住在寨里头，一个生产队——五队住在东边仅隔一湾塘水的寨外头。紧挨寨里头就有八口池塘，分别是南寨门塘、东寨门塘、西寨门塘、片子塘、窑塘、草塘、里大塘和南大塘（也叫外大塘）。草塘紧挨窑塘外侧，经常是干涸无水。片子塘很小，在东、西寨门塘交界处的外边，与两塘一埂相连。

在南寨门塘外面的五队，周边也有许多池塘。但那时我的活动范围基本是在寨里头，上学，放牛，干活，赶集，玩耍，来来往往都在村子的西边一带。因而在我的眼里，东面的寨外头那是极为遥远的世界，那些池塘究竟叫什么名字，我也是不甚了了。

在老家未打井之前，为用水清洁安全起见，乡亲们约定俗成，分别给村子附近的池塘规定了不同的用途，因而有了吃水塘、洗菜塘（东寨门塘）、洗衣塘（西寨门塘）和片子塘（专洗小孩子的尿片子）等称谓。

我家住在村子的最北端，紧挨洗菜塘。从村北再往北直至北山头，也就两百多米远，池塘就有七口之多，从里往外依次是西寨门塘、洗菜塘、片子塘、财务头塘、劈柴塘、北山头塘和吃水塘。

村子外面的山岗上，离村子较远的地方，在层层叠叠、密如蛛网的稻田中间，散布着许多池塘和水库。这些池塘大都坐落在稻田上方，有的甚至位于坡顶上，因此如遇干旱，灌溉稻田时极为方便。在岗下的平原里，靠近西边的坡根，还有一个叫大堰的池塘。村子四周及田野里的池塘加起来，少说也得有二三十口吧。

在村西四五百米远的地方，有一个不大的水库，水面只有十来亩，但水很深，大约有六七米。原是一条很深的沟壑，在我十几岁的时候，我们大队沿北岗（又名北山头）岗腰修建水渠时，恰巧从深沟的北面横贯而过，正好将一条旱沟围成一座三角形的水库。记得我也参加了兴修水渠的劳动，和小伙伴们用扁担篮子合伙抬土。

乡亲们不愧是幽默风趣的乡土语言学家，给每一口池塘都起了一个好听的名字。有的依照其用途命名，如前面提及的吃水塘、洗菜塘和片子塘，以及东、西、南寨门塘（新中国成立前为防止土匪进村抢劫兴修的池塘，类似于古代的城濠）。有的根据其形状起名，如锅底子塘、窝子塘和牛角塘。

有几口塘是按照其位置称之，如前面提到的窑塘（很久以前，这个池塘附近有两座废弃的砖窑，因而得名）、南大塘、北山头塘，以及地处坡顶、位置最高、无任何水源、全靠承接雨水的天塘。

还有几口池塘是依其水质和来源名之，如水草很少满塘黄水的浑水塘；以我们生产队队长姓名和两个本家的小名或外号命名的邱战奎塘、劈柴塘和财务头（非常有钱之意）塘，听说这三口池塘是土改的时候分配给了他们个人，后来一律收归生产队管辖。还有的池塘生长很多蚂皮，也就是蚂蝗，故名之曰"蚂皮塘"。

这些池塘的一个用途是，下雨时承接雨水和排水。我们老家地处淮河以南，一年四季经常下雨，尤其是春夏两季，经常是时而大雨滂沱，时而阴雨连绵，有时持续达十天半个月之久。下雨时，村庄里的积水沿着排水沟，大都哗哗地流到紧挨村子的池塘，因而村子里面从未发生过内涝。每到春天或夏天，每口池塘几乎都是库满塘溢。明净的池塘环绕在村子周围，波光潋滟，似镜闪烁，将村庄滋润映衬得十分美丽。

池塘也是乡亲们取之便捷的日用水源。在那个贫穷落后的饥荒年代，我们村西的一、二两个生产队的乡亲们，共用一眼水井，离村子差不多一里地。农忙时节，乡亲们忙于田间劳作，无暇去挑井水；即使农闲时大家有空去挑，但毕竟人口多井水少，如果做饭、烧开水之外再用井水，那简直就是奢侈和浪费。因而在日常生活中大家几乎都用池塘水，洗衣、洗菜、洗澡到池塘，洗脸、洗锅、刷碗都用池塘水。酷暑之时，男人们都到离村较远、水质清澈的水库去洗澡。

村子四周的池塘是我们小孩子欢乐的天堂。我们常在那里打水漂，看大人们拉网或撒网打鱼。冬天里，我们则往池塘的冰面上扔烂碗块或碎砖头，比试谁扔得最远。夏日里，池塘则是天然的游泳池，我们在那里洗澡、嬉戏和游泳。

那时水库和池塘里鱼类很多。有胖头、白鲢、鲫鱼和秧苗子，有乌鱼、草鱼和鲶鱼，还有戈牙、王八、鳝鱼和泥鳅等等。站在岸边，常常能看到小鱼在清波里悠然游动，喁喁着小嘴，喋喋有声。

南大塘是村里最大的池塘，面积约有十五亩，是我们一、二两个生产队共有的池塘。因为南大塘在里大塘的外侧，中间只是一埂之隔，所以也叫外大塘。有几年，两个生产队合伙在南大塘养鱼，所以大塘里没有水草，塘水浑黄。到过年的时候，生产队集中拉网打鱼，男女老少都站在塘埂上喜气洋洋地围观。打的鱼扒堆抓阄分配到户，每户都能分到几尾胖头和白鲢。

村里最美的池塘是吃水塘。因为吃水塘是村里为数不多的饮用水，所以总是受到乡亲们的格外保护。塘水清澈澄碧，夏日里长着青青的水草，漂荡着鸡头米和菱角。盛夏时节，满塘里荡漾着菱角的白花和鸡头米的紫红花，煞是漂亮。

我们那里的菱角都是野生的，除却养鱼的南大塘和窑塘外，几乎每个池塘都漂浮着菱角，而且凡是有菱角的池塘都水质明澈。老家的菱角极为特别，初长时通体为绿色，形为四面体，每个尖角上都有刺；也有的只长两根刺，状如小圆弧。菱角肉白晶如玉，嫩脆微甜。老了时则为黑色，肉质绵软甜面，我离开老家后就再也没有见过。

夏日里，我们在池塘洗澡时，经常采摘菱角吃。秋冬之时，乡亲们用麻绳分段绑着一把麻丝子和一块碎砖头，两人一伙，站在池塘的对岸，拉锯似的在池塘里来来回回地拉沉落到塘底的菱角，黑色的菱角便都粘在麻丝子上。

窑塘略小于南大塘，在村子的西头。也是因为养鱼，塘里没有水草和菱角，一片清黄。夏天那里可是欢乐的海洋。正午时分，天气闷热，我们一群小孩子就一直泡在水里穷折腾，或撩水打水仗，或比试扎猛子，或手脚并用一通"狗刨"。"狗刨"就是不标准的自由泳，四肢在水里乱扑腾。

到了少年时代，我们就告别窑塘，跟大人们一起到村子西边的水库去洗澡。因为窑塘紧挨村子，长大了再在那里洗澡很不雅观，自己也觉得别扭尴尬，有时还会招致女人们的一通臭骂。

水库澄澈，岸边库底又是硬泥，很干净，最适宜洗澡。那里可是年轻人泳技的展示之所。有的泳技十分了得，将衣服往岸上一撂，纵身一跃，一头扎进水里，再从水里露出头来时，已经到了水库对岸。有的双手举在空中，仅靠双脚踩水，也能很快游到水库尽头。有的侧身凫水，箭也似的一会儿就到了水库对面。还有的四仰八叉，仰面在水上躺浮很长时间，真是令人拍手叫绝。

最热闹的是我们队的男女老少，一块到一口池塘里去逮鱼。那时候，生产队经常放池塘里的水灌溉稻田，天气干旱时，有时会把池塘里的水放完。这时候，队里的男女老少就会竞相跑到池塘里去逮鱼，摸到的鱼归自家所有。

大家在池塘里一通忙活，一边在水里转悠，一边目不转睛地盯着水面，看见鱼露出灰黑色的脊背在水面游动，或搅动出水花，就小心翼翼地靠近，用双手快速去抓，或用搪瓷洗脸盆、撮箕去捞。有的人则用脚踩鱼，感到脚下有动静，就立即下手去摸，也能摸到鲫鱼、泥鳅和黄鳝之类。逮的鱼用狗尾巴草或树枝串成一嘟噜，兴冲冲地拎着回家，几乎每家都有不少的收获。

在我们那地方，有的乡亲还经常拎着鸡罩或撒网子到池塘里去逮鱼。用鸡罩摸鱼是在夏天，大都是在中午，一些男人不休息，到池塘里用鸡罩摸鱼，我们小孩子就站在塘埂上或蹚到水里去观看，既洗了澡，又凉快，也看了热闹，非常开心快乐。

用撒网子拉鱼多是在冬季。乡亲们闲暇无事，有的人就背着鱼篓、拎着撒网到池塘去拉鱼，我们小孩子就簇拥着他看稀奇。撒网子是圆锥形，下面四周有一圈一二十公分高的网兜，网脚处拴有铁片或锡片。

打鱼人左手抓住上端的网头，右手缠攥住网腰，拼尽全力向左转身再迅疾地向右回转，面朝池塘时纵身奋力将鱼网抛向池塘远处，越远越好，动作极为潇洒。撒网子落入水面时呈圆形，待鱼网沉入塘底后，边拉边抖，拉上来的多为灰黑的塘泥、碎砖、烂瓦片、破碗块，极少有鱼，往往几网也拉不到一尾鱼。鱼网拉上来后，打鱼人忙不迭地动手扒拉开乌黑的杂物找鱼，还得把杂物抖落掉，常常冻得身子筛糠、鼻子吸溜、手指通红。用撒网子拉鱼得有足够的耐心，而且往往只能拉到一些小鱼。

农村实行土地承包到户后，由于再也无人管护、清理池塘，如今老家的池塘越来越少，而且大都变了模样。连年的污泥杂草淤积，池塘都变得浅如土坑。一些池塘变成了臭水沟，少数水被放干，开挖整修成了耕地。有的干脆被人抢占，推土填满平整后，盖上了房屋，愣是把原先宽阔的水塘挤成了狭长的水沟。有的完全变成了乡亲们的宅基地，消失得无影无踪。

听说由于池塘减少，或变窄变浅，即使现有的小而浅的土坑，因为疏于管理还有豁口，再多的雨水也是白白地流走。因而虽然每年降雨很多，但依然存在水稻干死的情形，令人痛心和惋惜。最为可惜的是，没有了水的浸润辉映，而今老家的田园失去了往日的灵气秀丽，看上去颇有干涩荒凉之感。

如今老家的池塘，不再是过去清波涟漪、水草青青的美丽水塘，而老家也不再是原来美丽热闹的村庄了。

2021 年 3 月 5 日

春　荒

在 20 世纪六七十年代，我的老家极为贫困和落后，乡亲们一年吃不到几顿肉。尤其是到了春上，大多数人家几乎年年都会出现严重的春荒，缺柴少粮，经常吃不饱，生活真是苦不堪言。

在我小时候，老家人常说："年好过月难熬。"那难熬的岁月，就是人们欢天喜地过完大年后接踵而至的春荒。

那时候，一到春上，很多人家吃的难，烧的也难。为了防备春上缺柴烧，有几年冬天，我和大哥还扛着大竹笆子，到村子南面的野外去搂柴火。有时父母还让我和小伙伴们一起去捡树枝，多是躲藏在公路两旁的深沟里，趁四下无人爬到树上去偷砍，天快黑时捆扎好做贼似的背回家。到了年关，我们家院子里的西南角仍有一个山似的柴火垛。

但到过年时，一连几天，家里忙着蒸馍炸猪肉，或酥鱼、酥鸡、酥肉，因为搂的柴火不经烧，待到过罢年，我们家的柴火垛就会用去一小半。

到了春上，柴火垛日渐缩小，及至青黄不接时，家里的柴火便烧完了。每到此时，母亲便愁苦得不行，不得不借钱去买，或东挪西借一点柴火，对付着熬到割大麦或收割油菜籽时，柴火问题才算解决。

逐渐减少的还有我们家米缸里的大米。我们老家地处淮河之南，盛产水稻。春天的时候，大多数穷苦人家几乎天天吃大米干饭或喝稀饭，通常是早晚就咸菜喝稀饭，晌午吃咸干饭；而且下雨不出工干活的时候，一天只吃两顿饭。只有少数家道殷实人家，才能吃到白面馍和面条。乡亲们肚子里尽是清汤寡水，白天还要干沉重的农活，多数乡亲饿得黄皮寡瘦。

咸干饭是大米掺合腊菜做成的。腊菜是乡亲们春上的主打菜，或腌渍咸菜，或烹炒佐餐。更多的时候，则是把它掺合到大米饭里做成咸干饭，有饭有菜，一举两得，也是不得已而为之。我们家经常晌午吃夹杂茎叶浸满菜汁泛绿的腊菜咸干饭。

每年春上，我们家几乎都要吃救济粮。即便如此，到春荒时，我家的米缸还是经常见底。每到此时，在我幼小的心灵里，虽说不知愁滋味，但心中也会掠过一丝凄凉。经常会听到母亲唉声叹气，因为光靠掐辫子、砌草帽、拉麻虾（我们那里池塘的虾很小，装到竹篾筐里看上去密密麻麻，故名之曰"麻虾"。也有人说，虾是水世界里的呆子，故称其"麻虾"，"麻"在老家有呆、傻之意）挣钱也不够买救济粮，她又得想法求人赊借钱粮了。在那个饥饿的年代，多亏了母亲，我们家才度过了一个又一个春荒。

春荒时期，村里多数人家都是寅吃卯粮，成天为一日三餐发愁。不少人家往往吃了上顿没下顿，等米下锅是常事。乡亲们饥不择食，千方百计到田间地头寻找食物，时常挖黄花头（蒲公英）、木仙头、苦腊菜等野菜充饥。

饿极了的乡亲们连草籽嫩苗都吃。外出割草的时候，我们往往会到生产队的稻田里，偷割一些草籽苗，放在篮子底层，上面堆满野草遮盖严实，惴惴不安地背回家。

到了五月，乡亲们还吃洋槐花。我们老家的洋槐花开得茂盛，瓣大肥嫩，在当时算是很好的食材。我们有时会把槐花上的尘土抖搂掉，也不洗，直接塞到嘴里大嚼起来，甜丝丝的，大人小孩都爱吃。把槐花淘洗干净，还可以拌面煎馍或蒸馍，都味道可口。

不少乡亲们竟然吃大麦，这在富裕的人家可是喂猪的饲料。大麦尚未黄熟时，把大麦芒揉掉，抡棒槌捶打麦穗，把捶落的大麦粒簸净麦芒，也不去壳，炒熟后推磨将青大麦粒直接磨成短短的扁条子。这种连壳带面的粗糙条子，乡亲们亲切地称其为"免粘"，简直难以下咽。即便如此，大人们依然舍不得吃，总是先紧着孩子们。大麦黄熟收割后，套牛拉碾子，把大麦粒碾成麦仁子，簸掉麦糠，熬大麦仁子粥，或蒸大麦仁子干饭，质糙且硬，难吃至极。

少数人家实在走投无路了，只好腼颜拖棍去乞讨。在那个年月，村巷里经常能看到叫花子，也有说书或"戮垛"的。"戮垛"者，一手执笔，一手端着墨水瓶，肩上背着褡裢或布袋，在人家屋门右边的墙壁上写谜语、写诗，或写一两句迎祥纳福的吉利话，借以讨点活命的粮食。

为了挣钱买柴籴粮，一出正月，乡亲们就为度春荒忙开了。那时候，因为政府严打"投机倒把"，严禁摆摊做生意，乡亲们能挣钱的门路少之又少。在我们那地方，在春上，多数人家都靠掐辫子、砌草帽赚钱，籴救济粮买柴火。

在漫长的雨季，大姑娘小媳妇们见天忙着掐辫子、砌草帽。下雨时白天黑夜连轴转，农忙时挑灯夜干。那阵子，几乎在每个家庭都能看到有人掐辫子或砌帽子。砌帽子是技术活，工艺复杂，一般的女人砌不了，多数是掐辫子直接卖。一斤辫子能挣块把钱，一顶草帽则卖一两块，这是一笔不小的收入，是当时乡亲们一条重要的挣钱门路。

由于我们家兄弟姐妹多达七人，人口多劳力少，即使大姐出嫁后，仍然还有七八口人吃饭，而且我们四兄弟个个能吃，干饭人人能吃两三海碗，因而家庭生活尤为拮据，是村里数得着的困难户，光靠掐辫子、砌草帽度春荒，显然难以为继。无奈之下，父亲只好常在夜黑到野外的池塘里去拉麻虾。

过了正月，父亲就经常带着二姐到几里外的池塘去拉麻虾，一直能拉到收割大麦。麻虾网通常用细尼龙绳织就，网眼极小，有"拉网子"和"二道槽"两种。"拉网子"口为半圆形，当中有一条长竹棍。

我们家用的是"二道槽"。网为方形，顶端横着一根粗棍固定虾网，网脚下面有一细长的网兜，网兜口上有间隔均匀的几根细绳，上面的绳头捆绑在粗棍上，由棍子拖吊着网口。粗棍两头再各绑一块碎砖头，棍中间及两端各有一条绳子，三条绳子的绳头拴结在长长的主绳上。

拉麻虾时，用力攥住长主绳，拼尽全力将网抛向池塘中间，然后再慢慢地拉着绳把网捯上来。俗话说"快拉鱼慢拉虾"，拉麻虾一定要慢慢地拉才行。

拉麻虾通常是在夜黑里，天擦黑时麻虾最多，据说此时麻虾正从草丛里爬出来寻找吃食，用网很容易拉到，白天拉三网也顶不上晚黑拉一网。

拉麻虾时必须有两人，一人拉网，一人挎着筐打手电；况且夜黑里四野寂静，黑咕隆咚，很是瘆人，俩人一块也可以说说话壮壮胆。

通常是吃罢黑饭，父亲和二姐即穿着靴子出发了。到达池塘后，父亲撒网拉网，网拉上来后，二姐打着手电，父亲借着手电光亮，把网兜里的杂草、碎砖、烂瓦、破碗片、烂泥块扔掉，待到再用碗把麻虾舀出来倒在筐里后，二姐即摁灭手电，如此可以省很多电。这样地一直拉到夜里八九点，有时甚至拉到十来点，少则拉三四斤，多则能拉十来斤。

及至父亲和二姐回到家里时，别人早都睡上一觉了。第二天还和别的乡亲们一样起早出工干活，而且一拉就是两三个月，艰苦劳累的程度可想而知。农历二月，晚黑天气依然很冷，父亲长时间地触摸水淋淋的虾网，翻找冰冷的杂物和麻虾，即使穿着靴子，裤腿和袖口也弄得湿漉漉的，常常冻得鼻子吸溜、手指通红。

白天在田间劳累一天，夜里再拉三四个小时麻虾，很是辛苦和劳累，不是家庭特别困难的，谁也不愿去吃这个苦。那时村上拉麻虾的也不过两三户人家，除却下大雨，每天晚黑都外出摸黑拉麻虾的只有我父亲和二姐，另外两家只是偶尔拉一下而已。

拉完麻虾回家后，二姐立即将锅烧热，也不添加油和佐料，直接把小麻虾倒在热锅里翻炒至泛红，到池塘里淘洗干净，用筐挎到街上去卖，一斤能卖八九毛。卖剩下的父亲也会让全家人打一下牙祭，让母亲配以韭菜烹炒，一片红中点点绿，清香四溢，香喷喷的，特别好吃。

拉麻虾有时还会拉到河瓢（大河蚌）、蛤儿（圆田螺）、乌龟及大青蛙，由于拿到街上无人问津，只好留给自家人改善生活。二姐说父亲胆大手快，拉着青蛙，双手从青蛙嘴部往下一撕，扒下皮，去掉内脏，只留青蛙四条腿放到筐里。河瓢、蛤儿、乌龟和青蛙腿去壳扒皮处理清爽后，放油掺上辣椒放锅里烹炒。

有一天夜里，天色阴沉。父亲和二姐到西边的王岗村和刘大店村之间的一个大塘拉麻虾，离我们家总共有三四里路。刚拉头网起网时，父亲突然悄声对二姐说，别看，赶紧走。二姐不知咋回事，还是忍不住回头看了一眼，她忽地看见大塘对岸站着一个人影，似乎在不言不语逼视着她。她顿时吓得闭上了眼睛，心里扑扑乱跳，脖子里直冒冷气，头皮阵阵发麻，和父亲一起赶紧离开大塘回家。

在回家的路上，二姐问父亲为什么不拉了，父亲说遇见"鬼"了，快到大塘的路上就感觉有"鬼影"跟着，下网时"鬼"也总是站在我们身边。

在那严重饥馑的岁月，乡亲们本来就困难寒苦，春荒更是让大家痛苦不堪。为了生存和活命，大家想尽一切办法利用种种手段，从田间地头、池塘树上千方百计寻找食物，真是无所不用其极，居然也度过了一个个春荒，不能不说是一种奇迹。

2021年4月9日

古息春图

  清清淮河水，灵秀濮公山，述说着故乡息县的沧海桑田。在华夏大地首次设县以来，三千年未更"息"名、未改县制，是当之无愧的"中华第一古县"。

  息县是一块古老神奇的土地。它地跨淮河，地交南北，北接平原，南连丘陵，被世人誉为"淮上江南"。物华天宝，古息国的春秋永载史册；历史悠远，息夫人的故事千古流传。大将军马援曾在此横刀立马，刘邓大军从这里挺进大别山。三千年历史积淀深厚底蕴，两千里淮河孕育秀丽山川，铸就了它的不朽与非凡。

  进入新时代，古老的息州大地忽然焕发出勃勃生机。城市发展一日千里，经济发展捷报频传。今年清明，我和爱人又回到离别一年多的故乡，眼前的景象令人震撼。昔日如火如荼的工地，如今多数已变成一个个美丽的城市图案。县城已经彻底脱胎换骨，短短几年就发生了历史性的美丽蝶变。

  息州森林公园蔚然于城北。回家那天，我们乘车刚下高速，风驰电掣般地行驶不多久，一片绿意朦胧的高大的森林蓦然映入眼帘，那就是远近闻名的息州森林公园。公园占地2000亩，里面耸立着超千亩高大的水杉、池杉和落羽杉，红色塑胶跑道穿行林间。

第二天早晨，我们到息州森林公园去游玩。我们先是参观著名的马援文化广场。广场位于公园南门，占地7万平方米，在中央巨大的方形平台上，巍然屹立着汉伏波将军马援跃马沙场的高达8米的雕像。战功赫赫的马援曾被封为新息侯，领户三千，封地在古息国，家乡人民永远怀念他。

之后我们来到息夫人纪念馆继续游览。纪念馆坐落在公园中央，四周绿水环绕，前后两座拱桥连接馆与园。主殿和东西厢房均为缓斜屋顶，宽廊厦，红柱灰瓦，洋溢着浓郁的汉唐风韵。馆前有四个水池，池上围以洁白的雕花石栏杆，西边的两池皆是水绕小岛，典雅华妙，分外优美。

风姿绰约、亭亭玉立的息夫人白色塑像矗立于纪念馆西北，桃花零落的数十亩桃林环绕周围。伫立在息夫人塑像前，我立时想起桃花夫人"挑灯劝君"、"三年不语"的千秋佳话，心中不禁肃然起敬。

县城西面已全部重新开发。那天游完息州森林公园，返回广场前等车的时候，驻足往西极目远眺，突然眼前一亮，扑入眼帘的是一大片高楼大厦，鳞次栉比，高低错落，满眼是光鲜亮丽摩登现代的耀眼色彩。

老城区也已焕然一新。在家乡的几天里，我每天坐车或步行穿行在大街小巷。我惊喜地发现，县城多条道路和小巷已改造重修，街道更加宽阔平整，整齐舒适，洁净清爽。无论是城乡接合部，还是背街僻巷，都是干净整洁，环境优美。新建致园、百合苑和趣园等十多个街区游园，对护城河、三里沟等五条水系进行了生态修复。如今的老城区河湖襟带，碧水映窗，园近家门，景美怡人。城市品位升了很大档次，文明程度上了更高台阶。

我们曾三游龙湖公园。公园为龙形，南北长约5公里，东西最宽1公里，最窄处也有400米。占地3000余亩，水域面积达700亩，是城区主要的生态景观廊道和绿洲。公园从龙头开始，从北往南，按密林体验、古典园林、人文风情和生态休闲四个区依次优美布局，整个公园多达14园28景。

公园内宽广的湖水波光潋滟，翠绿的烟柳沿湖环绕，古色古香的亭台楼阁依岛傍水。牡丹花海、梅花幽林、桃花园圃和樱花林带点缀，湿地、荷塘和叠瀑增艳，湖心岛、音乐喷泉和桥梁添彩，花径、茂林修竹和长青树木密布。我们徜徉在公园中，但见碧波荡漾，樱花烂漫，红花檵木和红叶石楠红得灿烂，花红树绿，风景如画。

公园湖岸蜿蜒，水域宽阔，水系丰富，桥梁千姿百态，如虹横跨。龙湖古桥和九拱桥最有特色也最为有名。龙湖古桥是景观桥，全长40米，宽4米，三拱廊桥结构，桥顶及两端矗立五座小亭，造型极其优雅，连同倒影组成一幅绝妙的图画。九拱桥横跨龙湖两岸，桥宽30米，双向六车道。桥上雕栏玉砌，桥下溢流成瀑，九拱倒影九环，组成九拱飞虹美景。

那晚我们乘船夜游龙湖公园，只见所有桥上彩灯闪烁，如同仙境；湖中音乐喷泉腾舞，多姿多彩，整个公园流光溢彩，如梦似幻，简直令人心醉目眩。

淮河新区磅礴于城东。新时代面临新的机遇和挑战。时势和挑战使家乡造就了不朽的英雄，梦想和机遇让小城插上了腾飞的翅膀。他们以敢为天下先的非凡胆识，以豫风楚韵为雄厚底气，以忧民之心为笔，以淮河之水为墨，在辽阔的息州大地上，谱写盛世千秋华章，绘就家乡宏伟蓝图——淮河新区终于在家乡父老乡亲的热切期盼中横空出世。新区规划已获省委省政府正式批准，息县即将建成50万人规模的现代化新型中等城市。

新区规划面积达 138 平方公里，其中新城区面积 25 平方公里。布局着产业、科教和商务，还有港口、休闲和文旅，志在打造大别山革命老区高质量发展引领区、创新先行区和绿色示范区。新区建成后，将成为一座城中有园、园中有城、城园融合、人城和谐的美丽宜居新城。

新区建设标准之高、速度之快前所未有。志在扭转教育长期落后局面，快速打造教育强县、人才强县的家乡，诚心实意向远在武汉和信阳的大学抛出了橄榄枝。精诚赤胆，金石为开，渴望中的金凤凰破空飞来。

先是华中师范大学附属息县高中顺势而生，这所现代化公办寄宿式"万人高中"，只用 155 天就飞速建成。后是信阳师范学院淮河校区接踵而至，一期工程 15 万平方米在半年内即宣告竣工。去年秋天，第一批大学生已经顺利入住学校。校园规划淮水入校，园林格局，美轮美奂。两所崭新的学校相继快速落成与投入使用，创造了中国建筑史上的奇迹，开创了信阳地区校地合作的先河，结束了家乡没有大学的历史，家乡教育从此掀开光辉灿烂的一页。

淮河新区双向八车道的谯楼大街和马援大道，以及濮淮大道、李若星大道、叔颖公大道等业已建成，新区"八纵八横"主干路格局已初具规模。今日的淮河新区，一座座现代化建筑如雨后春笋般陆续拔地而起，以其惹人的雄姿高踞于新区之上。

占地 200 亩的华中科技大学附属同济医院息县分院、高 166 米的广播电视塔、荣誉新世界购物中心、市民活动中心、工人文化宫和县委党校陆续建成，信阳地区最高楼、高 139 米的金融大厦主体业已封顶，一批住宅、产业和商业服务中心项目陆续开工或运营。

那天上午，风和日丽，我的一位高中同学亲自驾车陪同我们到新区参观。我们乘车刚驶入谯楼大街,现代化的气息便扑面而来,眼前的景象真是让人激动莫名。新修的多条大道宽广气派,纵横交错,两旁耸立着新建的一排排一片片的高楼大厦,一座现代化的世纪新城已初显其气势恢宏的轮廓,未来已来,难怪家乡人喜笑颜开。

如今县城城区规划边界达92平方公里,已建成30平方公里。建有谯楼、北城和息州三个市民活动广场,大小公园多达十几个。已有息高、一高和二高三所现代化高中,硬件设施全省一流,不拘一格海选英才,教学水平飞速提升。还高标准新建和改造中小学二十余所,兴建足球场十五座,不时看见年轻人驰骋在绿茵场上,城市充满青春的活力。

漫步在城市街头,满眼树木葱茏,石楠火红。街道两旁的香樟枝繁叶茂,雪松翠羽毿毿,广玉兰浓枝密叶,翁翁郁郁,嫩绿青翠。梧桐、杨树等也已萌芽吐绿,真是夹道树木成行,满城绿荫如盖,将小城点缀得绿意盎然,生机勃发。

华灯初上的夜晚,但见街道两旁店铺密密麻麻,商品五光十色、琳琅满目,灯火辉煌,车流如水,一派美丽、繁忙、热闹的景象。今日的家乡真是一座名副其实的美丽之城、文明之城、品位之城和旅游之城。

大广、淮息和息邢三条高速纵横境内,内罗高速正在紧锣密鼓地加速修建。宁西铁路息县站已投入运营。淮河长陵港已基本完工即将通航。宁西高铁息县站、濮潢铁路息县东站、沿淮高铁息县北站,以及淮河新区港、息县通用机场选址正在加紧谋划遴选之中。家乡将会很快构筑水陆空"三位一体"立体交通网。

淮河画廊铺展于城区之南。那天我登上濮公山之巅,驻足远眺,整个县城尽收眼底,展开在眼前的是一幅五彩斑斓、欣欣向荣的美丽春图。

濮公山地质公园坐落在淮河之南。濮公山最高海拔只有160米，因被大文豪苏东坡赞为"东南第一峰"而闻名遐迩。以前曾被家乡人开山采石，挖得千疮百孔，满目疮痍，现已被改建为省级地质公园。矿山变公园，大坑成天池，水质澄澈，随着天气变化，时而绿似翡翠，时而蔚蓝如玉。山下淮河泱泱，山顶小亭翼然，山坡树木葱郁，景色十分秀美。听说早春三月，漫山遍野的桃花和映山红竞相开放，风景更为优美。

地质公园东南则是息县著名风景区桃花谷，占地250余亩，品种多达30余种。春暖花开的时候，桃花灿烂，繁花如簇，云蒸霞蔚，好似一抹红云飘绕在淮河之畔。家乡春来早，清明时节，桃花已经凋谢，我未能一睹那壮美的景色，甚为可惜。

整个城区几乎都是高楼大厦，东西南北连成一大片，楼宇雅致，树木葱翠，蔚为壮观。很多工地脚手架林立，一派热火朝天的繁忙景象。明净淮河映带于城市之南，巍巍大坝横亘于淮河之东。

雄伟的渡淮大桥飞架南北，将淮河南北两岸连成一片。在从县城回老家的时候，我多次经过宏伟壮观的渡淮大桥，每次路过心里都会悄然一动。

刘邓大军强渡淮河纪念馆坐落于淮河之北，地处淮河大埠口东小王湾会议原址处。形似一高一矮两人紧紧拥抱，寓意刘邓并肩战斗的纪念碑巍然矗立，虽然不高，但设计新颖、宽广阔大的纪念馆看上去依然气势不凡，馆内浮雕栩栩如生，声光生动逼真，全景再现了1947年8月27日，刘邓大军冲破敌人的重重堵截，强渡淮河挺进大别山的气壮山河之势。

沿河往东，投资76亿元的大别山引淮灌溉工程主体大坝业已合龙，现已进入节制闸施工阶段，高坝出平湖的旷世奇观即将惊艳于画廊之东。

淮河生态廊道如同两条五彩缤纷的丝带，平铺在淮河两岸。生态廊道植树面积达 7500 余亩，既有香樟、法桐、水杉、栾树等树木，又有桃树、梨树、红梅等花木，还有绿油油的麦苗和金灿灿的油菜花，煞是壮美。

眼前的景象让我心花怒放。但更让我心潮澎湃的则是家乡大地洋溢着的热烈沸腾气象，人人豪情满怀、激情似火，个个奋发向上、热血奔涌，碰撞出冲天干劲，畅想出无穷蓝图，建造出无限梦境，古老悠久的家乡真正迎来了它飞速发展的美好春天！

2021 年 4 月 16 日

老息高

如今的故乡息县仅高中就有三所，分别是华中师范大学附属息县高中——现在故乡人口中的新息高、一高和二高。一高就是1982年以前的息县高级中学，也就是老息高。

1980年，我高考落榜之后，那年秋天，母亲无奈之下费尽周折把我转学到老息高。我得以继续怀揣着考上大学的急切梦想，承载着父母的殷切期望，在那里拼搏复习了整整一年。

老息高是当时县城唯一的高中，也是全县最高学府。在1979年的高考中，学校的一名应届生一举考上了名满天下的清华大学，一下子震动全县，老息高也因此闻名遐迩。家乡的莘莘学子无不渴望到那里去放飞梦想，以期通过自己的苦读，考取大学，跳离农门，吃上商品粮。

老息高故而成为百万父老乡亲心里的渴望，也是全县青年学子心中的向往。母校也确实不负众望，创造了无数辉煌，让成千上万风华正茂的学子在那里成就了自己的梦想，从老息高走向全国、走向世界。

老息高坐落在县城西关，地处闹市，离十字大街很近。那时县城只有东关、西关、南关和北关四条主要大街，呈十字交叉，构成县城的主要格局。从十字大街沿西关往西走不多远，见第一条小巷往北拐，再往北走一两百米，就到了老息高。

学校的大门朝东，有两扇对开的高大的铁栅栏门，但经常铁将军把门，只留两旁窄小的侧门供人员出入。学校门前有三条路，往北是一条小路，往南的路即是前述的小巷。正对大门那条路较宽，通往北关，路两边皆是水塘，路南的水塘为"L"形，围绕在后大堂（县城广场）的北西两面。

进入学校大门，迎面是一栋两层小楼，青砖红瓦，坐北朝南，山墙正对校园大门，这是学校教职员工日常的办公所在。

往右转有一条小石子路，直通学校大礼堂，路南侧是一排高高的水杉树。在小路之北学校的中心地带，赫然矗立一栋漂亮的两层灰色"U"字形教学楼，上下两层高高的廊檐矗立楼前，在当时颇为壮观。应届生们大都在那栋楼里上课。

教学楼前是块开阔的空地。1981年春天，学校曾在那里召开过一次全校学生大会，表彰奖励在1980年冬季举行的全校数理化竞赛中获奖的同学们。我在那次的数学竞赛中一举夺魁，获得的奖品是一个草绿色的塑料封面笔记本和五块钱奖金。

教学楼后是块不大的菜地，菜地北边即是校园围墙。空地西端有几排砖瓦房，前面两排是教室，后面的是学生宿舍。宿舍里紧靠南北屋墙整齐排列着两排双层铁丝床，我在北边一排铁丝床的底层睡过一年。

这两排教室的路南是前后两溜高大宽敞的红砖红瓦房，原先是实验室，后来学生越来越多，教室不够用，学校便把后面一排实验室西边的四间改作复习班教室，我就在那个教室复习了一年。

那年县高中分设八个毕业班，理科班就有六个。我们复习班是理六班，别的班不过五六十人，唯独我们班人数最多，共有一百一十三名复习生。文科班只有两个班。我们班的学生有的是第一次复习，有的已经连续复习两三年了，应届生们戏称我们"老油条"。复习班只有政治、语文、英语和数理化生物七门课程，体育音乐等课一概取消。

在老息高，同学们大都来自县城四面八方的农村，普遍离家遥远，近者几十里，远者百十里。除了家在城关的同学外，多数同学都住校，而且中午也不能回家吃饭，每天吃住在学校，往返学校还有交通费，所以学习费用比在公社中学要高得多。

那是一个贫穷、落后、饥饿的年代。多数同学来自农村，家境贫寒，生活拮据，家里再有一个天天在县城住校的高中生，费用高昂，而且一住就是几年，不少家庭真是为了孩子的前程在艰难支撑，有的主要靠赊借甚至不惜借"高利贷"供孩子上学。

对于大多数同学来说，在县城上学，较之在公社中学学习生活更为艰苦。在公社上高中时，很多同学每天中午都能回家吃饭，可以敞开肚皮饕餮一顿。而在老息高，我们的一日三餐都在学校，家里粮食都不够吃，我们在学校也不可能可劲地吃，几乎都是只吃个大半饱。早上就咸菜吃两个馒头，中午晚上则是打四两米饭，佐以咸菜，偶尔才会打几分钱一份的白菜、萝卜、豆腐、粉条之类的素菜，对于当时都已十七八岁的大小伙子来说，这点饭菜根本吃不饱。

七九级一名师哥考上清华大学后，深深激励着他的师弟师妹们，激起了他们不竭的学习动力，大家热血沸腾，摩拳擦掌，跃跃欲试，拼命苦学，除了吃饭和睡觉，几乎时时刻刻都在学习。同学们早上自习，白天连续上六七节课，中午也不休息，晚上自习至深夜方才回到寝室，天天宿舍、教室和食堂"三点一线"，成天都是趴在课桌上专心学习，或看书、朗读、背诵，或写作业、做习题、讨论，每天忙得不亦乐乎。

那时同学们的学习生涯真是艰苦劳累。学校硬件设施落后，大家夏天热得挥汗如雨，冬天冻得哆嗦筛糠，日夜坚守在教室沉下心来闷头学习。特别是在大考来临时，多数同学还是深信"临阵磨枪不快也光"，更是忙得不行，常常刻苦学习到深更半夜。

我们家的生活更为艰难。我们兄弟姐妹七人，孩子多、劳力少，一直是村里数得着的贫困户。家里又有一个成天吃住在县城的学生，生活更是苦不堪言。在老息高复习的那一年，我所有的费用几乎都是母亲向别人借的"高利贷"，年初拿一百块，到年底要偿还人家一百五十块。

想想父母年事已高，见天还在田间辛苦奔波，承受沉重的稼穑之苦，汗滴八瓣，土里刨粮，节衣缩食，不惜举债供我在县城上学，每每想到此处真是心头酸楚。为了父母和家庭，我心里暗暗发誓，一定不辜负父母所望，全力以赴力争考上大学。

我那时学习真像是在咬牙拼命。成天足不出校，在学习期间没有看过一场电影，也从没进过戏院大门，每天坐在自己的座位上埋头研习，真是两耳不闻窗外事、一心只读高考书。

我只是在周六下午回一趟远在四十里外的老家，因为中途须乘船过淮河，要步行四个来小时才能到家。回家背粮食、装咸菜、拿钱，周日下午再返回学校。那时候，一到周日，返校的每个同学肩膀上都斜挎着一个装有咸菜的书包，背着一个鼓鼓囊囊的装满大米的白布袋或蛇壳袋（化肥袋），成为那时学校非常独特的一景。

一年的寒窗苦读终于换来了回报，在1981年的高考中，我终于考上了梦寐以求的全国重点大学。

而今想来，虽说当年我如愿考上了大学，老实说，这样的成绩不尽如人意。1981年老息高的高考成绩，迄今为止在全县也是最为辉煌的一年，一所名不见经传的普通高中，居然考上一个清华、一个北大，我的一位同班同学则考上了西安交大。

那时我的弦绷得太紧了，比在关店高中时抓得还紧。在关店上学时，每天中午我都紧走慢赶五里路回家吃饭，虽说路途奔波、辛苦劳累，但恰好也是放松休息了身心和大脑。在县城则是成天吃住在校，早中晚一直都在学习。那时我又不知学习之法，不懂张弛之道，只是一味地拼命死学，夙兴夜寐，矻矻终日，日日夜夜连轴转，简直学得头昏脑涨、身心疲惫，效率十分低下。

因而我的学习成绩一直不是很稳定。1980年秋季期中考试时，我考出了空前的好成绩，总分名列全校第二。其时我的野心膨胀，竟然有了报考清华大学的想法。谁知在随后进行的期末考试中，我又跌出班级前三名。在第二年的期中和摸底考试中，成绩也是难尽人意。好在在正式高考的关键一战中，发挥得还算正常，高考成绩名列全班第二，全县第七。复习一年才考了个第七，还不如人家应届生，如此成绩真是难言称心如意。

我们复习班成绩不如"重点班"——理四班和理五班，还有一个非常重要的原因，就是师资力量的配备要差得多。全校各科最好的老师都在"重点班"上课，我们班虽然也有数学老师张法有和英语老师胡太芳等名师，但老师的教学水平总体上参差不齐。有的老师极为平庸，上课照本宣科，有些习题他自己都搞不懂。加上我那时候因为家庭太穷，买不起复习资料，性格又过于内向，不知也不愿去向别人借阅，因而与别的同学并不在同一条起跑线上。所以高考之后，我总感觉意犹未尽，内心颇为不甘。

我们教室的西边是礼堂，礼堂北侧改建成了新食堂，食堂里并没有餐桌，只供学生们排队打饭。我们一日三餐在那里打完饭后，再回到教室用餐。假如天气晴好，吃饭的时候，我们要么蹲在教室前面的水泥台阶上，要么站在前面实验室的后窗台前，将铝饭盒或搪瓷碗放在窗台上，那真是一幅动人的"学子就餐图"。

我们的教室和礼堂之间是一条南北路。这条路的西边、礼堂的北侧，以及礼堂的西面都是教职工住宅区，都是一排排低矮的砖瓦房，式样格局几乎一样。

进入大门往左转也有一条东西向的小水泥路，往西一直向前走，依次经过位于路北的办公楼、实验室和礼堂，直通礼堂西面的教职工家属区，这条路的南侧也有一排高大的水杉树。

这条路的南面是一座条件简陋的体育场，铺着煤渣和沙子，也没划设跑道线。体育场的东面有两个破旧的篮球架，很少看见有人在那里打篮球。学校不上体育课，同学们一天到晚就是坐在教室里潜心苦学。

校园的西面是年久失修的护城河，南面是一条经常干涸而狭窄的小水沟，纵身一跳就能跳到对岸。东南的小土丘即是烈士陵园。

说起老息高，不能不提及我们的数学老师张法有。他是我们县非常出名的数学老师，是母校的骄傲和名片，是家乡父老公认的息县教育界的旗帜和标杆，令人仰止，受人敬重。

令人印象最为深刻的是张老师时常两手空空的来上课。上课经常不带教材和备课本，也不带教具，他能将所有的例题和公式背写下来。尤为神奇的是，他靠灵巧的右手，画的几何图形又规范又漂亮。张老师讲课时激情澎湃，声音洪亮，思路清晰，幽默风趣，还经常和同学们幽默互动，能将大家的学习兴趣全都调动起来，所以同学们大都愿意听他讲课。前年五月，八十五岁高龄的张老师不幸因病去世，回忆往事，不胜怅惘。

我1981年离开母校，至今已经整整四十年了。其间也曾回去过两次，就在今年清明期间，我再一次地回到了阔别多年的母校。

母校如今完全变了模样。校门南移，并建造在一栋大楼内，很像一条隧道口。原先的学校大门，以及大门外的水塘和广场上，全都盖上了楼房，以前的小巷也变成了宽阔的马路。校园内过去的房屋已了无痕迹，代之而起的是一座座新颖别致的小楼和体育场，一所崭新亮丽的现代化中学展现在我的眼前。只有两排高大的水杉依然耸立在校园中央，心中顿有不胜今昔之感，真是沧海桑田、人生如梦。

我年轻时候的那所老息高，只能是在我的想象中了。徜徉在似乎陌生的校园里，我仿佛又看到了同学们艰苦备战的疲惫身影。这里是我梦想成真的地方，也是我心中一段非常难忘的青春记忆。

2021年4月30日

大　哥

在我们兄弟姐妹七人中，大哥一生最为坎坷和不幸。一生劳苦，到老来才成家，没有孩子，生前又饱受病痛之苦，一辈子孤苦寂寞。

大哥生于 1950 年 9 月 21 日，长我一轮，大排行老二，比大姐小三岁。他生长在那个极度贫困饥饿的年代，童年和少年正是长身体的时候，恰又赶上严重的"三年困难时期"，故乡发生了空前绝后、震惊全国的大饥荒，不少父老乡亲被活活饿死。大哥在那个苦难的年代能够活下来，已实属不易和万幸，童年之苦可想而知。

到了该当上学的年龄，大哥也曾和同龄人一起跨入过校门。但入学不久，即因家庭穷困、无力继续供养，不得不中途辍学。大哥八九岁时即开始放牛，十多岁时就跟着大人下地劳作，出苦力干十分笨重的体力活，挑拉扛抬，无所不做。为了多挣工分，大哥十五六岁就干和成年男劳力一样的重活，每天能挣十个工分，而他的同龄人只能挣七八个工分，小小年纪即承受沉重的田间劳作之苦。

二十岁上，为挣钱贴补家用，大哥就和村里几位大人们一起，拉上架子车跑运输，这一拉就是三四年。

由于当时家里一贫如洗，根本买不起驴，大哥只能依靠自己的体力拉架子车。大哥每次都拉上千斤沉重的货物，还得走几十里甚至一百多里的路程,且多为土路,凸凹不平,还要经常上山过坎,真是艰苦备尝。

因为只靠人工拉架子车实在太辛苦,而且挣的钱也少。后来,家里靠东挪西借、七拼八凑,好不容易凑够三十元,给大哥买了一头干瘪瘦削的老叫驴。浑实健壮的叫驴得五六十块钱,家里根本买不起。人家拉架子车主要靠好叫驴,大哥拉架子车几乎全凭仗自己年轻的体力,那瘦弱不堪的老叫驴只能是搭把手而已。

为了给家里多挣钱,大哥不惜体力,不怕吃苦、不怕受累,不管多远多重多难,只要能挣钱什么都拉,帮建筑队拉石头,为粮管所拉粮食,给供销社拉货物。每回都要拉上千斤,买了毛驴后一次要拉一吨多,把架子车装得满满当当,压得四轮瘪扁,好像随时都可能爆裂,叫驴又干瘦无力,大哥每次都累得筋疲力尽。特别是爬坡上坎时,大哥总是低头弯腰拼命用力呼哧呼哧地喘大气,一点一点地往上挪往上蹭,有时还得同伴帮助拉一把才能勉强爬上去。

最苦最累最难的是从我们县的濮公山拉石头到潢川县城,五六十公里坑坑洼洼的公路,拉着架子车吱扭吱扭地颠簸着得走一天多。吃住都在路上,有时还得自己支锅做饭,真是风餐露宿,日晒雨淋,苦不堪言。吃饭不定时,经常啃凉馍喝凉水,长此以往,终于吃伤了肠胃,以致大哥老年患上严重的胃病。

那时挣钱极为困难,拉一斤石头只挣几厘钱,辛辛苦苦、千难万难地拉一车石头到潢川,也就挣十几块钱。除掉吃喝补车胎等用项开销,所余无几,留够自己每天的生活费用后,大哥一律及时上交给母亲。

大哥生性内向,讷涩寡言,宽厚善良。在我们兄弟姐妹中,性情最为温厚和善,无论对谁都特别实诚厚道。做事不急不躁,说话不紧不慢，很少与人红脸，从没有主动和别人动过手，因而在村里人缘极好。

大哥个头不高，只有一米七，在我们兄弟四人中最为矮小。但却最能吃苦耐劳，身体也最为强壮有力。他年轻时挑起两百斤重的担子健步如飞，担着三百多斤的挑子照样行走自如。

在村里，大哥是有名的老实人，踏实能干。无论是在生产队干农活，还是在自己家里忙活计，大哥都诚实勤快，任劳任怨，从不发牢骚抱怨。家里挑庄稼挑粪挑土、担粮食担水搂柴火等一应重活脏活苦活，他都是主动默默地去干，从不偷懒耍滑挑三拣四。正因为有大哥，我小时候轻闲不少，可以说没有大哥的辛勤劳作，我也不可能考上大学。因为就在我们村上，有的同学就因家庭缺少劳力，无奈中途退学帮大人干活。

大哥憨厚听话，孝敬父母。对父母唯命是听，哪怕再苦再累再脏从不违拗，很少顶撞父母。他心宽大度，从不斤斤计较。他知道家境贫寒，从不叫苦叫累，也绝不与别人比吃比穿，更不会与弟妹争多比少。他总是逆来顺受，沉默不语。

尽管如此，终因家庭寒苦，大哥都二十好几了，依然没有找到对象，这让父母焦虑不安。母亲通过各种途径托人找关系，千方百计让大哥去当兵。谁知大哥血压高，体检不合格，只得断了这个念头。

后来在好心人的帮助下，大哥在公社的砖瓦厂干了几年。接着母亲又四处奔走辗转请托别人为大哥张罗婚事，无奈因姊妹太多家庭太穷，女方家都婉言拒绝。有人好意劝说父母，干脆让二姐给大哥换亲，可有骨气的大哥无论如何不同意，他不想牺牲二姐的前途换取自己的幸福。也有人劝大哥到别村去入赘，大哥也坚决拒绝。可怜自小受苦受累的大哥，一直打光棍，直到五十多岁才成家。

老实说，大哥一生凄惨孤苦，跟我的愚拙无能不无关系。其实，我大学毕业参加工作时，大哥不过三十五岁。如果不是我那时还怀揣着虚无的梦想，先是在大学毕业那年，我千辛万苦考上北京的研究生没有上；分配到北京一家国家部委研究院工作后，又一心想再报考名牌大学的研究生。

我到北京后才得知，北京的名牌大学里并没有我学过的专业，我感觉希望渺茫，不得不知难而退。后来竟又鬼迷心窍地痴迷上了文学，竟躲到象牙塔里闷头看了六七年文学书，两耳不闻窗外事，这样一直浑浑噩噩地蹉跎十年光阴。既影响耽搁了自己的事业前途，也没能帮助大哥摆脱困境，一味地死读书又将自己读成了十足的书呆子。

假如那时我不那么傻用功死看书，脑子活泛一点，交际广一些，央人帮大哥安排个工作甚或找个临时工什么的，或许大哥就能早些成家并有孩子。这也正是让我愧疚终生之处。更让我痛苦的是，大哥从未因此而埋怨过我。

我的职业生涯荒废了十年，大哥不仅又在农村脸朝黄土背朝天地辛苦了十年，而且婚姻上又耽误了十分宝贵的十年，一晃大哥已至中年。

1995年，我调到国家机关工作不久，通过一位好友的关系，为大哥谋到了一份临时工，在某矿务局的一家新办工厂上班，究竟是何工厂现在也已全然忘记。大哥上班之后，我又很少关心过问，对大哥在那边的境况一无所知。直到有一天，大哥找人帮忙给我打电话，说什么也不愿再在那个工厂待下去了，想立马回家，说是在工厂太苦太累，他身体根本吃不消。我苦留不住，无奈之下只得让大哥回家继续务农。

大哥回到家乡，与年老多病的母亲相依为命。二哥和弟弟家境殷实，可谁都不愿意孝敬和赡养母亲。我也曾多次劝说调处，他们都置若罔闻，不愿意出一分钱拿一粒粮，侍奉母亲的重任就完全落在大哥肩上。

我那时家庭收入微薄，孩子还在上学，对大哥的贴补也十分有限。步入中年的大哥依然在承受稼穑之苦，还要照顾母亲，成天过着孤独苦累的生活。

大哥兴趣爱好广泛，喜欢听收音机、玩牌、搓麻将。农闲时日或农忙时的晚上，大哥经常津津有味地收听广播，听评书和河南豫剧、曲剧。每当大哥收听的时候，我也经常旁听，因而著名评书表演艺术家刘兰芳、单田芳和袁阔成的名字耳熟能详，豫剧、曲剧《卷席筒》《铡美案》和《朝阳沟》等现在仍记忆犹新。

大哥的牌艺很高。无论什么牌具，他总是一学就会，技艺渐长直至融会贯通。大哥打"三捉"、玩长牌、搓麻将、摸骨牌都是好手，即使下"干子宝"（猜铜钱的正反面）、推"牌九"等游戏也是行家，总是赢多输少。说是"赌博"，赌注也就几毛钱，其实就是一种很平常的乡间娱乐。

记得有一年，我们家的生活陷入困境，眼看快过年了，竟无钱置办年货。正在为难之际，母亲偶然听说大哥打牌赢了不少钱，就试着劝说大哥把钱贡献出来。大哥二话没说，就把兜里仅有的六十多块钱全都掏给了母亲，那年我们全家就靠大哥打牌赢的钱过了一个年。

没有家室和孩子，大哥倚仗吸烟、喝酒和玩牌搓麻将等乡村娱乐打发冷清孤寂的生活，这也招致了姊妹们的不解和埋怨。对大哥看似懒散和无聊的生活，我是十分同情和理解的。大哥孤苦一人，茕茕孑立,靠做无为之事,排解心中苦楚,以遣有涯之生,实属无奈之举。

再后来,也就是在母亲去世之后,大哥和我们村一位新近寡居的女人结了婚,五十多岁的时候才好不容易成了家。在他们结婚的时候,我咬牙给大哥寄了一万块钱,让他在老宅基地上盖了三间小瓦房,两间正屋一间厨房,至此大哥总算有了一个温馨的小家。

然而好景不长。大哥和大嫂之间偶然的一次小误会,导致两人大吵一架不欢而散,大嫂一怒之下离家出走到了县城她大女儿家。大哥多次找人捎话让大嫂回家,我也求人从中斡旋始终未果。其实大嫂内心一直渴望回家,主要是她的两个年轻识浅的女儿从中作梗。之后她的孩子们又把她带到上海去打工,她和大哥一分居就是三年。自那以后,大哥的生活费用全都由我负担。

这三年,也是大哥一生中最为艰难痛苦的日子。一则步入中年以后,大哥身体状况开始每况愈下,年轻时过早地下地干沉重的农活,埋下的隐患终于开始显现。其间他的病情逐渐加重,严重的胃溃疡和肺气肿几乎折磨得他寝食难安。日益恶化的疾病折腾得大哥严重脱形,形容枯槁,弯腰驼背,不能落座,一坐臀部就疼痛难忍,因而他平时总是蹲在地上。行走时更是吃力艰难,走几百米就得蹲下歇息一会儿。二则弟弟的大女儿自小残疾,生活不能自理。那时弟弟正吵着打着闹着要和弟妹离婚,他们俩将残疾的大侄女丢给大哥,自己却在外打工逍遥自在,对侄女不管不问,害得自顾不暇的大哥拖着病体还得照顾大侄女。

那时我的家庭状况开始逐步好转,但有力无处使。我虽多方努力找人让大侄女入住养老院,因她既是女同志又不能自理,养老院无论如何就是不肯接收。我打算在镇上给大哥买房或租房,让他在镇上生活方便一些；在上海打工的小妹也让大哥去她家，大哥却都不愿意。他一是不想麻烦我和小妹，二是在村里熟人多，能够聊天玩牌，生活更热闹充实一些，也好方便照顾大侄女。

母亲去世后，每年春节，我都是在北京陪同爱人、孩子一起吃罢年夜饭，大年初一或初二便匆匆赶回老家陪同大哥。几乎年年如是，一直坚持很多年。

大哥一辈子喜欢抽烟喝酒。我唯一能做的，就是每次回老家看望大哥时，必给大哥买一些好烟好酒。可大哥舍不得全部自个儿享用，等我下一次再回老家看他时，我吃惊地发现，以往给他带回的好酒还有一些仍储存着。我问他为什么还不喝，他总是朝我笑笑，憨憨地说，等在外地的弟弟侄子们回来时一块喝。我看着瘦得弱不禁风的大哥一时无语，他就是这样一个人，心里总是想着别人，尽管弟弟一直对他很冷漠，甚至还经常不管三七二十一地喝问训斥他。

好在三年以后，在一位本家侄子的竭力撮合下，大嫂终于又回到大哥身边。但此时大哥已病入膏肓，经常疼痛得无法起床，他又不愿意住院治疗，最后的时日，全靠大嫂悉心照料。

2015年2月3日上午，小姑和二姐先后给我打电话，说是大哥又病倒了，起不了床了，头天夜里拉几次肚子，大便带血，怕是不行了，让我赶紧回老家。

我乘坐高铁当天深夜即赶到县城，第二天上午急匆匆赶回老家时，只见大哥病势沉重，骨瘦如柴。医生告诉我，给他打针非常困难，每次都得试扎好几回才能勉强把针头扎进去。大哥已不能吃饭，粒米不进，只能吃力地喝点奶粉。当时正值年末岁初，单位公务繁忙，我在家里待了三天即返回北京。

回到北京刚几天，二姐又给我打电话，告诉我，大哥一天一夜没喝奶粉了，已昏迷不醒，这次怕是真的不行了。2月14日，我再次火速赶回老家。大哥那时已是生命垂危，只能偶尔吃一丁点儿草莓或西瓜，主要靠打消炎药止痛、注射营养液维系生命。

到了2月18日大年三十那天下午，大哥病情突然再次恶化，疼痛得已不能安稳地躺下，只得由大嫂一直搂抱着坐在床上，而且他还疼痛难忍，不住地呻吟喘气。凌晨3点多，大哥已经完全昏迷；大约5点，只有六十五岁的大哥永远地离开了我们。

长兄如父。父母先后谢世后，大哥就是我们姊妹的心灵靠山、精神支柱。大哥一走，立时痛感靠山塌了、支柱倒了，而且一想到正是由于我的昏昧无知，才使大哥受尽世上千般苦，我当时真是痛悔交加，哀痛至切，泪如泉涌。

大哥去世后，我总会想起大哥，想起大哥与我们姊妹在一起的日子。想起大哥在每年大年三十下午，领着我们兄弟依次作揖磕头祭祖，一齐围桌而坐，举杯同饮，热闹过年的情景。想起每年春节回老家，大哥与我们一块打"三捉"、摸麻将高兴快乐的时光。每每此时，我的内心总是悲怆不已。

为了家庭，为了姊妹，大哥受苦受累孤独寂寥一辈子，而且无怨无悔，无论我们怎么做都无法报答大哥对我们的骨肉深情。

安息吧，大哥！

2021年6月26日

观影旧事

北京现在的电影院无不富丽堂皇，设备先进，地毯软座，豪华舒适。而且是宽银幕，立体化，数字化，高清化，观看效果日臻完美。有的影院影城建在现代化的大型商厦里，既能看电影，又能吃饭购物，一举多得，方便舒服之甚。即使这样，近些年，我也很少去看电影；偶一为之，也是为了陪伴爱人。

如今看电影真是方便。只要想看，随时随地都可以观看，笔记本、电脑、手机上能看，在台式电脑和电视上看则更为简便舒坦，还可以安装家庭影院。而且想看啥就看啥，想从哪看就从哪看，只要轻轻摁一下快放、回放或搜索键即可。甚至在高铁、飞机上也能看电影。

在我小的时候，有时几年也看不上一回电影，偶尔看一回，简直像过年过节一样高兴。我第一次看电影已是很遥远的记忆，当时可能只有四五岁，因此印象十分模糊。只记得放映地点是在我们村的西门口（村西头的一块空地，靠近村子西边的出入口），黑白影片，人在银幕上晃来晃去，内容根本看不懂，只清楚地记得有一台机器在人群后头很远的地方"突突"地响着。

我看过的至今记忆比较清晰的第一部电影是《红灯记》。那是在关店镇上看的，放映的场地是在靠近公社大院一块旷阔的空地上，窄小的镶黑边四方雪白幕布拴绑固定在两根高大的铁棍子上。

那天傍晚,我早早地吃完饭,就和同村的几个大人小孩一同上路,兴冲冲地步行到四五里外的关店镇,到达放映场地时天还没有黑定。

那天看电影的人真多。四面八方辐辏于镇上的大道小路上,到处涌动着兴高采烈去看电影的人流,电影幕布前人山人海,黑压压一片。乡亲们大都是站着看电影,后边的则站在板凳上或椅子上,也有的站在墙头上东方红拖拉机的履带上或柴火垛上。

我们也是站着看完电影的。有时正看着,忽然就刮起了大风,棍子和银幕一同摇晃,幕布时而鼓凸成包,时而凹陷似兜,银幕上的人物也就随之跟着变形,滑稽之至。但我们还是看得津津有味,兴奋莫名。

电影一开始就给我以极大的震撼。那雄壮的乐曲,那银幕上蓝色画面当中巨大的耀眼夺目的大红五角星,还有那五角星四周不断四射闪动的银线,画面极为壮丽,让我至今难忘。

电影《红灯记》给我留下的印象特别深刻。过年时家家户户张贴的年画里都有《红灯记》剧照,有钱人家的收音机里来回播放《红灯记》唱段,因而电影里的一些唱词至今仍然记忆犹新。"我家的表叔数不清,没有大事不登门","临行喝妈一碗酒,浑身是胆雄赳赳,鸠山设宴和我交朋友",那雄浑壮美的唱腔至今仍仿佛在我的耳边回荡。

另一部让我难忘的电影是《朝阳沟》。大概是我上初一那年的春天,公社电影放映队来到我们大队,放映黑白电影——豫剧《朝阳沟》。这部电影深受父老乡亲们的喜爱,大家尤为喜欢电影里那优美的豫剧曲调和唱词。

那时我们生产队一户有钱的人家买了一台收音机,每天中午和晚上，他家的收音机里总是播放《朝阳沟》唱段，在村巷里老远就能听见，我几乎是百听不厌。久而久之，大部分唱词我都能背得滚瓜烂熟。也就是从那时起，我逐渐爱上了豫剧，而且直到现在仍是我的一大爱好。

我特别喜欢挤到放映机周围去看电影，因为在那里能看清放映员怎样安装胶片。那时我总是很奇怪，那么一盘长长的胶片转动的时候，巨大的光柱照射到银幕上，怎么就能映照出一个个人来？

小时候看一场电影真是很难。公社放映队一年也难得来一次，好不容易盼来了，有时仍然看不成。记得有一次去一个邻近的村庄看电影，我们照例很早就赶到了那里。等到天完全黑下来时，电影还没开始；又等了很久，仍然没有放映。这时人丛中开始出现骚动，人们相互打问，终于问清楚了，发电机坏了，放映员正在忙着抢修。大家焦急地等待着，熟识的人们围在一起闲聊，小孩子们在人群里乱窜乱撞。有的实在站得累了就蹲下或坐在地上，不少人抽着烟，放映场上烟火明灭，烟雾腾腾。脾气不好的人开始谩骂，一时间，喊叫声、说笑声、怒骂声轰响成一片。发电机末了还是没有修好，人们开始四散离开，我们也只好怏怏地回家。

有一次，好像是在关店镇上，我们正看得入神，幕布上突然没有了画面。大家都很扫兴，不约而同地转过头去看放映员。一问方知，放映员正在等胶片，上一盘胶片放完了，下一盘胶片还没有及时送过来，因为那盘胶片在别的公社的一个邻近村庄放映，那边看完了，才能送到这里放映。好在虽然等了很久，在大家的热盼中最终还是等来了那盘胶片。

还有一次，好像也是在关店镇上，我们正看得起劲，发电机突然坏了，等了老半天也没修好。大家都不甘心，站在银幕前心急如焚地等待着。可是又苦等了很长时间仍未修好,我们只好失望而归。在回家的路上,我一直冥思苦想着电影接下来可能要发生的情节,一路上浮想联翩,心想要是能够看完该有多好,都怨那可气的发电机。

最失望的是有一次在我们村,那天放映的是彩色影片《闪闪的红星》,这部电影我们小伙伴特别爱看。正看到精彩热闹处,突然下起了小雨,有人给放映员撑把伞,乡亲们冒雨继续观看。可是那恼人的雨越下越大,乡亲们只得恋恋不舍地往家跑,衣服都淋湿了。更让人恼火的是,那场大雨竟然整整下了一夜,彻底浇灭了我们再接着看下去的希望。

有一年夏季的一天,不知有人从哪里听说小河对面的一个村庄放电影,那个村离我们那里大约四五里路,到底是哪个村庄于今已全然忘记。当即有人撺掇大家去看电影,居然也组织起七八个人来,其中有我和二姐,另外几个人我已记不清楚究竟是谁了。

那天吃罢黑饭,我们急匆匆地赶到那个村庄时天刚擦黑。一进入村里,看到村巷两旁人家的门口,人们或站或蹲,端着大海碗在吃饭,看到我们这些陌生人都很惊讶。我们顿时感到情况有些不妙,如果放电影,这些人不会安闲自在地在自己家门口吃饭闲聊。我们一行中有人连忙上前询问,果然他们说村里并不放电影。我们仍不死心,继续朝村子里面走去,接连又问了好几个人,他们不是摇头就是摆手,我们这才傻眼,只好无可奈何地转身往家返。

那天夜黑,月光皎洁,大地如同白昼。离开那个村子之后不久,我们就将没看到电影的烦恼抛诸脑后,大家又恢复了临去时的欢快心情。一路上有说有笑,走得很快。快到我们村庄时,看见小路两旁的稻田里,许许多多的萤火虫一闪一闪地跳跃着,忽高忽低,一片萤光闪烁,仿佛进入了童话世界。直到今日此情此景仍时常浮现在我的眼前。及至我们回到家里时，父母都已经睡下了。

有两年，在我们王岗初中，不知怎地，忽然兴起了请同学到家里看电影之风。今天我们村放电影，邀请同学到我们家；下次在同学村里放电影时，同学又拉我们到他们家。

记得有一天我们村放电影，当天下午学校很早就放了学。下课铃声一响，同学们快速收拾好书本，挎上书包，匆匆离开教室，像潮水一般从学校大门倾泻而出。

到了校门外，出现了一片拉拉扯扯的动人景象。我们村里的同学，极力邀请要好的同学去看电影。当然是男同学请男同学，女同学叫女同学，那时男女同学几乎不说话。被请的同学，尤其是女同学往往很客气，扭扭捏捏，你往前拉，她（他）就拼命挣脱或整个身子使劲往后矬，害得她（他）的同学生拉硬拽老半天，才好不容易把她（他）拉过去。家境富裕的同学有的同时请两位同学，吃住都在他们家。

在我们村放电影的前两天，我也战战兢兢地跟母亲说，想请一位交好的同学到我们家看电影。母亲很为难地说："你看看我们家，一共只有两张床，自家人都挤得够呛，你的同学来了住在哪？"家里的情况我心知肚明，我对有些难过的母亲说，就管他吃顿饭，看完电影后让他回家。那天我究竟请的谁已记不得了，现在想来，很对不住那位同学，别的被请的同学都是看完电影住到同学家里，第二天早上再一块去上学；而我请的那位同学看完电影后，不得不披星戴月地连夜赶回家。

我第一次能够坐在电影院里舒舒服服地看场电影，还是1980年7月的事情。其时我刚参加完高考，在县城堂姐家住了半个月，给准备报考技校的大外甥做考前辅导。记得那天是大姐陪同我和猴哥

（堂哥，因外号叫老猴而名之）到息县电影院看电影，电影院内高大空阔，宽敞明亮，硬板座位，那时感觉坐着真是舒爽极了。

1981年夏天，也就是我在息县高中刚参加完第二次高考后的一天，堂姐给我买了一张电影票，大概是一毛五分钱，她和洪哥一同陪我到县城电影院看电影《刑场上的婚礼》。在县城上了一年学，我压根都没进过电影院。时间过得真快，如今已经过去整整四十年了，而我的堂姐，也早在1985年的冬天永远地离开了我们。

2021年7月9日

老家美食

我的老家周岗地处美丽的淮河以南、淮河故道之滨,气候适宜,土地肥沃,是农作物和牲畜不可多得的生长良境。神奇的自然孕育出绝佳的食材,丰赡的人文创造出绝妙美食。

记得小时候,我们老家家家户户都有菜地,种植各种各样的时令蔬菜。春天,韭菜、蒜苗和腊菜茁壮生长;秋天、冬天吃萝卜、白菜、胡萝卜和酱秆白。夏季蔬菜种类更是繁多,菜地里密密匝匝,满是小巧可爱、千姿百态的蔬菜,瓠子和葫芦匍匐在地,茄子、豇豆和青椒垂挂枝蔓,荆芥、苋菜和莴笋丛密挺立,煞是惹人怜爱。

在我们老家,不管种什么蔬菜都长势很好,而且同样的菜,我们老家的菜比我在北京见到的菜更鲜绿嫩青,那水灵灵的质地和色泽真撩人的胃口。比如老家的菠菜、萝卜、葱和蒜苗,不像我在北京见到的傻大粗壮、质糙乏味,而是茎细叶小,小巧玲珑,水灵嫩翠,无论热炒还是凉拌,都清香可口。最特别的是卷心大白菜,短粗肥壮,抱心抱得紧,洁白细嫩,吃到嘴里有一股诱人的清香。

老家的荆芥也很独特,青绿水嫩,凉拌时口味绝佳。凉拌荆芥至今仍是遍布在全国各地的信阳餐馆的当家凉菜,也是我每次到信阳餐馆吃饭时必点的菜品。

老家的豆腐堪称上乘。在我们那地方，豆制品有水豆腐、干豆腐、二薄和豆腐涝子（豆腐皮）之分。二薄比水豆腐薄、比干豆腐厚，故名之曰"二薄"，这好像是我们老家独有的豆制品，我在别处没有见过。

老家的豆腐涝子质地细腻而光滑，口感筋韧而幽香，经煮不碎，耐嚼好吃，北京的豆腐皮真是无法与之相比，就连我们家来自南方的儿媳也对之赞不绝口。每年我们都让亲戚朋友从老家捎带很多的豆腐涝子，在北京一般不买豆腐皮。

我们那里的鸡猪牛羊和鱼鸭鹅滋养在淮水沃土，且大都是天然养成，真是道道地地的柴鸡、柴猪、柴蛋和野生鱼，做出的菜肴真是无上的美味。不知是何原因，家乡的猪肉很紧致、有嚼头、特别香，在北京很难吃到那么香的猪肉，以至于有的老乡回老家过年，返回北京时一定要携带几块猪肉回来。

乡亲们的聪明才智，大地的丰富物产，催生出老家璀璨的饮食文化。在我们老家，饮食是非常讲究的。干饭（米饭）、馍、面条和鸡鱼肉豆腐的做法花样翻新，形状和口味真是应有尽有。

我们老家的干饭有很多种巧妙的做法。既做咸干饭、炒饭和红芋干饭，还做各种豆饭，即在大米中掺入适量的五色杂豆，也能做成各种十分可口的米饭，比如红小豆（红豆）干饭、绿豆干饭、豌豆干饭、婆娘子（一种豆类）干饭等等。

在我们老家，一年四季，随着农作物和蔬菜的不同，竟能将馍做成十几种不同的模样和味道。仅在夏季，馍的做法就有锅坎（锅盔）、卷个子、馍条子、锅巴子（贴饼子）、菜包子、菜卷子和鏊子馍等七种之多。最好吃的当数鏊子馍，烙好的极薄圆面片子卷上炒菜，再夹点鸡蛋或咸鸭蛋，吃时齿颊生香，令人回味。

秋天里,芝麻收割后,乡亲们有时炸麻叶子打牙祭,四方形薄面片,上面有星星点点的芝麻,吃起来酥脆爽口。八月十五晚上,几乎每家都要烙焦馍,一种拌上芝麻圆而薄的面食,比盘口略大,寓意亲人永远团圆。

过年的时候,馍有好几种不同的做法。既有菜馍(多为萝卜粉条馅)、红小豆馍、绿豆馍,又有芝麻盐馍和糖馍等。我最爱吃的是芝麻盐馍和菜馍。芝麻盐馍是芝麻捣碎后拌糖做馅,这种馅细小如盐,故以为名。菜馍一律做成螺旋纹,别的馍都光滑溜圆,以示区别;吃的时候,大家可以根据自己的喜好很容易地去挑选。馍蒸熟起锅时,要用笨麻蒴子(苘麻籽荚,也叫青麻)或红模子(用几根柞把长的秫秫细秆或细竹篾捆绑而成的细棍,粗如手指)蘸上鲜艳的桃红,在馍顶的中心点上漂亮的红花或红点儿。

老家的面条有汤面条、凉面条、芝麻叶面条、蒸面条和挂面之分。夏日闷热,吃凉面条的居多。面条煮好后,捞起来放在盛有井水的盆里晾着,随吃随捞,再拌以炒菜,既能消暑,又很可口,真是夏日里难得的享受。

用芝麻叶下面条堪称老家的一绝。芝麻叶煮熟后晒干,吃时用水泡开后洗净。芝麻叶面条有嚼劲,吃时口中会有余香。至今我在北京,只要到信阳餐馆去吃饭,每次点的主食必是芝麻叶面条。

最好吃的莫过于蒸面条,做法也最为复杂费时。做蒸面条主要的食材是五花肉、黄豆芽和白面条。做好的蒸面条呈酱红色,面条里几乎无稀汁,很干,一根根粗面条缠绕盘结在一起,里面有很多肉和黄豆芽,筋韧而幽香。虽说在北京居住了三十多年,至今我们家仍然经常吃蒸面条。

我们那里鸡、鱼、肉的吃法也有很多,通常的做法是过油。先把鸡、鱼、肉剁成小块，添加红芋粉子，搅拌均匀，倒在热油锅里炸熟，既增加了分量，又使鸡、鱼、肉变得更香。

吃的时候，添加水或汤以及作料，烧火煮透后便可出锅，做得又快又好吃。过油的肉皆为瘦肉，因其系被割离肥肉的肉，因而又叫离子肉。我们老家的粉子特别好，过油后紧紧地粘连在鸡、鱼、肉块上，块块金黄，耐煮不松散，柔韧耐嚼，吃起来喷喷香。

我很爱吃老家的鲫鱼，尤其是掺裹红芋粉子油炸的野生鲫鱼。鲫鱼是鱼中精品，长不大，刺又多，但烹制好的鲫鱼喷香扑鼻。用老家的粉子过油后的鲫鱼，添水煮熟出锅后，粉子仍然粘连得很紧，不松不掉，鲫鱼形状几近完好。我每次回老家，亲戚朋友宴请我时总会有这道菜。

瓦罐肉或鸡也是老家的名菜。把鸡或猪肉炒至半熟，盛到瓦罐里盖严实，然后放在烧火的锅肚里煨熟，真是难得的美味。揭开罐盖后，满屋飘香，细嚼慢咽时齿颊久久留香。青萝卜炒猪肉也是绝佳的菜肴，老家的青萝卜清脆微辣，用其炒肉很是提香。

划法做肉或鱼最为独特，或许是老家特有的烹调技艺吧。把肉或鱼切成片，搁上盐和酱油，腌一会儿，再添加红芋粉子搅拌开。将炒锅加适量油和葱姜蒜翻炒后，加水煮沸，再将肉片或鱼片一片一片地放到沸水里煮，直至肉片或鱼片漂起来。划肉、划鱼吃到嘴里滑溜溜的，味鲜肉嫩，香味浓郁。

杂拌是我小时候特别喜欢吃的一道菜，是用大白菜掺油炸豆腐涝子、炸红芋条等烹炒而成。将水豆腐炕（类似油煎）一下，再和白菜或黑叶子菜一起炒熟，也特别好吃。

老家的汤圆也很特别，比北京的元宵小，比四川的醪糟汤圆略大，吃时放点糖，或内包红糖，细腻质黏，耐嚼生香。

最令人怀念的是老家的饺子，包工复杂，只有心灵手巧的人才能包得精雅别致。饺子的外观十分奇特，有的作家称其状如耳朵，我看它则像花瓣，我在外地没有见过。我最爱吃的是萝卜猪肉馅饺子，皮薄馅多，精致味美。

在我们老家，乡亲们喜欢喝酒就凉菜，饭时兼喝汤。因而在我小的时候，虽然我们那地方贫穷落后，乡亲们生活寒苦，但过年的宴席却很讲究，标准也很高，一般都有几凉几热几汤。有钱的人家，热菜都是上双份。

凉菜荤素皆有。荤菜多为猪蹄、猪耳朵、猪肝、猪心或咸鸭蛋，素菜常是凉拌萝卜、蒜苗、菠菜或腌蒜瓣。汤类甜咸兼备。甜汤不是白木耳就是苹果；咸汤则种类较多，什么都有，黑木耳汤、猪蹄汤，或清炖猪肉汤、鸡汤、鱼汤……

现在乡亲们富裕了，饮食更讲究清淡健康，喜欢吃清炖，经常吃火锅。宴席的标准则更高，常常流行的是"三六"或"三八"席，即凉菜、热菜和汤各六个或八个。

我们老家村大人多，能工巧匠也多，烹饪高手更是如云。有的不仅将饭店开在关店镇大街上，甚至开到饭店林立的县城里。我的大姐和弟弟就是掌勺好手，他们的烹调技艺让很多饭店的厨师望尘莫及。

老家的食材很独特，饮食更讲究，刀工精细，烹饪复杂，很费工夫，做出的食品味道自是与众不同。虽然离开老家已整整四十年了，但每次回到老家，我依然是百吃不厌。

2021 年 7 月 16 日

童年记忆

我的童年记忆是朦胧的。在仅有的断片似的模糊印记中,虽然小时候生活很苦,却十分有趣和快乐。

印刻在我脑海里最早的记忆是我们家的草屋土院。正北是三间堂屋(正房),坐北朝南;厨房紧靠堂屋最西端的土山墙,为一间前高后低、没有门扇的低矮的斜顶棚子。有一座土墙围成的整齐方正的宽敞院子,院子南墙的中间辟有一个很大的方形豁口,这就是院门,也没有安装门扇。院外的东面是没有围墙的颇大的园子,挺立着椿树、槐树、枣树和桃树等很多树木。我就在这座简朴干净的农家院落里度过了难忘的童年。

我家的屋后紧挨着池塘。池塘外一直到北山头(土岗)则是一大片开阔平整的田地,还零星地散布着几口池塘。冬天和春天是一片绿油油的麦苗;夏季则是青绿的水稻,少数地块矗立着高大叶阔的青绿笨麻(苘麻,也叫"青麻")。

记得每回母亲外出下地干活或赶集前,总是再三对我和弟弟叮咛一番,让我们老老实实地待在家里,千万不要走远。有时母亲不无恫吓地补充一句,塘外笨麻地里可是有狼哟!于是我们从不会自己走到池塘外面去,非大人带领绝不敢为之。因而那时我们经常活动的天地，不外乎屋里院外，或东面的树园子。

当时我们老家有狼出没却是真的，而且多在夏季。那时各个生产队都种植笨麻、秫秫，或玉米、芝麻、棉花等高秆作物，而且东岗下的小河两岸是高大的苇子。我们那里的苇子很特别，状如竹子，秆粗而高。夏日里，这些高秆植物茁壮生长，绿意盎然，密密丛丛，铺展成森然的青纱帐，是狼很喜欢的活动天地，因为狼在那里很方便藏匿。

我们时常听说谁谁谁真是见到狼了，说得有鼻子有眼。说是某某村的一个姑娘家，薅地时到苇子地里去解手，结果碰到狼了。虽说她赶忙喊救命，等大伙赶去时，狼已了无踪影，但临逃跑前还是在她的屁股上咬了一个大窟窿，鲜血淋淋的，听起来让人毛骨悚然。于是我们小孩子就更怕狼了，以至于长大后我在关店上高中，夏日里上学、放学的路上，我自己单独经过秫秫和苇子地时，心里依然止不住地发毛。

记得是在夏天，有一位乡亲在我们家屋后的塘埂上边走边嚷，说他在东河坎看到狼了。于是很多大人、小孩都从家里跑了出来，站在塘埂上听稀奇。有几个大人还围在他身旁，问这问那，只见那个人手舞足蹈地诉说着什么。

我们不仅害怕狼，还担心狗。那时我们村几乎每家都养一条看家狗，有的狗块大凶猛，猎猎狂吠，令人望而生畏。只要父母不在家，我和弟弟只好乖乖地待在家里玩，或和许多小伙伴一起在我们家附近玩耍。

在我很小的时候，在夏季，我总是推光头，成天精赤条条。那时无论男孩、女孩一律脱得一丝不挂，见天光着屁股疯玩。我们经常玩泥巴，弄一堆硬泥抟来抟去，由于还很小，几乎捏不成像模像样的东西。有时玩过家家,非让小女孩给我们当新娘,强背人家跑来颠去。再大些的时候,夏日里也只穿条系松紧带的小裤衩,光着头,灰头土脸,邋里邋遢,一副实足的傻愣愣的模样。

我们常跟着大孩子们玩耍。瞧他们比赛爬树,看谁能爬到高大的树上去,往往只有少数胆大顽皮、手脚敏捷的大孩子才能爬到树冠上,骑坐在粗长的树枝上,不无炫耀地向我们招手,示意我们也爬上去。有时还连连大吼:"上来呀,咋还不上来哎?"我们常常摇头摆手,甘拜下风。

我们看大孩子们爬到高高的树上去掏鸟窝,逮有两根细长角的老水牛、黑色白点的老妈哼(飞起来嗡嗡响的虫子)、红色黑点的花大姐(一种会蹦又会飞的虫子)、浑身青黑色的臭屁虫和知了。皮树上的老水牛块大,且鬼得很,长得一身黄绿色,和皮树叶差不多,不细瞅还看不清它在哪。柳树和榆树上的老水牛个头小些,浑身黑色,上面布满闪亮的白斑,煞是好看。

他们还会把耙地的双排铁齿大耙斜欹在屋墙上,爬上去从屋檐里掏小麻雀。那小麻雀有时才长出稀疏的羽毛,大张着黄口小嘴唧唧直叫。有时会突然从屋檐下窜出一条斑斓的大毒蛇,把我们吓得叽哇乱叫,四散跑开。

小时候我很喜欢泡在水塘里。我家屋后的池塘水质澄澈,碧波涟漪,飘荡着翠绿的菱角。在炎热的夏季,天气闷热,但水中凉幽幽的,很是诱人。正午时分,我尤其喜欢到池塘里去洗澡,经常泡在水里不想上来。有时母亲站在塘埂上呼喊老半天,我和弟弟才磨磨唧唧、恋恋不舍地爬上岸。

夏日晌午,家里吃白面馍的时候,我和弟弟吃饱后,每人还经常偷拿一个藏起来,通常是蹑手蹑脚地走进东房屋,把馍藏在大瓦缸里的小麦上，半晚上（下午）再拿出来慢慢享用，凉津津的，真是别有一番味道，似乎比热馍好吃得多。其实父母把这一切都看在眼里，只是假装没有瞅见而已。

有一年夏季的一天，一位邻居家突然失了火。大人们或端着脸盆，或拎着水桶，纷纷奔跑到他家里去救火。我们一群小孩子则傻站在一旁瞧热闹，只见浓烟滚滚，火光冲天。乡亲们很胆大，迎着火舌往上爬，多数人往火上泼水，还有人用钉耙赶紧把火苗外围的草屋顶刨开，把火苗隔断，防止火势蔓延。真是众人救火力量大，火一会儿就被扑灭了，但还是把他家的厨房和一间堂屋房顶烧塌了，房屋前后一片狼藉，黑水横流。火从他家厨屋烧起，一会儿就烧到堂屋，他家房子与别人家共山通脊，如不迅速把火扑灭，后果真是不堪设想。

我们并不知道大火对主人家意味着什么，直到主人家里的（男主人的媳妇）坐在地上捶胸跺脚，爹呀、娘啊、天啊、地呀唱歌般地扯着嗓子一阵号啕，才觉得事情不妙，但仍傻站在一旁呆呆地看着。

有一年，老家好像还闹"过阴兵"。有几天天刚擦黑，不少人家已经吃罢黑饭。忽然村子里一阵喧闹，我赶忙跑到大门外，只见有人边跑边喊："土匪来抢劫了！土匪来抢劫了！"有人赶忙惊恐地问："土匪在哪儿？""在村子东头，赶快拿上家伙咱们一块走！"于是大人们有的拿着扁担，有的扛着铁锹，有的提着切割稻草垛的长柄大刀，一群人急匆匆地往村子东头跑，结果是虚惊一场，那天村子里根本就没有人来抢劫。

说起来很奇怪，小时候的记忆虽然大都很模糊，只有这个情景一直清晰地定格在我的脑海里。就在最近，我询问一位年长的本家大哥，他说确有其事。那是在1968年春上，我们村以及附近的大小村庄都在闹土匪，大队还让各个生产队指定一些年轻的壮劳力随时待命,听到招呼时立马出动,严防土匪进村抢劫。

多是在吃罢黑饭的时候,经常看到有一伙人,手掂肩扛着刀锹棍棒,仿佛要到村里来抢劫。等到村里一帮乡亲们也绰着家伙追赶上他们时,什么也看不见;如是一连多次,而且很多乡亲们都看到了。后来乡亲们慢慢醒悟过来,原来他们看到的都是"鬼",根本不是土匪,也不知是哪个乡土语言学家给起名叫"过阴兵",挺形象,也很贴切。

在我们那地方,1968年真是个多事之年,八月又发大水。即使到现在,很多老人们都还说,那是我们老家有史以来最大的一次洪水,我的同龄人几乎是无人不晓。

我的老家在淮河以南、淮河故道之滨,地处平原丘陵接壤地带,平地凸起、东西蜿蜒的土岗。土岗不高,也就二三十米,村庄就坐落在土岗上,土岗北面的岗下是一望无际、气势恢宏的大平原。我家住在村子的北头,离北边的岗坡也就两百多米远。

那年我六岁,至今脑海里还留存着印象。好像老家一连几天大雨倾盆,岗下的平原忽然变成了浩瀚无垠的汪洋大海,大水已漫淹到我们村北的岗脚,平原里的所有村庄全被洪水淹没,只露着一片片绿色的树梢和一个个灰黑的柴火垛。

我们几乎每天都跟着大人到岗边去看大水,岗沿上站着很多大人小孩。只见浑浊的洪水滚滚东流,波翻浪卷,时而还漂浮着从上游冲下来的树木、家具和死猪之类,继而引起一阵阵的喧哗和喊叫。由于离土岗很远,只能眼睁睁地看着它们被洪水白白地冲走,也无可奈何。

有的女人痛哭流涕,说是庄稼都淹死了,往后吃啥呢,今后的日子真是没法过了,只能去要饭。家有亲戚住在平原的女人们则哭亲人,老天爷啊,救救我的亲人们哪!直哭得男人们一脸阴沉,木呆呆地望着洪水出神；小孩子们全都停止了嬉闹，站在一旁傻呆呆地望着哭泣的女人们。

那年冬天，老家又下了一场罕见的大雪，平地积雪没膝盖。

在儿时的记忆里，老家冬天经常下雪，而且雪下得很大，雪花飘飘，穿插回旋，积雪很厚，时常大雪塞门。有时还下"琉琉"（冰霰），雪白的小小颗粒，像盐粒似的，在地上蹦跳翻滚。化雪的时候，所有草屋前后的屋檐下，都整齐地垂挂着一排排长长的凌冰条子（冰凌柱），上粗下细，有的能达尺把长，洁白晶莹，整然排列，煞是壮观。

小时候老家很穷。通常晌午吃米饭、白面馍、红薯或面条，早起和晚黑撮嘴喝稀饭，冬季雨雪天一日只吃两顿饭，天刚擦黑我们就上床睡觉，夜里肚子饿得咕咕叫。

最难熬的是春荒，村里多数人家都是寅吃卯粮，成天为一日三餐发愁。少数人家，实在走投无路了，只好腼颜拖棍去乞讨，村巷里经常能看到叫花子。在那个年月，我们一年也吃不到几顿肉，所以一到冬月，我们小孩子就开始掰着指头数日子，盼望着早点过年。

过年吃得好，玩得也开心，还能穿上新鞋、新衣裳。尤其是村子里异常热闹，成天价鞭炮噼噼啪啪地响个不停，家中村巷里人来客往，到处都是高高兴兴拜年的人们。几乎每家都有玩长牌、打"三捉"、摸骨牌或推牌九的，我们小孩子则站在一旁瞧热闹。还能看到玩狮子的、跑旱船的、唱戏的，偌大的村庄时常锣鼓喧天，鞭炮齐鸣。最高兴的莫过于正月十五夜黑打灯笼，村子里一片灯笼闪烁。

我幼小的心灵里一直充满着好奇，总觉得远方很神秘、很吸引人，渴望走得远一点，真是目之所及、心向往之。我因此经常缠磨母亲，希望母亲带领我到更遥远的地方去。

到了六七岁时，我偶尔也会跟着母亲、二姐到远处的田野里去疯玩。我跟着母亲一起出工，母亲在田地里辛苦劳作，我在一旁和小伙伴们尽情嬉戏。有时到地里、稻田里或田间小路上逮蚂蚱和油子，用狗尾巴草穿成一长串。我跟着母亲到过关店老街，还和母亲一起去看望过姥娘。

七八岁时，我经常跟着小伙伴们到很远的野外去帮助父亲放牛。有一次我们到小河边去放牛，我第一次穿过茂密的苇子地，非常好奇地走到河槽里，发现小河水流湍急，浑浊的河水对岸，竟然有几头高骡子大马在悠闲地吃草，那是我平生第一次看见骡马。

九岁那年春上，我到村子南头的南学校去上小学，我在那里学习了两年。这时候，我的玩技长了不少，好像什么都会玩，玩的游戏也多。我和小伙伴们一起不是打宝、拍皮球、跳绳，就是翻绞和推铁圈。冬天天气晴朗的时候，我们经常看大孩子们放风筝。在学校里，老师有时组织同学们一起玩丢小包或"瞎子"摸人等游戏，也十分有趣。

每天早晨上学前，父母总是让我先拣粪，粪筶子不满不让我去学校，因为猪粪是上好的肥料。晴天的早上，我总是提着粪筶子、撵着猪屁股，也不顾上屎尿的恶臭，往往在村子里转老半天才能完成任务。

生在苦难的家庭，童年的生活无疑是艰苦的。但尚在懵懂的我，一点儿也不知道愁滋味，依然玩得开心尽兴。

2021 年 8 月 20 日

儿时游戏

在儿时的记忆里,我们老家很穷,乡亲们大都没钱给孩子买玩具。但一代代的老家人开动脑筋,想方设法,竟也因地制宜,就地取材,创造发明了很多很有趣的乡间游戏。

小时候,我们玩得最多的游戏是打宝。"宝"即分别用一张厚纸或数张薄纸,折叠成宽窄厚薄相同的两个厚纸条,再把两个厚纸条十字交叉折叠而成的四方块。纸的大小不同,厚薄各异,叠成的宝自是大小厚度各不相同。打宝都是捉对厮杀,在校园里,或是在村子开阔的空地上,经常能看到一群男孩子摆开场子,一对对的,在起劲地打宝。

打宝时,一方的宝放在地上,让另一方先打,你打一次,我打一下,依此交替而行。究竟谁先打,两人商议而定,有时还会用猜丁壳决定先后顺序。打宝前务要先仔细观察对方宝的大小厚薄,以及所处的位置地形,然后决定用自己的哪个宝去打,从哪个方向打,才能把对方的宝掀翻。瞅准以后,右手倏地用力把宝倾斜摔向地上宝的一侧,用空中摔下的宝产生的巨大气浪,把别人放在地上的宝扇翻过来,那个宝就归你了。扇翻、扇不翻下次都该轮到对方打了。假如对方的宝很厚,很难扇翻它,这时你最好选用自己较厚的宝,直接拍击地上的宝，把它拍翻过来，你就赢了。

如果你有一个又大又厚又沉的宝，便会所向披靡，如果一直打下去，就会把别人的宝赢完。但聪明的小伙伴见势不妙，往往会甘拜下风，立马提前收场。那时候，几乎所有的男孩子都打宝，人人乐此不疲。

男孩子还非常喜欢玩"三捉"，也就是三打一，这是一种四人玩扑克牌的游戏。在一副纸牌中，大王、小王和"2"这三种牌为最大，大王管小王，小王比"2"大。而在四种花色的"2"中，哪种花色为主则哪种花色的"2"为最大，常称为主"2"。

起完牌后，先起牌者先叫牌。叫法是，六十分起叫，不愿打即说"不要或不打"。谁先叫六十，如没人加分，先叫者就是庄家，别的三人打他一个，故叫"三捉"。别人叫过后，你如果还想打，须另加五分再叫。别人叫六十，你必须叫六十五及以上，如七十、七十五或八十，依此类推，谁叫的分高谁打，即坐庄。

事前先规定打六十分赢了，庄家赢每人多少钱。我们小的时候，常打一二分的，即庄家打六十分赢每人一分钱，加五分多赢一分钱，即打六十五分赢每人两分钱，打七十分赢每人三分钱。

庄家先出牌。庄家打六十分，另三人（常称闲家）合力逮四十五分庄家即输，否则便是庄家赢。如庄家打六十五分，逮四十分的另三人就赢了。也就是闲家逮分加庄家打的分数达到一百零五分，闲家就赢了，否则便是庄家赢。庄家打光头赢双倍，闲家抠底也是赢双倍。打"三捉"比的是一个人的记忆力，高手大都能掐会算，打到末了，他能估摸出对方手中还剩什么牌。有的人打"三捉"总会赢，你不服不行。

我们有时还玩翻绞，这是男孩和女孩都喜欢玩的游戏，尤以女孩子最爱玩。玩翻绞简单易行，两个人一根头绳或粗线即可。玩时先将头绳或粗线两头拴结在一起，形成一个大小合适易翻的线圈。一人先把线圈撑成最简单的中间只有两条直线的"面条"图形，让另一人先翻，翻时须利用十指通过勾、挑或翻等灵活的技巧和动作，将现有图形翻成"晴天阴天"、"花被子"、"牛槽"和"扫帚把"等别的复杂图形；别人翻过后自己再翻。两人交替翻挑，随意变幻图形，由易到难，由简到繁，翻成死结不能再翻了才作罢。

先翻的人要事先谋划好路数，如何出奇制胜尽快逼死对方，让对手翻不成图形，也就是翻死（即翻成死疙瘩），他（她）就输了。这是一个玩心斗智的游戏，比的是聪明才智和心灵手巧。翻时切记不能出错，如果换手时手指错乱，把线圈翻乱成一团，你同样输了。

我们男孩子还经常玩打仗。那时我们村每个生产队都有一两个稻场，我们那里的稻场很大，大概有五六亩，坚硬平整而宽阔，晴天时犹如水泥地，真是玩耍的好地方。假如稻场堆垒着刚收割的庄稼，那一堆堆一垒垒的庄稼，很像打仗的堡垒和堑壕，我们就模仿电影里的情节和场景，手拿木制盒子枪，分成敌我双方，轰轰烈烈地玩打仗。

我们男孩子还玩摔泥巴窝。摔泥巴窝是两个人玩的游戏，双方交替各摔一下，如此循环往复，直到把对方的泥巴赢完或对方不想再玩为止。将泥巴捏成浅碗形，先让对方看一眼，验明泥巴窝是否做得严丝合缝，不准留有孔洞，"你看透亮不透亮？"待对方默许后，握住泥巴窝口朝下用力"啪"一下摔到地上，泥巴窝的顶部就会破裂成一个不规则的洞，对方要用泥巴把洞补上，补洞的泥巴就归摔泥巴窝的人所有，洞越大赢的泥巴越多，这个游戏的技巧是如何将泥巴窝做得更大摔得洞最大。

有的男孩子还玩砍镰把。玩砍镰把时，一方把镰刀放在泥地上，另一方一只手将镰刀垂直倒立握着。握的时候，食指压搁在把的顶部，与大拇指、中指和无名指一起夹紧镰把，刀刃与身体垂直并朝外，然后猛地用力往里旋转手臂，镰刀便被顺时针旋转着快速甩向地面，如果镰刀落地时刀刃正好砸在对方的镰刀把上，就把他的镰刀把砍下一道细长的刀印。能否砍到镰把，关键是旋转的角度和力度，既要胆大心细，还要技术高超。我很少玩，大都是作壁上观。

冬天里，我们常常玩踢铆（毽子），尤其是在过年的时候，这是男女孩都喜欢玩的游戏。我们那里的铆是用鸡毛制作的，确切地说主要是用公鸡翅膀和尾巴上坚硬发亮的红棕色的长毛做就的。

老家过年的时候，几乎家家户户都杀一两只公鸡，舍不得吃母鸡，因为母鸡能够下蛋孵鸡，这可是那个年代乡亲们的重要经济来源。将一撮鸡毛捆绑在一起，底部垫上两个铜钱，再将捆扎紧的鸡毛插入铜钱中间的孔中，用线将二者拴绑牢固，即是一个精雅的铆。捆扎好的铆细细高高的，顶部四周的鸡毛皆下垂，形成伞状，踢的时候，伞檐的毛尖一抖一抖的，煞是漂亮。离开老家后，我再也没有见过那么好看的铆了。

铆的踢法花样繁多。通常的玩法是用右脚鞋帮的内侧将铆踢起来，踢得越高，踢的次数越多，越显示出你的技艺之高。或用鞋尖将铆挑到空中，再准确地用鞋尖接住，颠的次数多者为胜方。踢铆的高手则有更高级的玩法，他们先用右脚鞋帮内侧将铆踢得老高，待铆落下时，用右脚鞋帮内侧从左腿后部外侧，再将铆重新踢起来，如此往复，谁踢的次数多谁就是赢家。

男孩子们还爱下军棋，特别爱好下暗棋。下暗棋就是把军棋立起来横着摆放，双方可以任意布局，尽情调兵遣将。军师旅团营连排小工兵究竟如何部署，如何前呼后应，怎样彼此保护，就好比在战场上打仗如何排兵布阵一样。所以摆棋至关重要，摆棋一毕，输赢既定。摆棋伊始，双方如同战场上的将军，都是脑中千秋史、胸中百万兵，凝神思索，运筹帷幄，比心斗智，指挥若定。走棋也很关键，要准确预判对方的布局，最好每走一步就能够吃掉对方一个棋子。

女孩子们特别喜欢玩跳方，我们男孩子也会偶一为之。跳方其实是跳圆圈。用坚硬的碎石、碎砖或烂瓦块等硬物，在平整空阔的土质空地上，刻划七个圆圈，从近往远依次是竖二横二竖一横二。玩的时候，先把装有沙子或豆子的小布包扔在某个圆圈内，竖圆圈只能单腿跳过，跳时只准单脚落入圆圈内，两个圆圈要连续跳过。横的两个圆圈要双脚同时落入，一脚一圈。同时要把布包捡起来，竖圆圈内的布包必须单腿立着捡起来，跳去再跳回。脚不能触碰圆圈，否则算输。

那时男女孩有时还会玩克（读"咳"）方。"克"是老家土话，即是单腿跳或蹦的意思。在地上沿纵向并排划八个大方格，左右各四个。开始时，先往左边第一个方格扔小石块（碎砖、碗渣或烂瓦片均可），单腿跳入方格内，另一只脚不能着地，并用脚将石块踢出格外，再跳回来。之后将石块扔到左边第二个方格内，重复上面的动作。这样地一直玩下去，直至将八个方格玩遍为止。脚及石块均不能压碰边线。

那时大人们常常玩下方，我们有时也会照葫芦画瓢地模仿着玩耍。下方有五斜或六洲两种玩法。玩五斜时，在地上纵横各划五个（六洲划六个）方格。两人对弈，双方各执一种棋子，常用小石子、碎瓦片、烂碗渣、小树棍、硬土块、粗草秆等物，但须很明显地能区分出两家的棋子。

下子时，一人一次下一子，下成一个四方多下一子，下成一个三斜多下一子，四斜多下两子，五斜多下三子。方下满后，最后下子的那个人先把对方任意一子拿掉，对方亦然。走子时，最后下子的那个人先走，下一个四方拿掉对方一子，三斜拿掉一子，四斜拿掉两子，五斜拿掉三子，直至把对方的子拿到对方服输为止。

玩六洲与下五斜大同小异。下成一个四方多下一子或多拿掉对方一子。只是六洲没有斜，只有"洲"字玩法，即一行或一列都是自己的子就叫一洲，下成一洲多下一子或多拿掉对方一子。

过年的时候，我们小伙伴偶尔也会参与"赌博"游戏。主要是下"干子宝"，像推牌九、打骨牌、玩"纸刻录"等游戏因难度较大，很难学，我们小伙伴们几乎无人参与。下"干子宝"时最为热闹，屋子里站满了大人小孩，简直挤得水泄不通，而且"干子""对子"声此起彼伏，笑嚷不迭。

下"干子宝"分为大人和小孩两种玩法。大人都是用两个完全相同的铜钱，上面同刻有"乾隆"或"道光"字样。这些铜钱似乎都是特制的，厚重精致，因长期磨搓变得光滑锃亮。一般是在一张平整的大方桌上下"干子宝"。由出宝人（相当于庄家）出宝，即用灵巧的手指先后旋转两个铜钱，铜钱飞速旋转时如同两个模糊的铜球，恰在两个铜钱高速旋转时，出宝人用大铁碗或木碗迅速将铜钱罩住。

待铜钱停止旋转倒下后，出宝人即让大家下赌注，通常下几分钱或毛把钱。下赌注时要说出自己下"对子"还是"干子"，倒在桌上的两个铜钱正反面相同的叫"对子"，不同的叫"干子"。通常规定靠近出宝人的一侧为"干子"，外侧为"对子"，猜什么就把赌注放在那一侧。出宝人待大家都下好后立时揭开碗，猜对的赢钱，猜错的输钱，如果猜错的多庄家赢钱，反之，庄家输钱。

有时出宝人猜出是"对子"，而下"对子"的人又多，于己不利，他就心生一计，高呼"'对子'卖了，有人买吗？"并连续追问"到底买不买？再不买我可就掀宝了！""掀宝"即是揭开碗露出一对铜钱的意思，当时我们老家把铜钱叫"宝"，也就是元宝之义。假如有人买去，掀开是"对子"，那买家就得赔钱，出宝人就少输钱；如是"干子"买家就赢钱。

我们小孩子一般玩单个铜钱，猜铜钱的正反面赌输赢。因为要让两个铜钱同时飞转并用碗及时罩住，绝非易事，需要很高的手艺，我们小孩子根本玩不转。

此外，我们还经常玩捣鸡、摔跤、打"德溜"（陀螺）、捉迷藏、推铁圈、拍皮球、跳绳、放风飏子（风筝）、打乒乓球和篮球等游戏。女同学还喜欢玩拣子（多用瓷碗底棱砸磨而成），具体怎么玩法，我已经忘记了。在学校里，老师有时组织同学们一起玩丢小包或"瞎子"摸人等游戏。

玩游戏考验的是一个人的聪颖机敏和手脚灵活。假如你稍微留意，你就会惊奇地发现，聪明的人无论玩什么游戏，好像都会玩得很好，仿佛能融会贯通似的。而且小时了了，大亦会佳。游戏中真是蕴藏着无穷的奥妙。

2021 年 9 月 19 日

卖苇子

这些年回老家，每当我看到曾经非常美丽的名曰"淮河故道"的那条小河，如今完全变了模样，心中总是惆怅唏嘘不已。

而今的小河，河床淤积壅塞严重，堆积的泥沙抬高了河床，河床里坑坑洼洼，小河已变成浅浅的宽沟。水流细如一条线，在泥沙堆间蜿蜒流淌。

记得小时候，小河河面宽阔，河床平坦，铺满黄沙，踩在上面松软凉爽，赤脚蹚河感觉异常舒服。印象最深的是在夏季，小河两岸挺立着高大葱翠的苇子，远远望去，两岸的苇子交织在一起，好像一条翠绿的丝带，曲折飘绕在故乡大地。

到了秋天，各个村庄纷纷砍掉苇子分给社员们。我们村五个生产队，三、四、五队苇子多，每户差不多能分到一两千斤。一到秋冬季，这三个队的社员们几乎每家都有一个高大的苇子垛。我们二队和一队苇子少，每家只能分到几百斤。

我们那里的苇子很特别，又高又粗，状如竹子。离开老家后，我好像再也没有见过那么高大的苇子。我在北京等地见到的芦苇，虽则浩浩荡荡的一大片，极其壮观。但芦苇细如蒿草，秋季砍掉后几无用处。

我们那里的苇子用途很多。盖房顶，编苇席，打穴子（穴子是用高粱或苇子、篾子编织的一种很长的带状农具，式样如凉席，可以一圈圈缠绕成高大的圆柱状，能够储存很多粮食），织凉席，而且经久耐用，是家家户户的必备品。因而我们那里的苇子简直就是宝贝，谁也舍不得用它烧火做饭，不是编织东西卖或自家盖房子用，就是拉到集市上去直接卖钱。

有一年，不知是谁从哪里得到的消息，说是我们邻近的潢川县城苇子能卖好价钱，这个消息不胫而走，于是乡亲们不顾路途迢迢把苇子拉到那里去卖。

那年秋季的一天，母亲对我说，你大哥在公社砖瓦厂上班，你二哥在外上学，你就跟我跑一趟吧，咱也把苇子拉到潢川去卖。母命难违，我向老师请了两天假，和母亲一起到潢川去卖苇子。

母亲找邻居借了一辆架子车，父亲帮我把家里仅有的三四百斤苇子全都垒摞在架子车上，并用麻绳捆绑好。母亲还烙了一张大锅盔，切成小方块，放到我的书包里。

那天天不亮，我和母亲就起床了。吃罢早饭，她用不知找谁借来的一个军用水壶，灌了一壶开水带上。父亲又将一张凉席和一床被子绑在架子车上。一切准备停当，一大早，我和母亲拉着苇子，与几个乡亲们一起就匆匆上路了。

没去之前，我已经听说，我们村离潢川县城五十多里地，途中还得辗转蹚水过一条小河，得走五六个小时。那年我正在上初中，大约十四五岁，正是血气方刚、初生牛犊不怕虎的年纪，加之又是去县城这样的大地方，心里很是高兴，真是人逢喜事精神爽，感到身体格外有劲，拉起来也特别卖力。

刚开始的时候，我真没有感到累，走得很快。那时的路都是土路，坑洼不平，拉着几百斤的苇子很费力气，走了一二十里地以后，就感到累得不行。母亲为照顾我，劝大家歇息一会儿。我们在路上休息了两次才赶到潢川县城。

这是我第二次到县城这样的大地方。第一次是在这之前不久，当时学校让我和几位同学报名应征空军，那次是到我们息县的县城去体检。潢川县城好像比我们息县城关更漂亮，坚硬平坦的洋灰地，鳞次栉比、高低错落的红瓦房和两三层小楼，在我这个农村的少年眼中看上去煞是壮美。

走在潢川的大街上，我心想能在县城这样的地方工作和生活该有多好。哪里像我们农村，晴天三尺土，裤鞋全是灰，下雨一地泥，出行光脚腿。走在大街上，我心情很愉悦，完全忘却了来时一路上的辛苦和劳累。这是我一生中唯一的一次潢川之行，印象最深刻的是县城的那座桥和桥下缓缓流动的河水，大桥流水给小城增添了妩媚，几十年来一直在我的脑海里萦回。

那次卖苇子颇不顺利。我们一行到达一条街市上，把架子车停放好，便站在车旁等候别人买苇子。那是一条狭窄的街道，是一个集贸市场，有卖白菜、萝卜的，卖猪肉活鱼和鸡鸭鹅的，卖粮食和柴火的，真是应有尽有。

街上行人不少，来往穿梭，不时也有人来捏摸细瞅我们家的苇子，问问价钱的，但都是摇头摆手而去。等了一下午，我们的苇子没有卖掉，而同行的有的苇子已售罄。而且还卖了个好价钱，一斤卖六七分钱，每家都卖了三四十块，高兴得什么似的。卖完苇子的乡亲们让我们帮着照看架子车，他们兴高采烈地去逛街购物。

天色昏黑时，我便有些着急，不无沮丧地对母亲说，不行我们明天便宜点卖吧，咱们家的苇子确实比邻居们的苇子差一些，又细又短。母亲说，也行，明个看行情再说吧。天黑定时，母亲到饭店买壶开水，我和母亲就着开水吃随身携带的锅盔充饥。

简单地用过餐之后，母亲对我说，你也和他们一块去逛逛街看看潢川城关吧，难得来一趟。我说咱们一起去逛吧，您也没来过，苇子让别人照看着。那哪能行呢，万一苇子让人家偷走了怎么办？自己看着放心些，母亲不无担忧地说。

听母亲这么一说，我就和邻居们一块到附近的大街去闲逛。那时潢川县城的街道不宽，好像没有路灯，街道昏暗，夜黑行人稀少，我们逛了一会儿就转身回去了。我坐在一旁听大人们拍话，夜深人静时，我们就在街地上铺开席子，摊开被子，钻进被窝，和衣睡下了。

第二天早晨，我们起来得很早，因为街上已有行人，我们再睡下去实在不雅。那时我们农村人不刷牙，又没带毛巾，也无法洗脸。

吃早饭的时候，我们一块来的人都到了小饭馆，买几根油条，喝一碗稀饭，说是两天老吃冰凉梆硬的锅盔受不了。母亲舍不得花钱，催我也去饭店。我说，您不去我也不去。母亲说，你现在正长身体呢，快去吧。我喝了一碗稀饭，吃了三四根油条，返回时给母亲带了两根。母亲说啥也不吃，你这么年轻，吃那么一点儿怎么能行呢？在我的一再恳求下，母亲吃了一根，非让我再吃一根，我和母亲一起又吃了一些凉锅盔。

吃罢早饭，集市上人渐渐多起来，可是我们家的苇子很少有人问津。偶尔有人来问价钱，便宜一点行吗？母亲总是说，你看我们家的苇子多好，怎么能便宜卖呢？

到了半晌午时，一起来的乡亲们的苇子都卖掉了，只有我们家的苇子还在架子车里躺着。我就更加急得不行，劝母亲便宜卖掉算了，总不能再拉回去吧。头天卖完苇子的，准备打道回府了，也劝母亲便宜点卖。母亲说啥也不肯，说再等等看。

到了晌午，我们的苇子还是没有卖掉。我就有点沉不住气了，一再劝母亲便宜卖。母亲抬头看看天空，便说别着急，再等一会儿。

过了没多久，只见一个小个子男人急匆匆地赶过来，问我们的苇子多少钱一斤，母亲说六分。那人说太贵了，你的苇子不咋着，便宜点我全要了。母亲说我们的苇子还不好？齐齐崭崭，粗细匀溜，你上哪去找这么好的苇子？这样的苇子怎么能便宜卖呢？！

我在一旁则是心急如焚。心想好不容易来了个真心的买主，如果再不卖，可是过了这个村就没有这个店了。僵持一会儿，那人说，算了吧，算是便宜了你，要不是我们家盖房子苇子不够用，还真不要你的。

我们家的苇子终于卖了，我长长地出了一口气，我们家的苇子不是很好，但也卖了个好价钱，心里甭提有多高兴了。但也替母亲捏一把汗，真要卖不出去，还不得重新拉回去？

母亲拿到钱，让邻居们帮着照看架子车，赶忙拉着我去商店。我不知所以，到了那里我才知道，原来母亲心里早有盘算，她要给我买一双新球鞋。

那天母亲什么也没买，只给我买了一双深蓝色的球鞋。雪白的鞋底，鞋底前端装饰着一圈白色的排列紧密的一条条的垂直竖楞，特别好看。这双鞋是我在老家穿过的最好的一双鞋，很让我在学校风光得意了一阵子。

在回家的路上，我问母亲，今天真悬啊，如果那个人不买，我们的苇子就卖不掉了，你咋能那么沉得住气呢？母亲说，傻孩子，你也不想想，便宜一两分钱，就少卖六七块呢，不到最后我是不会贱卖的。看来母亲是对的，无论做什么事情，都要沉得住气。

那天，我们一行紧走慢赶，回到村里时天已擦黑，不少人家已经开始吃黑饭了。

2021 年 10 月 15 日

我的父亲

在我的记忆里,父亲中等身材,不苟言笑,看上去很是严肃。他心灵手巧,干活麻利,生性暴躁但明辨事理,豪狠勇猛而讷涩寡言,一生充满坎坷和不幸。

父亲生于1916年8月2日。十六岁上,爷爷突然病逝。父亲只有兄弟两人,老爹(大伯)脾气火暴,蛮不讲理,不近人情。爷爷死后不久,老爹即逼迫父亲分家,将奶奶和父亲撵出家门另过,之后便不管不问,父亲只好与奶奶相依为命。父亲小小年纪就独立撑持门户,起早贪黑,忙里忙外,干着和成年男劳力一样的重活,过着极其艰难困苦的生活,真是艰辛备尝。

后来,父亲好不容易成了家,可是刚有一个孩子,前房就因病去世了。再后来奶奶也离开了人世,父亲只好独自带着女儿生活。父亲与母亲结婚不久,那个小女孩也病死了。当时我们家只有两间坐东朝西的堂屋,后来又在院子北边修建一间朝南的小厨房,都是低矮破旧的草顶土屋,院子前面有一个小水凼。

父亲年轻时强壮有力,且敏捷利索,眼明手快,干活又快又好,是村里有名的劳动好手,年轻时还曾担任过生产队的民兵排长。

父亲与母亲结婚后,母亲一连生下我们兄弟姐妹七人。随着家里人口越来越多，两间房子已经无法居住。父亲便在农闲之时，靠手挖肩挑，硬是从野外挑土将老屋门前的小水凼填实平整。

接着父亲又自己挑土和泥脱土坯，挖地基打低墙垒高墙，只是在立柱架梁苫草时请几个邻居帮忙，在小水凼北边紧挨洗菜塘，新修三间坐北朝南的堂屋。又在紧靠堂屋最西端的山墙，搭建一间前高后低没有门扇的斜顶棚子做厨房，还打了一个宽大的土围墙院子。后来在院子的东边修建一间规整的小厨房，南边盖起一间小过道（门楼），都是低矮简陋的土坯草屋。父亲靠自己勤劳的双手，建造一座像模像样的农家院落，我就一直生活在这个土院里，直至十九岁那年，我考上大学离开家乡。

听说我们家刚搬进三间新草房时我才一两岁。有一天，父亲正在新屋院子里用碎砖头铺地时，突然跑进来一只黄野猫，这在农村被认为是极不吉利的事，父亲一见特别生气，就用铁锹把那只黄猫打死了。

几天之后，我就得了重病。虽及时找来村里的赤脚医生救治，但也无济于事，病情迅速恶化，好几天昏迷不醒。大家都以为我已经死掉了，好心人抱来一捆麻秆，要将我裹覆在麻秆里扔到东北岗坡上，当时我们村里死了的小孩子全都扔在那里喂食野狗。

母亲在一旁声嘶力竭地哭，之前曾多次到村里一位替人祈神禳灾的"女仙"家里，跪地磕头，乞求她想法治好我的病，因她也无能为力方才作罢。父亲抱着我直掉眼泪，说什么也不撒手，坚持让我猴哥跋涉到二十里地以外的曹黄林公社请来了娄医生，他硬是用缝缀衣服的粗针和火罐把我救活了。我病愈之后，娄医生不无幽默地说是"黄大仙"（那只被打死的黄野猫）饶恕了我，我方能得以活命。

八岁那年春上，我的右大腿根内侧长脓疮，鼓突老高，大得吓人，不能行走，父亲担心得不行，生怕我因此致残。父亲经常给我换贴膏药，还小心翼翼地给我挤脓，挤不出时就用小火罐拔出来。在父亲的精心呵护下，我大腿上的脓疮终于痊愈了。

我长脓疮时，哭着闹着非要吃落生，那可是春上要交到生产队的落生种，是生产队社员们的命根子，短斤缺两必须赔偿。父亲看我病得可怜，还是咬牙满足了我的要求。据说因为我的贪嘴，那年我们家给生产队赔了不少钱。

由于家里孩子多，劳力少，即使大姐出嫁后仍然还有七八口人吃饭，我们四兄弟个个能吃，干饭人人能吃两三海碗，因而当时家庭极为寒苦，是全村一百多户人家中数得着的贫困户。我们家亲戚很少，父亲又与老爹不和，两家经常吵架，有时甚至拳脚相加。我刚能记事时，老爹也离世了。没人接济，家里苦不堪言。

尤其是每年的春荒，更是寅吃卯粮，成天为一日三餐发愁。每年春上，为了养家糊口，度过难熬的春荒，父亲白天干活，夜黑则到野外的池塘里去拉麻虾。

通常是吃罢黑饭，父亲和二姐即穿着靴子出发了。到达野外的池塘后，父亲撒网拉网，网一拉上来，二姐赶紧打开手电，父亲借着手电光亮，把网兜里的杂物扔掉，待到再用碗把麻虾舀出来倒在筐里后，二姐即摁灭手电，如此可以省很多电。这样地一直拉到夜里八九点，有时甚至拉到十来点，少则拉三四斤，多则能拉十来斤。

及至父亲和二姐回到家里时，别人早都睡上一觉了。第二天还和别的乡亲们一样起大早出工干农活，而且一拉就是两三个月，艰苦疲困的程度可想而知。农历二月，晚黑天气依然很冷，父亲长时间地触摸水淋淋的虾网，从杂物中翻找冰冷的麻虾，即使穿着靴子，裤腿和袖口也弄得湿漉漉的，常常冻得鼻子吸溜、手指通红。

白天在田间劳累一天，夜里再拉三四个小时麻虾，很是辛苦和劳累，不是山穷水尽时，谁也不愿去吃这个苦。那时村上拉麻虾的也不过两三户人家，除却下大雨，下小雨仍然摸黑外出拉麻虾的只有父亲和二姐，另外两家只是偶尔拉一下而已。

在我们那地方，虽然乡风淳朴，多数乡亲秉性仁厚，彼此相处很是和睦。但也有人，凭借兄弟多或有权有钱，便仗势欺人。但因父亲脾气暴烈，生性勇猛，打架更是拼命三郎般，一般的人家也不敢欺负我们。

有一次，因为琐事，我的一位本家婶子无故挑起事端，对我大姐又打又骂，并撕破了大姐的新衣裳。这一下惹恼了父亲，父亲坚决不愿意，结果两家大打出手。

那天母亲出门在外，那家弟兄三人，还有几个成年的妇女和孩子，人多势众，可怜我们家只有父亲和大哥，大哥当时还小，父亲一人打他们全家。打得性起时，父亲跑回家拿着切菜的大刀要和他们拼命，好心人把父亲反锁在屋里，父亲依然暴跳如雷，誓不干休。好在众乡亲们竭力劝说和拼死拉架，两家被迫罢手，最终才没酿成大祸。

有道是不打不相识。自从两家大打一架之后，两家和好如初而且好过以往。大佬（叔）、二佬、三佬对我们家都很关照而且接济不少，二佬还让他的大女儿向母亲认了干妈。

父亲虽然脾气不好，但通情达理，很少与人吵闹打架，而且从不在背后说人长短，更不会算计坑害别人。就在和大佬家打过架不久，村里有人乘机怂恿父亲向公社和县里去告发大佬，一心想把大佬扳倒，将他的大队支书拿掉，遭到父亲的严词拒绝。

我出生的时候，父亲已经四十六岁，我记事时父亲已五十多岁了。由于上了年纪，在我的印象里，平时父亲在生产队里只干一些轻省活计，不是放牛看护瓜田落生地，就是在稻场里铺场翻场扬场照管粮食。在周末、平时早上或下午放学时，我经常帮父亲放牛割草看稻场。父亲看管庄稼时，从不藏着掖着地往家里携带瓜豆或落生。那时我们姊妹还小不懂事，有时劝父亲偷拿一些回家，总会遭到父亲的一顿训斥。

父亲不怒自威，又对我们管教很严，姊妹们最惧怕父亲。假如我们在外疯玩过度，一下子忘记了吃饭时间，准会招致父亲的一顿臭骂或呵斥。临近家门不免心虚胆怯，总是蹑手蹑脚，尽量躲避开父亲的视线，心里怯怯地踅进家门。假如夜黑想外出看电影、瞧戏或听书，我总是先央求母亲，再由母亲去做父亲的工作，往往总能得到父亲的默许，父亲虽然脾气暴躁，但毕竟疼爱自己的孩子。

父亲很少打骂我们，但却将我狠狠地揍过一顿。那是在我上五年级的时候，母亲给我买了一支"英雄"牌钢笔。那笔很漂亮，笔杆笔帽乌黑锃亮，笔夹笔尖银光闪闪。也很贵，大概一两块，在那个年代，那可是得卖三四十个鸡蛋或二十斤小麦。可我用了没几天，那支笔就不翼而飞了。

那天课间休息，一阵玩耍再回到课桌时，我怎么也找不见那支心爱的钢笔了。书包里，课桌上下，能够想起的课间休息所有可能到过的地方，通通找遍还是没能找到。放学回家后我只好乖乖地告诉母亲，一向和蔼慈祥的母亲，竟出乎意料地大骂了我一顿。父亲知道之后，更是一通臭骂，没有挨揍，实属万幸。

但时隔不久，我至今也不知是因何事惹恼了五年级班主任张老师，只记得她曾在班上公开批评我骄傲自满，后又怒气冲冲地到家里向父母告状。张老师一走，母亲就很生气，父亲更是怒不可遏，不由分说，抄起棒槌，将我按跪在院子的空地上，抡棒一顿暴打。

一向疼爱我的母亲在一旁不仅不劝说父亲，而且还一个劲儿地对父亲说狠狠地打。父母许是心疼那支钢笔,也许是恨铁不成钢,总之是贫穷和尊严让父母气不可耐,可怜打得我屁股紫一块青一块,疼痛难忍,好几天不能落座,一坐就疼。而且责令我每天放牛,不许我再去上学了。直到秋季初一开学后,在班主任张荣尤老师两次登门一再劝说下,我方才又幸运地背着书包上学了。

父亲是个出色的泥工。我家堂屋的泥地抹糊得很平,像水泥地面一样的坚固平整。因为家境贫寒,我们家的陈设十分简单,几乎都是泥巴家具。堂屋当门子(明间)的土供桌,东西房屋宽大的泥巴床,以及土缸、鸡窝和锅台,都是父亲用土坯、秫秆、稻草、麦草和黄泥垒砌抹糊而成的。父亲手艺很高,垒砌的土家具既好看又耐用。

虽然家里很穷,但我们家的人都很爱干净,干净整洁在村里是出了名的。父亲每天早早起床,将房屋院子都打扫得干干净净,一家人穿戴得整整齐齐,清清爽爽。

父亲还是村里出名的茅匠。墙垒砌得横平竖直,草顶苫得平整密实,房子盖得精致好看。因而乡亲们建造新房时争相邀请父亲,有时父亲生病不能干活,他们非让父亲去监工指导方才放心。

我们那里盖房架顶梁时,时兴放鞭炮抛洒点上桃红的白面馍和染上桃红的熟落生。记得每回给别人家盖房时,主人家上梁的当晚,父亲总会在衣兜里装着主人馈赠的馍和落生,回到家时掏给我们吃,我们姊妹便高兴不已。

父亲爱好不多,不喜欢看电影、看戏、听书、打牌之类的娱乐。但架不住诸多好友的苦劝,有时也会跟着村里的戏班子或玩狮子的击钹打镲,不过也只是偶一为之。然而父亲酷爱喝酒,听说年轻时能喝七八两。但那时家里生活拮据无钱买酒,因而平时父亲并不喝酒。只有逢年过节或舅舅偶尔到我们家作客时,父亲才会喝点儿白酒。

那时乡亲们大都很困难,几乎每家喝的都是胶篓(扁形的白塑料桶)装的散酒,是用红薯干或秫秫酿造的一种土酒,一斤只有几毛钱。记得每年大年三十晚上,父亲和大哥都要喝一点儿用酒壶温过的白酒,一大家人围坐在桌旁,其乐融融,吃得津津有味,这个情景一直让人温馨至今。

父亲不善交际,也不愿应酬,很少走村串户,从不与邻居们走动,生性又刚正不阿,拙口钝腮,不会夸夸其谈,更不会溜须拍马,要让他向别人说些小话好话甚至比登天都难,所以家里一应赊借事项全都仰仗母亲。

家道也因此颇为不顺。大队里安排年轻人教书当兵或组织招工,生产队里让人开机器进城购置农具等诸多好事,一件也轮不到我们家。大哥以及高中毕业的二哥都只能老老实实地务农,在队里干最重最苦最累的农活。加之家庭贫穷,到了该当结婚的年龄,村里同龄人先后放鞭炮热热闹闹地娶新媳妇,而大哥二哥的婚事始终没有着落。无奈之下,二哥只能入赘到别村;大哥一直打光棍,直到五十多岁才成家。

别人家高高兴兴地放鞭炮娶媳妇,那声声鞭炮简直就是爆炸在父亲心里,使他痛苦不堪。父亲一向心高气傲,笨嘴拙舌,家庭困境简直使他在村里抬不起头来,心里有苦又说不出,始终憋闷在心里。因而除了外出干活之外,父亲成天大门不出二门不迈,一直坐在屋里唉声叹气,埋头吸烟。

特别是在冬天,父亲整日搬一把小椅子闷坐在堂屋当门子的门里,几乎是一根接一根地抽着纸烟。隆冬时节,父亲有时也会烤一会儿火,火光映照着父亲那刻满皱纹、饱经风霜的苍老容颜,这一幕永远定格在我的脑海里。

那时我已长成半大小伙开始懂事了。父亲心里的怆痛和折磨写在脸上，也深深地镌刻在我的心里。我心中暗暗发誓，一定要发奋苦读考上大学，绝不辜负父母一生劳苦养我成人、供我上学、对我的殷切厚望。

克服种种艰难困苦，经过三年高中埋头苦学，我终于如愿以偿地考上了令人羡慕的全国重点大学，父亲的脸上也终于露出了难得的欣慰笑容。

1985年初夏，我即将大学毕业。正当我紧张忙碌地准备毕业设计和专题论文答辩时，忽然收到母亲的加急电报，说是父亲已于6月17日凌晨不幸去世。头天大哥在野外水沟里摸了几条鱼，母亲将鱼刮鳞剖肚清洗干净，晚黑油煎烹煮后，父亲吃鱼喝酒很开心，谁知夜里上床休息后就再也未能起来。第二天早晨，母亲看父亲迟迟没有起床，忙去呼喊想叫醒父亲时，发现父亲已去世多时。

想我父亲，忍辱负重，千辛万苦地把我抚养成人，在我即将大学毕业能够侍奉孝敬父母的时候，父亲却突然离开了我们。父亲真是一生贫苦，未能过上一天幸福的小康生活，而且连一张相片都未能留下，每念及此我都会不胜悲怆。

父亲去世已经三十六年了。但他那写满悲苦凄凉的面容，经常浮现在我的眼前，时时催我奋进，引我拼搏，激励我力争做一个对家庭和社会有用的人，唯有如此，方能报答父亲对我的殷殷之念和养育之恩。

安息吧，父亲！

2021年12月2日

少年时代

真是岁月无情，等闲白头，如今我已经到了退休的年龄。回顾自己坎坷的一生，只有少年时代过得最为自在快乐。

我的少年时代是在大队小学和初中度过的。那时候，学校的教学活动极不正常，上课也是时断时续。上面要求学生学工、学兵、学农，我们那里没有正规的工厂，只有一个酒作坊、一个榨油作坊、一座养猪场，三个厂坊都种有田地；也没有部队，只能是按要求学农。学校种有试验田，还经常到大队厂坊及所属的生产队参加义务劳动，帮助抬粪、插秧、割麦和拔落生等等。

在那激情燃烧的岁月，同学们都表现得异常积极。为了赢得老师的表扬，有两年春二三月的几天早晨，我们村上的几个积极分子，天不亮就起床，大家一起踏着月光，赶到二里外的学校去掏厕所，抬着尿桶将臭烘烘的粪水送到学校的试验田，再用粪舀子（舀粪的长柄木勺子）浇洒到麦地里。

有一年麦收时节，为防止有人偷麦子，大队临时从学校抽调几个学生，专门成立护麦队，我有幸光荣入选。大家头戴草帽，袖戴红袖章，手持七彩棍，冒着酷暑，得意洋洋地到各个村庄的麦地去巡查。看见做贼心虚的大人、小孩们望风而逃，我们心里真是美滋滋的。

为了给自己盖教室，我们到四五里外的小河，用稚嫩的肩膀去抬沙；在学校附近的池塘边，抬土，和泥，脱土坯，打墙盖房。我们还要参加政治学习和游行。那些年，谁也没太把学习当回事，成天吊儿郎当，作业也是一人做完，相互传抄。

及至上初二时方才听说，我们这届初中生毕业之后，须通过考试晋升高中。但学校的教学秩序和学习氛围一如从前。周日照常休息，也没有三天一小考、五天一大考，唯一的变化，就是取消了劳动课。我们仍然没感受到学习的压力，依然故我，变着法儿玩耍。

在那个年代，暑假、寒假放假时间很长，而且还有半个月的麦收假，假期里除了参加少量的劳动外，我们也就恣意玩耍。我是班长，简直就是孩子王，一门心思地带领同学们疯玩。那时候，同学们家里都很穷，可我们少年不知愁滋味，每天绞尽脑汁的是怎么玩得更开心、更尽兴。

那时我们干活不多，而且干的都是轻省活。替大人放牛，割牛草。夏天薅地，到地里拔草，在稻田里拔稗子。翻红芋秧子，让红芋秧子的叶蔓和叶背朝上，经阳光照射后长得更快更茁壮。搂小麦，拣麦穗，挖半夏。秋季剐落生，剥红麻，有时帮大人捆稻捆子。总之都是一些我们力所能及的活计，一天不过挣三四个工分。

农村是广阔天地，对我们这些少年来说，真是大有作为，辽阔大地是我们的娱乐场，天地万物是我们的玩具。我们玩耍场所之广阔、项目之丰富、物品之众多，令城里的孩子们望尘莫及。

高大的树木和房屋其乐无穷。小伙伴们比赛爬树，看谁能爬到高大的树上去，往往只有少数手脚灵巧的小伙伴才能爬到树冠，骑坐在粗树枝上，不无炫耀地向我们招手，以示让我们也爬上去，我常常甘拜下风。

我们看大孩子们爬到高高的树上去掏鸟窝，逮有两根细长角的老水牛、黑色白点的老妈哼（飞起来嗡嗡响的虫子）、红色黑点的花大姐（一种会蹦又会飞的虫子）、浑身青黑色的臭屁虫和知了。有时爬到桃树上，偷摘人家的桃子，或者用长棍子偷打尚未熟透的青枣子。五月槐花香时，我们高高兴兴地去折花，撅断开满槐花的嫩树梢，把尘土抖搂干净，也不洗，直接塞到嘴里大嚼起来，甜丝丝的，无论大人、小孩都爱吃。

酷暑时节，我们把耙田地的双排铁齿大耙斜欹在屋檐下，爬上去掏小麻雀和麻雀蛋。冬季雪停上冻时，草屋屋檐的雪水滴水成冰，家家户户草屋前后的屋檐下，都整齐地挂着长长的凌冰条子（冰凌柱），洁白晶莹，整然排列，蔚为壮观。我们从屋檐下拽下一根凌冰条子，想尝尝它的味道，谁知淡而无味，末了恨恨地把它扔掉，手、嘴也冰得通红。

庄稼地是天然的游乐场。麦收时，我们常在麦地里逮溜虫子，这是麦地里特有的一种灰黄黑斑的鸟，很机灵，跑得很快，等我们快追上它的时候，它往往就扇起翅膀飞走了，很难逮住。我们到秋庄稼地里、稻田里或田间小路上逮蚂蚱、油子（油葫芦）、蝈蝈；或在夜黑逮萤火虫；或在落生地里逮老鼠，老鼠窝很长很深，曲里拐弯，往往得挖老半天，见到窝底时，有时还会看到小老鼠，白茸茸的，不停地蠕动着，煞是好看。

我们到瓜地偷瓜，去偷最好吃的白冰瓜、面瓜、三白瓜和毛苦瓜等小甜瓜。有时偷吃生产队的红芋、落生和豌豆之类，或者将蚂蚱、麦穗和黄熟变硬的豌豆等，捡拾柴火生火烤熟了吃。我们在已砍倒的玉米和秫秫地里，去寻找青绿的玉米秆和秫秆，像啃甘蔗一样，去吮吸那少得可怜的甜汁。

家畜家禽也给我们带来无穷的乐趣。最好看的莫过于牛抵头。记得我们生产队有一头黑大犍,很能抵头,四远驰名,曾在方圆几里无对手,每次将对方的牛抵跑后,我们便欣喜若狂。我们还爱看狗咬仗、鸡斗架、鸭汹水。鸡斗架很有趣,那么温驯的鸡,斗起架来,脖子和尾部的长毛直竖,翅膀扎煞着,一副凶神恶煞的样子。我的老家是个大村庄,猪牛驴羊和鸡鸭鹅很多,整个村庄一天到晚鸡鸣犬吠、羊咩猪哼、牛哞驴叫,这美妙的交响乐每天回荡在古老的村庄里。

宽阔的稻场是我们的乐园。那时我们村每个生产队都有一两个稻场,我们那里的稻场很大,大概有五六亩,晴天时坚硬平旷,犹如水泥地,真是玩耍的好去处。如果稻场空着,我们小伙伴们就在那里推铁圈、拍皮球、跳绳。假如稻场堆垒着刚收割的庄稼,那一堆堆一垒垒的庄稼,很像打仗的堡垒和堑壕,我们就模仿电影里的情节和场景,手拿木制盒子枪,分成敌我双方,轰轰烈烈地玩打仗。有时我们玩捉迷藏。

池塘、水库和小河是我们的最爱。我们喜欢到那里去洗澡、打水仗、游泳、扎猛子。我们时常站在塘埂上,看小鱼在清波里悠然游动,喁喁着小嘴,喽喋有声,漾起一圈圈的水花。我们看大人们提着鸡罩,或拎着渔网,到村子附近的池塘去逮鱼。在夏季,生产队经常放池塘里的水灌溉稻田,天气干旱时,往往会把池塘里的水放尽。这时候,我们就会跟着大人,一起跑到池塘里去摸鱼。我们用破碗片或薄瓦片,在水面上打水漂。冬日里,我们把碎砖头等扔到池塘或水库的冰面上,比试谁扔得最远。

学校是我们欢乐的海洋。几十个同学在一起,成天喊喊喳喳,打打闹闹，好不热闹。上课前、课间休息或放学后，我们常在学校玩捣鸡、踢铆（毽子）、打乒乓球。初中时，主要是打篮球，打得大汗淋漓、筋疲力尽之后，我们就一块到村西的水库去洗澡，清凉怡人，十分快活。

我们还经常看连环画，《白毛女》《鸡毛信》《荷花淀》和《红色娘子军》等都看过。上学放学的路上，我们经常央求一位姓张的同学说书，请他把头天夜里听到的书，再给我们说一遍，听得津津有味，不知不觉间已到学校或家门口，只恨上学的路途太近。

我还当过一回演员，且是主角，参与大合唱，和一个同学说相声，我自己还单独表演快板书——数来宝《计划生育就是好》。那年春节，我们宣传队到大队部和各个自然村去巡演，我的足迹第一次踏遍了大队的各个村落。

上初中时，老师让我牵头写大字报。我们把在报刊上选好的文章及段落，用毛笔摘抄在宽大的白纸或火纸上，因缺乏书写经验，字行常常歪歪斜斜。誊好后，还得用白面打浆子，踩着课桌或课凳，张贴在校园前面过道的东墙上。我们看着自己写的大字报，心里甭提有多高兴了。

村子空地和屋院是我们的乐土。我们在村子旷阔的空地上看电影，听书，那高兴劲真是像过年过节一样。还经常在那里踢铆、推铁圈、跳绳、打"德溜"（陀螺）。有时我们还玩摔泥巴窝，双方交替各摔一下，如此循环往复，直到把对方的泥巴赢完或对方不想再玩为止。下雪的时候打雪仗，双手用力把雪捏成团，追赶着把雪球砸向小伙伴。我们堆雪人，或者恣意堆雪玩，用铁锹或铁锨，兼或手脚并用，将雪堆成老坟状。

我们观看大人们玩下方，有时也会照葫芦画瓢地模仿着玩耍，下方有五斜或六洲两种玩法。冬天里，我们在村子周围的田地上放风飚子（风筝）。

在冬季寒冷的雨雪天，我们常在屋里玩。我们男孩子非常喜欢玩"三捉"，也就是三打一，这是一种四人玩扑克牌的游戏。男孩子们还爱下军棋，特别爱好下暗棋，下暗棋就是把军棋立起来横着摆放，双方可以任意布局，尽情调兵遣将。

我们那里过年的时候，几乎家家户户都要张贴年画。再穷的人家，也要买一两张年画；有钱的人家会将所有的旧画全部揭掉，再换上新的年画。我们小伙伴们常常结伴到有钱的人家去看年画，一张张地看，遇到好看的年画就高兴得什么似的，主人家吃饭时，方才恋恋不舍地回家。那时候，一般人家常贴的年画，多为革命现代京剧《红灯记》《沙家浜》和《智取威虎山》等剧照，有钱人家的年画大都是精美的彩色绘画，诸如《长征》《毛主席去安源》和《井冈会师》之类，还有当年最新的一些样板戏剧照，因而价钱也贵一些。

我们有时还爱看门对子，看谁家的门对子写得好。在我们那里，管春联叫"门对子"。门对子有买的，也有不少人家是自己写或请人代写的。我小的时候，我们家都是二哥贴门对子。我上五年级以后，几乎都是由我写门对子，并且由我自己来贴上。自己写的门对子贴上以后，我总是逐副仔细欣赏一番，心里颇有几分得意。

过年时，我们小伙伴偶尔也会参与"赌博"游戏。最喜欢玩下"干子宝"，像推牌九、打骨牌、玩"纸刻录"等游戏难度较大，很难学，我们小伙伴几乎无人参与，只是高兴地站在一旁瞧热闹。

有两年春节，我还扎过灯笼卖。我们那里的灯笼与别处大为不同，都是糊的白纸，画上彩画。灯笼的形状很特别，有方柱灯、宫灯和旱船灯，还有牛蛋灯（四角形和三角形组成的扁球形灯）、蚂皮灯（蚂皮类似蚂蟥，细长的水中动物。这种灯笼是可伸缩的圆柱体，不用时可收缩成很薄的圆片，很像蚂皮）和跑马灯等。

  灯笼的骨架是用梃子和竹签扎就的。梃子是"绺子"（秫秫的一种，结黑穗）秆顶端的一截细秆子，粗如筷子。我是新手，只是看了人家买的灯笼后，凭记忆模仿着扎，家里又无人指导，手艺不行，只能避难就易，扎最简单的方柱灯、宫灯和旱船灯笼。因扎得不够精致，卖得比较便宜，大概是毛把钱一个吧，每年能挣两三块钱。钱虽不多，可毕竟是靠自己的双手挣的钱，我心里还是比较高兴的。

  老家那一方热土，土质肥沃，物产丰富，给我们的少年时代带来了无穷的欢乐。那玩耍时笨拙的动作、庆祝的狂态和爽朗的笑声，已经深深地镌刻在我的脑海里。不管我走到哪里、身在何处，这份如今想来依然令人发噱、回味不尽的记忆，真是永远难以忘记。

2022 年 4 月 5 日

父老乡亲

我还在老家的时候,农村尚没有实行"单干"(大包干),基层行政机构的名称与现在迥然不同。

那时候,乡级政府称为"公社",行政村叫"大队",大队以下为生产队,村民们都名为"社员"。

王岗大队下辖七个自然村。我们周岗是最大的自然村,有五个生产队,总人口超过一千人。乡亲们聚族而居,村里绝大多数人家都姓周,还有极少数张、彭、任、邱、孙等姓人家。全村周姓人家共有六个门族,俗称"老六门",我们家是三门;四门人口最多,是我们村最大的门族。

我们家在二队。二队是全村户数最多、人口也最多的生产队,多达四十八户人家,二百四十六人,人均也就亩把地。主要由三门周姓和十来户张、任、邱姓人家组成。

乡亲们多半住的是土墙麦草或稻草房,只有少数富裕的人家房顶苫着茅草,但住房的格局几乎一样:堂屋(正房)三间,大都坐北朝南;厨房一间,一般都在庭院东面;小院一个,院子南边还有一间小过道(门楼)。大家都挨墙傍院地住着,矮檐草屋挤挤挨挨,中间只隔着窄窄的小巷。有些三三两两的人家,住房一排相连,共用着山墙。

乡亲们大都讲卫生、爱干净。在我们那里，几乎家家户户都是单门独院，堂屋和厨房分开。在堂屋的当门子（明间，即中间房屋），正墙前摆放木质或垒砌的土供桌（条案），上方屋顶挂灰棚，灰棚上贴着或画上五颜六色的画，两个高高的外角悬挂着各色纸穗，煞是漂亮。这好像是乡亲们的独创，我在别处再也没有见过。过年时供桌用于拜神祭祖，平日为放置物品之所，日常使用的碗盘盆和撮箕等物经常搁置上面。灰棚遮盖着供桌，屋顶灰尘不会飘落在供桌上，供桌、灰棚之间的墙上挂中堂，两边贴年画。

当门子的西边或东边贴墙摆放一张大方桌，两边是靠背大椅子。屋里另有一两条长板凳，几把靠背小椅和独凳，家里来了几个客人都能坐下。东西房屋为卧室，门口通常挂门帘，门额还要挂门帘头。

老家的习俗，新年村里时兴穿戴一新。普通的人家，每人都要穿一件新衣裳，至少要做一双新鞋。有钱的人家，几乎所有的家庭成员都是一身新——新鞋新帽新褂新裤。即使是在平时，乡亲们的衣裳也是经常换洗，看上去都是干干净净。赶集或走亲戚的时候，乡亲们都要换上自己最好的干净的衣裳。

那时乡亲们都还没有外出打工，村大、房密、人多，每天村巷里总是人影憧憧。农闲的日子，早起晌午吃饭的时候，乡亲们时常端着粗瓷大海碗，聚集在一家邻居的大门外，夏日晌午则围在树荫下，或站或蹲，或坐或靠，吃着拍着（闲聊），不时有人戏谑调笑，插科打诨，逗得大家开怀大笑。有时各自站在自家门口，远远地边吃边拍话。

那时邻里之间经常走动，农闲时相互串门，大家来来往往，倍感温暖和亲切。那是一个贫穷落后忍饥挨饿的年代，乡亲们喝不起茶，平时甚至连开水也不喝，口渴时，直接到厨房拿葫芦瓢，从水缸里舀井拔凉（从井里拔上来的凉水）。因为多数家庭普遍柴火不够烧，喝开水近乎奢侈和浪费，那是只有过年和天气寒冷时才可能有的高级享受。

唯一能够招待邻居的就是让他抽九分钱一盒的纸烟，主客之间一根接一根地不停地吸。在烟火明灭、烟雾缭绕中，有一句没一句地拍着呱，家长里短，柴米油盐，无话不谈，一气拍一晌午或一晚上（下午），直至主人家要吃饭时，邻居方才起身告辞，主人连忙盛情挽留："今个值这（在这吃饭），经常来串门连一口凉水也没喝。""不啦，我们家的饭也该做好了，说这话，谁跟谁没？恁客气。"邻居在主人的一再挽留声中往外走。

小孩子们也爱走巷串户，找邻里的小伙伴玩耍，无论到谁家，总会受到大人们的热情欢迎。有时赶巧主人家做好吃的，蒸酸面白馍、炸油馃子、油疙瘩、糖角子，主人总是坚持让你品尝一个。

我们也经常顺便瞧稀奇、看热闹。有钱人家买一辆崭新的自行车或一台缝纫机，或小巧玲珑的收音机、手表，大伙对"三转一响"颇感新鲜和好奇，争相前后左右仔细瞧瞧，不时地触摸摆弄。手表竟会不停地自动旋转，收音机能像人一样地说话，大家好生奇怪，这小东西怎会那么神奇。记得那时候刚看过两三遍电影豫剧《朝阳沟》，每天晌午或晚黑，村巷里总是回荡着收音机里播放的《朝阳沟》那曼妙优美的唱腔："走一道岭来翻过一架山，山沟里空气好实在新鲜……"

过年时看年画，听说谁家的年画新奇好看，总会吸引一群孩子围观。谁家买的灯笼新颖别致，也总是招来一帮孩子们跑去认真赏玩。哪家有赌场，更是吸引许多大人小孩前去疯玩观战，哪家的屋子里就会挤得水泄不通。

那时乡亲们大都朴素真诚，心地善良，邻里之间和睦融洽，互帮互助。相互赊借钱粮柴火，彼此借用农具雨伞靴子，待客时借板凳方桌，外出时借辆自行车，总之是缺啥借啥，总能解你燃眉之急。谁家有了好吃的，也总是给关系密切的邻居们送点，给你拿些油馃子，或给你装几个白面馍。

过年时村子里最为热闹。大年初一那天，乡亲们相互拜年，村巷里到处是拜年的人们。我们那里亲戚或外村朋友间拜年持续时间很长，从初一开始，断断续续地一直拜到正月十五；甚至到了正月二十几，依然还有拜年的。拜年就要喝酒，而只有坐在宴席上，大家的喜庆劲才能推向高潮。亲戚或朋友来拜年，吃饭时还要请人作陪。乡亲们相互请客，有时候会一天三喝。正月里头几天，村巷里到处是去赴年席的人们，成为那时过年时村子里动人的一景。

在我们老家，乡亲们的饮食很讲究。干饭、馍、面条和鸡鱼肉豆腐的做法花样翻新，有的竟能做成几种甚至十几种不同的花样和口味。逢年过节或婚丧嫁娶时，待客的宴席更讲究，一般的人家有七八个热菜、一两样汤、几碟凉菜。有钱人家的宴席有十来道热菜，热菜都是上双份，主食常要做两三样：馍、饺子和汤圆，或糍粑和挂面。

真是村子大了，能人真多。村里有些人会玩狮子，有的会喊彩（玩狮子拜年时，给主人家念唱祝福吉利话，现编现唱，难度极大），过年时他们到每家去拜年，还经常摆开场地玩。还有会跑旱船的，唱"地出子"戏（土戏，也叫灯戏）的，他们搭好舞台，点着火把，一连唱几天几夜，附近村庄的乡亲们也都赶来观看，舞台前简直是人山人海。过年时村子里经常会锣镲喧天，鞭炮齐鸣，热闹非常。

乡亲们一起出工、放工或在田间干活的时候，也很热闹和高兴。大伙在田野里拉开雁阵，或挥着镰刀收割庄稼，或紧握镢头（锄头）

薅地；年轻壮实的男人们紧走慢赶地挑庄稼，有的犁田耙地播种，男女老少一起在稻场上摊场、翻场、起场。冬季一块送粪挑塘泥，挖土担土兴修水利。畎亩阡陌之间，人流来往穿梭络绎不绝；工地稻场之上，人群熙熙攘攘热火朝天，到处是乡亲们忙碌的身影、快乐的喧哗、爽朗的笑声，那是老家那些年特有的火热的劳动景象。

大伙在一起时并不消停，总是嬉戏打闹，打情骂俏，好不热闹。队里有几个男人是开玩笑的高手，他们性格开朗活泼，口齿伶俐，幽默风趣。他们开的玩笑，让你略显尴尬，面红耳赤，而又无处发火。

男女之情事自然是玩笑的主题，而年轻汉子和泼辣的少妇则是被开玩笑的主角，因为谁再大胆，也不敢开姑娘家的玩笑。荤笑话颇受欢迎，大伙百听不厌，玩笑家们也是津津乐道。时常在干活时的热聊中，玩笑家们冷不丁皮笑肉不笑地开着几个泼辣少妇的玩笑。

玩笑家说得有鼻子有眼，好像真有那么回事似的，让少妇们哭笑不得，无言以对，也无可奈何。她们往往只能是不咸不淡地骂几句，并随地抓把土，或捡块烂砖碎瓦作威胁砸人之状，玩笑家只有一跑了之，少妇追赶老远，直至眼看追不上了方才罢休。

印象深刻的是在炎热的夏季，乡亲们在一起挥汗如雨地薅地。我们老家在淮河之南，夏天日头似火，热浪蒸腾，溽暑难耐，田野里活脱是一个大蒸笼。大家戴着草帽，顶着烈日薅地，一个个脸晒得黑红，衣服湿透，脸上的大汗珠子不住地往下掉。不一会儿即口干舌燥，好不容易熬到半晚上（半下午），队长就会指点着某个年轻人说，你赶紧去挑井水，大家都渴了，快去快回哈。

被队长指派挑水的年轻人走后，大伙都望眼欲穿地等着他快些回来。及至他挑着水桶回到地头后，乡亲们一拥而上，到水桶旁排队等候，拿葫芦水瓢舀水咕嘟咕嘟地喝个够，那凉幽幽的井水顺着喉咙灌到肚里后，浑身顿感清凉舒爽。捷足先登者，要先把水桶里宽大的苘麻（青麻）叶片扔掉方才舀水喝，因为挑水的人扯开双腿疾步快走时，前后两个水桶里的水就会荡溢出来，各放上一片苘麻叶子，便可以起到稳定水面的神奇作用。

然而现在，老家那热闹欢悦的气氛一去不复返了。虽说我们村现有两千多人，但年轻人多数到大城市去打工，即使没有外出打工的，不少人也是住在县城，常在老家居住的，听说不过四五百人，还不到我小时候全村人口的半数。现在乡亲们住得又分散，因而村子里总是显得冷冷清清，甚为寥落。而且实行"单干"后，大家各自为战，田野里劳作的人们四散走动，总是显得七零八落。即使到了过年的时候，仍只有部分年轻人回老家，还有很多父老乡亲仍然在外地过年。

更令人惆怅的是，那些我熟识的父老乡亲们很多已经相继去世。现在再回老家，在村里看到的多为陌生的面孔，十有八九不认识。有的今年回去时尚健在，等到明年再回去的时候，往往会惊闻他（她）去世的噩耗，真是"访旧半为鬼，惊呼热中肠"。

现在回老家，再也瞧不到父老乡亲那质朴熟悉的身影，听不到那亲切而纯正的乡音，看不到过去那斜长的雁阵，或涌动的人群，如火如荼沸腾欢乐壮阔的劳动场面了。

我所能见到的，则是那散布在荒坡野陵上逐年增多的一座座坟茔。每年清明回老家时，我总是在想，也许我那已故去的父老乡亲们骨殖化土、魂灵升天之后，他们依然活在极乐世界里，每日在一起喝着拍着，打着闹着，笑着骂着……

2022 年 5 月 1 日

老家的秋天

在我的记忆里,老家的秋天是一个美丽、繁忙、欢悦的丰收季节。

小时候,老家的秋天极其壮美。岗上一块块梯田里,漫山遍野的稻谷翻涌着金色波浪;岗下辽阔的大平原里,一片片泛黄的庄稼叶蔓连缀在一起,满目金黄,如屏似阵,高低错落,一望无际;连同那紫红的洋麻(红麻)、火红的秫秫、澄黄的玉米和谷子、雪白的苇子和棉花,交织出一幅波澜壮阔、色彩缤纷的绚丽画卷。

金色千里,秋收在望。在我们那地方,一年四季,唯有夏天以吃白面为主,别的日子,乡亲们几乎一日三餐吃大米,通常是"一干两稀":晌午吃干饭,早晚喝稀饭;而洋麻和落生又是当时主要的经济作物,全年收成看秋季,因而秋收极为重要。

在我们老家,秋庄稼品种繁多,既有一年的主粮——水稻,又有红芋、玉米、秫秫、红小豆、绿豆、婆娘子等五谷杂粮,还有落生、洋麻和芝麻等经济作物。早先还有荞麦和谷子,不知何故,后来好像不再种植了。

秋庄稼收割之后,主要播种小麦,以及少量的大麦和油菜等农作物。老家谚语云:"寒露种早麦,霜降种好麦。"播种必须追赶时节,不宜早也不能迟。加之庄稼种类多,种植的早晚也不同,收割的时间不一样，因此秋收秋种持续时间很长，每年差不多都得两个多月。

为确保颗粒归仓，及时播撒种子，在那秋收秋播的大忙季节里，全村男女老少齐上阵，全都拥向田间地头，早出晚归，争分夺秒地抢收播种。几乎每家都是铁将军把门，田野里到处是密密麻麻忙碌的人群。

秋收时节，乡亲们忙着收割、碾打、犁地、播种，极为艰辛和劳累。从八月中旬砍春洋麻、拔春落生和摘早棉花开始，老家便拉开了秋收秋种的劳动大幕。那时农村没有农业机械，几乎全靠人力和牛力，使用的都是最原始的粗糙简陋的农具，镰刀、钉耙、镢头（锄头）、扁担、犁，直到后来全大队才有一台东方红拖拉机，乡亲们拼命劳作，苦不堪言。

老家的秋天，天气依然很热，而且雨水偏少。尤其是八九两个月，骄阳仍旧似火，天气燠热，热浪蒸腾，在田间劳作的乡亲们经常汗流浃背，衣服湿透。到了十月份以后，天气方才逐渐转凉，秋高气爽。

秋收伊始，乡亲们先忙着砍春洋麻。"白露早寒露迟，秋分砍麻正当时"，意为秋分前后正是砍洋麻的时候。因为洋麻有春洋麻和夏洋麻之分，前者为春天里翻耕油菜和大麦茬种植的，也称"早洋麻"，种植面积小；后者在夏季收罢小麦之后大量播种，又叫"晚洋麻"。别的庄稼也有春夏或早晚之分，如早稻和晚稻、春落生和夏落生等。

为方便沤泡撕剥，砍洋麻之前，先用长竹棍把叶子抽打掉。砍倒后，缠扎成捆子，用扁担挑，或用架子车拉到指定的塘埂上。待到洋麻全都拉挑到位后，将洋麻逐捆拖拽或扔入池塘，视塘水之深浅，把麻捆子纵横交错叠摞成两三层或四五层，在四周压盖上厚厚的塘泥，洋麻便被压沉到水里。沤泡洋麻的池塘污染严重，塘水乌黑，气味刺鼻，能把鱼药死，因而沤泡洋麻都是在生产队指定的池塘里，不许占用洗菜、洗衣、洗澡的池塘。

麻捆子浸泡六七天（冬季得半个月）后，再把麻捆子捞上来，大人小孩坐在小椅子或独凳上，把一根根的洋麻皮撕剥掉，再将一把把剥好的洋麻在池塘里摆洗干净，均匀地搭晾在长长的麻绳上，直至晒干为止。那阵子，村庄内外到处晾晒着雪白的洋麻，一片片白亮亮的洋麻，看上去惹人眼目。晒干的洋麻一斤能卖五六毛，是那时乡亲们重要的经济来源。

抢收落生熬煞人。生产队组织社员统一拔落生秧子，一块摘落生。最为当紧的是刓（用小刨刓，小刨即小锄头）落生，拔完落生秧子后，生产队将落生地划分到户，各家自刓遗留在土里的落生，如刓不及时，落生就会腐烂在地里。

刓落生是慢工细活，急不得、快不得，必须想法把埋藏在地下的小小落生刨刓搜寻干净，如有遗漏就相当于把钱白扔在土里，因为落生很贵重，价格在洋麻之上。刓落生者多为妇女和小孩，男劳力还要忙着抢收别的庄稼。

妇女、小孩手持小刨，或蹲或坐，弯腰低头不停地刨，一刨刨地将土刨翻过来，寻找埋藏在土里的落生，还要当心别刨着落生。几乎是把落生地刨翻一遍，真如同是用小刨刓地，故名之曰"刓落生"。

刨小地大，进展缓慢。为防落生烂在地下，大伙晌午都不回家，每日从早起一直刓到天黑。晌午时分，每户都要派人回家做饭，派回去的人做好饭用餐毕，再用筐挎着，提着瓦罐、茶瓶或军用水壶，把饭菜和开水送给在田间地头坚持劳作的亲人们。日日如是，一连苦干很多天。

让小孩子们感到高兴的是砍玉米和秫秫。玉米和秫秫秆砍倒后，一排排整齐地躺倒在地里。我们就争先恐后地去寻找青绿的玉米秆和秫秫秆，像啃甘蔗一样，去啃吸那少得可怜的甜汁，嚼起来也是甜滋滋的。

秫秫一身是宝。秫秫可以酿酒，秫面可以蒸馍、贴饼子，秫秆用来铺盖房顶，用细麻绳缠缀成箔榄子（席箔）可以糊墙或铺床，做锅拍子（锅盖）、缸拍子和擀面拍子，编制撮箕，扎灯笼。在那个年代，秫秫真是不可或缺，各个生产队每年都要种植一两块地的秫秫，以备乡亲们日常之需。

收割水稻又苦又累。大约八月底割早稻，天气闷热。乡亲们在稻田里摆开雁阵，弯腰挥镰奋力割稻。先旋割几下，再直腰转身，将割好的水稻摆放在身后，堆成一堆堆的稻扑子（一堆水稻）。腰时起时弯，手臂不停地摆动用力，时间一长，便会手臂酸软、腰酸背疼。

割罢稻，妇女和小孩忙着帮男人们捆稻捆子，来来往往地抱稻扑子，交给男人们捋码整齐，用带煞鸡头的粗麻绳用力捆扎完毕，男人们用尖担（类似扁担，两头是铁尖）潇洒地往两边的稻捆子中间一插，将稻捆子一扭一摆地挑到稻场上去碾打。乡亲们都晒得浑身淌汗，男人、小孩全都光着上身，只穿一条大裤衩子。

割水稻时小孩子们最为开心，可以逮鱼，用狗尾巴草穿成一长串，高高兴兴地拎回家；捉蚂蚱和蛐子（蛐葫芦），稻田的蚂蚱和蛐子真多，趴伏在稻穗和细长的叶子上，到处是一片片黄黄绿绿的蚂蚱和蛐子，一见人便四处蹦跳乱飞。小孩子们忙着追赶，低头猫腰小心翼翼捕捉，捉到后便手舞足蹈地炫耀庆贺。有时还会碰到斑斓的大毒蛇，胆小的妇女和小孩吓得吱哇乱叫，四散跑开。胆大者毫无畏惧，用镰刀连摇带砍把毒蛇打死。

乡亲们还要忙着摘棉花、掰玉米、割早豆子、砍早芝麻。"七月半摘金瓣"，农历七月中旬即开始摘棉花，棉花摘后继续生长，所以得断断续续地一直摘到秋末冬初。棉花很贵，故乡亲们称之曰"金瓣"。芝麻秆晾晒干透后，乡亲们一手倒持芝麻捆，一手用洗衣服的棒槌拍打抖搂之，小小的芝麻颗粒便纷纷掉落下来。

水稻和各种豆秧挑到稻场后，男女老少拥向稻场铺场，用洋叉把庄稼均匀地摊铺在稻场上，专司打场的好手便套牛拉石磙转圈碾打，然后把庄稼翻过来再碾打一遍。打好后起场，用洋叉把稻草和豆秸挑起堆摞成山似的大垛子。再用刮板和木锨将稻谷和豆子推拢成堆，待稻场打扫干净后，由能工巧匠用木锨扬场，扬净后分配到户，男人们用笆篓（笆斗）高高兴兴地把粮食往家挑。

收罢水稻，则忙着割晚豆子和晚芝麻。及至别的秋庄稼收割碾打一毕，到了十月，乡亲们又开始忙着刨红芋。先用镰刀把红芋秧子旋割干净，再用钉耙把秧子根部的红芋从土里刨翻出来，刨时须小心谨慎，不要碰破红芋。刨出的红芋用篮子挑到一起，堆垒成一两个大堆，逐户按工分过秤分配。有时余下不多时，便好坏搭配扒拉成堆，再抓阄分配。

秋日里，稻场上矗立着山似的粮食堆，田野里到处是果实累累的庄稼。为防有人伺机偷窃，每个生产队都指派男人们瞧夜（看秋），每夜黑两至四人，有大人也有半大小伙子。每人扛床被子，两人一伙，垫上稻草或麦草，铺一床盖一床，抵足而眠。早上起来，只见露水打湿了被子，夜里竟然浑然不知。

乡亲们还得忙着吆牛套犁犁地，拉铁齿耙耙地，把土块耙磨细碎、平整、松软后，再套牛拉耩子播种，或由技术能手播撒种子，撒种子时把握住种子的稀稠是关键。

在长达两个多月的秋收秋播里，乡亲们每天起早摸黑，这样一直忙活到秋收秋播结束。大家都累得疲惫不堪，浑身晒黑，胼手胝足，肩膀蜕皮，胳膊上都是庄稼秸秆拉划的血痕，脚腕上都有一道道庄稼茬子戳的血印子。

在刚刚收罢秋、种罢麦子后的深秋时节，麦苗尚未出土，田野里展现在人们眼前的是耀眼干湿的黄土地，一块块深深浅浅的黄土地交错密布，无边无垠，到处弥漫着浓郁的新鲜泥土的气息。间或点缀着一片片葱翠的绿色，那是乡亲们菜地里种植的蔬菜，"头伏萝卜二伏菜"，乡亲们在夏天栽种的萝卜、白菜和酱秆白，秋季时正长得旺盛。大地简洁而素雅，天空高爽而深远。

秋季好吃的东西很多，小孩子们无比开心快乐。丰收了，大人们也高兴，全都慷慨起来，让小孩子们敞开肚皮可劲儿地吃。每天小孩子们不时地大嚼，兜里装着落生，随吃随剥；啃生红芋和玉米，成天嘴角都沾糊着雪白的汁液。有时还会把红芋、玉米放在正烧火的锅肚（灶膛）火灰里煨熟了吃；还会到菜地里拔青萝卜吃，拧拽掉青绿的缨子，撕剥开萝卜皮，高手们能将整个萝卜皮剥掉而不断，薄薄的细长条子垂挂手下，煞是潇洒。我们那里的青萝卜细短小巧，刚盈一握，上青下白，嫩脆微辣，肉细汁多，大人小孩都爱吃。

秋天收获的五谷杂粮多，也极大地丰富着乡亲们的餐桌。白面里搁点芝麻炸麻叶子，一种极薄的方片面食；贴玉米和秫秫面饼子，或蒸芝麻盐馍，将芝麻捣碎放糖，类似食盐，故名之。豆子和红芋的吃法则更多，大米里放少许豆子，蒸豆子干饭或煮豆子稀饭，蒸红小豆或绿豆馍。红芋可烀、可烤、可煮而食之，也可以在屋顶上晾晒红芋片子（红薯干），或把红芋切割成块段，煮红芋轱辘子是秋日里常见的早餐或晚餐。

不仅主食品种多了，副食种类也多起来。炒豆芽，煮粉条，煮或炕水豆腐，吃干豆腐、二薄和豆腐涝子（豆腐皮）。二薄比水豆腐薄、比干豆腐厚，这好像是老家独有的豆制品，我在别处还没见过。

落生、芝麻可榨油或换油，炸油馃子（油条）、糖糕、糖角子或油疙瘩，炸豆面丸子和豆腐涝子。

我们老家真的是物华天宝，食材绝伦。一样的萝卜白菜、豆腐粉条，就是有其独特绝佳的味道。乡亲们个个都是烹饪好手，做的菜色香味俱全，喷香可口，简直让人馋涎欲滴。

秋天，乡亲们还要过两个极其重要的节日——七月半和八月十五。"七月半，放牛的小孩溜田坎"，溜为躲藏之意，是说旷日持久的闷热天气开始转凉，但大多数年份，农历七月半天气仍然很热。七月半时，每家都要上供烧纸，拜神祭祖。

我们那里管中秋节叫"八月十五"，那时乡亲们生活清苦，大都买不起月饼，晌午煮豆腐粉条，晚黑烙焦馍，一种拌上芝麻圆而薄的面食，比盘口略大，借以替代月饼，以示亲人永远团圆之意。有钱的人家既吃肉又买月饼。

深秋时节，年轻的小伙子、大姑娘穿戴得光鲜亮丽，成为那时秋天美丽的一景。20世纪七八十年代，乡亲们的生活日渐好转，手头逐步宽裕，衣着也讲究起来。小伙子不是穿草绿色威武的军装，便是洋布或卡其布儒雅的中山装，很多还穿红蓝绿色的绒衣或球衣（秋衣），有的甚至穿上了令人羡慕的海魂衫，脚蹬草绿色或蓝色的球鞋。女人们大都身着色彩鲜艳的花衣裳。

老家的秋天庄稼繁茂，大地壮美。乡亲们既有土里刨食的田间劳作之苦，也有丰收的喜悦和生活的欢欣。一季犹如一年，也好似那个年代，真是让人永远地回忆和回味。

2022年6月2日

大　　姐

大姐已经去世十几年了，我现在仍然时常想起她。

大姐生于1947年12月16日，比我大十五岁。在我记事的时候，大姐早已远嫁到别的村庄。

在我的记忆里，只有在大姐回来看望父母时，我才能有机会和大姐短暂相见。大姐每次回来，经常会携带一些好吃的。尤其是在年节之际，大姐时常挎着筐回来，里面装满用桃红点上红点儿或红花的白面馍，或者是透着清香的油馃子（油条）。老家的习俗，农历正月十六即元宵节的第二天，或五月端午的翌日，是女儿回娘家之日。在我幼小的心灵里，总是盼望着大姐回来，一见到大姐，我心里就高兴得什么似的。

大姐生性温和，待人宽厚，总是面带微笑，说话不紧不慢。懂得隐忍，遇事冷静，看上去很是稳重，而且谨慎心细，心灵手巧，眼疾手快，干活非常麻利。

前些日子，小外甥通过微信给我发了一张图片，大姐生前居然央人在一张白纸片上，记下母亲和我们姊妹七人出生的农历年月日及时辰，简直让我难以置信。虽然错字很多，但弥足珍贵。比如大姐生在半晌午，大哥生于早晨，我出生时天刚麻麻亮等等。大姐心细如斯，真是让我甚为感动。

我们兄弟姐妹七人各有特点和个性，也都有自己的优点和特长，大姐以讲究卫生和烹饪技艺好而见长。

大姐很爱干净。她家的房屋院子每天都收拾得利落，打扫得清爽，一家人总是穿戴得合身洁净。

大姐有一手好厨艺。她刀工精细，菜做得精致，鲜香味美。她炸的离子肉大小均匀，块块金黄，红芋粉子紧紧地粘连在肉块上，不松散，有筋道，很耐嚼，吃起来喷喷香。划肉划鱼划得好，吃到嘴里滑溜溜的，味鲜肉嫩，香味浓厚。汤熬得尤其好，她做的汤，与别人的汤大为不同，她做的汤其实是有肉有汤，上面漂着一层青绿的葱花和芫荽，很好看，香味四溢。既吃了肉，又喝了汤，可谓一绝。

因在北京工作和生活的关系，我几乎跑遍祖国的大江南北，吃过很多地方地道的各种风味的菜肴。但每次到大姐家，仍然感觉大姐做的菜喷香好吃。因而我们姊妹都愿意到大姐家去，喜欢吃大姐做的最为拿手的菜肴——汤和划鱼。

大姐有三个孩子，都是男孩。大外甥小的时候，大姐在农忙之际，有时会让我去她们家帮忙照看。

大姐所在的村庄离我们家总有六七里路，中间隔着两个村庄。特别是有一个叫作张洼的小村子，每次和大人一起去大姐家，路过这个村庄时，总有两三条大狗"汪汪汪"狂叫着追撵我们老远，这让我畏惧得不行。临到我自个儿去大姐家时，就不敢从穿越村中的大路大摇大摆地走过去，总是从村外的田塍上小心翼翼地绕道而过，往往要走很多的冤枉路。

农村忙在夏秋两季，我通常是在暑假去大姐家住上几天。大姐家在村口上，房屋坐北朝南，大门斜对着出入村庄的路坝（两片池塘之间的塘埂），路坝的外侧有一眼水井，井旁有一棵高大的椿树，我常常搬个独凳或小椅子坐在大树底下乘凉。

大姐家的村后有一个很大的水库，水很清澈，库底是干净的硬质黄泥，很适宜洗澡和游泳。我常在晚饭前，跟着大姐夫去那里洗澡，清凉舒爽，快活至极。

每次我自个儿去大姐家，大姐就给我做些好吃的。夏天时炒盘鸡蛋，或煮葫芦瓠子，或炒辣椒、茄子、苋菜、豇豆等青菜，虽说只是时令蔬菜，但也是清香可口。

别的季节炒盘豆芽，或炕盘水豆腐，甚或炒盘干豆腐或"二薄"。"二薄"是我们老家特有的豆制品，比水豆腐薄，但比干豆腐要厚，故名之曰"二薄"，我在别的地方没有见过。

大姐还让我跟着她到许店或曹黄林镇上去赶集，让我去看热闹、开眼界，有时还给我买菜瓜、甜瓜或桃子等时令瓜果。曹黄林是我们那地方非常有名的集镇，离大姐家约摸十二里地，离我们老家总共有二十里路，是我小时候到过的最远的集镇，确实比我们关店镇大得多，也热闹得多。

记得有一次，大姐让我跟着她和大姐夫到曹黄林卖两个猪娃，姐夫挑着，我们一起步行到曹黄林。那年月，农民们多数贫困寒苦，猪娃很难卖，一头也没卖掉，只得又挑回来，回到大姐家时，很多人家都已吃过了晌午饭。

大姐生活勤俭节约，很会过日子。虽说大姐做的菜精美有味，但总是"干货"——鸡鸭鱼肉少，汤水或青菜多。每次回来，虽说总也拿些好吃的，但回去的时候，也往往从我们家捎带一些东西回去，或豌豆、婆娘子等稀缺的粗粮，或新鲜瓜豆蔬菜，特别是从未贴补过我们家。姊妹们尤其是在生活上经常帮助我们家的二姐背后老是奚落大姐,说她抠门,一毛不拔。

其实是二姐误会了大姐。大姐家生活很困难,只能勉强维持基本的日常生活,在经济上与二姐家相去甚远。如果大姐不节省点,她们家的生活很可能就难以为继。

1996年前后,大姐和妹妹两家跟随二姐二姐夫到荥阳去打工,拉着架子车走街串巷帮老板卖煤球,爬高走低把煤球搬到客户家门口,每天起早摸黑,累死累活,一块煤球只挣两分钱,很是辛苦和劳累。

在荥阳打工期间,有一天,大姐突然发现自己一颗牙齿的牙龈上突出一个肉鼓包,不痛不痒,但感觉很碍事,很别扭,极不舒服。实在难以忍受时,大姐不得已到郑州的一家医院做检查。真是晴天霹雳,查出的结果竟然是大姐得了牙龈癌,闻所未闻。无奈之下,大姐把紧贴鼓包的那颗牙拔掉了。但牙齿拔除后,四周竟然长出像菜花似的肉芽,如此一来,大姐感觉更其不舒服了。

回到老家后,大姐在家人的陪伴下,专程赶到武汉协和医院做了肿瘤切除手术。手术之后,大家都以为大姐痊愈了,谁知仅仅过了两年,那个位置长出了同样的小鼓包,大姐不得不到武汉再次做了手术。大约又过了一两年,还是那个地方又冒出了小鼓包,待到大姐去武汉要做第三次手术的时候,大夫建议别做了,再做的话很可能下不了手术台。

做了第二次手术后,大姐的病情日益恶化,身体每况愈下,脸色灰暗,日渐消瘦。也可能是大姐预感自己将不久于人世吧,三个外甥又都刚刚成家,大姐十分不舍。那两年,我回老家去看望大姐时,她总是在背后悄悄地流泪。

2005年八九月间,大姐已是卧床不起。那年国庆,我到河南北部某地出差，参与一起矿难的调查处理工作，在那里待了 20 余天。其间我抽空专门回趟老家去看望大姐，就在我返回驻地之后没几天，也就是 10 月 12 日，大姐即永远地离开了我们。

可怜大姐去世时只有五十八岁，一生劳苦，在三个外甥家境逐步好转，即将享受幸福生活的时候，她却溘然长逝了，真是让人怆痛不已。

安息吧，大姐！

2022 年 7 月 8 日

第二部分

尘事录

中国力量

今日之中国，一场史无前例的疫情防控阻击战已取得重要的阶段性成果。特别是1月25日之后，短短的十几天，中国在这场没有硝烟的战场上所展示的中国力量、中国速度和中国精神，无不令世界刮目相看。

疫情滋蔓，情势危急。党中央一声号令，1万余名医护人员从祖国的四面八方迅速集结湖北，与当地的同仁们并肩作战。他们群策群力，科学施治，悉心救治，不舍昼夜，连续作战不顾劳累，与疫情赛跑，和死神抢人，全力救治每一位新冠肺炎病人，已有2500多名患者成功治愈出院。

在危险面前，白衣天使们临危不惧，任劳任怨，默默无闻地日夜坚守在抗疫第一线。

有许多人纷纷递交请战书，坚决要求到抗疫最前沿；有的家属鼓励出征、夫妻携手上阵、父子同上战场、父亲送儿参战；有的已经退休，仍主动要求重返单位上一线；有的身在二线，坚决请求到前线；有的在全力救治病人的过程中不幸被病毒感染，最终病倒在工作岗位上；有的医护人员病重时依然誓言不当逃兵，痊愈后仍然重新返回第一线；而有的人却已经永远地离开了我们。

李文亮、张继先、张定宇、张䒾、吴小艳，这一个个家喻户晓、光芒万丈的名字，他们大爱无疆、公忠体国、舍己救人的英雄壮举，感人至深，催人泪下。

疫情暴发后，中央和地方齐出力，660多亿元救援资金迅速到位。武汉雷神山和火神山两家专门医院相继动工兴建，工程建设者们除夕开工，争分夺秒，工人三班倒，人停机不停，上千台机器设备和车辆24小时连轴转。7500名工人连续奋战十昼夜，两家专门医院按时竣工，陆续投入使用，总共能容纳2500张床位。

他们又再接再厉，再创神话。设计人员凌晨1点画图，工人凌晨4点跑步进场，一夜之间，在武汉建好三家方舱医院，一下子能提供3800张床位。而且他们马不停蹄，紧锣密鼓地又陆续兴建十四家包括四所高校在内的方舱医院，竣工后，一共可提供15000多张床位，使更多的患者能够得到及时的隔离和治疗，再次向世界展示了中国的速度和效率。

疫情袭来，武汉告急，全国同心，八方支援，中华民族传统美德的光辉再次闪耀祖国大地。截至今天，全国企业已累计捐款75亿元，倾力支持疫情防控阻击战。各界群众也纷纷奉献爱心，自愿协助战疫。

1月24日，武汉4000名车主自发加入医疗支援车队，接送因封城而出行困难的医护人员上下班。志愿车队成员、今年只有五十四岁的何辉，不幸感染上新冠肺炎，经抢救无效死亡，为抗击疫情，献出了自己宝贵的生命。

大年三十，河南沈丘县村支书王国辉向武汉火神山医院工地捐赠5吨蔬菜，并亲自送到工地。2月4日，广东信宜市合水镇一位退伍老兵，到村委会给武汉捐款一万元不留姓名，后经工作人员多方打听，才知道老人名叫谢兰前。

如此感人的事迹还有很多，难以计数。这一颗颗拳拳之心，一幕幕感人的事迹，必将极大地激发起国人骨子里的爱国情愫和战斗激情，为打赢疫情防控阻击战聚集起磅礴的力量。

这次疫情来势之汹、扩散之快、蔓延之广，真是超乎所有人的想象。疫情暴发之时，正赶上春节，人员流动极为频繁，导致被感染者井喷式飙升。

时至今日，全国确诊病例高达 3.7 万例，还有疑似病例 2.8 万例，疫情已蔓延到全国 31 个省区市和港澳台地区。而且在封城之前，有 500 多万人离开了武汉。面对如此庞大的可能携带病毒者，必须及时封堵感染源，切断传播途径。

在党中央的统一领导下，全国一盘棋，借力科技立即查明人员流向流量，设卡布点日夜蹲守，引导人员有序安全流动，全民齐参与展开拉网式排查，一户不落，一人不漏，应隔必隔，应治全治，措施有力，行动迅速，执行到位，有效地阻止了疫情滋生蔓延。

亿万同胞不顾个人安危，舍小家为大家，冒着被病毒感染的危险，连续奋战在车站码头机场、关键路口和关键地区，以及城镇的单位和小区门口，齐心协力构筑严密的防护网。有两名警察在驻守中，不幸感染新冠肺炎以身殉职。

一场突如其来的疫情，还给国人的工作生活带来极大的困难和挑战。为防止疫情蔓延，国人宅居，九州城空。而 14 亿多人还要生活，数万病人正需救治，医用防护物资严重告急。

面对如此艰难复杂严峻的形势，各地各部门采取超常措施，多措并举，强力支持企业抓紧生产疫情防控物资。各级纪检监察和公检法紧密配合，联手重拳出击，严厉打击囤积居奇、哄抬物价和制造假冒伪劣的违法行为。成千上万的干部和工人放弃休假，坚守岗位，昼夜加班保生产，日夜兼程抓运输，动员各方保供应，确保了整个社会秩序井然和人民生活稳定安宁。

从春节到现在，我一直按要求居家办公。每天工作之余，难免不时关注着疫情，不是在电视上看新闻，就是拿着手机刷消息，同胞们英勇抗疫的事迹感人至深。没有白衣战士们的英勇抗疫，没有各界同胞们的辛勤奉献，就没有我们今天的稳定和安宁。

我始终认为，优越的社会主义制度，14亿多勤劳勇敢、甘愿奉献的优秀中华儿女，构筑起无坚不摧的中国力量，这是中国创造奇迹的秘诀，也是祖国必将强大的密码。

我一直坚信，尽管当前疫情严峻，困难重重，但我们一定能够打赢这场疫情防控阻击战，一定会尽快驱散疫情阴霾，迎来光辉灿烂、绚丽多彩的明天！

2020年2月9日

念兹集

哭干眼泪的医生

在新冠疫情突然暴发之前,她只是一位名不见经传的普通医生,如今她因第一个上报疫情而一举成名。新闻媒体争相报道她的感人事迹,最近又受到湖北省有关部门给予的记大功嘉奖。

我也是在看到新闻媒体的报道后才知道她的事迹。之后我在网络上尽可能地搜索有关她的信息,发现很多媒体都进行了报道,中央电视台武汉直播间还对她做过一次专访,我也仔细看过这次专访的视频。看罢这些报道后,让我最为感动的,并不在于她是第一个上报疫情的人,而是她竟在这次疫情中哭干了自己一生的眼泪。

关于她的事迹,还得从去年12月26日说起。那天上午,她接诊了医院附近小区的一对老两口,症状都是发烧咳嗽,可拍出的胸部CT片呈现的图像却与其他病毒性肺炎完全不同。

一向聪灵心细敏锐的她,头脑一下子警觉起来,连忙让老两口叫他们的儿子也来做检查,当时他们的儿子没有任何症状,但CT片图像和他父母完全一样。她还对他们一家三口进一步做了全面细致的检查,结果彻底排除了流感。

那天又来了一位华南海鲜市场的一名商户,症状、肺部图像和那一家三口的一模一样,这让她突然揪心起来,头脑中的疑问也越来越大:"这里面肯定有问题!"

事不宜迟,第二天,她就把这四个人的情况及时向主管业务的院长和医院有关科室做了详细汇报,医院立即将这一情况上报给江汉区疾控中心。

28、29日两天,门诊又收治了三个同样来自华南海鲜市场的病人。这七个病人,症状和肺部图像完全一样,只是病症轻重有所区别。她立即又向医院做了报告,并建议医院马上召开多部门会诊会。

29日(星期天)下午1点,医院及时召开由各科室的十位专家参加的会诊会。当了解到还有两例类似患者到另外两个医院去治疗,但都来自华南海鲜市场时,主管院长决定立即向上级有关部门报告。

省、市卫生健康委员会疾控处接到报告后,当即指派武汉市和江汉区疾控中心,以及金银潭医院派人到她所在的医院进行调查。29日傍晚,金银潭医院就接走了六个病人,那一家三口中的儿子执意不去,留在张继先这里继续治疗,今年1月7日治愈出院。

她的特别之处在于,一开始老两口的儿子并未和父母一块到医院就诊,是她临时起意要求他到医院做检查,从而及时印证了她的怀疑,高度警觉的职业敏感和认真细致的工作态度,成就了她的惊人发现。并且她不断地向领导汇报,从发现第一例异常病例,到反复地分析判断证实,再到向上级报告疫情,仅仅用了三天半时间。

她的果敢和智慧再次创造奇迹,在一定范围、一定程度上抑制了疫情的蔓延。自收治那一家三口之日起,有着丰富经验的她就处处小心,因陋就简地加强防护工作。她请求医院建立隔离病房,力劝同事们都戴口罩,穿细帆布的白色工作服。后来有条件时,又让同事们都穿三级防护服。

到了元旦,她们医院住院病人就达到了230人。截止到今年2

月初,她所在的科室无一例医护人员感染,无一位病人交叉感染。

当地的记者要采访她,但她特别忙,接受采访的时间一拖再拖,告诉记者"等通知"。记者原本跟她约定的是1月29日中午采访她,但到中午的时候,医院领导告诉记者,她痛哭流涕不能自已,记者只好取消采访。

1月30日,记者采访她的时候,她已在医院连续奋战了一个月,睡眠严重不足,体力严重透支,心里万分悲伤。她对记者说:"我这次把一生的眼泪都流光了!"

当看到病人太多、同事苦不堪言的时候,她失声痛哭;看到病情发展迅猛、尽管她们把各种可能的手段全都用尽、病人还是走了的时候,她涕泗交流;看到防护服快没有了,口罩也快用完了的时候,她还是号啕大哭。她能够为病人和同事哭干眼泪,真是医者仁心、大爱无疆。

据报道,她对传染病强烈的防护意识生根于"非典"。那时她三十七岁,是江汉区专家组成员,每天的任务就是下到各个医院排查疑似患者。那次惨痛的教训一直让她刻骨铭心,从那时起,她脑海中就有了很强的公共事件意识。

我倒以为,她之所以能成为疫情上报第一人,经历过"非典"只是其一,更为重要的是,她是一个心中充满大爱、对工作对病人极其认真负责的人,能够时刻牢记"健康所系,性命相托"的入医誓言,为了让更多的人不再遭受"非典"那样的厄运,她才始终将那根弦永远绷紧在她的脑海里。假如所有的医生都能够像她那样严谨、认真、细致、尽心,我国的医疗救治服务水平肯定会上一个很大的台阶。

她叫张继先，是湖北省中西医结合医院呼吸与重症医学科主任。我们应该永远铭记她，历史也会永远记住她。

2020 年 2 月 15 日

可爱的同胞

在这场举国"战疫"中,最让我感动莫名的,则是那些许许多多平凡的小人物。

白衣天使们英勇顽强的事迹催人泪下,他们用生命迎战、为同胞安危而战的事迹可歌可泣。他们常常要连续工作十几个小时,衣服总是湿透。有时候只能睡两三个小时,睡眠严重不足,身心疲惫不堪,有的人甚至因过度劳累而献出宝贵的生命。

为了节省防护服,他们基本都穿尿不湿,在四五个甚至七八个小时里,不吃不喝,不上厕所。处在生理期的女孩子,由于不能上厕所,裤子都被浸透了。即使全副武装,依然有3000多名医护人员被病毒感染。

为了守卫我们的安全,林正斌、刘智明、徐辉、李文亮、柳帆、彭银华、夏思思等20余名医护人员不幸壮烈殉职。彭银华、夏思思都只有二十九岁,正值最美的青春芳华,幸福美好的生活才刚刚开始,他们就为了守护我们的生命而英勇牺牲。彭银华因为要上抗"疫"一线,将原定初八的婚礼往后推迟,办公桌的抽屉里至今还放着未发出的请柬。

前线虽然如此艰苦,如此凶险,许多白衣天使依然临危不惧,纷纷主动请战,坚决要求到"战疫"最前沿,至今全国已有3.2万余名军地医护人员驰援湖北。他们离家千里,身临危险,在父母妻儿或丈夫孩子的想念和牵挂中,日夜忘我地奋战在一线。

南京市中医院副院长徐辉壮烈牺牲后,南京第一医院又接到紧急任务,需再增派54名医护人员支援武汉,通知在微信群里刚刚发出几分钟就报齐了,勇士们的精神让院领导们感动不已。

九十二岁的敖忠芳一直坚守一线,她说:"我现在还能干得动!"八十六岁的董宗祈坐着轮椅出诊,老爷子说:"我这辈子为什么?不就是为了病人嘛!"耄耋之年,依然沉着勇敢,默默奉献,令人感动。

方舱医院设计建造者们之吃苦耐劳的精神让人敬佩。从除夕到现在,武汉的建设者们已连续挥汗苦战一个多月。他们昼夜施工,已经建成两家专门医院、十三座方舱医院,能够提供13000多张床位。如今他们还在争分夺秒地施工,准备再连续奋战,抓紧建设十九家方舱医院,全部竣工后,将提供3万张床位。

雷神山专门医院大年三十开工,除夕之夜,施工人员只能躲在临时板房,甚至站在马路边吃盒饭,匆匆吃完接着干。

在建设江汉方舱医院时,设计人员凌晨1点开始画图,工人凌晨4点跑步进场,仅仅一天多的时间,就建成了首家方舱医院。

为了尽快完成长江新城方舱医院市政配套设计工作,上海市政总院的44名工作人员,彻夜未眠,头天晚上8点接到紧急请托,第二天早上6点就完成了施工图初步设计工作。长江建投集团接到紧急施工任务后,从选址、现场勘察、规划设计到开工建设,仅仅用了19个小时。

普通群众纷纷捐输宣劳的举动感人肺腑。在全民抗疫中,一个个平凡之人,以朴素之心、平凡之力,无私地奉献着自己的爱心。

武汉封城后,武汉4000名车主自发组建医疗支援车队,负责接送医护人员上下班。志愿车队成员、今年只有五十四岁的何辉,不幸感染上新冠肺炎抢救无效死亡,为抗击疫情,他永远地离开了我们。

今年二十九岁的武汉女孩李小熊,主动担任善缘车队武昌区域队长,带领其他车主自愿为医院运送物资,最高峰时车队有车上千辆。其间她父亲因新冠肺炎躺在重症病房,母亲在酒店隔离,别的车主陆续退出,她除了感染上病毒短暂休息过外,带领50余名司机一直顽强地坚持到现在。她还捐款1.5万元为医院买口罩,自费给志愿车队买20套防护服。

辽宁沈阳的一名医护人员下班后打车回家,聊天中的哥得知了她的身份,将其送到家后,的哥坚决拒收车费。

武汉火神山医院竣工后,在结算工资时,许多工人坚决不要工资,他们说武汉现在这么难,提供吃喝已经很好了,工钱绝对不能要。听说中建三局的领导不同意,至今还在反复做他们的工作,因为他们大多是农民工,家境都不宽裕,而且这是他们冒着被感染的风险、在工地连续苦干十来天的血汗钱。

有一位名叫骆名良的工人,在火神山医院工地干了六天半,他将自己的全部收入7500元,购买牛奶捐赠给医护人员。

河南沈丘县村支书王国辉,向武汉火神山医院工地捐赠5吨蔬菜,并亲自送到工地。

河南信阳平桥区菜农李俊、李立志兄弟俩,自愿把自家地里的10万斤蔬菜捐献给武汉。

广东信宜市合水镇一位退伍老兵,到村委会给武汉捐款1万元不留姓名,后经工作人员多方打听,才知道老人名叫谢兰前。

这样感人至深的实例还有很多,指不胜屈。就连身患重症的病毒感染者,在生命垂危之际,依然不忘奉献爱心,竭力抗疫。

驰援武汉的杭州中医院护士朱佳清，一直深深地被她43号床的重病患者感动着，他一直顽强地与病魔搏斗，有时呼吸极度困难，他就采取俯卧位进行呼吸。他担心自己不久于人世，就坚定地写下遗书。她从那歪歪斜斜的字体勉强能认出："我死后，请将我的遗体捐献给国家！"她瞬时泪目。写好遗书的第二天，他就拒绝服药，他说，留给需要的病人吧，不要浪费药物。但她的医疗团队并没有放弃，想尽一切办法把他转到了金银潭医院。

在病危时写遗书捐献遗体的还有八十二岁的陈义和老人，他曾是武汉金银潭医院南四病区年纪最大的患者，现已完全康复的他，又准备捐献血浆，用来治疗别的重症患者。

在这场没有硝烟的战场上，一直默默参战的还有基层干部群众、公安干警、物业管理员、外卖小哥等等。他们不顾个人安危，冒着被病毒感染的危险，栉风沐雨地忙碌，昼夜不停地坚守，或进行消毒作业，或把好体温监测，或加班加点生产，或维护社会安全，或运送生活所需，齐心协力构筑严密防护网。他们中还有不少人，甚至在守护中不幸感染新冠肺炎以身殉职。

一个个默默无闻的同胞，一个个光芒万丈的名字，他们的事迹感天动地，他们的爱心温暖人心，他们的精神鼓舞国人。正是他们，构筑起我国抗疫的钢铁长城，铸就了无坚不摧的中国精神和力量。

这些普普通通的群众，在危险面前如此之勇敢，任务当头如此之吃苦，奉献爱心如此之无私，真是出乎我的意料，震撼我的心灵，震动我的灵魂。

他们才是真正创造奇迹的人，也是当今社会最可爱、最值得尊敬的人。

2020年2月28日

沉重的年

去年农历十月儿子结婚,家里有了新成员,原本预备过一个红火热闹的年。谁知新冠疫情突如其来,心中着实畏怯,我和家人只好老老实实待在家里,过了一个心情十分沉重的年。

关于武汉的疫情,我早已有所耳闻,因为在电视和网络上,间或有零星的报道。但直到腊月二十六,钟南山院士通过央视告知大家新冠病毒肯定"人传人",这才在全国正式拉响疫情警报。

但即便是在那时,我还不以为然,认为武汉离北京很遥远,不会这么快蔓延到北京,还在和亲朋好友们商讨过年如何聚会。但一个老乡告诉我,还是别聚了吧,因为据他在医院担任主治医生的爱人讲,武汉的疫情其实非常严峻。在我通知别的好友不再聚会时,有两个好友仍主张照常聚会:"纯粹是唬人的,哪有那么严重,咱们还是照常举行吧。"待我据实相告后,他们依然不肯相信。

其实,我也没将疫情太放在心上。每天早上,我依然像往常一样,到附近的一所大学校园里去跑步。腊月二十九,武汉宣布封城后,大年三十早晨,我还照常去锻炼,跑到大学门口时吃了闭门羹,我只好在校外的马路上去跑步,看见已有不少人戴口罩。我这才矍然一惊,决定早晨不再外出锻炼。并和爱人一言为定,从当天起,出门必须戴口罩。

大年三十晚上,我们在儿子家吃年夜饭。因为曾在美国留学的儿子,新房装修得很现代,中西合璧,有烤箱和洗碗机。既可以烤肉、烤羊肉串,增添年夜饭的菜品,又免去了费力劳神洗刷碗盘筷的麻烦。

大年三十下午,我和爱人戴着口罩,早早地打车到儿子家,好提前准备年夜饭。一路上但见行人稀少,车辆寥落,街上冷冷清清,全然没有一点过年的气氛。只是儿子居住的小区,搭挂在树枝上的一大片密如繁星的紫红色细小的彩灯,在无力地闪烁着,尚透着一丝过年的气息。

爱人和儿子主厨,儿媳打下手,仨人忙碌一下午,直到晚上七点半才做好年夜饭。我帮不上任何忙,只好坐在沙发上看电视。

年夜饭很丰盛,十菜一汤。我喝白酒,他们仨喝红酒,一家人频频举杯,共贺新年。我们一边吃饭,一边看春晚,十分温馨幸福。

但没有了以前过年的尽情欢乐,大家彼此心里都有了隐忧。因为在除夕前几天,全国每天都有数百同胞感染新冠肺炎,并有一二十人永远地离开了我们。

席间一家人不免谈论疫情,儿子说北京庙会全都停办,影剧院全部锁门,大家听后有些失望。一家人商量,从初一开始,哪也不去了,在家待着吧。儿子、儿媳说,他们已取消了国外的行程,他们原先准备初三或初四去国外度蜜月。

吃罢年夜饭,我赶紧给二姐、二哥打电话拜年,也接了几个亲戚的拜年电话。之后和家人一起,边搓麻将边看春晚,直至晚会结束,我和爱人才打专车回家。由于担心感染病毒,那时已不敢再坐出租车,心里感觉坐专车可能会安全一些。除夕之夜,街上竟然阒无人迹,寂静得简直瘆人。

大年初一，我起来得很晚。吃罢早饭，赶忙给好友们拜年，发了一通微信、短信，忙活半天，方才拜完年。下午4点来钟，爱人就骑共享单车到儿子家去帮忙做晚饭。我则居家看书，之后步行到儿子家去吃饭。

　　步行大约50分钟，到儿子家一看，爱人和儿子、儿媳正忙着，爱人翻炒，儿子蒸或烤，儿媳择、剥、洗，自然而和谐，好一幅动人的家庭烹饪图。三人联手，又做了一顿味美可口、水陆杂陈的晚餐。

　　饭后看电视打麻将，间或谈些闲天，聊得最多的自然还是疫情。本来是万家团圆的时候，很多人却感染上了新冠肺炎病毒，还有不少人不幸离世，内心不免沉重起来。几近夜半，坐上预约好的专车回家。

　　如是者四日，去时骑共享单车或步行，回来打专车或儿子开车送。因为疫情越来越严重，初三晚上一家人商议，从初四开始，两家分灶吃饭。

　　初二开始，北京又遭遇近年少见的雾霾天，一连四天重度污染。凭窗远眺，只见天空灰蒙蒙的，天地之间尘埃弥漫，高楼大厦全都隐约在雾霾里，远望一片灰黄。站在屋里，感觉嗓子眼里全是土，简直呛人，把两台净化器全打开，也是差强人意。真是雪上加霜，屋内为防疫情须开窗，窗外尘霾滚滚窗难开，真是烦闷至极。

　　到了初四，我心里寻思，从初一到初三，一直未锻炼，这样下去可不行。那天上午，先看了一会儿书，大概十一点半，我就练开了仰卧起坐、俯卧撑和哑铃，练前先热身，前后忙活半小时。吃罢午饭看会电视再午休，下午约莫3点才起床。洗漱一毕喝会儿茶，坐到书房电脑桌前敲文章，写些有关疫情的散文，把自己所见所闻所思所想敲进文章里。

大概 6 点钟，换上运动服，我开始在家里跑步。借鉴以前中超男足体测之法，我在家中练起了折返跑，从北边的书房，穿过客厅，跑到南边卧室的阳台，再回转身往回跑，单程长约 17 米，如此循环往复，跑四五十分钟，浑身大汗淋漓，顿觉神清气爽。

跑完步，洗把脸，马上吃饭，边吃边看新闻联播，时刻关注着当前的疫情，看到每天有几十人被疫情夺去生命，总会伤心不已。

晚上冲澡后，和爱人一起看电视剧，或刷手机和亲朋好友聊一会儿，话题的中心当然还是新冠疫情，有时难免要争论一番，或是疫情的缘起，或是体制的优劣，一直熬到深夜 12 点。因为早睡也无益，清早不能锻炼，否则楼下的邻居要抗议，两家几经商量，我每天下午才能跑步。

说起疫情，难免为疫情传播而担心，为死难者而伤悲，心情会愈加沉重。天天如此，日日这样，这样的日子一直沿袭到正月十五。

看书或写文章累了的时候，我就欣赏家里的"小花园"。我爱人是养花的好手，在家里种植了十几种花草。有三角梅、长寿花、一帆风顺，有芦荟、榕树、龙血铁树，还有佛手、吊兰、绿萝等等。有的一样多盆，家里大大小小的花盆多达二三十个，阳台摆得满满当当，卧室、客厅也都摆放着鲜花绿植，俨然一个小型"花园"。最惹人爱怜的当数两大棵三角梅，枝繁叶茂，花红灿烂，将阳台点缀得生机盎然。花草清新视野，愉悦心灵，我一下子又有了看书或写作的激情。

新正的日子，疫情日急。到了初七，全国累计有近万人感染病毒，有 200 多人死亡，疫情已蔓延到 31 个省区市。据网上消息，新冠疫情大规模暴发时，感染病毒者很多，而定点医院床位又有限，病人得不到及时救治，很多患者无奈在家苦等床位，不少人病死在家中。

有的家庭几个亲人相继去世，一时家破人亡，妻离子散，惨不忍睹。

迫不得已，全国的假期又延长3天。同时接到集团通知，从初十开始，单位实行弹性上班，我们可待在家里办公。疫情日益严峻，北京的防控措施愈来愈严。先是初五儿子居住的小区被封闭，紧接着初七我们的小区也实行封闭式管理，封堵了北边的两个门，只允许行人和车辆从东门出入，取快递只能到东门外。物业给每家发两张出入证，淡黄色硬质纸片，凭证出入。

揪心的疫情，让大家都提心吊胆，惶惶不可终日。我也几乎足不出户，成天宅居在家，家人不敢团聚，朋友不敢往来，真如笼中鸟、柙中虎。有时天气晴好，特想出去散散步、晒晒太阳、透透气，但一想到疫情，只得忍爱作罢，心中难免有点忧伤。令人烦闷的还有买不到口罩，家中口罩已所剩无几。为防口罩过早用完，经与爱人商议，由她三四天出去一趟，集中采买生活所需。

到了正月十四，全国一天新增确诊病例达3000多人，新增死亡病例80多例，累计感染人数超过3万，累计死亡700多人，疫情更加严重。央视元宵晚会被迫取消，改播战"疫"特别节目，阔大的演播大厅里观众席几无一人。

整个新正，成天所见所闻的，都是很多同胞感染上病毒，数十个同胞病死。举国上下人心惶惶，全被疫情封堵在家，九州城空，街巷无人。庚子新年就在人们担心、沉重、愤懑中，悄无声息地过去了。

今年过年很奇特，可谓是全国雷同，户户无二，空前绝后，永世难忘。

2020年3月7日

疫情下的回国潮

真是出乎意料，新冠疫情竟会肆虐全球，几乎整个世界都笼罩在恐慌气氛里。现时旅居在外的华人华侨，不少人心中好像只有一个念头——赶紧回国。

其实指引同胞陆续回国的，是国内疫情防控形势的持续向好。水往低处流，人往高处走，此乃人之常情，任谁也无法阻挡。

然而，曾几何时，国内也曾陷于前所未有的困境。疫情暴发在春节前夕，来势之汹、扩散之快、蔓延之广，史上罕见。

时值年关，人员流动极为频繁。而且在封城之前，有500多万人逃离武汉，流散到祖国各地，以致全国被感染者呈井喷式飙升。疫情高峰时，最高日增确诊病例高达15000例。

特别是武汉市，由于疫情突如其来，政府猝不及防，加之感染者暴增，缺医生，缺物资，缺床位，众多患者得不到及时救治，不少患者甚至病死家中，最多的时候，全国一天竟有250多人病逝，形势万分危急。

我国是人口超级大国，人口密度大，防控之难可想而知。不仅如此，全国七八万感染者需要救治，医用防护物资普遍告急，亿万同胞要防止感染，而14亿多人还要正常生活。

情况千钧一发，防控刻不容缓。在党中央的统一部署下，立即以举国之力，在全国上下掀起了一场疫情防控阻击战。在一个多月的时间内，先后从各地和军队调集42000余名医护人员，在武汉建成两家专门医院、十六座方舱医院，连同定点医院一起，总共能够提供26000多张床位，为及时抢救患者赢得了宝贵时间。

至此，即使疫情最为严重的武汉，也基本做到了应隔尽隔、应收尽收、应治尽治，严峻困难的局面终于得以缓解。而且全国救治新冠肺炎患者一律免费，彻底免除患者的后顾之忧。为此，中央和地方财政共拿出1100多亿。

全国上下团结一心，众志成城，有召必至，恪尽职守，最终取得了战"疫"阶段性重要成果。3月18日，全国首次无新增本土确诊病例。并且湖北省首次实现三"零"：新增疑似、现有疑似和新增确诊病例均为零。

中国在这场没有硝烟的战场上所展示的中国精神、中国速度和中国效率，尤其是中国惊人的决断力、号召力、执行力和战斗力，尤为世界刮目相看，更是受到世卫组织的高度称赞，赢得国际社会的广泛赞誉。也让漂泊海外的华人华侨看在眼里、记在心头，他们无不为自己伟大的祖国感到骄傲与自豪。

然而，就在人们普遍以为疫情即将结束，很快会恢复正常工作生活的时候，谁知天有不测风云，疫情却在海外迅速滋生蔓延开来。目前疫情已波及全球180多个国家或地区，整个欧洲几乎沦陷。已有21个国家累计确诊病例破千例；除中国外，全球累计确诊病例超过22万例，累计死亡突破1万人。

疫情最为严重的意大利,新增病例多日高达三四千例,3月21日，更是达到惊人的6500多例，累计确诊病例超过5万例，累计死亡达到 4800 多人。伊朗累计确诊病例超过 2 万例，累计死亡 1500 多人。

比疫情滋蔓更让华人华侨担忧的，是国外疫情防控的糟糕状况。与国内形成鲜明对比的是，在西方很多国家，政府软弱无力，不少人根本无视政府号令，拒绝居家隔离，拒绝佩戴口罩，自由散漫，我行我素，一盘散沙。

欧洲疫情已是骇人听闻，但在电视上照样可以看到，不少行人在大街上仍然不戴口罩。有的国家刚刚宣布聚会禁令，而在第二天，就有人上街游行。个别国家居然宣布放弃积极抗疫，实行所谓群体免疫。还有的国家，疫情已是风声鹤唳，却依然置若罔闻，照样举行马拉松，参赛选手多达两三万人。

我爱人的一位好友，现定居某西方发达国家，前段时间给我爱人打电话说，在她们那里，大家都不敢戴口罩，因为你如果戴口罩，周围的人都会鄙视你、远离你，而且一旦感染住院治疗，公司还不给你发薪水，她现在非常焦急。凡此种种，不胜枚举。

众多西方国家对疫情危害的漠视，早就为疫情在全球传播埋下了祸根，最终酿成世界性的大灾难。

这次全球战"疫"，无疑是对世界各国综合国力的一次重大考验。颇为令人费解的是，我国战"疫"在前，国外既有前车之鉴，又拥有充裕的防疫时间，居然没有防控住疫情，真是发人深省。

海外疫情告急，华人归国心切。尽管世界各地疫情防控措施很严，很多航线停摆，众多航班取消，一票难求，且票价飞涨，回国之路可谓艰难曲折。但不少华人华侨还是不畏艰险，不远万里，辗转颠簸，迫不及待地赶回祖国。

有的航线经济舱机票高达 5 万元，有的疫情极为严峻的地方，华人为了尽快回国，不惜合伙包机，一张机票达到惊人的 18 万元。

然而，华人华侨们不惜血本，有的甚至不惜以身试法，毅然千方百计赶回祖国，一时涌现回国潮。据说，最近一段时间，北京首都机场航站楼几乎天天人满为患，行李传送带经常堵塞。

近日，有两则华侨归国的消息传得沸沸扬扬，几乎尽人皆知。

一是七名意大利华侨，他们都来自浙江丽水青田县，其中一人在当地已感染新冠肺炎，为了得到更好的治疗，他们毅然决然地决定回国。有六人从意大利米兰乘坐飞机，经由莫斯科；另有一人因未买到同航班机票，只得从米兰转机德国，分两路先后飞抵上海，再分别包车抵达青田。他们辗转多地，一路风尘仆仆，回国之路可谓历经艰辛。目前七人均已确诊为新冠肺炎，并在青阳当地医院隔离治疗。其中有六人因在入境时隐瞒健康状况，被公安机关立案调查。

二是重庆籍的一位女士，长期在美国定居，为了偕丈夫、儿子回到祖国，她竟然服用退烧药，蓄意隐瞒病情，谎称自己是低血糖，且没有随行人员，得以蒙混过关，回国后立即被确诊，她丈夫和儿子均被诊断为疑似病例。她目前也被公安机关立案调查。

还有一则消息更是令人震撼：四川籍的一名留学生，近日从英国回来，她担心在飞机上被感染，竟然穿着防护服回国，而且不吃不喝长达18个小时。

我国的华人华侨漂泊在世界各地，海外留学人员也是不可胜数，孩子的安危牵动着无数家长的心。我的一位朋友，女儿在美国留学。近来眼看美国的疫情日急，女儿的安危让他寝食难安，他早早地就给女儿买了回国机票。谁知后来那趟航班取消了，简直让他着急得不行。

他以为短期内可能不会再有航班，便马上联系他的一位在美国长期定居的大学同学，他心急如焚地对同学说，如果实在不行，希望女儿能够寄居他家。他的同学二话没说,满口答应,平时严肃冷峻、给人以铁汉子印象的他,竟然对我说,他当时感动得流下了眼泪。

再后来,他得知国航又重新开通了几个航班,立马又给女儿买了几个航班的机票,生怕宝贝女儿回不了国,真是可怜天下父母心啊!

祖国时刻牵挂着漂泊在外的游子,正敞开她慈爱温暖的怀抱,欢迎从世界各地回国的儿女们。为尽可能让华人华侨顺利回国,国家可谓想尽了一切办法。要求各地抽调精干人员,成立专门工作组长驻北京,负责转送本地籍境外入京人员。

有的国家或地区疫情极为严重,机组人员冒着被感染的风险,仍然保持适量的航班。北京海关保持抗"疫"一级战备,疫情防控中心24小时连轴转,工作人员日夜坚守,对入境重点航班,按"一机一策"处置方案,实施最严格的检疫监管措施。

北京在国展中心新馆设立入境人员集散点,入境人员抵达首都机场后,经过检测未发现感染症状的,集中运送至新国展集散大厅,由各省区市工作组转送分流。北京还出台新规定,老人、孩子、孕产妇以及患有基础性疾病的人员,还可以申请居家观察,真是体现了政府对华人华侨无微不至的关怀。

3月16日,北京重启已十七年未用的小汤山医院,专门用于部分归国人员的安置与救治。到3月13日,上海浦东新区已投用十八个隔离点,共接收机场转运重点国家入境人员近5000人。

诚然,大批华人华侨回国,会给国内疫情防控带来严峻挑战。连日来,全国新增确诊病例均来自境外。但人心就是试金石。这次空前的回国潮,正恰恰说明,多数华人华侨非常认可祖国的战"疫"成效,在他们心中,现实世界只有祖国才是最安全的地方。恐怕这也是在当今世界风云变幻之中，最让祖国感到无比欣慰者。

  这次战"疫"，彰显了祖国的制度优势和国人吃苦耐劳勇敢的崇高品格。我们有理由坚信：只要我们卧薪尝胆，衔枚疾进，我们就一定能够实现"两个一百年"奋斗目标。到那时，我们的祖国一定会更加美好。

2020 年 3 月 22 日

游戏的危害

我真是不理解，电子游戏到底有何神奇和魔力，竟使许多年轻人和小孩子都痴迷。有的更是到了走火入魔的地步，深陷在虚拟世界里不能自拔，屡教不改，屡禁不止，以致严重影响身心健康和学业工作，有的还酿成了沉痛的惨剧。

随着电脑和手机的出现，电子游戏应势而生，而且发展之快，令人咋舌。游戏不仅登上了手机和电脑，还拍成了电视和电影。如今游戏更是铺天盖地，只要你打开电脑和手机，总会有游戏蹦跳出来，有时同时蹦出好几个游戏。引诱你去玩，你想关还很难关掉，令人烦恼不已。

诚然，偶尔适度地打一下游戏，是学习工作劳累后的放松和消遣，是极为有趣的娱乐活动。我不会玩游戏，但常听玩家们说，游戏如何地充满魔力和想象，给人带来快感和乐趣，还可以缓解压力，忘掉烦恼，愉悦心情，活跃思维，提高反应能力，让人变得更聪明；又能使人在其中自由翱翔，纵情发挥，充分施展自己的才华，从而获得满足感和成就感；还可以让人与好友能有共同话题，切磋交流，加深友情；云云。

但是，世事总是物极必反。虽说适度游戏能益心益脑，但沉迷游戏则会伤神伤身,分力分心。沉湎游戏的人,长期熬夜,久坐不动,久视荧屏,影响学习和工作不说,还会损伤眼睛,伤害身体,诱发疾病,终日萎靡不振。在无聊的刺激中流逝自己的美好年华,于放纵的快乐里断送自己的锦绣前程。严重的还会发生犯罪现象,为上网链而走险,抢劫杀人,还有的甚至会因此而丢掉性命。

我认识一位南方的朋友,他只是一名普通的公务员。想当初他的儿子学习成绩异常出色,高考时考入上海某名牌大学,一家人非常高兴。

谁知好景不长,他儿子进入大学后,竟鬼使神差地迷上了游戏。两年以后,终因学业糟糕,多门功课不及格,被学校开除。我那位朋友一下子傻了眼,痛苦万分。

无奈之下,收入微薄的他,为了儿子的前途,还是倾尽家中所有积蓄,节衣缩食,送儿子到澳洲去学了几年,好不容易拿到了硕士文凭。但由于不是名校,找工作费尽了周折,末了还是在他朋友的竭力帮助下,才在一家游戏中心找到了一份稳定的工作,他儿子如愿以偿地当上了"网管"。

令我的朋友没有想到的是,他儿子居然恶习难改,依然贪恋游戏,常常影响工作,不久又被老板炒了鱿鱼。我的朋友不堪打击,四十多岁就已满头白发,容颜苍老,成天失魂落魄似的,委顿迷惘。

几年前,我在集团公司的党校学习时,有一位上海的教授给我们讲了两个触目惊心的例子。

上海的一所全国一流名校,真是无巧不成书,就是我那位朋友的儿子曾经所在的学校,在短短的几年里,竟然有数十名学生因为打游戏影响学业,被学校勒令退学。

另一个例子更是匪夷所思。上海另一所高校的一名在读硕士生,突然失踪了一两个月（抑或是三四个月，我记得不是很清楚），同学老师都不知其去向。后来学校费尽周折，设法找到了他的父母，但父母说儿子并没有回家，于是校方只得报警。

警察通过手机定位，锁定了他现时所在的位置。原来他一直待在一家游戏厅里，白天黑夜打游戏，吃喝拉撒睡全在那里。警察找到他的时候，几乎吓了一跳：他简直成了鬼一般的模样，蓬头散发，满脸胡子拉碴，面色憔悴，衣裤邋遢，简直就是现代版的鲁滨逊。最后等待他的当然是卷铺盖回家。

大概是前年，我在中央电视台《今日说法》栏目，看到一则骇人听闻的报道。安徽北部某市的一个少年，活泼帅气，讨人喜爱。可不知为何，这个小孩竟然玩游戏上瘾，经常逃学，有时在游戏厅一待就是几天。

老师找到家长，告知他们孩子经常旷课，希望家长严加管教。可无论老师怎样教育，父母如何规劝，他依然故我，成天疯狂地玩游戏。父母一气之下，把他送到当地的一家训练学校，想借特殊学校之力，帮助孩子戒除网瘾。

面对如此嗜游戏如命的学生，这所学校的老师也是非常头疼，无可奈何。先是说教，后来是詈骂和恐吓，再后来是暴打。虽然百招施尽，毫无效果，这个孩子依然逃学。

学校管理员不得已用上狠招，竟然灭绝人性地用长铁链把孩子锁在一间废弃的房屋里，一头锁住孩子的一只脚腕，另一头锁在窗户的铁格子上。三伏酷暑，房间里燠热难熬，不知是中暑，还是什么别的原因，当家长找到孩子时，可怜他已经死亡多时。他的母亲当场昏厥，但悔之已晚。

我在地铁上，经常在人流中看到不少的低头族，再凑近细看，不少人竟是边走边玩游戏。我常常为这些人捏把汗，万一乘扶梯失足，或行走时被脚下的障碍物绊着，后果都是不堪设想。

记得也是在前几年，我在电视上看到这样一个报道：一个中学生深夜坐地铁，竟然莫名其妙地死在轨道上。我看电视上反复播放监控视频，这个学生一路都在低头玩手机。

我疑心他可能就是因为低头玩游戏，心思都在手机上，到了站台也浑然不知，还继续朝前走，一不留神，他自己掉到了站台下的轨道上，并且十分不幸地触了电，当场死亡。

就在我撰写这篇文章时，我的一位好友在朋友圈发了一个视频，他加注的标题就是"走路别看手机！"原来视频里播放的，就是一个年轻人走路玩手机，结果他正往前走着，却突然被绊倒了。

即使已参加工作的年轻人，沉迷游戏的也大有人在，极端的例子也是数不胜数。我的一位朋友跟我说，他认识的谁谁谁的丈夫，每天一回到家，衣服一脱，直奔电脑桌玩游戏。他成天什么事也不做，除了吃饭，就是打游戏。每天凌晨一两点才睡觉，第二天总是哈欠连连，无精打采。他将大把的时间花在打游戏上，工作吊儿郎当，不懂文化习俗，不知待人接物，与社会格格不入，都三十好几的人了，看上去仿佛还是一个稚气未脱的大男孩。而且孩子不管，家务活不干，妻子十分恼火。有一天，妻子实在气不过，一怒之下把他的电脑扔在一个接满水的大塑料盆里，从此她的丈夫再也不玩游戏了。

沉溺游戏的危害尚不止此，鲜为人知的是其潜在的危害。你总是打游戏，别人总在精勤不懈，潜心读书，拓宽视野，发奋功业，持续增长学识才干，竭力创造斐然业绩。

不消说，几年以后，在不知不觉中，你与别人的差距就将显现。别人很快进步，你将原地踏步；再想追赶，恐已很难。因为如今的职场竞争日趋激烈，机会稍纵即逝，过了这个村，就已没有了这个店，一步赶不上，你将永远赶不上。

你长期疯狂地玩游戏，到头来竹篮子打水一场空，在事业上与别人相去甚远，而且身体和心灵上还会落下一堆毛病。别人却在一直为事业拼搏，迎来的则是自己人生之路上的诗和远方。

游戏是深受大众喜爱的娱乐方式，但也包藏着极大的危害性。能否对其保持自制力，往往会左右一个人的命运。

2020 年 5 月 9 日

奇迹与奇力

新冠疫情真是顽固和猖獗,它让全世界遭受空前的灾难,折腾得世界人民极为狼狈和悲惨。它几乎让全球所有的国家和地区都沦陷,已有1500多万人受到感染,超过63万人撒手人寰。而且面对它的疯狂肆虐,全球至今好像仍然束手无策,眼看着更多的人蒙受磨难,真是惨绝人寰。

不少国家的疫情更为危急,感染人数居高不下,少则几十万,多者数百万;死亡人数高达数万甚至十几万。然而,也有一些国家抗击疫情取得积极成效,最值得称道的则是我们中国。

回望我国的抗疫之路,可谓是艰难曲折,惊心动魄。新冠疫情最初暴发时临近春节,国人几乎是乾坤大挪移。疫情突如其来,我们没有余暇准备,更没有成功的先例可循,实在是猝不及防。加之感染者暴增,缺医生,缺物资,缺床位,众多患者得不到及时救治,不少患者甚至病死家中。14亿多人的泱泱大国,人口密度大,人员流动频繁,防控极其困难,形势一度万分危急。

但在党中央的坚强领导下,我国迅速扭转了被动局面,不到两个月的时间,我们就控制住了疫情,取得了感染人数和死亡人数"双少"的重大阶段性成果。

尤为难能可贵的是，虽说受国外疫情的影响，后来我国接着又遭受了病毒的轮番袭击，先后在黑龙江绥芬河、吉林舒兰和北京出现局部疫情反弹，但都在很短的时间内控制住了疫情，而且无一人死亡。

尤其是北京新发地，日均车流量达3万多辆（次）、客流量高达5万多人（次），疫情暴发之初，举国上下忧心如焚。然而，经过26天的艰苦奋战，很快实现新增确诊病例"零增长"，至今已保持了20天，可以说已经完全控制住了疫情，这不能不说是一种奇迹。虽说我们尚没有找到全面彻底战胜疫情的"杀手锏"，但似乎业已有了被动抗疫的"金钥匙"，全面取得战疫胜利的曙光已近在眼前。

真是不比不知道，一比试自豪。在抗击新冠疫情的重大考验面前，祖国交出了令人民十分满意的答卷，简直是中国奇迹。而奇迹背后蕴藏的，则是我国对疫情神奇的防控能力和国人神奇的战斗力。

在党中央的坚强领导下，各地各部门不折不扣地坚决贯彻执行，非常时期政令如山，全国步调绝对一致，确保了各种措施第一时间落地，交出了中国抗疫"快"的答卷。独特的制度优势是我国战胜疫情的根本所在。

从中央到地方，政府一声号令，各地各部门上下统一联动，全国一盘棋，确保了党中央的决策部署迅速落实到位。该封城时立即封城，应隔离时迅速隔离，须救治时及时救治，一户不落一人不漏，确保全国所有人员有序安全流动，及时阻断了病毒的传播途径。

通过严格执法执纪，保证了政令畅通，强化了责任落实，确保了措施落地。上至省委书记，下至乡镇一把手，甚至普通群众，被追究责任和受到处罚者数不胜数。而且通过采取超常措施，多措并举，抓复工，促生产，抢运输，保供应，确保了整个社会秩序井然和人民生活稳定安宁。

党员的先锋模范作用是我们抗疫的重要法宝。在性命攸关之时，共产党员们越是艰险越向前，纷纷请缨参战，带头勇敢逆行，踊跃参加疫情防控阻击战。让党旗飘扬在抗疫前线，让党徽闪耀在人民身边。

榜样的力量是无穷的，精神的作用更伟大。党员无私奉献的精神闪烁着耀眼的光辉，仿佛航行的灯塔，引领一大批"90后"、"00后"的青年们，踔厉奋发，精神昂扬地战斗在一线，并爆发出磅礴的力量，为抗疫做出了突出贡献。他们展示了年轻人的风采，展现了中国的希望与未来。

医务人员们特别能吃苦，特别能战斗，他们在抗疫中发挥了中流砥柱的作用，他们用生命迎战、为同胞安危而战的事迹可歌可泣。

新冠疫情突然暴发后，先后有4万余名医护人员，积极响应党中央号召，奔赴湖北抗疫最前线。更让人敬畏的是，在危急关头，众多的医务人员主动请战，现代版的"与夫书"和无数的"请战书"，曾经感动着无数的国人。全国各地成千上万的医务人员们，也都昼夜坚守在工作岗位，不畏艰险，昼夜苦战，全力以赴抢救患者。

医务人员们在战疫中的艰苦性，更是超出了人们的想象。他们穿着厚重的三级防护服，佩戴口罩、护目镜和防护面罩，裹得严严实实，浑身臃肿难行，整日呼吸不畅。即便如此，通常一干就是四五个小时，有时甚至要连续工作十几个小时，衣服常常湿透，累得筋疲力尽。

在最紧张的时候，他们一天只能睡两三个小时，睡眠严重不足，身心疲惫不堪。为了节省防护服，他们基本都穿尿不湿，不吃饭，不喝水，不上厕所。处在生理期的女孩子们，由于不能上厕所，裤子全都浸透。有的甚至因过度劳累而献出宝贵的生命。

北京新发地疫情暴发在夏季，天气异常闷热，地面温度最热时高达40度以上。负责核酸检测的工作人员，穿着厚厚的防护服，闷热的程度可想而知，据说半个小时衣服全都湿透，有的甚至中暑倒在工作岗位上。

我国成千上万的医务人员们一不怕苦、二不怕死的精神，是我国抗疫取得一个又一个奇迹的坚实基础，他们是新时代最可爱的人。如此勇毅何国能比？以此战疫何疫不克？！

我国科技水平的日新月异，尤其是互联网、移动通信，以及中西医医疗等技术的飞速发展，在抗疫的关键时刻接连发力，发挥着重要的支撑作用，交出了中国抗疫"准"与"狠"的双满意答卷。

武汉封城之前，有500多万人离开了武汉，如此庞大的可能携带病毒者流向全国各地，防疫形势异常严峻。科技工作者们利用大数据平台，很快查明了人员流向流量，这对及时封堵感染源、切断传播途径起到了至关重要的作用。

北京抗疫时，大数据的重要作用再次凸显。疫情暴发后，工作人员通过流调溯源，只用了16小时，很快就基本锁定了新发地为感染源。

同时借力大数据，迅速确定病例行动轨迹，及时锁定进出该地的所有人员和车辆，拉网排查了32万人，将封控措施精准细化到院落、楼门，对55个小区进行封闭管控，要求10多万居民居家观察，而且不惜一切代价，该停即停，从而及时切断了疫情扩散途径。

科研人员研制的AI体温检测和影像识别系统，只要行人从摄像头前经过，就能秒速检测出体温，一旦有人体温异常，系统就会及时报警。

值得一提的是，微信小程序也在抗疫中发挥着巨大威力。"疫情通"小程序，能够让人们及时查询已确诊病例居住的精准位置，迅速察看周围是否有感染人群，这对大家加强自身防护大有裨益。健康宝小程序，只要扫一扫，就知道自己是否健康有异常，真是方便快捷之至。

我国的核酸检测技术也是分新秒异，日检测样本已达到惊人的380万人次，是全世界最快的国家，北京在20多天的时间内，核酸检测样本与检测人数，均已超过了1100万。

为研发新冠疫苗，我国的科技工作者几乎以战时的速度，与时间赛跑，与疫情较量，他们朝乾夕惕，连续奋战，终于取得重大进展。目前，我国进入临床研究的新冠疫苗就有六种，并已有三种疫苗正在进行临床三期试验，毅然走在世界前列，这将为彻底取得抗疫的全面胜利提供坚强保障。

传统的中医在抗疫中也发挥了出奇制胜的作用。从《伤寒杂病论》到《本草纲目》，我国两千多年辉煌的中医史，凝聚着历代华夏儿女的心血和智慧。中医不愧是中华医学宝库中的瑰宝，在今年抗疫中大放异彩，在关键时刻为提高新冠肺炎救治率做出了极其重要的贡献。

不仅如此，云计算、远程医疗平台、投影式红外血管成像仪、负压救护车等众多的先进技术，在抗疫中发挥着重要作用。

中华儿女素以吃苦耐劳、英勇顽强而著称，同胞同袍、守望相助、一方有难、八方支援的中华优秀传统美德的光辉再次闪耀祖国大地，激扬起14亿多同胞众志成城、同心抗疫的神奇战斗力。

在这场没有硝烟的战场上，许许多多的志愿者、基层干部、公安干警、企业员工、社区工作人员、物业管理员、外卖小哥等等，他们不顾个人安危，冒着被病毒感染的危险，不畏寒暑地忙碌，昼夜不停地坚守。或蹲守在车站、码头、机场和关键路口，或参加社区防控，或保障物资供应，齐心协力构筑严密防护网。他们中还有不少人，甚至在守护中不幸感染新冠肺炎以身殉职。

疫情袭来，一地告急，全国支援。不少单位和群众纷纷奉献爱心，自愿协助战"疫"，企业倾力支援，个人捐款捐物，万众齐心，尽心竭力，全力参与疫情防控阻击战。

从天而降的疫情，极大地激发起国人一致抗疫的自觉。绝大多数国人都能主动配合社区防控工作，自觉加强自身防护。应隔都隔，足不出户，远程办公，在线上课，网络购物；应戴都戴，很少例外。拒不服从隔离措施、管制措施和不自觉佩戴口罩的，真是寥寥无几。面对疫情，同胞们的文明自觉，真是让我肃然起敬，也让老外们刮目相看。

中国抗疫，奇迹中有必然，必然中有奇力，所有的国人，都应知晓个中的道理。不盲目崇拜他国，增强道路自信，韬光养晦，卧薪尝胆，披荆斩棘，衔枚疾进，力争早日实现中华民族的伟大复兴！

2020 年 7 月 25 日

念兹集

北京的秋天

春天和秋天舒适而美丽。春暖花开的时候,我喜欢的地方是水乡江南,暮春三月,草长莺飞;秋风送爽的时候,我喜爱的城市是首都北京,金秋十月,万艳同映。

迎来立秋节令,北京的秋天也就到了。初秋之时,"秋老虎"依然在发威,天气依旧闷热,上下班的路上,仍然挥汗如雨。当是时也,走在人行道上,放眼远望,路两旁的槐树上,槐花盛开,一簇簇地悬挂在树梢。八月的槐花白中泛黄,开得密密匝匝,槐花满树,落花满地。

这时的昆虫最为热闹,京城几乎遍地音乐。无论是白天徜徉在公园里,还是夜晚闲步在小区中,只听得树上或草丛里,秋蝉等秋虫可劲地高歌,尤其是晚上叫得最欢,响成一片,"咿咿""唧唧"之声盈耳,合奏协调,悦耳动听。

处暑过后,北京的天气渐渐转凉。到了中秋和国庆,是北京天气最好的时节,秋高气爽,云淡风轻,百花齐放。

北京的秋天鲜花绚丽,其花事之盛,与春天相比毫不逊色。秋天里,北京到处可见花圃、花田、花展、花坛,鲜花依然很多,最引人注目的是雪白的芦花和缤纷的菊花。

在艳阳高照的秋日，京城有很多赏花的好去处。首屈一指的是延庆野鸭湖的芦花，被誉为"京城秋天第一景"，五六万亩的芦花浩浩荡荡，一片雪白，一望无际。还有成群的野鸭在澄澈的湖中浮游，无数的小鸟在蔚蓝的天空中翱翔。我和家人曾先后两次驱车前去游玩，徜徉在木栈道上，驻足凝视，芦花随风摇曳，银丝舞动，蹁跹袅娜，翻涌起无边的雪浪，真是让人神清气爽。

几年前，那里还有一大片百草园。那年国庆，我们全家去游玩，走入百草园，看见那些不知名的草长得齐腰高，有红草、黄草和白草，一片片的红黄白相间，分外壮美。

我们还驱车游览了闻名遐迩的"延庆百里画廊"，一路上不时停车，深入花田仔细欣赏。两旁那绵延起伏、层层叠叠的广阔花田，那一片片红艳艳的千日红和鸡冠花、紫莹莹的马鞭草、金灿灿的地被菊，以及很多不知道名字的大片大片的五颜六色的鲜花，争妍斗艳，芬芳馥郁，漫步其间，不禁让人心旷神怡。

顺义"鲜花港菊花展"也是引人入胜的地方，我和家人曾两次特意前去赏鉴。菊花总布展面积达十万平方米，品种多达三十余种，盆栽菊多达七八万盆，地被菊铺展成一大片，造型菊千娇百媚，姹紫嫣红。花色赤橙黄绿青蓝紫无所不包，花形平状露心如球似线单瓣碎瓣无奇不有，真是心有所想、花型即至，园艺家的鬼斧神工令人叹为观止。

国庆期间，北京千姿百态的花坛更是名扬天下。始于1986年的天安门广场花坛，业已成为首都亮丽的名片。每年摆放的鲜花多达十几万盆，广场中央几乎年年都布置巨型主题花坛，绝无重复。今年的主题是"祝福祖国"，书写于花篮之南；花篮之北则是"万众一心"。花坛之大，鲜花之众，造型之美，游人之多，令人震撼。再加上大红的灯笼，腾舞的喷泉，飘扬的红旗，把天安门广场装扮成花的海洋，洋溢着浓郁的节日气氛，吸引着成千上万的四面八方的游客前去参观。每年国庆，天安门广场总是人潮汹涌、人头攒动，人们纷纷前去拍照留念。我和爱人几乎每年都前往参观，每次都是流连忘返。

每年到了"十一"的时候，首都的大街小巷、小区、单位，都是红旗飘飘，花坛遍布。那用三角梅、一品红、彩叶草、孔雀草和鼠尾草，以及非洲凤仙、矮牵牛、三色堇之类的众多鲜花摆成的花坛，把首善之区点缀成花的海洋，与红墙黄瓦、老宅古树、红旗灯笼，共同组成大国首都国庆特有的气魄和风韵。

北京的秋天，雨水偏少，但近几年似乎有所增加。而且一场秋雨一场寒，各类树叶也在悄然改变，渐渐地由碧绿而青苍而暗绿而灰绿，直至金黄或火红，由满城绿荫掩映逐步变换为五彩斑斓。

国庆过后不多久，即每年的十月中旬开始，日日展现在我们眼前的是纷繁多姿、耀眼夺目、气贯长虹的壮美画面，时序已把北京秋天最美丽的画卷徐徐打开在我们的眼前。

最为惹眼的是一年一度银杏黄，风吹落叶满城金。北京是银杏的世界，银杏树几乎遍布四九城，无论是单位大院内、小区里、马路旁，还是公园中、田野上，到处是一条条的银杏大道、一片片的银杏树林。

金秋时节，在北京，无论你身在何处，都是铺天盖地的银杏黄，金光闪闪，气势恢宏。银杏叶黄时最为俏媚，黄叶密密层层，满树金黄，叶片清新丰腴，水灵秀润，那黄亮亮的小扇叶，特别惹人怜爱。秋风吹来，银杏叶落，犹如黄金铺地，树上树下金黄一片，而且一直持续到初冬，真是让人大饱眼福。

离我家不远，就有很多银杏叶观赏胜地，地坛公园和奥林匹克公园更是名满京城。园内不仅有大片的银杏树林，还有壮观的银杏大道，银杏叶金黄耀眼，洋洋大观。每年秋天，到那里参观的人络绎不绝，人们或手持杏叶，或攀枝执条，或坐卧在落叶铺成的软和和的金色毯子上，摆出各种各样优美的姿势，甚至换穿上专门带来的鲜艳服装,自拍或合拍留念。尤其是奥林匹克公园宽阔的景观大道，两旁栽种着清一色的银杏树，两大排金黄的银杏叶纵贯南北，蔚为壮观。

北京种植银杏树由来已久，至今尚存数棵超千年的古老银杏树。最为有名的当数潭柘寺号称"帝王树"的古银杏，植于唐代，距今已一千三百余年。树围长达9米，古树参天，至今仍枝繁叶茂，金秋之时，金黄耸立，壮美无比。灰瓦古寺和金色古树互为映照，联袂向游人述说着北京的悠久和辉煌。

北京的黄叶树木是一个庞大的家族。金枝国槐和白蜡同样鹅黄耀眼，清爽莹润，和银杏几乎不相上下。还有枫树、玉兰、栾树、碧桃、山楂，也都陆续泛出黄色或黄褐色，尤其是枫树先黄后红，黄时晶亮丰润，和银杏难分伯仲。各种黄树叶尽态极妍，将北京渲染成了金色的世界。

红叶是北京秋天的另一大奇观，早已是驰名中外。十月下旬是观赏红叶的最好之时，香山、坡峰岭和八达岭长城则是观看红叶的最佳之地。

香山红叶历史最悠久、最负盛名、参观人数也最多，我曾多次前往游玩。刚到北京时，血气方刚，曾奋力骑车前去游览两三次，往返须蹬车四个小时。今年我和爱人去香山看红叶，无论在地铁西郊线巴沟站，还是在香山公园内，都是人山人海。

香山红叶红绿相间。香山的红叶主要是黄栌树，总株数达十余万株，散布在香山南山山脉的青山绿林之间，红绿交错，色彩明丽，不宜近看，宜远观。无论是站在公园东门内外抬头遥望，还是乘坐索道、吊椅极目俯瞰，只见远山近坡，层林尽染，万山红遍。到处是鲜红、粉红、猩红、桃红和殷红，色彩斑斓，层次分明。特别是有的山坡在阳光照耀下，艳红一片，像灿烂的晚霞飘浮，如熊熊的火焰燃烧，异常壮丽。

坡峰岭红叶棵棵相连。坡峰岭红叶的主力树种也是黄栌，总株数达到二十万株，核心观赏区达两千余亩。景区内黄栌密布，一棵挨着一棵，听说红叶密度为华北第一，最适宜游人仔细鉴赏和拍照。那天我们站在一片鲜红的黄栌树林中，喜不自胜地定睛细赏，只见那小小的叶片红润鲜艳，柔媚娇俏，真是栌叶红于二月花。而且栌叶长得密密麻麻，红得鲜鲜亮亮，每棵树都是一团火红。我们在景区爬山，在林间漫步，人仿佛始终在红叶中，远望如同置身一片红色的海洋，真正饱饫了一场京城名副其实的红叶盛宴。

八达岭红叶簇拥长城。八达岭城墙两侧分布了三千余亩红叶林，红叶树达二十余万株。远远看去，在凉爽秋风的吹拂下，叱咤奔腾千古的巨龙长城，安详地躺卧在一大片红叶中，红叶紧紧拥抱着长城。浪漫的红叶与雄浑的长城相偎相依，相衬相映，长城显得更古老悠远、威武雄壮，红叶变得尤为绯红艳丽、娇柔俊俏，真是美不胜收，让你感受到独特的京城秋色。

红叶植物也是一个大家庭。在郊外的红叶观赏地，在城内的公园中，除却黄栌外，大都还种有很多元宝枫、火炬树、鸡爪槭和柿树之类的红叶树，以及画眉草、红瑞木和许许多多不知道名字的其他红色草本植物和灌木，他们交相辉映，云蒸霞蔚。画眉草长得细长而密，遥望毛毛茸茸的，红时粉红夺目，犹如一片鲜艳的红霞飘浮在公园里，优美绝伦，令人目迷心醉。

特别是七叶树、水杉和槭树，它们是红色家族的当家树，高大挺拔，坚强刚毅，叶色艳红。七叶树的七片叶子阔大，秋风起时始泛黄，继而黄褐，后来橙红，最漂亮时呈鲜红色，如同燃烧的火炬，辉映在天空。

爬山虎也是北京秋天里一道美妙的景色。我初到北京时，很多单位高大的办公楼迎面都是一墙繁密茂盛的爬山虎，到了秋天，满墙火红，煞是漂亮。这些年，旧楼翻盖后不再种植爬山虎，但在小区或单位的院墙上、立交桥两侧，以及郊外的山路旁，大量地栽种爬山虎。秋末之时，北京到处可见红艳艳的爬山虎，或攀附在墙壁和山上，或吊挂在树下和桥下，或缠绕在树上和秆状物上，将京城点缀得分外妖娆。

北京的秋天，银杏和红叶争奇斗艳，还有万紫千红的鲜花相伴，红得鲜艳似火，黄得金光灿烂，红黄互映，浩瀚磅礴，真是让人百看不厌。

2020 年 12 月 18 日

喀喇昆仑鉴忠魂

2021年2月19日晚上，央视军事频道首次公布的一段视频迅速在朋友圈中"霸屏"，与之相关的消息也在网上不胫而走。冲突事件震动全国，英雄事迹感天动地。

那是一幅幅让所有人心潮激荡、血脉偾张的画面：大批外军突然从山崖后奔涌而出，手持棍棒等凶器气势汹汹地蹚河而来，越线进入我国领土肆意挑衅，黑压压地挤满了河滩。

战斗一触即发。危险时刻，团长祁发宝身先士卒，勇敢地张开双臂挡在外军前面，试图劝说阻止外军越界，却遭到对方蓄意暴力攻击。他组织官兵一边喊话，一边迅速占据有利地形，率领战士们与数倍于自己的外军展开殊死搏斗。

在千钧一发之际，我增援部队火速赶到。官兵们奋不顾身，英勇参战，一举将来犯之敌打得四散逃窜，丢下大量越线和伤亡人员，使其付出了死亡20人的惨重代价。

祁团长在战斗中不幸身负重伤，左前额骨破裂，满脸是血。营长陈红军、战士陈祥榕、肖思远和王焯冉壮烈殉国。

在这次激烈的冲突中，我军以较少的代价取得了战斗的胜利，展现了大国军队召之即来、来之能战、战之必胜的铁军精神和作战能力，打出了军威国威，振奋了军心民心。

更让人敬畏的是，激烈的战场，惨烈的场景，不幸的牺牲，并没有吓倒英勇的边防军，反而更加激发了将士们誓死捍卫国土的战斗豪情和爱国精神，斗志更加旺盛。那场战斗后，陈祥榕所在连队服役期满的士官全部主动申请留队；王焯冉所在团的18名女兵三次请战，愿同男兵一样英勇参战，流血牺牲。

地处祖国西部边陲的喀喇昆仑高原，平均海拔超过5500米，常年冰雪覆盖，高寒缺氧，地远山险，飞鸟难渡，人迹罕至。就是在这样一个艰苦卓绝的地方，一批批的年轻战士们战斗在卫国戍边第一线，用青春、热血、汗水甚至生命守卫着每一寸国土。

一场战斗一次亮剑，是对战士们平时精训苦练结果最有效的实战检验。那场干净利落漂亮的正义之战、自卫之战，正是他们向党、向祖国、向人民交出的一份让举国欢腾的满意答卷，里面凝聚的是战士们日日苦练的热血和汗水。

凡是到达海拔超过5000米高度的人，几乎都得吸氧，而且即便如此依然头晕脑昏甚至疼痛，走路胸闷气短、不停喘气，夜里躺在床上难以入睡，那真是度分如日、度日如年。而英勇的边防军们在那里一待就是数年甚至几十年，还要苦练杀敌本领，翻山越岭、长途跋涉巡逻侦察，宿营野外风餐露宿艰苦备尝，时刻面临战争，随时会流血牺牲。只有那些宅心仁厚、心有大爱、公忠体国，对党赤胆忠诚的人才有可能在那里勇敢地长期坚守。

强将手下无弱兵。唯有铁血的将军，才有可能带出钢铁战士，媒体的报道也给予了最为有力的例证。据说祁发宝担任团长后，他的团有个不成文的规定：战斗时干部冲在前面、战士跟在后头；吃饭时战士不打满、干部不端碗；野营时战士睡在里面、干部睡在风口。

正是有无数个像祁发宝这样吃苦在前、战斗在前的军官，才锻造出了一支对党忠诚、能打胜仗的铁军劲旅。加勒万河谷之战，祁团长在危险面前践行了自己的诺言。

英雄们背后的故事更是感天地泣鬼神。祁发宝戍边二十多年，曾十三次与死神擦肩而过，但他仍毅然决然地坚守在边关；孩子刚出生时他就恋恋不舍地匆匆归队，妻子生病时他总是不能陪在身边，父亲在时他不能尽孝、去世时他也未能赶回戴孝送终。

营长陈红军生前未能看到自己一心渴盼的儿子就撒手人寰，牺牲四个月后儿子方才出生。他妻子坚定地对记者说，我要把孩子好好养大，让他成为像他爸爸那样的人。

十八岁时的陈祥榕生前曾写下"清澈的爱，只为中国"的戍边情怀，他牺牲后，他姐姐强忍悲痛坚强地说，我很为他感到骄傲。

英雄王焯冉执行任务前，在一封家书中写道："爸妈，儿子不孝，可能没法给你们养老送终了。"英雄心中早已做好了随时为国捐躯的准备。

除夕之夜，痛失儿子的肖思远的母亲还是忍不住给他发了一个红包，失儿之痛可想而知。但她依然在为别人着想，她对采访的记者说，我只知道儿子女友的小名，想告诉她别再等了，好好生活。十六岁的弟弟也暗暗下定决心：到了十八岁，他将接替哥哥入伍，把哥哥的精神传承下去。

戍边忠诚之战士，多来自普通忠厚之家庭。他们天性仁厚，对党忠诚，胸怀家国天下，甘愿送自己的儿子或丈夫远赴天涯守卫边陲，出生入死，而自己却承受着关山阻隔牵肠挂肚的日夜思念之苦，倾力支持，默默奉献，全力付出才造就了英雄们的英勇壮举，我们真应该向英雄的亲人们致敬！

英雄们永远走了。走时最大的才三十三岁,最小的年仅十九岁,他们都是家里的顶梁柱。前程似锦的美好人生画卷才刚刚打开,还未来得及体味和享受人生与生活的无限美好,为了祖国的山河无恙,他们英勇地献出了自己年轻而又宝贵的生命,过早地离开了这个美丽的世界。他们以身许国的对党忠诚、碧血丹心的爱国之情,感动激励着所有国人,也镌刻在巍峨的喀喇昆仑。

爱国铸就顽强,戍边只因忠诚,巍巍喀喇昆仑作证。

2021 年 3 月 12 日

幸福的微笑

近些年，在电视荧屏上，我经常欣喜地看到贫困地区的农民们，在接受电视台记者采访时那高兴的模样。他们滔滔不绝地向记者述说着自己美好的新生活，脸上总是漾动着幸福的微笑。

也难怪农民兄弟们笑得如此灿烂，因为他们的今与昔完全是两重天。昔日里，他们不仅孩子上学难和看病难，而且还面临着出行难、用电难、吃水难和通信难等诸多难题，过去他们的生活可谓苦不堪言。

宁夏西海固地区"苦瘠甲天下"，山大沟深，干旱缺水。那里的农民真是穷到了骨子里，住着残破的土窑洞，不少家庭四季只有一床破被子。寒冬腊月，为了御寒，有的人家不得已在床铺底下垫羊粪以取暖。吃水要到十几公里以外的地方去拉，水要反复用三遍，直至洗成黑水仍旧舍不得倒掉，一年能洗一次澡都是一件十分幸运的事。

云南怒江的托坪村地处险峻的怒江西岸，虽与东岸的乡政府仅一江之隔，但以往村民出行只能依仗江上悬空的溜索，每次过江真如同闯"鬼门关"，村里有好几个人掉落江中，有的至今连尸体都未能找到。

云南西畴县岩头村"长"在百米高的悬崖上，四周被绵延不绝的大山包围，只有一条羊肠小道逶迤上山。出行难是村里祖祖辈辈最揪心的事，养一头猪，央几个人帮忙抬出去卖，卖的钱付了工费已是所剩无几。全村统共只有十五户人家，一度就有四个光棍，还有六个结婚后媳妇又逃之夭夭，如今也是光棍一条。

以上三个贫困地区或村庄的实例，只是全国千千万万个穷苦农村的缩影。脱贫前，全国近一亿贫困群众境况大同小异，几乎都是一贫如洗。不少人家居住在雪域高原、戈壁沙漠或高山峡谷，偏僻闭塞，山高路远，出行靠走路，过江靠溜索，运输靠人背马驮，种地像攀岩，过着如同原始蛮荒的生活。

他们大都住着低矮简陋的篾笆房、木板房，或土坯房、土石房和破窑洞，低矮破旧，满屋狼藉，破破烂烂，不堪入目。甚至灶和床同屋，人与畜混居，烟熏火燎，黑迹斑斑，恶臭难闻。农民们生活十分艰难，大多吃不饱、穿不暖。

我自小生长在农村，那时乡亲们生活的艰辛我是刻骨铭心的。大多数人家年年都会出现严重的春荒，缺柴少粮，经常吃不饱，成天为一日三餐发愁。乡亲们饥不择食，吃大麦，吃草籽苗，甚至挖蒲公英、木仙头、苦腊菜等野菜充饥。还有少数人家，实在走投无路了，只好腼颜拖棍去乞讨。在那个年代，村巷里经常能看到衣衫褴褛的叫花子。

老家实行单干（大包干）后，乡亲们务农有了空前的灵活性和自由度。由于种地收入微薄，多数年轻人蜂拥至上海、北京等大城市去打工。农忙时再返回家乡抢收播种，庄稼收割、碾打、播种完毕再出去。乡亲们在外打工收入比在家种地高很多，不少人家在县城甚至在信阳、上海、郑州等地买了房。

然而，少数老弱病残家庭生活依然很困难，他们大都住着破旧的危房，生活拮据，只能勉强糊口。村里经济上也是捉襟见肘，无钱修路，村里村外都是土路，一下雨就泥泞难行。村庄环境污染严重，垃圾遍地，污水横流。乡亲们长期吃村里地下的井水，极不卫生和安全。

贫困地区农民们的生活困境和苦难始终牵动着党中央领导的心。党的十八大以来，在中央的坚强领导下，我国打响了史无前例的脱贫攻坚战。让一亿贫困人口彻底摆脱受苦命运，这无疑是一项世纪工程、千秋伟业。党中央决心之大、措施之准也是前所未有，几乎动用了全国一切可以利用的所有力量。

八年来，中央和地方累计投入扶贫资金高达1.6万亿元，累计选派26万个驻村工作队、300多万名第一书记和驻村干部，与近200万名乡镇干部和数百万村干部一道奋战在扶贫一线。举国上上下下、方方面面的能工巧匠会聚在农村一线，大家团结一心，合力攻坚，汇聚起磅礴力量，向最后的深度贫穷堡垒发起了总攻。

数百万扶贫干部为国舍家，吃住在村，而且一住数年，工作的艰苦性远远超出人们的想象。他们踏遍千山万水，走进千家万户，把爱心和青春、心血和汗水抛洒在贫瘠而又美丽的土地，与贫困群众一起摸爬滚打，帮他们出主意，想办法，跑项目，要资金，找队伍，颠簸奔波，辛苦非常。

在脱贫攻坚战中，还有1800多名扶贫干部甚至献出了自己宝贵的生命。黄文秀、张小娟、郭彩廷和肖新泉等英雄们先后牺牲在艰苦的扶贫岗位上，这一个个感人肺腑的名字，必将永载史册，万古流芳。

八年攻坚，成绩斐然。832个贫困县全部摘帽，近一亿贫困人口实现脱贫。如今我国贫困地区发生沧桑巨变，贫困农民的生活旧貌换新颜：住上了宽敞明亮的楼房砖瓦房，吃上了方便干净的自来水、清洁水；建制村全部通上了硬化路、通客车和通邮路，而且收入大幅度提高，真正过上了小康生活，脱贫地区处处展现出山乡巨变、山河锦绣的壮美画卷。

短短几年，我的老家也是发生了天翻地覆的变化。家家住上了砖瓦房，户户用上了自来水，全都过上了幸福的小康生活。而且村村通上了硬化路，村里摆放着整齐的垃圾桶，矗立着高高的太阳能路灯，环境十分优美。

自古以来，贫困一直是困扰我国社会发展的顽疾。五千年来，虽说朝代兴替，历史轮回，但农民贫困问题始终未能彻底解决。新中国成立前，祖国内忧外患，时势阢陧，烽火连天，农民们遭遇的不是旱涝，就是兵燹，始终生活在水深火热之中。民不聊生，纷纷扶老携幼，颠沛流离，或背井离乡到异地去谋食，或逃荒要饭奔四方以活命，有的甚至卖儿鬻女求生存，但依然啼饥号寒，饿殍遍野，惨不忍睹。

共产党诞生后，一直率领人民持续向贫困宣战。早在瑞金时期，在艰苦卓绝的战争年代，共产党就在根据地广泛开展"打土豪、分田地和查田"运动。后来在解放战争激战正酣之际，中央又及时在新解放区蓬蓬勃勃地开展土改运动。

新中国成立后，党中央先是在全国范围内继续大力推行土地改革，确保耕者有其田。继而又开展了声势浩大的农业互助运动，从此全国农业合作社如雨后春笋般地发展起来。到了20世纪六七十年代，又在全国掀起了轰轰烈烈的"农业学大寨"运动，以引领广大农民自力更生艰苦奋斗，想方设法解决农民兄弟的温饱问题。

虽然"三大运动"如火如荼，农村贫困问题却始终未能得到很好的解决，农村仍然贫穷落后，不少农民仍然为温饱发愁。而且天有不测风云，恰恰又接连发生了严重的自然灾害，进入三年困难时期，以致发生全国性的大饥荒，全国各地不少人被活活饿死。

20世纪70年代末80年代初，全国农村先后广泛实行"大包干"，极大地调动了农民的积极性，解放了农村生产力，使多数农民迅速解决了温饱问题。

进入新世纪后，经过将近三十年改革开放的深厚积淀，我国的综合国力显著增强，工业的飞速发展业已具备了反哺农业的雄厚实力，党中央不失时机地果断下令取消了沿袭两千年之久的农业税，农民们无不拍手称快。

改革开放后，已有七亿多农民过上了小康生活，不少农民住上了小洋楼，开上了小轿车，但仍有将近一亿农村人口依然未能彻底摆脱贫困。

党的十八大后，中央发出了坚决打赢脱贫攻坚的总攻令，迅速在全国农村拉开了新时代脱贫攻坚的序幕。经过八年艰苦奋战，终于在去年底，在共产党即将迎来百年华诞之际，全国最后一亿贫困人口终于脱贫，至此我国彻底解决了困扰中华民族几千年的绝对贫困问题。这是实现中华民族伟大复兴的一个重要里程碑，是我国历史上也是世界史上一个伟大的奇迹，是具有重大历史意义的伟大时刻。2020，我们每一位国人都必须永远铭记。

改革开放以来，我国有近八亿农村贫困人口彻底摆脱贫困，而且仅最近八年脱贫人口就达一亿人之多，这足以抵得上很多西方发达国家的总人口数。

回望国内，封建社会没有任何一个朝代的统治阶级能够根本解决农民的贫困问题，新中国成立之前的国民党更是一筹莫展。放眼全球，没有任何一个政党，能够像共产党那样，从她诞生的那一天起，就一直对人民念念在心，而且百年以来一以贯之，久久为功，持续发力，最近八年更是不惜一切代价，最终使一亿贫困人口全都过上了好日子。

八亿农村贫困人口全部脱贫的背后，彰显的是党的伟大、制度的优越、民族的团结，国人的顽强。成就辉煌，意义非凡，此乃历史壮举，必将千古传颂。

贫困地区脱贫后，农民们的日子比蜜甜，他们心里简直乐开了花。我们都为他们的幸福而幸福，也都为他们的微笑而微笑。

2021 年 5 月 22 日

百年奇迹

中国共产党即将迎来百年华诞。建党虽只百年,却创造了无数奇迹,令国人扬眉吐气,让世界刮目相看。

一经诞生,人民奔拥。旧中国的一些仁人志士,在军阀割据、国土沦丧、战乱频仍中苦苦追寻,终于找到了拯救改造中国的方向和希望。经充分酝酿和谋划,并在思想理论上进行全面、周密、细致、充分的准备之后,他们不顾腥风血雨冒着生命危险,于1921年7月23日,在上海秘密召开党的一大,标志着中国共产党正式成立。

共产党的诞生,如同一轮红日照亮天宇,让人民在黑暗的长夜中看到了黎明的曙光。人民热烈拥护共产党,一大批优秀中华儿女踊跃加入中国共产党,誓死跟着共产党走,立志消灭一切反动派,解放全人类,建立一个崭新的中国。

党的一大之后,全国党员队伍迅速壮大,势不可挡。党的一大与会代表只有12人,当时全国也只有50多名共产党员。仅仅6年之后,共产党员人数已达5万多人。

1927年4月12日,蒋介石在上海公然发动震惊中外的四一二反革命政变,对革命人士进行屠杀,企图以暴力手段彻底实施"清党"。据不完全统计,仅1927年3月至1928年上半年,全国被杀害的共产党员和革命群众就达31万多人，革命陷于空前低潮。共产党员一旦被捕，必将遭受老虎凳、拶指、炮烙等酷刑，甚至面临砍头、绞杀、活埋，虽然革命者已血流成河，但许许多多的进步分子却仍未被危险所吓倒，依然视死如归，风从云集，纷纷加入中国共产党。

在严重的白色恐怖之中，共产党举行了著名的南昌起义，打响了武装反抗国民党反动派的第一枪，树起了人民军队第一面军旗。之后，中国共产党领导的人民军队开辟了第一个农村根据地，在农村包围城市的道路上迈出了非常重要的一步。

虽然面临极端复杂、困难危险的严重局面，到1930年9月，仅仅9年的时间，全国共产党员仍然猛增至12万余人，拥有17个省委（省工委）和许多特委、市委、县委等党组织，并创建了中央苏区以及湘鄂西、鄂豫皖、湘赣等10余个具有重要影响的革命根据地。全国红军已拥有13个军，6万余人。

以少胜多，史上神话。毛泽东和朱德胜利会师井冈山后，不久即以江西瑞金为中心，创建了中央革命根据地。之后瑞金中央苏区蓬勃发展，赣南、闽西两块根据地连成一片，辖管20余县的广大地区。1931年11月，中华苏维埃共和国临时中央政府在瑞金成立，瑞金从此成为享誉中外的红色故都、共和国摇篮。

1930年10月至1932年底，国民党军队以数倍甚至十几倍于红军的兵力，前后对中央苏区发动了四次大规模的"围剿"。红军只有几万人，数十万国民党军队来势汹汹，但中央红军通过采取"诱敌深入"的机动灵活的作战方针，仍然取得了四战四捷的反"围剿"斗争的重大胜利，歼敌十几万人，并创造了红军史上很多以少胜多、大兵团伏击战等经典战例，真是"横扫千军如卷席"。

万里长征，不朽传奇。由于当时中央主要负责同志一意孤行，推行"左"倾错误,导致中央苏区第五次反"围剿"失败,中央红军被迫长征。

湘江战役惨败后,中央红军由长征开始时的8万余人锐减至3万多人,上有国民党飞机狂轰滥炸、下有几十万军队重重围追堵截,英勇的中央红军跋涉11个省,翻越40余座大山,跨过近百条江河,爬雪山,过草地,行程约二万五千里,共经历600余次战斗,攻占700多座县城,击溃国民党数百个兵团。平均每300米就有一名红军牺牲,壮烈殉国的营以上干部就达430多人,平均年龄不到三十岁。最终红一、红二和红四方面军三大红军主力在甘肃会宁地区胜利会师,创造了人类历史上的伟大奇迹。

长征途中"飞夺泸定桥"简直是中外战争史上的神话。天降大雨,翻山越岭,路途崎岖陡峭,红四团战士奉命跑步进军,两天时间长途奔袭340里,在1935年5月29日早晨6时许,按时到达泸定桥西岸。由22名英勇的红军战士组成的突击队,冒着敌军的密集火力,依然勇敢地攀缘铁索、匍匐过桥,一举拿下桥头,终于保住了泸定桥,确保中央红军胜利渡过了天险大渡河。曾经让石达开全军覆没的大渡河,也未能阻挡英勇的中央红军北上的坚定步伐。

顽强抗日,越战越强。1935年10月,中央红军终于抵达陕北。全面抗战爆发后,中央总揽全局,促进了西安事变的和平解决,迫使蒋介石作出"停止剿共,联红抗日"的承诺,成功开启了国共两党的二次合作,全国抗日民族统一战线正式形成,筑起了中华民族抗击日本侵略者的钢铁长城。

红军被改编为国民革命军后,迅速开赴抗日前线,独立自主地开展敌后游击战争。在敌人的重重包围中,先后创建了晋察冀、山东、苏北、鄂豫皖等18个抗日根据地,总人口已达一亿人。

日军对各抗日根据地发动了疯狂、野蛮、残酷的"扫荡"和"清乡",实行惨绝人寰的烧光、杀光和抢光的"三光"政策,制造了一个个灭绝人性的惨案。

各敌后抗日根据地既要反击日军的"扫荡"和"清乡",又要粉碎国民党顽固势力的军事包围和经济封锁,形势一度十分艰苦和险恶。不少抗日军民穿不上衣服和鞋袜,盖不上被子,吃不到蔬菜和油,甚至吃不饱肚子。各根据地无奈之下自己动手,大力开展生产自救,顽强地渡过了一个又一个难关。

在反"扫荡"和"清乡"斗争中,敌后军民还创造了很多极为有效的歼敌方法。有的开展地道战、地雷战和麻雀战,有的采用水上游击战、破袭战和敌后武工队等有效形式,不仅牵制和消灭了大量日军,还发展壮大了自己的兵力。抗战结束后,八路军的总兵力已达120多万人。

在八年全面抗战中,八路军还取得了著名的平型关大捷,打破了日军不可战胜的神话。发动了百团大战,在抗日局面比较低沉时极大地提振了全国人民的信心。

"三大战役",扭转乾坤。全面内战爆发后,经过两年多的艰苦作战,敌我双方军力对比发生了巨大变化。武器落后的解放军是愈战愈强,总兵力已由开始时的127万人,发展壮大到280万人,其中野战军就有149万人。装备精良的国民党军队则是越打越弱,总兵力则由430万人下降到365万人,且可用于一线的兵力仅有174万人,我军与国民党军队展开大决战的时机业已成熟。

自1948年秋开始,以毛泽东为首的党中央高瞻远瞩,运筹帷幄,不失时机地相继发起辽沈、淮海和平津"三大战役",历时将近五个月,共歼灭国民党军队154万人,基本摧毁了国民党的主要军事力量,为中国革命在全国的胜利奠定了坚实基础。无论是战争规模还是取得的战果,在中国战争史上都是空前的,在世界战争史上也是十分罕见的。

"三大战役"的胜利,与全国人民的全力支持是分不开的,再次证明兵民才是胜利之本。始终和人民心连心,军民团结一家亲,历来是我党我军战胜敌人的不二法宝。

"三大战役"胜利之后不久,中国人民解放军即顺利打过长江,解放了全中国,而国民党反动派只能狼狈地溃逃台湾。共产党继而率领人民建立起中华人民共和国,鲜艳的五星红旗在天安门广场冉冉升起、迎风飘扬,一个崭新的社会主义国家巍然屹立于世界东方。

"两弹一星",震撼世界。新中国成立至"文化大革命"结束的三十年,是共产党领导人民艰辛探索社会主义革命和建设道路的重要历史时期。虽然经历了严重的曲折和磨难,但依然取得了伟大的历史性成就,我国社会也发生了翻天覆地的巨大变化。

最让中华民族为之自豪也是最令世界感到震惊的是,钱学森、钱三强和邓稼先等一大批伟大的科学家们,克服重重困难和艰难险阻,成功地独立研制出"两弹一星"。从此中华人民共和国将国家安全的主动权牢牢掌控在自己手中,打破了超级大国的核垄断,提高了中国的国际威望和地位,中国一跃成为世界上具有重要影响的大国。

人民军队,战无不胜。新中国成立后,人民解放军在保家卫国中发挥定海神针的作用。打过无数次大大小小的战争,全都取胜,无一败绩,震动世界,确保了山河无恙、家国安宁。

抗美援朝则是其中最为著名也是最为经典的辉煌战例。面对强大的美军,尽管敌我力量对比极其悬殊,中国人民志愿军依然雄赳赳、气昂昂跨过鸭绿江赴朝参战。他们冒着枪林弹雨,顶着狂轰滥炸，忍受饥饿天寒，或冲锋陷阵、前仆后继，或坚守阵地、决不退缩，或舍生忘死、展开肉搏。这种血性令敌人胆寒，让天地动容，终于打破了美军不可战胜的神话，取得了抗美援朝的伟大胜利。"打得一拳开，免得百拳来"，刚刚成立的新中国从此才算真正站稳了脚跟。

经此一战，我国彻底扫除了近代以来任人宰割、仰人鼻息的百年耻辱，彻底扔掉了"东亚病夫"的帽子，彻底废除了侵略者"支那人"的蔑称，而且从此帝国主义列强再也不敢觊觎中国，再也不敢把他们的魔爪伸向中国。

改革开放，世界奇迹。中国改革开放四十多年，取得了让世界震惊的伟大成绩：全国人均生产总值已接近一万美元，是名副其实的中等收入国家。经济总量世界排名由第十一位跃升到第二位，是当之无愧的世界第二大经济体。农村贫困人口由八亿人下降到三千万人，中等收入群体已达三亿多人，正在走向共同富裕。

更让世界瞩目的是，我国实施了一大批超级工程，打造很多大国重器。大飞机、航母，"天宫""北斗"，"天眼""蛟龙"，"墨子""悟空"，彰显了强国雄心，展现了中国力量，铸就了民族的大气磅礴。新"四大发明"名扬天下，还创造了公路高铁通车总里程、电力总装机、煤炭钢铁总产量等许多世界第一。

今日中国，更加辉煌。国内生产总值已迈上百万亿元新台阶，稳居世界第二位。人均纯收入突破一万美元，已达到中高收入国家水平。共建"一带一路"成果丰硕，为世界作出了卓越贡献。

全面建成小康社会取得伟大历史性成就，决战脱贫攻坚取得决定性胜利，现行标准下八亿农村贫困人口全部脱贫。这是实现中华民族伟大复兴的一个重要里程碑，是我国历史上也是世界史上一个伟大的奇迹。

中国共产党成立后，取得了难以计数的人间奇迹，特别是创造了世所罕见的经济快速发展和社会长期稳定两大奇迹。奇迹的背后蕴藏的是伟大而神奇的力量。

共产主义的远大理想和中国共产党的坚强领导是一切奇迹背后的力量之源。因为有了信仰和方向，人民才会爆发出火热的激情和不竭的动力，伟大的新中国才会创造出一个个伟大的奇迹。没有共产党，就没有新中国；没有共产党，就没有今日中国之辉煌。

2021 年 6 月 5 日

仰望沂蒙

孟良崮战役纪念馆和中国红嫂革命纪念馆相距不远,均坐落在蒙山山区,前在山麓,后在深山。离山东省临沂市很近,大约一个多小时的车程。

两个纪念馆通过大量的图文和实物雕塑等珍贵资料物件,全面展示抗日战争和解放战争期间,沂蒙革命根据地军民并肩作战的战斗情景、拥军支前的壮阔画面和感天动地的军民情谊。

"沂蒙"是山东省境内沂山和蒙山的简称,也有人说是指沂水和蒙山。沂蒙革命根据地是名震一时的中国四大根据地之一,开辟创建于抗战初期。根据地地处沂蒙山区,以临沂市为主体,涵盖山东省临沂市全部、枣庄市四个区、淄博市沂源县、潍坊市临朐县、济宁市泗水县、泰安市新泰市和日照市五莲县、莒县,以及江苏省连云港市的东海县、赣榆县和徐州市的新沂市、邳州市等26个县市区的广大地区。无论是在抗日战争期间,还是在解放战争时期,临沂一直是中共山东省党政军领导机关所在地。

5月20日上午,我们参观了驰名中外的孟良崮战役纪念馆。一进入馆内,我立马被那场惊心动魄的大决战所震撼。

抗战胜利后,中国共产党顺应民意,真诚致力于和平建国,毛主席还亲赴重庆,与蒋介石展开谈判。经过共产党漫长而艰苦的努力,两党终于在重庆签订了"双十协定"。但国民党反动派出尔反尔,自恃兵力强大,装备精良,悍然撕毁协定,蓄意发动内战,不断向解放区发动进攻,全面内战爆发。

共产党被迫奋起自卫,八个月内歼敌70余万,迫使国民党军队放弃全面进攻,只能缩短战线,对陕北和山东实施重点进攻。

在山东战场,国民党一直对沂蒙解放区虎视眈眈。1947年4月初至5月初,国民党调集数十万大军企图伺机进攻解放区。陈毅、粟裕领导沂蒙解放区军民严阵以待,积极准备寻机歼灭来犯之敌。两军对垒,双方斗智斗勇,一时战云密布,大战一触即发。但国民党军队一直保持稳扎稳打、梯次推进的战术,华东野战军一时难以捕捉战机。

双方对峙胶着中,蒋介石错估形势,突然下令全线进攻。汤恩伯更是急不可耐,对华东野战军实施中央突破。师长张灵甫亲率整编七十四师一马当先,肆无忌惮地冲在最前面,妄想侵犯沂蒙解放区。面对战机,陈毅、粟裕以"百万军中取上将首级"的英雄气概,决定集中优势兵力,以中央突破、两翼钳击的打法,对国民党整编七十四师进行围歼。

5月13日黄昏,战斗打响。华东野战军共有九个纵队投入战斗,其中五个纵队对整编七十四师进行合围,四个纵队在外阻击打援。而国民党军又以十个整编师对华野形成反包围,企图里应外合实施决战,形势一度十分危急。

然而,战斗打响之后,英勇的华东野战军作战极其勇猛,显示出惊人的战斗力。经过一夜激战,就顽强遏制住了整编七十四师的正面进攻,又先后及时阻击切断了其与整编第六十五师、二十六师和八十三师的联系。战到 14 日，我军已夺取了敌人的几个阵地，并逐步对整编七十四师进行合围。敌人发现形势不妙后，即开始往南撤退。到了 15 日拂晓，华野已切断了整编七十四师的退路，敌人被完全包围。

16 日凌晨，华野发起最后攻势，主攻部队先后在孟良崮、大崮顶等山峰会师。战到下午 5 时，彻底消灭了国民党王牌军整编七十四师，生擒活捉参谋长魏振钺，并将师长张灵甫击毙在其指挥所所在的山洞里。

经过三个昼夜的浴血激战，华东野战军不仅一举将国民党精锐王牌整编七十四师予以全歼，同时重创多路援军，毙伤和俘敌 32000 余人，终于赢得了孟良崮战役的重大胜利。

孟良崮战役华东野战军只有 27 万人，而国民党参战军队多达 45 万。我军能够最后夺取战争的胜利，与沂蒙人民的全力支持是分不开的。事实再次证明，群众路线是党的生命线。始终与人民心连心，军民团结如一人，一直是我党我军克敌制胜的不二法宝。

沂蒙根据地创建伊始，即始终坚持群众路线，一切为了群众，一切依靠群众。不仅不拿群众一针一线，而且从尊重群众做起，视群众如兄弟姐妹，全心全意为群众服务，小到"满缸净院"，大到减租减息、改善民生，赢得群众的广泛信任和支持，军民从而建立起血肉联系。

孟良崮战役打响后，翻身的沂蒙人民积极响应党的号召，踊跃参军参战，参与支前的民工超过 92 万。他们为部队当向导、跑运输、看俘虏。真是"大军联营七百里，家家灯火到天明"，一度呈现出独轮车车轮滚滚、担架队浩浩荡荡的火热支前场面，他们为战役的胜利做出了重大贡献。许多沂蒙人民把"最后一碗米送去做军粮，最后一尺布送去做军装,最后一件老棉袄盖在担架上,最后一个亲骨肉送去上战场"。所以陈毅元帅深情地说:"山东战场的胜利,是军队用枪炮打出来的,也是民工用小车推出来的,用扁担挑出来的。"

那天午饭后,我们又乘坐大巴车驶向大山深处,去游览仰慕已久的中国红嫂革命纪念馆。这是由分散在旧民居里的十个展室组成的纪念馆,坐落在马牧池乡常山庄村。

古村依山傍坡而建,高低错落、密密麻麻一大片。群山环绕,一条小溪在村旁从山上顺势而下,村民们截流成池,池水清澈,小村透着水灵秀韵。漫步在古朴的村巷中,满眼是石块、黄草(或麦秆,黄草是当地山上的一种粗秆野草),到处是石块垒砌的院墙、屋墙和村路。村中是清一色的石墙草屋,还有老槐树、大碾盘、旧石磨、弯辘轳,我似乎一下子走进了那艰苦卓绝的抗日战争和解放战争年代。

抗战期间,日军疯狂"扫荡"沂蒙抗日根据地,实行惨绝人寰的烧光、杀光和抢光的"三光"政策。根据地损失惨重,山东省妇联执行委员陈若克、鲁中军区司令员刘海涛和山东纵队政治部宣传部部长刘子超等党的一大批干部英勇牺牲,沂蒙抗日根据地一时陷入极端困难的局面。

1941年11月7日,日军大规模"扫荡"沂蒙抗日根据地。时任中共中央山东分局书记朱瑞的二十二岁妻子陈若克临近分娩行动不便,突围中与主力部队失去联系,不幸落入敌手。被捕期间,陈若克生下一名婴儿。敌人置陈若克刚刚分娩、身体虚弱于不顾,灭绝人性地一再严刑拷打。但她态度坚决,宁死不屈,残忍的敌人竟在她和孩子身上连捅二十多刀,母子二人壮烈牺牲。

面对十分艰难的局面,根据地紧紧依靠当地群众,大力发展武工队和民兵,积极主动地深入敌后,与日军展开旷日持久的游击战争,终于彻底粉碎了敌人对根据地的一次次"扫荡",渡过了最为艰难的时期。

八年全面抗战,根据地八路军对敌作战两万多次,民兵大小战斗五万余次。主力部队伤亡15万余人,地方政府工作人员伤亡和失踪约17000人。

在抗战期间,有将近16万沂蒙老区妇女,以生命救生命,先后勇敢地冒险掩护了9万多革命军人和抗日志士;有4万余名妇女参加了救护八路军伤病员工作,共救助大约两万名伤员。

沂蒙根据地的人民舍生忘死,为打败日本侵略者,推翻国民党反动统治,为建立新中国做出了重大牺牲和巨大贡献。在这块神奇的土地上,诞生了无数可歌可泣的英雄儿女,沂蒙红嫂的事迹更是感人至深,催人泪下。

电影《红嫂》的原型明德英,周岁时因病致哑。在抗战时期,在丈夫李开田的支持下,她先后机智勇敢地救护过两名八路军战士,她用乳汁救伤员的故事感人至深。

被称为"沂蒙母亲"的王焕于,于1938年12月入党,徐向前、罗荣恒和朱瑞等许多党政军高级领导干部都曾在她家工作、生活过。她和家人用半年多时间救活了身负重伤奄奄一息的《大众日报》的一名干部。她还克服重重困难创办战时托儿所,冒着生命危险厚葬陈若克和她刚刚出生几天的孩子。

她奉命保管《山东省联合大会会刊》,日伪军不惜一切代价一直在追踪《会刊》的下落。有一天,她家里突然又闯进了一群汉奸。情急之下,她把《会刊》藏进裤腰里。找不到《会刊》的汉奸们气急败坏,欲强行搜身,被王焕于一阵大骂。恼羞成怒的汉奸们便举起枪托，朝她身上一通猛捣，她机敏勇敢地借机一收腹，《会刊》便滑落至腰下，幸运地躲过一劫。《会刊》上记载着参加大会的各界领导成员名单，一旦落入敌手，后果不堪设想。

抗战期间，"沂蒙大姐"李桂芳走村串户，积极发动周围一二十个村的妇女缝军衣，做军鞋，碾米，磨面，烙煎饼，然后集中起来及时送往部队。有部队到来，她就和妇女们一起为战士安排食宿，拆洗缝补衣裳。为了不暴露身份，便于在特殊情况下开展工作，她还女扮男装三年，经历无数艰险。孟良崮战役前夕，她带领32名妇女肩扛门板，站在河中架起"火线桥"，使火速赶往前线的一个团的部队顺利过河。

还有"沂蒙六姐妹"、因掩护两名八路军干部和通信员而英勇献身的陈元君、送四儿一女上战场的"一门五英"王步荣等的故事也是感人肺腑。沂蒙红嫂是一个英雄的群体，是由千千万万个沂蒙老区勇敢顽强、爱党拥军的妇女所组成。她们用勇敢、坚毅和无私的奉献，生动诠释了感动中国的沂蒙精神。

参观完红嫂纪念馆，乘着大巴车返回宾馆的路上，我心里久久难以平静。在沂蒙这块红色的土地上，真是每一座山峰都燃烧过战争的烽火，每一寸土地都渗透着根据地军民们的鲜血。

在长期的革命斗争实践中，沂蒙人民踊跃参军参战，积极拥军支前，勇敢掩护战士，全力救护伤员。沂蒙根据地总人口420万，有120多万人拥军支前，21万多人参军参战，10万多革命先烈牺牲在这片英雄的土地上。

正是因为有了他们，八路军才能粉碎日军的一次次"扫荡"，才能渡过一个个难关；解放军才能取得孟良崮战役的重大胜利，这种军民"水乳交融，生死与共"的沂蒙精神，也必将永载史册，光耀千秋。事实再次证明，群众是军队发展之基，兵民是战争胜利之本。战士可爱，群众伟大。

大巴车在盘山公路上迤逦而行，我始终遥望着窗外巍峨连绵的蒙山，耳畔总是回荡着迟浩田上将那充满无限怀恋的声音："蒙山高，沂水长，好红嫂，永难忘"；眼前总是浮现着孟良崮战役军民顽强作战的情景和陈若克、明德英、王焕于、李桂芳、陈元君、王步荣和"沂蒙六姐妹"等红嫂的英雄形象。

内心激荡遐想蹁跹中，那一座座山峰蓦然幻化成曾经血战在沂蒙革命根据地上的千千万万的军民们，他们高高地矗立在我的眼前，令我感佩，引我仰望，让我仰止。

2021 年 6 月 12 日

传世经典

——大型情景史诗《伟大征程》观后感

2021年6月28日晚,为庆祝共产党百年华诞,大型情景史诗《伟大征程》文艺演出在国家体育场盛大举行。历时2个小时的演出气势磅礴,技艺精湛,堪称传世经典。

场面宏大,令人震撼。可容纳9万多人的国家体育场内灯光璀璨,人山人海,气氛热烈。在旷阔的体育场中央,搭建起横跨整个体育场的超大型壮阔舞台,后面矗立着崭新壮丽的巨型背景屏幕。8000名演员展示高超的演艺,舞台占用后仅有的2万多个观众座无虚席,人人手持鲜艳的党旗。舞台两侧上方的观众席上,站满朝气蓬勃的青年们,他们身着红色或白色上衣,面向观众,手持鲜花,兴高采烈,意气风发。

在演出过程中,演员一心展现技艺,观众使劲鼓掌加油,大家不住地挥舞党旗。始终站在观众席上的青年们一直手摇花束,引吭高歌。红党旗,红舞台,红上衣,红花束,同歌唱,齐鼓掌,共欢呼,人人激情洋溢,心花怒放,欢呼雀跃,掌声雷动,国家体育场简直变成了欢乐的红色海洋。

神思奇构,浓缩百年。演出共分"浴火前行"、"风雨无阻"、"激流勇进"和"锦绣前程"四个篇章。整场演出通过重要时刻、重大事件、英雄群体、典型人物、经典老歌和珍贵史料,综合运用舞蹈、歌唱、朗诵、戏剧和影像、实物装备等多种艺术技术手段,生动展现一百年来,共产党率领全国人民进行革命、建设和改革,继而从站起来、富起来到强起来的伟大光辉历程。

观看演出,让你能够直观真切身临其境般地看到共产党诞生前,祖国饱受磨难、任人宰割的至暗时刻;共产党成立后,共产党人直面血雨腥风,赴汤蹈火、宁死不屈的艰辛探索;新中国成立后,志愿军战士在抗美援朝中英勇无畏、视死如归的血战场面,"两弹一星"的世界奇迹,以及全国人民积极投身社会主义建设的激情岁月;改革开放后,祖国发生了天翻地覆的巨大变化,抗击"非典"和抗震救灾的伟大胜利,香港澳门回归祖国激动人心的难忘时刻,北京奥运会的瀚海腾欢,上海世博会的盛况空前;党的十八大后,脱贫攻坚战的举国力量,国防现代化建设的巨大成就,航空航天科技的惊人飞跃,今日华夏的盛世繁华,以及民族复兴的锦绣前程。

这场演出,主旨鲜明,脉络清晰,构思奇巧,艺术高妙。观看演出,让你能够充分感受那刻骨铭心的历史时刻,重温永远难忘的历史场景,仿佛又让人回到了自己亲身经历的过往岁月,真是让人心潮澎湃,热血沸腾。

神奇的构思,雄浑的文字,倾心的演出,将党的百年伟大征程浓缩在舞台上,把党的百年辉煌成就展现在全国观众面前,激扬民气,振奋人心,鼓舞斗志。这场演出,既是难得的艺术欣赏夜,更是鲜活的历史风情画、生动的党史教育课。

整齐划一,精彩完美。演出开始前,3000 名英姿焕发的青年身着红色上衣,手捧红色花束,站立在舞台中央。晚 8 时整,随着雄壮深情的《跟着共产党走》歌声响起，红衣青年们载歌载舞，旋转舞花，他们在蹲起仰合中，还能由身躯连成"100"的纪年字样，组成耀眼夺目的金色党徽。

在第三篇章"激流勇进"合唱与舞蹈《行进的火炬》中，舞蹈演员们在长时间的翩翩起舞、龙腾虎跃、奔走腾挪中，最后又组合成完美无瑕的2008年奥运会标志性图案"中国印·舞动的北京"，这个像"京"字又像"文"字的图案，极不规整，弯弯扭扭，由众多的年轻人变阵如此复杂的图案，难度之大，可想而知。

整场晚会的所有舞蹈节目都演得有条不紊，步调一致，整齐划一，演员们手舞足蹈，飞奔跳跃，奔跑跳动中还能变化成复杂的图案，真是出神入化，让人拍手叫绝。

在别的节目中，演员们也是倾心投入。举手投足间神采飞扬，朗诵歌唱中深情流露；每一次出场都是惊艳无比，每一回演出无不热烈奔放，每一个场景皆为壮美图画，给观众留下刻骨铭心的印象、永久美好的回忆。

常言道"台上一分钟，台下十年功"。如此完美的演出背后，凝结的是数千名演职人员艰辛的付出，他们用心用情用力用功，打造一台震撼彻骨的传世经典之作，那是心灵和灵魂的火花、泪水和汗水的结晶。

青春勃发，活力四射。8000名演员中，有不少是"90后"、"00后"。这些今日中国之现代青年，个个青春洋溢，精神抖擞，显示出蓬勃朝气。女青年美艳如花，男青年英姿挺拔，他们就像青春之花，绽放在斑斓多彩的舞台，灿烂在9万人的"鸟巢"，令舞台增艳，让演出生辉。

在演出过程中，他们欢呼，他们跳跃，他们歌唱，总是嫣然微笑，精神焕发。人人生龙活虎，个个朝气勃发，从他们身上，让我看到了祖国的未来与希望。

科技添花，壮美如画。以红为主调的恢宏布景，五彩斑斓的美妙灯光，数字高清的视频影像，绚丽多姿的神奇焰火，尽致极妍，争奇竞胜，和合升华，将舞台渲染得五彩缤纷，美轮美奂。而且声光电影并用，AR、VR 添彩，向观众全方位、全景式、全过程史诗般地展示党的百年征程中的伟大与辉煌，充分享受现代科技带来的美妙舒适的视觉和听觉效果。这台晚会是科技和艺术的完美融合，科技让艺术锦上添花。

晚会的焰火更是令人叹为观止。整场演出共进行 4 次焰火表演，绚烂的焰火升腾绽放，在体育场上空散射出满天盛开的绚丽礼花，斑斓多彩，灿烂夺目，光耀天空。耀眼的焰火还先后在空中神奇般地化作"100"、"1921—2021"的纪年字样，以及五星和红船等特效造型，真是鬼斧神工，引人入胜。

党的光辉历程，导演的神妙构思，演职人员的倾情奉献，观众的火热激情，融合演绎出感人至深回味无穷的传世经典。

猗欤盛哉，《伟大征程》！

2021 年 7 月 22 日

情暖郑州

前些日子，在电视、报纸、网络和微信朋友圈上，有关郑州暴雨致灾的消息真可谓铺天盖地。有雨情，有灾情，有温情，直看得我心里既酸楚又温暖，真是感慨万端。

雨情的消息令人震惊。据报道，从7月17日开始，郑州市连续遭遇极端强降雨天气。20日又突降特大暴雨，6小时降雨382毫米，其中16时至17时，1小时内降雨量高达201.9毫米。17日8时至21日14时，郑州市平均降雨量达到惊人的461.7毫米，远超历史极值。

大雨骤至，犹如堤溃江倾，倒灌郑州。城市排水系统不堪重负，导致市内严重内涝，路面积水暴涨。街道瞬间变成河流，城市一片汪洋。

灾情的噩耗让人痛心。洪水滔天，波翻浪卷，水流湍急，在市内横冲直撞，冲进商场、医院、学校和地下室，淹没地铁和停车库，冲坏建筑物，冲垮路桥，导致路面多处塌陷。很多汽车都泡在水里，甚至连火车也在水里泡着。不少汽车被冲走，一些人被卷入漩涡。

截至昨天，洪水已造成99人遇难，4.4万多公顷农作物受灾，直接经济损失高达650多亿元。洪水还导致地铁全线停运，公交车瘫痪，上班的人们不能回家，不少居民楼停水停电停网，给市民生活造成严重影响。

然而,大雨滂沱致灾害,温情涌动暖人心。灾难发生后,不少被困群众全力进行自救与互救,一些市民舍命营救陌生人,大家自觉团结在一起协力渡难关。哪里有人遇险,哪里就有大爱涌现。

7月20日上午,巩义市气象局赵局长冒雨开车参加市防汛调度会。会议结束后,尽管雨越下越大,但他必须第一时间赶回气象局,坐镇指挥后续气象预报服务保障工作。

在赶往单位的路上,积水很深,水势凶猛,把他的车一下子就冲到路旁的水沟里。水沟外侧是地势更低的一片树林,积水比路上更深更急。他的车当时就飘浮起来,跌跌撞撞,被洪水一直往下冲去。

情急之中,他用双脚使劲把车玻璃跺碎,趁着车辆还有电,及时打开天窗,踹开车门,爬上车顶,拼命向周围呼救。2小时后,他的呼救声终于被附近的村民听见。这时有一个模糊的身影向他靠近,第一个发现了他,并呼喊二三十个村民赶来帮忙。大家把绳子一端绑在树上,另一端缠在自己的胳膊上,慢慢地靠近他,最终成功地把他拉了上来。

暴雨中的郑州街头,为防止被急流冲走,很多人抱在一起,喊口号一同过马路。在不少地方,有行人被大水冲走,在水中痛苦挣扎,眼看就要被卷没,多名路人见状几乎同时飞速赶去,冒着被洪水冲走的危险舍身相救,或与流水赛跑及时伸手去拉,或数人手拉手组成人链救人,把遇险人员从死亡线上一个个都拉了回来。

暴雨中一女子因激流冲击,掉入往下灌的湍急水流中,随时都有被洪水冲下去的危险,多名路人合力用绳子硬是把她从"死神"手中营救下来。一名女同志和她的两个孩子同时掉入泥潭,有位男子看见后奋力把她们都成功拉了上来。

有一位老人被困急流之中，热心市民组成人链合力把他救出。一女子被洪水迅速冲走，路边群众一开始试图用棍子把她拉过来，谁知水流太快，她抓不到棍子，并被洪水冲得更远，情急之下，大家争相奔跑到急流中把她拽出来。

　　在暴雨哗哗的郑州街头，有人被急流快速冲走，随时都有被卷走的危险，视频画面让人十分揪心。危急时刻，几个市民从四面八方跑过去，蹚水奔向被困者，合力将其救出。郑州陇海路银基广场负一楼在暴雨中被淹，几十个商场工作人员和市民手挽手组成人墙，站成一排泡在水里，呼喊着口号，用绳子把被困人员逐个救出。

　　一名男士此前曾经历过北京的暴雨，看到一支烟的工夫积水已经没过车轮，他果断弃车。他还一边奔走，一边敲别人的车窗并大声呼喊，提示大家赶紧下车往上跑，这样一个举动，不知挽救了多少个家庭。还有一名网约车司机，在水中来回游动，20分钟内勇敢地连救5人。

　　一名女子被暴雨冲倒，瞬间被卷入旋涡中。社区的四个工作人员合力用广告横幅开展生死营救，终于帮女子成功脱险。

　　一辆黑色轿车被泡在洪水中，大水即将漫过车顶，一个大人和两个孩子被困在车中，生命危在旦夕。周围群众发现后，有十来个人先后蹚水赶到车前。

　　有一名白衣男子率先爬上车顶，用一把明晃晃的好像是刀具之类的器械，不断捶击车前挡风玻璃，眼见刀轻捶不动，他赶紧又捶击天窗，依然砸不开玻璃。一黑衣男子也爬上了车顶，接过刀连续捶打也无济于事。

　　接着又有一名男子爬上车顶，甩掉上衣，用别人递给他的一把锤子，拼命连续捶击，终于砸开了左侧车窗玻璃，把两个孩子从车中救出，大家臾水护着水桶分两次把孩子送到安全地带，后来又成功将那个大人（后被证实是两个孩子的姥姥）救出。

洪水还灌入地铁 5 号线，急流滚滚，冲向地铁，瞬间淹没轨道，一会儿便涌进车厢。有的乘客看见司机跑进车厢跑向车后，边跑边告诉大家尽量都到前面去，因为那里地势略高。接着司机又返回车厢向前跑去，原来他是想让车厢后倒，不知何故又往前开。

往前开了一段，司机让乘客们都下车，并让大家互相拉着手腕沿应急道往上走。走了大约 20 分钟，又让大家立马返回，说是上面的应急道已被淹没，无法通行。司机又劝大伙赶紧再回到车上去。

乘客们再次进入车厢后不久，洪水即已淹没到了膝盖，一会儿就漫到了乘客胸口，有的甚至都淹到了脖子。恰在此时，列车又被大水冲离了轨道，倾斜在坑道里。男人们赶紧让女士们先站到座位上，后来大家都设法站上了座位。

车厢进水后，空间狭小，乘客又多，随着水位越来越来高，里面开始缺氧，大家憋闷得不行，不少人开始呼吸困难，有的人已开始哭泣。立即有人温馨提醒不要哭，以节省体力。后来，一些人因缺氧和失温而晕倒，死亡的危险正在逼近。

这时，有的车厢的男士们赶忙寻找锤子，试图砸开车窗透气。慌乱之中，不知锤在何处，又有人说快用灭火器砸吧。于是有勇敢者潜入水中寻找灭火器，费尽周折，总算找到了。大家开始轮流用灭火器砸车窗，终于砸开一个洞，有了新鲜空气，大家立即感到好了很多。

在绝望之际，忽然有人看到了光亮，知道救援人员赶到了，大家一下子都有了精神。当救援人员营救大家出去时，每个人都在喊让晕倒的人先走；每个人都上去扶一把，把晕倒的人先救出去；所有的男同志都说让女同志先走，所有的成人都礼让老人、孩子先行。在窒息的绝望里，大家互相鼓励，互帮互助，不急不慌，有序撤离。

也是在地铁 5 号线，还在试用期的一位年轻医生获救后，却又转身跑回去营救别人，跪地 6 小时连救十余人，膝盖都被磨烂，事后医院决定对其直接录用。

在郑州东站，因暴雨所有列车停运，部分乘客被困车站。正在这时，郑州市郑东新区永平路小学"和美之声"管乐团的孩子们，在现场演奏起了《我和我的祖国》，瞬间温暖了所有被困旅客的心灵。

灾害发生后，郑州几乎所有的酒店都不约而同地降价了，有的甚至免费让大家入住。只要有条件的空地都免费开放，超市、健身房、图书馆和电影院等等，有的还为市民免费提供餐饮。

当你身处危险的时候，有人向你伸出救命之手；当你急需避雨的时候，有人向你提供温暖的住所；当你饥饿口渴的时候，有人向你送来热饭饮料。此时此刻，我的河南老乡，怎能不感到温暖和感动？！

令我们感到温暖和感动的还远不止这些。为了让群众能够及时脱离危险，7 月 20 日那一夜，不知有多少人彻夜无眠。人民子弟兵、消防队员和所有的抢险人员冒着倾盆大雨，全力营救遇险被困人员，紧急转移安置群众，抓紧时间抽水排涝。120 急救人员持续转送伤员没有停歇。到 21 日 14 时，仅消防救援队伍出动指战员 2.37 万人次，共营救遇险被困群众 6459 人，疏散群众 1.53 万人。郑州抢险一线，"橙光"始终在闪烁。

为了让群众能够及时恢复正常工作和生活，那些日子，不知有多少人奋战在郑州城，不舍昼夜。人民子弟兵、消防队员、市政抢险人员和供电、供水、通信等抢修人员，冒着狂风暴雨或顶着闷热酷暑，昼夜奋战，加紧排涝泄洪、清扫道路，全力抢修供水管路、电网道路和通信设施。

听说最初参加抗洪抢险的 2 万多官兵、消防队员和供水供电等抢修人员，两天两夜没有睡觉，连续奋战，过度劳累时也只是席地而睡，简单休整后又奔赴战场。他们有的浑身糊满泥巴，顾不上清洗干净，只是草草洗手吃点包子充饥继续再战；有的因长期泡在水里，双脚被洪水泡得起皱发白；有的双腿都被泡坏，走路一瘸一拐。经过四个昼夜连续奋战，到 24 日，主城区绝大部分小区恢复供电供水和通信；公交线路运力恢复 94%，大部分市民的生活基本恢复正常。

不应忘记的，还有 40 多万名党员干部、3 万名公安干警和 16 万多名志愿者，为了保障群众的安全，为了让群众尽快有水、有电、有网，他们顾不上回家，顾不上正点吃饭，顾不上好好休息，甚至顾不上自己的安危，连续数日奋战在一线，靠前指挥，组织派遣抢险人员，协调调拨救援装备物资，研究制定抗洪抢险方案，指挥转移安置遇险群众近 40 万人，全力恢复供电供水和通信通路，尽快让群众恢复正常生活，他们中的不少人也是彻夜难眠。还有 7 名党员干部壮烈牺牲在抗洪抢险第一线！

郑州暴雨灾害也牵动着全国人民的心。社会各界纷纷火速派员或捐款捐物支援郑州抗洪抢险，一些热心人士奉献爱心自发捐款捐物，有的还亲往郑州一线参加抢险救援。大爱如潮，从五湖四海涌向郑州。

解放军中部战区共派 5700 余人投入抢险。应急管理部从河北、山西、江苏、安徽、江西、山东和湖北等地先后共调集 5500 多人的救援队伍驰援郑州。国家电网从 24 个省市区协调 1 万名维修人员和大批设备抢修电网设施。

念兹集

党中央和政府有关部门及时下拨专门资金支持河南抢险救灾。一些企业和热心人士纷纷捐款捐物，帮助河南人民渡过难关。据说21日至22日短短两天，已有几十家国有和民营企业，以及无数个人踊跃捐款，总额已经超过17亿元。截至7月27日，累计捐款总额已达50亿元。

更加令人称道的是，濒临倒闭的鸿星尔克居然捐款5000万，赢得网友广泛好评。我的一位好友，山东青岛赛飞特公司的董事长李迪女士，尽管自己的公司很小，经营压力很大，但她还是以公司的名义，向河南省慈善总会捐款5万元（后来又向新乡捐赠价值5万元的消毒液），并在汇款单写上"青山一道同云雨，明月何曾是两乡"的名诗，深切表达河南、山东睦邻友好、与子同袍、守望相助的深厚情谊，为我们河南老乡加油鼓劲。

洪水无情人有情，大爱如潮暖郑城。风雨中那一幅幅感人至深的温情画面，灾难发生后从兄弟省份连夜千里奔驰而来的抢险人员，从大江南北破空传来的一声声加油和问候，饱含深情的一笔笔来自远方的捐款和一批批运抵的救援物资，无疆的大爱凝聚成无边的暖流，将永远温暖在每一位郑州市民心上。

生为河南人，深为那些心有大爱、见义勇为、挺身而出的善良勇敢的老乡们感到骄傲和自豪，对那些始终奋战在抗洪抢险第一线甚至献出宝贵生命的英雄们表达由衷的崇敬！

2021年7月30日

美丽的小公园

离我家不远,紧挨北京北四环望和立交桥的东北侧,有一座美丽的小公园,名为"望和南园",因望和公园沿京承高速路东侧有一南一北两个公园而得名。

公园西邻京承高速,南靠北四环路。规模很小,占地面积只有22公顷,沿环绕公园四周的塑胶跑道跑一圈只有三里地。但因其布局精雅,宛若天成,始终干净清洁,无论何时去游览都会让你感到舒服惬意。

公园既有历史记忆、雨水花园、花海融春、樱花大道和主题景墙等小景点,还有标准的塑胶跑道、供游人休闲活动的动感地带、让孩子们探索未知世界的童趣迷宫等活动场所。公园虽小,但花木齐全,应有尽有,布局新颖,出奇制胜。而且绿草茵茵,百卉斗丽,花树竞秀,景色非常优美。

公园有两处景区尤为特别。一处为历史记忆,旨在唤起人们对公园原场地的深情回忆。公园原址为六公主坟村和四元桥汽配城与灯具城,曾是一片脏乱不堪的简陋棚户区,2014年被全部拆除,建造成一座美丽的小公园。

另一处为雨水花园。公园在地势低洼处,通过重新铺设砾石和土壤，并种植耐旱涝的湿生或水生植物对雨水进行滞留和净化，修建十多个连续的圆形下凹式雨水花园，是公园别开生面、十分有趣的美丽景点。

公园鲜花星罗棋布、争奇斗艳。公园小则小矣，但园内鲜花众多，几乎囊括北京所有的鲜花，可谓"一园看尽北京花"。

园中不仅有一座小型花海，而且鲜花均匀协调地散布在公园各处。春天有碎金灿黄的迎春、艳红满枝的碧桃、繁花如簇的樱花、如霞似雪的玉兰。夏日美人蕉亭亭玉立，月季娇红似火，木槿浅紫艳丽，紫薇红灿百日，玉簪洁白婀娜，凌霄橙红盘绕。秋季千姿百态的菊花和红艳艳儿的串儿红迎风斗艳。而且无论春夏秋，公园里还有很多不知名的五颜六色的草花，真的是鲜花满园，姹紫嫣红。园内每年种植的鲜花品种并不相同，一直在不断地变换，真是年年岁岁景相似，岁岁年年花不同。

园中还种着一排奇特的花树，名叫"暴马丁香"，我是头一次看到如此奇怪的丁香，与通常所见的丁香迥然不同。树干粗壮而笔直，其冠茂密如圆盖，棵棵都是小乔木。花开时节，树冠一片雪白，煞是漂亮。

园里树木森森、枝叶茂盛。既有槐树、柳树、银杏、白蜡、榆树、枫树和栾树等在北京习见之树木，又有山楂、海棠和柿子等常见果木，以及鸡爪槭、楸树和七叶树等似乎南方的树种；还有红叶加杨、金银木和很多不认识的矮小灌木。而且种得密密层层，几乎是一棵挨着一棵，高低起伏，协调有致。树木枝繁叶茂，灌木葳蕤茂盛，满眼是绿色的森林。有些地方路两旁的树木枝叶纠结交错，连缀成高大的绿色凉棚，颇有绿荫夹道、曲径通幽之趣。

秋天的时候，天高云淡西风凉，万木萧疏绿渐黄，此时满园的树木更为壮美。银杏白蜡国槐满树金黄，七叶爪槭枫树一团火红，山楂果海棠果金柿子满树满枝，真是层林尽染，五彩缤纷。

园中有三种独特的树木格外引人注目。首屈一指的是园里种植四大片红叶加杨，散布在公园四周。这种树身材矮小，叶片阔大，酷似灌木，最奇特的是它满树都是火红的阔叶，犹如一棵棵盛开鲜艳红花的花树，而且从春天一直持续烂漫到秋天。

七叶树也很特别。每一根细小树枝的末梢都有七片大小不一的绿叶，秋风起时始泛黄，继而黄褐，后来橙红，最漂亮时呈鲜红色，如同燃烧的火炬，辉映在天空。

还有一种是神奇的槭树，我好像在别处没有见过。高大挺拔，叶子细长，春夏叶子黛绿，秋季树冠似火，如同炫目的彩霞飘浮在公园之上，几乎在公园的任何地方都能看到它壮美的雄姿。

公园中绿草铺地，满眼碧绿。除步道和活动场所外，公园的空地和树木花下都种上了小草，几无裸土，即使在北京的公园中也是少见。而且绿草茸茸，青翠嫩绿，齐齐整整，很像是铺上了绿色的绒毯。在花海旁侧和十多处雨水花园种植芦苇和狼尾草，好似青绿的屏风矗立在公园中央。秋天时节，芦苇和狼尾草花开繁盛，远远看去，一片雪白。

冬天里公园草木依然精美有致。数九寒冬，北地苦寒，真是一夜北风起、树叶纷纷落。百草枯黄，万木凋零，光秃秃的枝干突兀空中。但小草黄得灿然，满园如金毡铺地；树木秃得可爱，放眼皆灵动雕塑。园内灰灰黄黄，相衬相映，耀眼的红色塑胶跑道环绕周围，公园依然惹人怜爱。如遇下雪初霁，公园白雪皑皑，灰黑的树木丛密挺立，景色素雅至极。

公园之美，美在布局。公园设计奇巧，布局精美。园内有坡有洼有沟，缓缓起伏，形势如同自然原野。花木布置散中有致，分布协调匀称，让你无论在公园的任何方位，都能看到盛开的鲜花，甚至看到相同的鲜花和树木，看见花木高低错落的和谐相依。景点小中有趣，花海中有若干形状不一面积不同的花圃，但和谐统一为圆形花海；树木下有或圆或方的草坪和花坛，真是景中有景，树下有花，树下花下均有草，美不胜收。

公园之美，更美在管护。无论春夏秋冬，每日早上，我在公园晨练时，园艺工人们却在不停地辛苦忙碌。他们不是手持竹条扫帚打扫卫生，手推机器精心割草，握着长长的管子浇水喷药，就是高举长剪仔细修剪树枝，他们日日精心地呵护，换来了公园的整洁清爽。公园之美不在大小，而在于管护优劣之间也。

每天清晨，当我沿着猩红的塑胶跑道迈步慢跑的时候，映入眼帘的是鲜花绿草或碧树花果，萦绕耳畔的是虫唧鸟鸣。曙光初照，花儿微笑，果子颔首，置身鸟语花香、果实累累、如诗如画的绝妙风景中，真是心中愉悦，精神抖擞，脚力强健。

今年夏天一个暴雨之后的清晨，公园里几处雨水花园的草根下忽现白亮亮的积水，内中传出声声蛙鼓，此起彼伏，蛙鸣如雷，简直震耳欲聋。这是我在首都北京城区头一次听到蛙鸣，也是我平生首次听到如此震撼人心的蛙鼓，即便是在老家也从来没有听到过如此雷鸣般的蛙声，真是让人永远难忘。

在公园晨练久了，花草树木都成了老朋友，几乎都印刻在我的脑海里，闭目思索，它们的模样和方位就会一一浮现在我的眼前。我看着花开花谢，树荣树枯，一年又一年，周而复始，花木如此，人何以堪？

一年四季，每天从早到晚，公园内总是人来人往，人气很旺。

有人跑步，有人快走，有人漫步，有人随意活动，还有人拿着相机或手机在公园里四处拍照，小朋友们则在童趣迷宫里玩得开心快乐。

美丽的望和南园是我去得最多的北京公园，因为我每天清晨都要到里面跑上几圈，它已融入到我的生命和生活里。

2021年9月2日

母校矿大记

——我们的大学时代之一

龙昌葱葱,镜湖溶溶,母校矿大,岿然彭城。师艺煌煌,生绩磐磐,好学力行,誉满赤县。

百年学府,历经沧桑。汉采宋用,煤炭开采燃用之流长;清始民壮,矿业建校育人之源远。1909年母校顺势而生,初名"焦作路矿学堂",发轫于动荡之秋,屹立于太行之阳。

生逢乱世,历经艰辛,颠沛流离,沐雨栉风。历经十四次搬迁,前后十二次易名。从焦作迁西安移天水,从福中矿务大学到私立焦作工学院再到国立西北工学院。内战期间,学校更是三年三迁,自洛阳而郑州而苏州,母校前景跌至冰点。新中国成立前夕方始归根焦作,改为国立焦作工学院。屡经迁徙,饱受磨难,其命弥新,其志弥坚。

源聚四流,空前繁荣。1950年,母校更名为"中国矿业学院",开启祖国创办矿业高等学府先河。翌年母校迁至天津,借全国高校院系大调整之东风,新生母校插上腾飞翅膀,清华大学、北洋大学、唐山铁道学院三校采矿系并入母校。四校英才荟萃,四脉绵延赓续,源深流自远,行建天同功。

两年后母校喜迁北京，改称"北京矿业学院"。不久跻身全国重点高校，北京"八大学院"榜上有名，母校迎来空前鼎盛。高校赛场大展雄风，多项赛事连创佳绩，北京矿院名满京城。

峥嵘岁月，再罹磨难。"文革"突然爆发，举国陷入内乱，母校亦难幸免。终于1970年被迫迁出北京，流落重庆合川县三汇坝深山，因以名曰"四川矿业学院"。山高路远，交通闭塞，举步维艰，苦不堪言。

祖国改革开放，母校迎来春天。1978年，母校乔迁"五省通衢"徐州，改回"中国矿业学院"，重返全国重点高校行列，另在北京设立研究生部，母校重新踏上兴盛之路。

徐州城南，母校壮观。1980年，徐州南郊，二龙和文昌二山山麓，现代化母校横空出世。半城半山尘嚣远，新址新校气势宏。占地一千五百亩，崭新楼宇密密层层。山南为教职工生活区，几十栋新楼丛密林立。

山北是教学办公学生生活区，数十栋楼宇鳞次栉比。十四层主楼巍然耸立，楼南花园旖旎，人工湖居中涟漪，主楼图书馆隔园南北遥望，数栋教学楼夹园东西相对。教学楼造型新雅，体育场壮阔气派，科学馆雅致时尚，图书馆宽敞明亮。楼宇整然，崭新亮丽，新颖别致，宏伟壮观。

一条宽广笔直的中央大道，大气磅礴地横贯两山之间，将南北校区紧密相连。山上青青，马路翁郁，楼宇巍巍，校园壮美。

四载同窗，师生情深。1980年，母校徐州新校区首次招生；越明年，我们六百名来自五湖四海的新生，喜气洋洋地跨入母校美丽的新校园，分录在七个系十六个专业。正值母校建设如火如荼，校园工地热火朝天。入学伊始学校因陋就简办学，我们临时在中学楼或平房上课。半年后部分教学楼竣工，我们从此乐享现代化教室的美好。1984年底，新校全部落成。

大学校园生活丰富多彩，我们进德修业心情愉快。四年弹指一挥，同学们伤心别离，各自东西，奔赴自己的工作单位，战斗在祖国的大江南北。驰骋于地球深处，开采出宝贵光明；奉献青春年华，温暖照亮世人。

毕业十年、二十年、三十年，同学们相继风尘仆仆把校返，感念吾师春风化雨功，怀念校园四年师生情，难忘同学风华正茂时。再度聚首，看望母校，倾诉离情，共话当年。那时朝气蓬勃的青年，现已满头白发沧桑一脸；二龙、文昌山下，我们当年求学的校园，那时崭新的建筑，如今都已刻上岁月的痕迹，灰黑斑驳，满目苍颜，随同我们一起老去。校犹如人，令人嗟叹。

光阴似箭，等闲白头，而今同学们即将陆续离开自己心爱的工作岗位。一日为师，终身为父，母校恩情，山高海深。

源深流远，弦歌赓续。一百年来，母校历经坎坷，筚路蓝缕，坚定执着，薪火相传。塑造"好学力行、求是创新、艰苦奋斗、自强不息"之精神，秉持"学而优则用、学而优则创"之理念，培树"勤奋、求实、进取、奉献"之校风，争创世界一流能源科技大学：以工科为主体，以矿业为特色，多学科协同发展，多领域屹立世界前沿。

一百年耕云播雨，一世纪几多收获。十几万学子遍布祖国四面八方，各类精英在神州大显身手，服务行业，报效祖国。学子因校而成才，母校为子而骄傲。

适逢盛世，再度辉煌。昔时校园令我们切切在心，今日母校让学子心里振奋。我们离校不久，母校升格为"中国矿业大学"。进入新世纪，南湖新校区建成，面积再次扩大一倍。新校区建筑现代，设施先进，环境优美。

今日母校，乘改革之长风，挂万里之云帆，再次迎来空前大发展。办学实力激增，社会声誉日隆。稳居教育部直属全国重点，名列国家"双一流""211工程"。拥有二十二个学院，六十七个本科专业，国家一级学科一个，二级学科九个，博士后科研流动站十四个，本硕博在校生高达三万，正迈向世界一流能源科技大学。

展望2025年，我们毕业四十年，大家相约届时再次把校返。但愿到那时，母校更惊艳。碳达峰、碳中和业已唱响全球，能源科技大学必将再次大展宏图。矿大万千学子，无不遥祝母校越来越好！

母校矿大，学子牵挂，乐校之乐，忧校之忧。壮哉母校，永在吾心！

2022年1月9日

《今日说法》

中央电视台不愧是国家级电视台，有很多深受观众喜爱的好节目，《今日说法》即是其一。这是央视综合频道推出的大型法治专题报道栏目，我已坚持收看很多年。

《今日说法》是在午时首播，而且是在午间新闻《新闻三十分》之后播出，时长半个来小时。我通常在周末时正点收看，别的日子只能观看回放或重播。

每次节目一般只播放一个案件，有时也会连续播映同类性质的多起小案件。对案件的叙述极为全面、翔实、透彻，既有案件起因、犯罪动机、作案经过、侦破过程、判决结果、事后教训，又有犯罪嫌疑人痛哭流涕的忏悔和忠告。

节目多采用倒叙。一开始总是先播出案件发生现场，设置悬念，抛出疑问，继而通过情景再现，逐步将案情展开，跌宕起伏，扣人心弦。还经常穿插采访目击者或知情人的画面，加之每期节目的题目无不简约精练，主题鲜明，很吸人眼球，又有精妙的解说词，节目很有故事性和可看性。

观看《今日说法》很多年，可以说看过的节目无数。制作水平堪称一流，警察的敬业精神令人敬服，案件种类形形色色，案件教训刻骨铭心，每次收看总是感慨良多。

警察默默奉献的精神让人感动。不少案件是十几年，甚至二三十年的积案。办案人员走了一拨又一拨，但新来的警察自觉接过接力棒，继续关注遗留案件。一有线索，便不惜长途奔波，舟车劳顿，赶到嫌疑人所在地侦查追踪。有时还冒着日晒雨淋连续地昼夜蹲守，千方百计追查嫌疑人的踪迹，非常辛苦和劳累，但往往无功而返。再有线索，又周而复始，常常又是乘兴而去，失望而归。但经过无数人无数个日日夜夜的艰苦努力，终于发现了犯罪嫌疑人的蛛丝马迹，最终使案件告破。犯罪嫌疑人被绳之以法，受害人家属受伤的心灵得到安慰，被害人的在天之灵得以安息。

刑侦技术发展之快让人惊讶。DNA、手机定位和大数据等先进技术，以及铺天盖地的监控视频，对刑侦技术的突破起到关键作用，仿佛撒下了一张无形的天罗地网，又好像让警察有了千里眼、顺风耳，几乎让犯罪嫌疑人无处遁形、插翅难逃。

多年的积案之所以能够告破，就是得益于DNA技术。将血液、唾液、头发等生物检材送到DNA鉴定机构，检测出被害人的DNA序列后，存入全国联网的DNA数据库中，通过比对有时就能发现"踏破铁鞋无觅处"的疯狂歹徒。

手机定位和大数据在案件侦破中也起着重要作用。只要犯罪分子使用手机，或购买机票、船票、车票逃跑，或有大量资金流出、流入，警察就能够在第一时间锁定其所在位置，掌握其犯罪的证据；或者查明其逃跑时乘坐的飞机、轮船及汽车、火车的班次，顺藤摸瓜，就可以顺利地将其抓获。

监控视频也是警察破案的重要手段。一有案件，勘查完现场后，警察往往通过反复查看监控视频，几乎可以弄清歹徒作案的全部过程，以及进入和逃离作案现场的详细犯罪轨迹，有时就能很快锁定犯罪嫌疑人，从而及时地将其抓获，大大提高了刑事案件的侦破率和及时率，现在有的刑事案件发案数小时即成功告破。

案件的起因及教训令人扼腕和震惊。节目中报道的案件千奇百怪，无奇不有，但案件的起因大同小异。归纳起来，所有案件不外乎受害人粗心大意，以及犯罪嫌疑人贪图享乐、心存侥幸、吸食毒品、互不相让和脾气性格等诸种原因所致。

受害人疏于防范造成的案件为数最多。一些人尤其是中老年妇女，对社会现象认知不足，对各类犯罪案件又知之甚少，缺乏基本的防范常识和应变能力。

一些骗子或电信诈骗者的骗术拙劣，漏洞百出，仍然有一些人上钩，逐步落入骗子的圈套，最后落得个被骗钱骗色，甚至人财两空的可悲下场。

有的受害人离家时竟然不关窗锁门。有的犯罪嫌疑人从小区外，一直尾随着受害人，还一同坐电梯，直至到了自家门口，受害人方才发觉身后有人，但为时已晚。有人谎称自己来查水表，受害人未加思索就把门打开，结果却是犯罪嫌疑人，其实自己家的水表头天刚刚查过。

贪图享乐的人往往容易滑向犯罪的深渊。现实生活中，少数人好吃懒做，贪图享受，不愿劳动，害怕吃苦，而又总嫌收入低微，妄想一夜暴富。于是就铤而走险，不是入室盗窃、图财害命、投机赌博，就是设法行骗、拐卖儿童、腼颜卖淫，最终落得个锒铛入狱的可悲下场。

心存侥幸是许多案件发生的诱因。贪污受贿、交通车祸、肇事逃逸、贩卖毒品等案件，大都是犯罪嫌疑人自以为是，总觉得法不治众，或自以为做得天衣无缝，或认为超速行驶酒后驾车偶一为之不会有事，但殊不知要想人不知、除非己莫为；法网恢恢、疏而不漏，玩火者必自焚，结果以身试法，身陷囹圄。

互不相让导致严重后果。很多案件包括一些命案，竟是由一些鸡毛蒜皮的小事引起的，令人痛心。邻里之间或事件双方，常常因为一些琐碎小事爆发冲突，如果这时有一方有自制力，能够谨记"前一步危险重重，退一步海阔天空"，换位思考，保持克制，咬牙忍住，甚至主动认错道歉，也许冲突就会及时避免。

谁知双方为争所谓的一口气，互不相让，越吵越凶，直至大打出手，刀棍血拼，置人于死地。行凶者此时方才傻眼，但为时已晚，真是"前悔容易后悔难"。

火暴的脾气和性格很容易酿成严重后果。有的人生性火暴，常爱仗势欺人，欺行霸市，遇事极不冷静，情绪易于失控。一旦稍不如意，就会恼羞成怒，轻则张口骂人，重则动手打人。如遇冲突便不计后果，不是挥刀就是抡棒，慌乱中失手将对方打死，事发后后悔已晚，只得自食其果，陷于缧绁，甚至会付出生命的代价。

每期节目的最后，还有嘉宾详细的点评和释疑。到场嘉宾都是知名专家，理论功底深厚，办案经验丰富，从法理情等不同角度，详细地对案情进行深刻剖析，向观众详尽介绍案件判决的量刑依据、沉痛教训和防范要领。

令人称道的还有节目的主持人。他们个个赅博精深，聪慧机敏，口齿伶俐，主持节目时叙事具体，鞭辟入里，发人深省，实是以案普法、以案警示的好节目。

个个案件教训深，时时提防看先行。《今日说法》为我们推开了认识社会的窗户，经常收看可拓展阅历，增广见闻，积累经验，提高你对突发案件的鉴别和防范能力,助你识破骗局,预知危险,及早防范,是确保自身生命财产安全不可或缺的有效途径。

2022 年 2 月 25 日

细说安全

生命最为宝贵，每人只有一次。然而由于意外的安全事故，每年全国都有许多无辜的人被突然夺去了性命。不少人还是家里的顶梁柱，柱倒梁塌，给无数家庭带来毁灭性打击，惨痛至甚。

笔者曾在国家机关供职多年，长期参与重特大事故查处工作。每次在事故现场，听到遇难者家属撕心裂肺的哭声，我的鼻子也是酸酸的。那一起起刻骨铭心的悲惨事故，至今想来依然令人痛心不已。更让人扼腕叹息的是，许多事故其实是可以避免的。

虽然每起事故的起因不尽相同，但慎加分析，删繁就简，分门别类，事故根本的致因不外乎两方面——员工的安全意识差，操作者的自我保护能力和管理者的安全监管能力低下。

少数员工安全意识淡薄，为了早点下班、偷工减料、赶工期进度，或为多拿奖金，赚取非法利益，明知危险，却利欲熏心，心存侥幸，冒险蛮干，甚至悍然违章违法。长此以往，不发生事故是偶然的，发生事故则是必然的。

从业人员无证上岗，或虽持证上岗，但培训只是走过场，考核把关松弛；或为持证而持证，不惜花钱买证应付检查，不少人对岗位安全知识并未掌握，自主保安能力很差，从而导致危险就在身边，竟然一无所知，无知因而无畏，不安全行为屡屡发生，事故的发生也就在所难免。笔者在安全检查现场考问过无数人，而且考的都是应知应会，竟无一人全部答对。

有些管理者本身并非专业人员，有的虽是专业人员，却又不肯钻研业务，知识匮乏，能力低下。隐患日日查，重大隐患就在他们眼皮子底下，机器设备设施存在重大缺陷，生产环境存在重大不安全因素，他们也视而不见，致使安全管理流于形式。

在日常生活中，安全事故也是时有发生。不是因交通、火灾、水灾和触电而死，就是由雷击、砸伤、中毒和溺水而亡，究其原因也莫不如此。

干了几十年安全工作，我最为深刻的体会是，安全工作不能纸上谈兵，绝不能说起来重要，干起来次要，忙起来不要；必须脚踏实地，坚持做全做细做实。具体而言，抓好生产安全，关键要做到"四抓四安"；确保个人安全，务必做到"四知四有"。

企业必须抓好培训考核，确保员工行为安全。员工素质是安全生产的根本保证。安全工作能否搞好，关键在人，因而安全培训至关重要。主要抓好两条：

一是抓培训内容的针对性。如果培训内容过于宽泛，不切实际，不实用，就很容易流于形式。安全培训的重点应是岗位安全知识，干啥培啥，突出必知必会。少开展会议精神、法律法规等宏观空泛培训，这离工人很遥远，你想让他们什么都知道，可能他们什么都不知道，甚至会出现培训疲劳。培训内容很重要，企业应组织力量，集体研究编制，共同讨论决定。还要加强对管理人员的培训，提高安全监管能力，防止出现监管"盲人"，让这些人从事安全管理，无疑是聋子的耳朵——摆设。

二是抓培训考核的严肃性。培训不能一培了之、一培永逸,还要注意考核的经常性和严肃性,必须严格培训考核,逢培必考,并将考核结果纳入绩效考评,以考促学,以学促培。特别要加强常态化现场抽查考问,员工是否掌握,一问一目了然,简单直接,考一次胜过培十次,可以更好地监督员工熟练掌握岗位安全知识和技能,切实提高安全意识和能力,从根本上杜绝人的不安全行为,严防个别安全"老鼠"危及大家安全。

企业必须抓好设计施工,确保环境本质安全。生产环境是员工安全的重要保障,必须为员工提供一个安全的工作环境。要从设计、制造、施工等源头上抓起,建筑物无论新建,还是改建、扩建,都必须由具备相应资质的单位进行设计、制造和施工,严禁层层转包,确保楼屋、厂房、桥梁、大坝、井巷和硐室等建筑物质量安全可靠,防止先天不足,坚决杜绝豆腐渣工程,从根本上消除环境不安全因素,切实为员工创造安全的工作环境。

要抓好内部设计和施工管理,充分利用风险评估结果,确保构筑物和安全设施设计合理,建造质量安全可靠。尤其要做好矿山通风系统的设计和施工工作,确保采掘工作面局部通风系统合理可靠,这是矿工的生命线,也是矿井安全的重要保障。

企业必须抓好招标检测,确保机器设备安全。机器设备是员工安全的关键基础,必须让员工用上安全可靠的机器设备。要重点抓好两项工作:

一是抓好招投标管理。企业所有的机器设备必须从正规厂商购买,防止质量低劣的产品进入企业,确保机器设备质量,严防腐败危害员工安全。

二是抓好机器设备检查保养和检修工作。制定严密细致的操作规程，要求员工按规定进行操作，确保安全可靠运行。要及时进行检查、维护和保养，按规定委托有资质的单位进行检测检验和维修。要制定机器设备运行检查检测表，按表逐一检查，从每个零件、每根钢丝绳、每套装置、每道工艺和每个系统等局部环节抓起，定期检查机器设备运行和工人操作情况，一旦发现机器设备故障缺陷和工人违规操作等问题，务必立即进行整改，及时消除设备隐患。要制定严格的安全措施，确保运行和检修工作安全。

企业必须抓好风险预控，确保企业动态安全。风险预控是安全生产的主要抓手。风险预控为超前预判风险，超前制定措施，超前实行管控，变被动管理为主动作为，先进而科学，必须切实抓紧抓好。风险评估的结果，可以指导设计，指引施工，指令招标，指挥排查。因而风险预控是纲，其他安全管理皆为目，纲举而目张，管理才能有方，工作才能到位。

一是建立健全安全风险预控体系，科学辨识危险源，精准评估安全风险，合理进行分级，研究制定管控措施。推行风险监测预警和响应处置机制，超前防范和消除安全风险。危险源辨识和风险分析是风险预控之基，必须抓细抓实抓到位。千里之堤，溃于蚁穴，细节决定成败。基础不牢，地动山摇。

二是将风险预控与隐患排查相结合，提高隐患排查的针对性和有效性。安全风险是不确定的，安全隐患是客观存在的，风险预控可以指导隐患排查，排查隐患可以更好地发现风险管控存在的问题和不足，因而二者互为补充，但不能相互替代。

三是全面推行动态隐患排查表制度。隐患排查表水平的高低决定排查效果的好坏，领导应牵头组织力量，集思广益，根据风险评估结果，认真编制、审查、确定隐患排查表，以共同智慧弥补个人能力的不足。且不能一劳永逸，几年一成不变，应根据实施过程中存在的问题，及时进行补充完善，确保排查表的质量。

四是隐患排查要上下联动，部门协同，采用拉网式，纵向到底，横向到边，从"人机环管"四个方面彻底排查，且要照表排查，一条不落，一项不漏，不留死角。并实行闭环管理，逐一销号，及时将隐患消灭在萌芽状态。建立隐患排查责任追究制度，对发现的重大隐患要严格处罚，严肃追究责任，绝不能姑息迁就，宁听骂声、不听哭声，确保企业动态安全，严防发生安全事故。

个人应知道安全风险，做到心中有数。每个人都应具备基本的安全经验，知道起码的安全常识，熟悉在日常生活中，什么是危险源，危险源在哪，什么地方、什么时候有风险、有什么风险，做到心里清楚，时时注意，离而远之，有效防控。

个人应知道安全知识，做到心里有招。要牢记安全知识，掌握安全技能，安全知识要背得滚瓜烂熟，倒背如流，才能内化于心，外化于行，才能做到熟练操作，有招避险，有法控制，切实做到安全工作和出行，确保自身安全。

如今学习安全知识真是方便。单位里经常开展安全培训教育，家属楼的门洞内、电梯上、地铁上、公交车上或车站里以及电视上、网络、报刊上，到处都有安全提示或安全知识的宣传。只要稍加用心，日积月累，你就能掌握基本的安全知识，这是保障自身安全的重要前提。只有将安全知识牢记于心，安全意识才能入脑入心，安全才能成为你的主动与自觉。

个人应知道安全习惯，做到心里有底。安全习惯就是将安全措施简约浓缩，入脑入心，切实融入工作和生活的具体过程，成为自己日常工作生活的习惯动作，使自己始终保持良好的安全习惯。每个人都应知道什么才是安全的习惯，并一以贯之地坚持，唯有如此，自己心里才会对保障安全有底气，自身安全也才能切实有保证。

在日常工作生活中，必须时时刻刻注意安全。务必养成无论何时何地都要"一看二动三稳"的良好习惯，这是血的教训换来的安全法宝。无论工作、开车还是步行，只要动手迈步，你务必严格谨记小心才能驶得万年船。

"看"就是观察环境，准备工作时，或行驶、行走在路上，或每到一个地方，首先要仔细观察周围环境是否安全，及时发现安全风险，及早采取避让等防范措施。必须时刻保持精力集中，高度戒备，眼观六路，耳听八方，以防患于未然。切莫三心二意，更不能低头玩手机，看视频，听音乐，打游戏。

我常常为那些痴迷的"低头族"捏把汗。外出散步，或是坐地铁上班时，我经常发现一些年轻人，手机不离手，只顾低头走。万一遇到突发情况，必受伤无疑。

"动"即是指在"看"后，并确认安全的前提下，再去按安全规定，动手操作设备车辆或迈步行走，而且全过程地遵守"一看二动三稳"的安全法，要养成看后再动、边动边看、动作要稳重的安全习惯。

"稳"在安全工作中极为重要，通过"稳"字给自己赢得缓冲避让的机会。无论是工作、开车抑或是骑车，务要"稳"字当头，逐步养成"稳"字习惯。一旦遇到紧急情况，你可以从容地采取安全措施，以防快中出错，手忙脚乱，从而酿成大祸。"稳"者，乃"动"中永远遵章守法、不急不躁、不抢不快之谓也。

个人应知道关键要领，做到防护有效。意指除了解身边的安全风险、懂得安全知识、养成良好的安全习惯外，还必须掌握特殊时期和关键环节的安全防范要领，才能更为有效地保护自身和家人安全。关键是要做到"八要"：

要把孩子安全放在首位。孩子是父母的心头肉，是家庭所有的希望和依托，孩子的安全不能有任何闪失。确保孩子安全，主要是两条：一是经常对孩子进行安全教育，让孩子懂得基本的安全常识，以便做好自身安全防护。二是对婴幼儿要严加看护，一刻也不能让孩子离开大人的视线。

家中的农药、开水瓶、倒满开水的杯子，以及电扇和着火的炉子等有毒有害危险物品，应放在高处或隐蔽处，让幼儿看不见、够不着，以防孩子中毒、烫伤或触电。

带领孩子外出玩耍时，应仔细观察场地环境，如果有危险之处，应提前告诉孩子远离，防止孩子发生掉入暗井、误碰触电、坠物砸伤、大门卡人或高空坠落等险情。骑自行车或电动车接送孩子时，最好让孩子坐在前面，以防孩子滚落或被车轮缝隙"咬住"。在无大人陪同的情况下，切莫让孩子到池塘去游泳或溜冰，防止水深或冰面破裂落水溺水而亡。

要把防火防中毒作为家庭安全的重中之重。切实把好外出关，出门务必做到应关全关，关水、关气、关电、关窗、锁门，养成外出前逐一巡视反复检查的好习惯。停电停水时更要严格巡查，严防漏关忘关，严防来水跑水、来电过热起火。绝不能在家里给电动自行车、摩托车充电。吸烟者切勿在家抽烟，如在家吸烟时应妥善处置烟蒂，不要随手乱扔，严防引发火灾。

家庭使用煤炉取暖时，务必安装烟筒和风斗，并在室外安装遮风板或弯头。要经常开窗透气，保持室内空气新鲜，谨防一氧化碳中毒。

家用燃气灶具必须从正规厂家购买，并请厂家或煤气公司安装或维修。每次使用后必须及时关闭,严防汤水溢出熄灭炉火。要经常查看橡胶管,发现老化、龟裂、曲折或损坏时应立即更换,严防漏气发生火灾或爆炸。

要注意恶劣天气安全。发生八级以上的大风或大暴雨天气时,尽量不要外出。确需外出时,不要骑自行车,途中应避开或远离危险物(电线杆、大型广告牌、高层楼屋、大树等),并仔细观察,严防高空坠物伤人。

电闪雷鸣时,要设法躲到室内,不要使用电器和通信设备。在野外时,应远离树木、电线杆、烟囱等物体,不要进入孤立的棚屋、岗亭等,不要接打手机,不要骑摩托车或自行车赶路。

下大暴雨必须外出时,尽量选择开车或步行,切记不去低洼地(河道、隧道、涵洞、立交桥最底层、水淹地),不去深山区,严防车辆被淹,避免遭遇山洪和泥石流。车内必须配备安全锤,一旦车辆被淹,迅速砸窗自救。街道地面积水严重时,千万不要乘坐地铁。

要提防交通安全。乘坐飞机或汽车,务必系好安全带;坐船切记穿好救生衣。所有的车祸中,幸存者大都系着安全带,不系安全带者不是受重伤就是死亡,教训极为深刻。一些单位的司机,为了美观和舒适,竟将车座套上漂亮的坐垫,把安全带插头覆盖得严严实实,让人无法系安全带,实在令人费解。

开车万万不可掉以轻心。开车上路后,必须时时谨记"一看一慢三通过"。开车要"稳"字当先,不能自恃驾技高超,就心不在焉,单手驾驶甚至大撒把,要知道淹死的都是水性好的、胆大的。也不能急躁图快,要严守交通法规,绝不能违章,尤其是严防超速、疲劳驾驶、闯红灯和酒后开车,绝不能拿自己的生命当儿戏。无论何时何地,都应坚守"宁停三分、不抢一秒",尽量让行人先通过,遇有车辆超车，主动礼让，千万不要与之抢道。

在高速公路上开车时，务必谨慎驾驶。高速公路历来是我国事故多发之所，在各类事故中一直处于高位。上高速之前，务要搞清途经地区的天气状况，恶劣天气尽量不上高速。一旦上高速，坚决杜绝超速或疲劳驾驶。大货车是高速公路"杀手"，最好远离之而行驶。

车有故障，或路遇车祸救人时，必须先按规定停好车辆，做好警戒，并注意观察来往车辆。在确保自身安全的前提下，再去营救伤员。我认识的一位朋友，在高速上开车时遇到车祸，下车救人时自己却被撞身亡。

要警惕旅游安全。旅游时勿忘乎所以，必须时刻注意自身安全。登山过桥，尤其是在山巅纵情眺望时，严防失足坠落。尽量按景区导游图指示的路线参观游玩，不要到偏僻处游观。如到未开发开放的地方登山或旅游时，必须至少两人偕行。

要小心饮酒安全。近几年，因假酒致盲致死、酒后下楼梯踏空摔死、一醉不醒、酒后驾车撞人或被撞等事件时有发生。喝酒应从正规渠道购买，勿贪图便宜随意买酒，严防买到假酒。参加聚会时，勿酗酒，不能逞强比拼，大杯狂饮。犯有高血压、心脏病、心脑血管等疾病的人，饮酒务必量力而行，避免醉酒。酒后下楼梯务必小心，防止踏空摔伤。酒后严禁开车，尽量打车或乘坐公共汽车。最好不要乘坐地铁，因为要上下台阶，尤其是还要乘坐扶梯，安全风险很大。

要重视扶梯安全。北京已发生多起因突然停电和设备故障导致的扶梯伤人事件。我也曾看过有人乘坐扶梯摔倒后滚下惨死的视频，真是惨不忍睹，看得人心惊肉跳。可我在乘坐扶梯时，仍然很少看见有人抓扶手，几乎是十人九不扶，这是异常危险的。扶梯台阶的啮齿，犹如一把把小刀，一旦摔倒，后果不堪设想。因而在上下班或是逛商场时，乘坐扶梯一定要抓紧扶稳，严防突然停电、身体不适或有物体从上滚下时被撞击摔倒。

要谨防散步安全。在网络上，经常会看到这样的报道：有人在行走过程中，突然被高空坠物砸伤、砸死，或被人倒车撞伤、撞死，或在过路口、翻越护栏、横穿马路时被撞身亡，因而散步安全不容忽视。尤其是中老年人，散步时更应格外小心，谨防踏空绊倒。要远离高楼大厦和大型广告牌，一路留心观看，有车辆通过时，应及时避让，让车先行，决不能与车抢道，过马路时一定要走斑马线。尽量远离车辆，更不要紧挨车尾而行，谨防倒车伤人。不要踩踏排水井盖，以防盖塌受伤。遇到路口时，严格遵守红停绿行，通行时要注意观察车辆，及时避让。如遇路口无红绿灯时，严守"一看二慢三通过"。

安全就在身边。虽说生死有命，但安全可防，提备为上。假如你成天吊儿郎当，满不在乎，甚至心存侥幸，经常违法违章，危险无疑将会离你越来越近，一旦灾难发生，后悔晚矣。

2022 年 3 月 18 日

我们的大学生活

——我们的大学时代之二

现在想来，我们上大学那几年，正值祖国刚刚实行改革开放，经济还不发达，物资很匮乏。我们系多数同学又来自农村，家庭贫困，生活拮据，大学四年的学习生活自然是艰苦备尝，却也过得十分有趣和快乐。

一 相逢

1981年秋天，当我们这些社会的幸运儿兴高采烈地跨入大校大门时，我们的大学——中国矿业学院（现更名为"中国矿业大学"）正处在边建设边办学时期，校园里的工地上正是热火朝天。

那时候，学校正在大建设、大迁徙。一边在江苏徐州加快建设新校区，一边从重庆三汇坝大山深处的老校区陆续往新校区搬迁，从1980年起招收的大学生陆续入住徐州新校区。

满怀考上大学的高兴劲，踏进朝思暮想的大学校门，望着美丽的新校园，我们真是满心的兴奋、得意和惊奇，很快逛遍整个校园。写平安家书，体检，办报到手续，直至开学典礼之后，我们激动的心情也未能完全平静下来。

当年，全院共招收六百名新生，分录在七个系十六个专业，大家来自五湖四海，相逢在徐州南郊区美丽的矿大校园。采矿系招录三个班九十名学生。我们地下开采专业六十名学生，分为两个班，即采八一一班和二班。另有一个露天开采班——露采八一班。

那年的新生也是藏龙卧虎。采八一一班有一名同学高考总分473分，为全院最高分，可以上清华北大。另一名同学考了431分，按他的分数可上西安交大，这位同学天资聪颖，记忆力惊人，同时还是象棋高手，能下盲棋，下遍全系无对手。

我们地采两个班基本上是在一起上课，只是班级活动如学习、开会时方才分开；有的基础课，甚至我们三个班的同学一同上课。三个班没有一个女生，同学们戏称为"和尚班"，这也是采矿专业，尤其是地采专业工作之苦和风险之大的一个佐证。

我们也因此受到国家特殊的关怀和照顾。地采两个班大多数同学拿的是全额助学金，每人每月二十块；只有少数来自城镇的同学拿七块或十几块不等的助学金。我就是靠国家助学金读完大学的，家里几乎没有什么负担。

那时学校食堂的饭菜很便宜，一个馒头四分钱，米饭二分钱一两。蒸排骨三毛钱一份，萝卜汤五分钱一碗，一般的菜一两毛钱，最好的菜青椒或蒜薹炒肉等菜品也就四毛钱。我经常吃的菜是大葱炒豆腐，一份只要一毛钱，好吃又便宜，可以说是百吃不厌。所以助学金勉强敷用，节余的钱甚至还够寒暑假回家的往返路费。在那个年代，火车票极为便宜，学生票又是半价，我通常坐慢车，单程好像才七块钱。

当时班上有同学对所学专业有不满情绪。在开学典礼上，有一名同学代表新生作大会发言时说，他拿到录取通知书后，高兴得四处奔走相告，会场上立时人言啧啧起来。即使开学典礼过去很久了，仍有同学私下嘀咕说，还奔走相告呢，我都想申请退学回去，有的真的没上两个月就退学了。

我也是闹专业思想的学生之一。刚接到录取通知书时，一看上面写着"地下采煤"专业，头脑一下子就蒙了。赶紧找在郑州工学院工作的堂姐给我想办法，想让她帮我转到她们学校。谁知堂姐找人一打听，我的档案已被矿院拿走，为时已晚，不得已我只好到矿院去报到。虽则如此，我心里还是比较高兴的，毕竟经过十年寒窗，千辛万苦，终于考上了全国重点大学。

上大学那会儿，我总觉得上矿院低人一等，平时从不佩戴校徽。在与同学的闲聊中，也难免说些学地采专业不好的话，于是只要班上有什么好事，比如评"三好学生"之类，有的同学就抓住我的小辫子不放，说我不热爱地采专业，害得我虽然学习成绩一直名列前茅，总也评不上"三好学生"。真是口无遮拦，遗祸不浅。

后来实际工作告诉我，上矿院就得学地采。因为地采专业是矿业大学的特色，也是主体专业。后来煤炭行业欣逢黄金十年，整个行业薪酬待遇始终不错，尤其是现在，挖煤简直等于挖黄金。说来很悬，假如我那时到了郑州工学院，这只是一所普通的本科学校，毕业后分配到北京工作的机会微乎其微。全国重点大学就是不一样，普通院校还是无法与之相比。

二　美丽的校园

我们刚入学时，学校建设正是如火如荼。当时数十栋教职工家属楼、附属中学、校医院、学生食堂，以及三栋学生宿舍楼等建筑业已竣工，一、二、三和四号教学楼正在进行内部装修。教学楼五栋、六栋，以及高达十四层的教学主楼正在建设，体育场也在大兴土木。直至1984年底，整个校园建设方才全部竣工。

起初全系三个班住在学一楼的二层，六个同学一个房间，我住在二〇四宿舍，其他五位同学分别来自山西、河北、江苏、安徽和湖南等五省。两年后，我们系又整体搬到学四楼，我们六位同学又被安排到四〇四宿舍。房间三张双层木架子床，东二西一。进屋右边（东边）是紧靠墙角垒砌的直立大柜子，从地下直达屋顶，从下到上共分六层，每人占用一层，白色柜壁，黄色木门。柜子紧挨着两张架子床。进屋左边是单张架子床，我就睡在这张床的底层。中间是一张黄色长方形大桌子，东西各摆放三把绿漆低背铁椅子。

我们只好暂时在附属中学的小楼里上课，个别课程还不得不在低矮简陋的平房里进行，而且还是合班教室，几个班的学生拼凑在一起上课。两个合班教室位于环山公路附近，是由学校的仓库临时改建而成的。但在第二学期，我们全都在崭新明亮的新教室上课了。

校园建设工程全部完工后，新址新校新楼，确实气势恢宏。校园坐落在二龙山和文昌山两山山麓，依山傍坡而建，占地达一千五百余亩。

两山之南为教职工居住区，几十栋新楼丛密林立，皆为淡灰色石米外墙，蔚为壮观。山北是教学办公学生生活区，数十栋楼宇鳞次栉比。

进入校园正门——北大门，迎面是高达十四层的教学主楼，外面粘贴米黄色的马赛克，巍然耸立，雄伟壮丽。主楼南面为风光旖旎的花园，正中是碧波涟漪的人工湖，湖南是宽敞明亮的图书馆，与主楼隔园南北遥望。花园东西两边各有三栋造型精雅的教学楼，均为红棕色石米外墙，夹园东西相对。

北大门往东，四栋学生宿舍楼向东一字排开，依次为学一、二、三和六楼。学六楼的马路对面，学四、五楼高高矗立，皆为灰白色石米外墙，非常漂亮。

学四楼西面为食堂，食堂南面是壮阔气派的体育场，建在山坡上，略高于校园路面，四周有很多台阶，上下体育场极为方便。

体育场东面的山坡上，是水质澄澈的露天游泳池，南面的山坡为现代气派的体育馆。在其东南角，数栋研究生楼拔地而起，挺立在高高的山坡上。西南为雅致时尚的科学馆。教学三楼之南为现代雅丽的电教馆。

一条宽广笔直的中央大道，大气磅礴地横贯两山之间，将南北校区紧密相连。崭新的楼房高低错落，密密层层两大片，非常气派和壮观。两山上茂密的树木，马路上郁郁葱葱的梧桐和雪松，将校园点缀得异常美丽。崭新的校园，壮丽的楼宇，在当时中国的大学中可能并不多见。

徐州古称"彭城"，因《三国演义》和淮海战役而名满天下，学校正门——北大门正与淮海战役纪念碑隔田相望。学校交通也极为便捷，从火车站乘坐十一路公交车到侯山窝站下车，离学校北大门也就500米远。于是侯山窝简直成了矿院的代名词，只要说是到侯山窝，别人就知道你十有八九是矿院的大学生。

三　学习与实习

开学典礼之后，我们就转入正常的学习生涯了。按老师的话讲，我们得先学基础课，再学专业基础课，最后学习专业课，大学四年课程的安排顺序大体如此，大约得学习二十八门课程。

记得我们学过的基础课程很多，主要有高等数学、大学英语、普通物理、普通化学、理论力学、弹性力学、线性代数、概率论、计算机基础和党史等课，大一时还有选修课——大学语文，每周在晚上上两节课。

蒲宽老师教高等数学。蒲老师个头不高，身材较胖，皮肤黝黑。讲课自信幽默，很有亲和力。他把微分形象地比作切萝卜，他说萝卜横切是段，竖砍是片，斜切是丁。又把积分比喻为把这些段、片和丁拼凑到一起，又能还原为一个完整的萝卜，概念讲得十分清晰，赢得多数同学的喜爱。他还经常油印一些试卷，上一会课再发给大家，并让最先做完的同学上台做示范演算，以增加师生互动，调节课堂气氛。

大学英语分为快班和慢班，按高考成绩划分班别。那年高考英语满分50分，我才考12分，理所当然编入慢班。我是在大队上的初中，老师都不会英语，我自然也没学过英语，只是到高中时，才从头学起。

教我们英语的是陆美玲老师。陆老师气质高雅，衣着讲究得体。更为难能可贵的是，她心地纯洁善良，待人真诚，关心爱护每一位学生。因我英语成绩突出，她对我也特别关注和关心，后来她将我转到英语快班。临近毕业考研时，她听说我没有报考出国留学生，很是诧异，问我为什么要放弃，我只好推说自己不想出国。其实我有难言的苦衷，实在不愿意向陆老师倾吐真实心思。

正当同学们紧张快乐地过完第一个学年，高高兴兴地进入大二的时候，我们班发生了一件令同学们都很伤心的事，来自陕西的一位同学因患白血病突然住院了。同学们纷纷到市区的医院去看望他，当得知这是不治之症时，大家都为他感到难过和惋惜。不久他就被学校派人送回了老家。再后来，就听到了他已去世的噩耗。他拼命苦读，好不容易才考上大学，谁知在大学只待了一年多，就永远离开了人世，家人的痛苦可想而知，我们都不禁黯然神伤。深感命运的残酷、世事的无常。

基础课中令人印象深刻的还有弹性力学。不知是课程难呢，还是大家不愿意学，也可能是同学们误以为无论如何也能混得过去，谁知考试的结果大大出乎同学们的意料。采矿系三个班中，不少同学竟然不及格，无奈还得补考。而我则一考成名，居然得了满分。第二名同学考了九十多分，我俩经常一块到图书馆查阅弹性力学的参考资料，看来真的是努力必有回报。

专业基础课也不少，机械设计基础、材料力学、流体力学、电工电子、岩石力学、煤矿机械、矿山测量、水文地质、煤矿地质和矿山电工学等都学过，我印象深刻的是煤矿地质和矿山测量。煤矿地质课最为有趣，因为大家可以利用赴野外实习之际，好好地放松一下，还能够游山玩水，在轻松愉快中完成实习任务，所以同学们兴致都很高。

我们学过的专业课有采煤学、井巷工程、矿井通风与安全、矿山压力及控制和采矿优化设计等，让人难忘的是专业实习课。大学四年，一共有三次专业实习课，即认识实习、生产实习和毕业实习。

认识实习，顾名思义，就是到生产煤矿去，通过矿上人员介绍情况，与他们座谈交流，深入井下现场实地参观，让学生初步熟悉煤矿。以班级为单位，我们班的带队老师为班主任刘老师，实习地为大屯煤电公司徐庄煤矿，同学们在矿上待了一个礼拜。

生产实习时间要长得多，大概是一个多月。有些内容与认识实习相仿，所不同的是还要听专业人士讲课，下井参加劳动，让学生全面深入细致地了解煤矿各个生产环节和工艺流程。生产实习也是以一个班为单位，我们班仍是刘老师带队，实习地为河北开滦矿务局唐山煤矿。

毕业实习是同学们根据自己的选题,到煤矿踏勘现场和实地收集资料,为做好毕业专题论文和设计做充分准备。两个班的同学混合分成若干组,每组五至七人,由指导老师带队到一个煤矿实习。我们组当时选择的研究课题是"煤矿'三下'采煤",实习地点在大屯煤电公司姚桥煤矿,我们在矿上招待所住了二十来天。

到了大四上学期,不少同学要考研,大家一下子又都紧张忙碌起来,学习抓得特别紧。上辅导班,自己复习,每天夜里都学到很晚,经常深更半夜才上床休息。

到了最后一学期,大家开始忙专题论文研究和毕业设计。最难的是毕业设计,最重要的是图要画得规范漂亮,这是决定成绩优劣的关键。因而大家成天趴在画架上精心构思和画图,请老师对专题论文研究的思路和内容进行具体详细的指导,一直忙活三四个月。

最后关口是毕业答辩。答辩时两个班合在一起,以小组为单位,逐一答辩,答辩老师包括指导老师和系里的其他老师,大约有六七位。同学们战战兢兢地上台,把图挂好,给评委老师讲自己专题论文和毕业设计的思路和结论。最好成绩为优秀,其次分别为良好、中等、及格和不及格。我的答辩成绩最终怎样,至今也已全然忘却。

四 业余生活

上大学时,正值人生的黄金年华。同学们风华正茂,青春洋溢,热情喷薄。学习时兢兢业业,活动时踊跃参与,休息时极尽玩乐,生活得有滋有味,尽情享受大学生活的多彩和美好。

上大学毕竟与中学不一样,大学生活可谓别开生面、丰富多彩。虽然学习任务也繁重,但还是没有中学抓得紧,同学们总是忙里偷闲,自娱自乐，在轻松愉悦中顺利度过大学四年的学习生活。

大学宿舍是筒子楼，从楼道这头一眼能望到那头，门挨门对，六人一屋。晚上或白天没课时，尤其是周日，不少同学待在宿舍里，或越廊串门找人聊天，下象棋。有的同学多才多艺，会拉小提琴、二胡，或吹口琴，有的有一副好嗓子，歌唱得很好，不时地在宿舍、楼道里和盥洗室吼唱。因而宿舍楼每天都是欢乐的海洋。

每天最热闹的当数下象棋，两位高手围绕楚河汉界拼杀。有时走错了要悔棋，对方死活不同意，把重走的棋子放回原处，或者将已吃掉的棋子重新拿走。走错方就耍赖，生生从对方手中把棋子再抢回来；实在抢不回来了，就作欲走不玩状，以威胁对方，对方为了能继续下棋，有时也只得妥协，让其悔棋。有时双方互不相让，闹得不欢而散。不少同学作壁上观，好像比棋手们还着急，大声地参谋支招，甚至反客为主，直接下手走棋，喧喧嚷嚷，热闹非常。

有的同学忙里偷闲，博览群书。看杂志，读报纸，有的甚至经常泡在图书馆里看小说，了解社会，拓宽人生视野，增长人世见识，为后来踏入社会打下坚实基础。

我们上学那会儿，主要的娱乐方式是体育活动。多数同学爱好长跑，有的晨跑，还有不少同学下午课后一起跑步，出学校北门沿通往市区的公路，一直跑过淮海战役纪念碑。也有喜欢打篮球的，那时学校有篮球场。后来游泳池竣工了，很多同学去游泳。

有些同学喜欢打排球，但体育馆未竣工，没有场地。有时下午下课后，同学们因陋就简，在宿舍楼前的空地上悬挂一张球网，也不划设边界，高高兴兴地打起了排球。

因为体育馆还没竣工，校体操队的同学只好在宿舍楼下的空地上苦练，那里有单双杠和鞍马。他们通常也是在下午训练。看着他们勇敢地做着各种高难度动作,我心里真是佩服至极,因为我觉得那很危险,确也有人不时受伤。而我在双杠上只能撑几下,单杠也只能拉几个,记得那时拉七个就及格,我很少能拉七个以上。

另一个让人高兴的娱乐方式是每周六晚上在露天电影场免费看场电影。临近毕业时,科学馆竣工,又改在那里放映,但得凭票观看。有时我们到辅导员才老师的宿舍看电视,他住在楼道的紧西头。中午和晚上的吃饭时间,学校的大喇叭便响起来,播放校内外新闻,还经常为同学们放流行歌曲,尤其是港台的流行歌曲,歌曲或荡气回肠,或婉约优美,听得大家心情格外舒畅。

学校组织大家参观过王杰烈士纪念馆。同学们几乎都自行参观过淮海战役纪念碑,到云龙湖公园去游玩,登云龙山,这是徐州最著名的风景区。

当时学校北面皆为旷阔平整的农田。西北角有一家简陋的焊条厂,厂北是一个很大的村庄,其周围也是农田。正西很远处,有一所工程兵学校。南门外是管道局。东墙外为著名的京沪铁路线。每日晚饭后,或周末节假日,同学们三三两两地去散步,多到校园外的北边和西边,去欣赏美丽的田园风光。那时周围的农田多栽种水稻,常常能听取蛙声一片。

20世纪80年代初,国人的着装还很单调,男人几乎都是布鞋,服装多为蓝色,国外有人戏称为"蓝蚂蚁"。少数人也有穿黑灰黄的。但我们毕竟是大学生了,同学们也格外注意着装起来。多数同学穿皮鞋和时兴衣裳,款式新颖,色彩多样。不少人穿上了夹克,有的还穿西装、白色筒裤或喇叭裤,时髦洋气,光鲜亮丽。个别女同学开始穿色彩鲜艳的连衣裙。再后来,部分活跃的同学还学起了跳舞,谈起了恋爱,学会了抽烟。

难忘的还有周日大清洗。大学与中学最大的不同，就是大学生在外地上大学，生活全是自理，采买补洗，全靠自己。周日是大家的生活准备期和大清洗日。买衣服鞋袜、牙膏、肥皂、洗衣粉和纸笔本，都是生活、学习必需品，大都是到市中心的人民商场或校内商店去购买。购物毕竟是偶尔为之，周日的重头活计是大清洗。同学们平日学习很忙，除了必须及时洗涤的内衣和湿透的运动服外，大都是把衣服尤其外套积攒到一块，待到周日再动手搓洗。

五 告别

毕业分配，决定同学们一生命运的时刻终于到了。系里专门召开毕业分配动员会，并给每人下发一张表格，上列具体的用人单位和接收名额分配，让大家填报志愿。

那年我们的运气真好，用人单位不是大专院校设计院研究所，就是国家机关或国有企业，而且多数单位都在大城市，仅北京就有好几个名额。有些同学考上了研究生，有几个优秀的同学毕业后留校工作。由于我考取母校北京研究生部的研究生，起初系里没把我列入待分配的学生名单内。后来我递交申请，放弃读研，才有了参加分配的资格。

那时是国家包分配，学生无须自找出路、自谋职业。而且那时大家都很单纯、很老实，根本不懂去托人找关系，自觉地服从组织分配。

有的同学竟主动将好单位让给别人，自己却到偏僻落后艰苦的煤矿去。在我们河南的几位同学中，就有同学亲自跟我说过，如果河南有学校研究所设计院的名额就让给我，他去煤矿。

我们班还有一位同学，主动写申请要求到偏远的新疆去工作，学校批准了他的请求。这位同学扎根边疆几十年，勤勉务实，业绩突出，职业生涯一路高歌，现在是我们三个班的同学中，为数不多的几位实职正厅级干部之一。

毕业分配结果一公布，有人欢喜有人愁。我们地采两个班五十余人，除了考上研究生和留校的同学外，有六人分配到北京，不少人分配到省会城市，但也有部分同学分配到艰苦的煤矿。我也如愿分到了北京，因而心里颇为高兴。

临分别的时候终于到了。平常大家睡在一个寝室，一块排队打饭，一起上课下课，一齐做实验外出实习，一同锻炼娱乐，四年的朝夕相处，彼此结下了深厚的情谊。

当然，同学们个性各异，爱好不同，为鸡毛蒜皮的小事闹别扭的也是屡见不鲜。吵过、骂过，甚至打过，但那都不过是风起处大海里的浪花、水上的浮沤。风平浪静之时，依然是浩瀚无垠、美丽无穷的大海。

因而一旦分别，真有点依依不舍，纷纷合影留念。全院毕业生合照，分班拍，一个宿舍的合影，好友一起拍照，毕业实习小组的一块照相。大家结伴去看望老师，说些感激栽培教育的话，与老师握手道别。

不知为何，系院均未举行毕业典礼，也没举办毕业晚会。但学校专门统一印制毕业纪念册，下发给每位毕业生。纪念册不大，蓝色塑料封皮。

同学们相互索要照片，再把照片粘贴在纪念册的纸张上，每张纸上贴一帧同学的照片。再恳请每位同学在贴其照片的那页纸的空白处写下一段话语，无非是些惜别感谢祝福的话。大家都希望彼此长相联系，莫失莫忘，关爱永记，友谊永存。临别之际，手中捧着纪念册，望着那一张张熟悉的脸庞，一言一行皆是美好回忆，一点一滴都是同窗情谊。

临别之前，自然是频繁聚会。一个宿舍的喝，同学和老师喝，老乡之间喝，好友之间喝。那年头儿，聚会也简单，好像校园内外根本没有饭店，我们几乎都是在自己的宿舍聚会。每位同学打一两份菜，彼此不重样，把宿舍大桌子摆放得满满当当。多是喝啤酒，一提提地往宿舍里拎。

老师辛勤挥洒汗水春风化雨之情，同学朝夕亲密相处四载同窗之谊，仿佛都沉浸在这一杯杯啤酒里。同学四年，一朝分别，自然有说不完的回忆，报不了的恩情，道不尽的友谊。同学们无以为报，只能以酒致谢。于是大家频频举杯，一醉方休，不醉不止，深情表达自己的感谢和祝福。啤酒虽然度数低，喝多了照样能醉人。不少同学喝得东倒西歪，有的醉倒在床上齁齁地睡大觉。

照罢相，叙罢情，喝过酒，道过别，托运完大件行李，拿到派遣证，同学们告别老师，告别同窗，告别曾经熟悉的美丽校园，恋恋不舍地拎背着随身携带的轻便行李，陆陆续续地返回家乡了。大家在家里休整一段时间以后，便奔赴祖国的四面八方，到工作单位去报到。从此山海远阔，萍飘蓬转，天各一方，遥相思念。

我们高兴、紧张、艰苦、美好的大学四年的学习生活就这样结束了。

2022 年 3 月 25 日

难忘的实习课

——我们的大学时代之三

大学四年，老师一共给我们安排了五次实习课。学校地处江苏省徐州市南郊区，依山傍坡而建，远离闹市，是我们日常的全部天地。在校园困圈得久了，只要离校外出，同学们犹如小鸟出笼一般，都高兴得什么似的。

老师为煤矿地质课组织了两次野外实习。一次是在离学校不远的徐州西部山区。当时我们地采专业共有两个班，即采八一一班和二班，我在采八一二班。那天由授课的陆老师带队，率领我们两个班的同学到山区察看地质构造，主要观察背斜、向斜形状和岩层节理什么的，还要找挖三叶虫标本。

出发的路上，车厢里一直人声鼎沸。有高兴得引吭高歌的，有不停地说笑逗乐的，有交头接耳窃窃私语的，不少人则目不转睛地欣赏着车窗外大自然美丽的春色。

到了山上，我们才发觉山不是很高，且山势平缓。爬上半山坡，大家自觉地围拢在陆老师面前，听他讲实习的任务和注意事项，他再三叮嘱同学们务必当心安全。之后便马放南山，同学们自由结合，三五一伙，或七八个一群，在大山里四处转悠起来。

同学们漫不经心地边走边聊，边瞪大双眼四处搜寻目标，用心仔细地寻找观察背斜、向斜和岩层的节理，认真辨别石块上是否有三叶虫标本。有时驻足扎堆闲聊，或登高望远，或望空回眸我们美丽的校园。不少同学则跟随着陆老师，不时地顺着他手指的方向，听他给我们详尽地分析和辨别。中午时分，大家在山坡上四散用餐，吃鸡蛋、啃凉馍、就咸菜。

吃罢简单的午餐，陆老师引领同学们顺便参观附近的安徽萧县皇藏峪。此峪原名"黄桑峪"，为躲避秦兵追捕，汉高祖高邦曾隐藏于此，故更名"皇藏峪"。这是喀斯特地形的石灰岩山地，多溶洞，很方便藏匿。游罢皇藏峪，我们就高高兴兴地乘车返回了学校。

另一次是远行，地采两个班的同学一起乘火车奔赴江苏省连云港市。那次实习是到云台山观看岩石和矿物，此山三面临海，原为海中岛屿，后演化为陆地。记得老师讲过，山上的岩石主要为片麻岩，是岩浆岩的变质岩，和泰山的岩石一样，主要矿物为石英、长石、角闪石、云母等。带队老师当时拿着小锤，敲凿下小石块让我们仔细观看。

我们还顺路游观了花果山，到了孙悟空的老巢——水帘洞。无论我们怎么看，也不像《西游记》里描绘的天下闻名的花果山和令人神往的水帘洞。山极普通，全没有高峻雄奇之象；洞亦平常，毫无神秘幽深之感。但不管怎样，我们毕竟到过花果山，还平生第一次看到了烟波浩渺的大海，参观了美丽的海滨浴场，游览了市政府所在地热闹的新浦市，心里还是挺高兴的。

专业实习一共有三次，即认识实习、生产实习和毕业实习。

我们是在大二时开展认识实习的，似乎是在夏季，天气闷热。当时以班为单位，我们班的实习地为大屯煤电公司徐庄煤矿，我们在那里待了一个星期。

在徐庄矿下井的经历,是我终生难以忘记的,那是我第一次下井。我们乘坐罐笼下到数百米的地下,只见井下巷道黑沉沉的,只靠矿灯一柱微弱的灯光照明。我们在如迷宫般的巷道里深一脚浅一脚地行走,爬坡下坡,七弯八拐。先看了一个掘进工作面,又跟着矿上的干部晕头转向地走了老半天,去参观采煤工作面。

只见巷道里摆放着各种设备和材料,悬挂着很多管线,将巷道挤塞得狭窄难行,只有一个窄小的缝隙供人行走。我们侧着身子勉强才能挤过去,小心翼翼地翻过横跨在皮带上的桥梯,艰难地进入高档普采工作面。

工作面斜长有100多米,倾角20多度,用平行于工作面的几排单体液压支柱支护,支柱林立。为迎接我们参观,工作面已经停歇下来,矿工们或站或坐地在休息。在矿工们目光的簇拥中,我们沿着紧挨工作面的两排支柱之间的狭小的通道,弓着腰,用手攀扶着支柱一步一步地往上爬。

看着头顶上悬空的巨大顶板,耳边不时传来咔嚓咔嚓的响声,仿佛单薄的支柱难以支撑顶板,随时都会垮塌下来,真是令人毛骨悚然。我们一路气喘吁吁、磕磕绊绊地往上爬,走到工作面的上端头时,已是腰酸腿疼,大汗淋漓。

当参观完毕,我们拖着疲惫不堪的双腿走到井底车场升井时,在罐笼里,同学们见我一脸汗水,不无揶揄地说:"博潇吓得脑门直冒汗。"多年以后,同学们聚会时,仍有同学打趣我说,你第一次下井吓得脑门直淌汗!其实是我本身爱出汗。

升井后,当走出罐笼,看着蓝天白云,沐浴灿烂阳光,呼吸清新空气的时候,我们才真正体会到煤炭开采的不易和矿工们的艰辛,采煤无疑是世界上最艰苦的职业。我们只是在井下走马观花地走了一个多小时，竟累得筋疲力尽，而矿工们要在井下劳动八个小时以上，加上下井升井，在井下要待十个多小时，艰苦劳累的程度可想而知。想到毕业后每天要在井下劳动，真是令人不寒而栗。

我们的生产实习是在河北唐山煤矿进行的。1984年春天的一个夜晚，我们两个班六十名同学从徐州火车站上车，到河北开滦矿务局去实习，我们二班到唐山煤矿，一班的同学到范各庄煤矿。因车上人多，没有座位，我们硬是在车厢走道里熬了一夜，实在太累了，就或蹲或坐一会儿。

到了唐山，我们发现煤矿竟然建在市区，而且我们住的招待所，以及矿上高大的井架，居然能在地动山摇的大地震中劫后余生，安然无恙。而在唐山市区，仍然能看到地震后的一片片废墟，墙倒楼塌，瓦砾成堆，一片狼藉，不忍触目。

唐山煤矿建于1878年，已开采一百余年，是我国第一个用机械化建井、西法开采的井工煤矿。建井时高薪聘请英国矿师和工匠给予指导，并进口国外钻机，井壁用料石砌就，两个井口均为德国式井架。

我们在唐山矿待了一个多月。请矿上领导介绍煤矿概况，听专业人士讲课，与他们面对面地座谈交流，参观地面生产生活设施。接着下井劳动一周，与工人同上同下，先跟着采煤队干三天，另外几天和掘进队待在一起。

跟班劳动时最为辛苦和劳累。全班29名同学，两三人一组，分到若干采煤班和掘进班。早上6点就集合点名，之后到澡堂换上工作服，头戴矿灯，腰别自救器，带上早餐饭盒下井。但唐山矿毕竟是座百年老矿，年深日久，矿井系统复杂，提升环节多，井深巷远。

坐罐笼，乘井下人车，到掌子面得一个多小时。

工人们对我们很关心、很照顾，让我们干一些轻省活计，无非是打打下手而已。我们边学边干，帮助攉煤或装矸石。累了就偷懒，坐在巷道里休息，有时居然睡着了，完全是熬时间，巴望着早些挨到下午3点，然后高高兴兴地升井、洗澡、吃饭。

闲暇之时，大家待在招待所的房间里闲聊，象棋高手们则围绕楚河汉界厮杀。我们经常看矿工们打篮球，有时我们班上的篮球好手也与他们进行友谊赛。据说在一班，有个别同学还在矿上谈起了恋爱，结果自是无功而返，毕竟时间太短，何况煤矿几乎是男性社会，女性很少，选择的余地本就不大。几十名同学待在一起，每天无比热闹快乐，不知不觉间，我们在矿上的生产实习课就结束了。

返程时，大家自由结伴搭伙，或到北京，或到天津去游玩。我则跟着部分同学到了天津，看劝业场，逛水上公园，在天津玩了大半天。这是我第一次到大城市，心里自然欢喜不已。也有的同学早在实习之前，先到北京玩了两天，再赶到矿上与大家汇合。

毕业实习时，我们地采两个班的同学混合分成若干组，每组五至七人，由指导老师带领每组同学到一个煤矿实习。我们组六人，我们二班四人，一班两人。当时我们组选择的专题论文是"煤矿'三下'采煤"。每人又各有侧重，有选城市下采煤的，有选铁路下的，还有选水下的，我选的是村庄下采煤。

我们组实习地点为大屯煤电公司姚桥煤矿，在矿招待所住二十来天。搜集资料，到采煤可能波及的村庄查看村民被损坏的房屋，并实地踏勘测量，获得第一手数据资料。还下井到采煤工作面，观看采后顶板冒落塌陷情况。边搜集、边整理，直至估摸着测量的数据和收集的资料已经齐备，完全能满足专题论文研究和毕业设计的需要为止。

  毕业实习最为枯燥无味。因为专题论文和毕业设计成绩如何，事关毕业分配，关系到大家的前途和命运。最终能否分到满意的单位，关键在此一举。时间紧，任务重，大家都很用心，恨不得一天当两天用，整日价很忙活，彼此很少能聚在一起闲聊。

  从实习的煤矿陆续回到学校之后，同学们立马投入紧张的专题论文研究和毕业设计之中了。经过三个多月紧张忙碌的准备之后，同学们也都顺利地通过了毕业答辩，携带着到工作单位报到的派遣证，不久就离开母校返回了家乡。

2022 年 4 月 15 日

鞍山之忆

1985年9月，单位安排我和小曾奔赴辽宁鞍山市，到黑色冶金矿山设计研究院去实习。

那时鞍山是我国最大的钢铁企业鞍钢的所在地，还有两家冶金部的研究院，在冶金行业具有举足轻重的地位。

我们在鞍山待了三四个月，住在离研究院很近的一家旅社里。记得研究院大楼坐落在广场边上，我们住的旅社在广场的另一侧，每天来回都要穿越广场。广场不大，当中是草坪，干净漂亮。

我们实际是在挂靠研究院的矿山技术经济研究会实习，跟着一位老专家学习建设项目经济评价的方法。听说是我们国家刚从国外引进的先进科学的方法，当时正处在消化吸收阶段。

我现在已记不清那位老专家的姓名了。只记得他当时大概已有五十多岁，中等个，身材较胖，满头银发，敦厚和蔼，对我们很关心、很照顾。特别是工作极其认真负责，几乎是手把手地教我们。在他不厌其烦、耐心细致的指导和帮助下，我们初步掌握了经济评价的基本原理和方法。他还抽空带领我们到鞍钢去参观，亲自给我们介绍炼钢的主要技术和工艺流程。

在鞍山实习期间，难以忘记的，还有一高一矮两位女孩，现在也想不起叫什么名字了。

高个女孩很瘦，经常穿一身红衣裳，艳红的上衣，酱红的裤子。她家住鞍山市区，男朋友还在中国科大读书，每天和我们在一起上班。我们初来乍到，是她引领我们从图书室到食堂，一一告知我们如何借阅、归还图书，怎样购买饭票，何时排队打饭。她还经常帮我们寻找报刊资料，介绍鞍山市主要风景名胜和风俗风情。总之，她是我们在鞍山实习和生活游玩的好帮手。

她为人很大气，把她新购置的小型收录机借给我们，让我们打发业余枯燥无聊的时间。这玩意儿在当时很贵重，一部大概得上百块钱。

我们住的是有三张床位的普通间。有一天夜里，房间住进一个大个子中年人。第二天早上，小曾上班时把收录机锁在床头柜里，下午下班回来，收录机不翼而飞，小曾翻找老半天，也未能找到。再仔细一看，床头柜后面的薄板已被人撬开，显然是让那家伙盗走了。我们报了警，但警察也毫无办法。小曾便提出照价赔偿，被高个女孩婉言谢绝了。

矮个女孩来自内蒙古包头市，衣着朴素，温和诚实，供职于焦耐设计研究院。两个研究院在一座大院内办公，且从一个大门洞出入。那时她还没有男朋友，住在单位的集体宿舍。她曾多次邀请我们俩到她宿舍小聚，高个女孩有时也参加。

她通常是领着我们到单位食堂买几个菜，再买几瓶啤酒，摆满她那小小的书桌，我们几个人围桌而坐，热热闹闹地小聚起来。大家手执塑料杯，频频举杯同饮，边喝边聊，海阔天空，无话不谈，在不知不觉中欢快地度过周末。

有时她俩还亲自掌勺，烹炒她们的拿手菜，我和小曾择菜、端菜、摆桌椅、打下手。有时我和小曾自觉到旅社附近的集贸市场采买鱼肉和青菜，拿给她们烹制聚会的菜肴。我们不能光蹭饭，老吃白食，也总得表达一点心意吧。

那年国庆，她们还放弃休息，抽空陪我们游览鞍山名胜千山。那天我们游玩观光了哪些著名景点已全然忘却，只记得山势峻峭，寺庙古雅，风光旖旎。我们在山上参观欣赏了一天，回到旅社时已近黄昏。

幸福快乐的时光总是短暂的，三个多月的实习生活一晃而过。在我们快要离开鞍山回京之前，她们又邀请我们俩小聚一次，也算是分离时的话别吧。记忆中那次我们都喝了不少啤酒，我们俩举杯向她们致谢，她们俩一再约请我们再去鞍山，言谈之中有不尽的不舍和留恋。

记得我们回京的那天晚上，刚下过一场大雪，银装素裹的鞍山更加漂亮。在白雪皑皑中，老专家和我们一道，乘坐火车缓缓离开了鞍山。他是到北京出差，顺便把我们俩送回北京。

那时我们刚离开校园参加工作，还是不谙世事、呆头呆脑的傻小子。分别时居然没有找他们要联系方式和地址，也从未再和他们联系，从此音信杳无。而今想来，真是愧悔不已。

时间如白驹过隙，转眼已过去了三十七年。我时常想起鞍山，想起老专家、高个和矮个女孩，想起他们陪我们度过的那些快乐的日子，真的是非常感激他们。不知老专家境况如何，也不知两位女孩现在何地工作，她们应该已经退休，至少也快退休了吧。

2022 年 4 月 22 日

大学趣事

——我们的大学时代之四

大学生活紧张忙碌，劳累寒苦，有时也很快活和有趣。数千名朝气蓬勃的青年拥挤在一个校园里，自然滋生很多耐人寻味的趣事来。

周末节假日，学子欢悦时。时间由自己支配，可以睡懒觉，或外出散步，逛街游玩，也可以下象棋，打篮球、排球，更开心的是可以看场免费的电影。

那时学校有一个露天电影场，建在山势平缓的二龙山东山坡。几乎每个周末都免费放电影，是我们当时主要的娱乐活动。放映室在坡上，白色的宽银幕在坡下，中间是一排排长长的水泥砖头垒砌的座位，呈绝佳的阶梯状，宛若天成，观看效果极佳。电影场三面是石壁，座位与石壁之间有通道，座位中间纵横着若干走道，进出场极为方便。

我们在那里看了很多电影。《人证》《追捕》《少林寺》和《高山下的花环》等电影印象特别深刻。我就是在那时知道了日本影星山口百惠和高仓健，记住了《草帽歌》，这是我最喜爱的歌曲之一。记得放映《少林寺》的时候，全场座无虚席，周围的墙上、树上都坐满了人，盛况空前。尤其是观看《高山下的花环》时，几乎所有的观众都被感动得流下了眼泪。

最后一年，科学馆建成投用，成了新的放映电影的所在地，露天电影场自然弃用，但到科学馆看电影得凭票，我好像很少再去看电影。

有时我们看电视，以看武侠剧者居多。那时候，有些教职工家里以及学校建筑队——某基建工程兵部队有电视。周末的夜晚，有时大家就拥挤在辅导员才老师的屋里，兴致勃勃地看武侠剧，我也喜欢凑热闹，好像看过《射雕英雄传》。才老师只住一间小屋，在我们那一层走廊紧西头的南面。但是观看女排和奥运会比赛时，由于人太多，才老师屋里挤不下，大家只好动手把电视搬到走廊的尽头。

令人难忘的是，1984年奥运会女排冠军争夺战，中国女排对美国女排那场比赛。电视机前挤满了同学，黑压压一大片，后面的同学都站在椅子上看。

美国女排实力强大，尤其是七号海曼，扣球杀伤力极大，几乎百扣百中，给中国队造成极大威胁。无奈之下，中国队只好加强拦网，封堵海曼的扣球。这一招果奏奇效，再加上郎平扣球成功率也很高，中国队最终艰难地以3∶0战胜了美国队，一举夺得金牌，实现史无前例的"三连冠"。

在比赛过程中，同学们不断地拼命高呼："女排加油！郎平加油！"每当中国队输一个球时，大家都齐声"唉呀"地惋惜；赢一个漂亮球时，就使劲拍手大声叫好，加油呐喊声震天动地。"铁榔头"也不负众望，为中国队夺冠立下汗马功劳。

1984年暑假，为全力备战考研，不少同学没有回家，我也待在学校成天用功复习。徐州夏季天气闷热，宿舍又没有电扇，夜晚躺在床上难以入睡。有的同学只好睡在宿舍的大桌子上，还有的干脆把宿舍的铁椅子排成一长溜，蜷缩在铁椅上睡觉，虽然所有的窗户和房门大开，依然热得不行。那时我们白天苦学，有时晚上观看武侠剧。因为天气燠热难熬，部队的官兵们把电视搬到宿舍楼下旷阔的空地上，我们也趁便从旁观看。

节日聚会很热闹。学校里发餐券，饭菜凭票供应，还有白酒和啤酒。通常是一个宿舍的聚会，大伙一块商量，都买哪些菜，谁谁谁负责买什么。每位同学打一两份菜，彼此不重样，把宿舍大桌子摆放得满满当当。多是喝啤酒，一提提地往宿舍里拎。人逢节日精神爽，大家异常兴奋，频频举杯，开怀畅饮，气氛热烈。

节日时学校还举办晚会。记得有一次晚会，有位同学负责拉幕，他很长时间找不到幕边，惹得大伙哄堂大笑。晚会节目丰富多彩，趣味无穷，吹拉弹唱，快相舞诵，应有尽有。甚至还有原创节目，同学们自编自导自演，居然备受欢迎。地采八一一班有位同学表演的西班牙斗牛士舞蹈，十分滑稽有趣。

记得是大三上学期一个初冬的凌晨，同学们都还在甜美的梦乡中，校园突然发生地震，楼房、床铺、桌子、椅子摇晃得厉害。迷迷糊糊中，听到有的同学大叫："地震了！地震了！赶紧跑！"于是大家吓得魂飞魄散，慌急之中，人不及衣，拼命往外跑。各个宿舍楼前的空地上都站满了人群，有的居然只穿着裤头跑了下来。事后听说，徐州某大学的一名学生竟然在地震时奋不顾身地从二楼跳了下去，摔成重伤。

有一天深夜，我在睡梦中被一阵哄闹声惊醒。睡眼惺忪中，我以为天亮了，急忙穿衣蹬鞋去跑步。路上看见不少同学端着洗脸盆往外跑，一问方知，原来是学校实验室失了火，好在大火已被扑灭，我和同学们一起返回宿舍再蒙头睡大觉。

我们宿舍有位同学是文学爱好者，曾一度梦想当一名作家。他经常看文学书，还撰写过小说。记得他把小说誊写在绿方格的稿纸上，字体工工整整，往杂志社投稿，好像连投两次，不久全都被退了回来。

另一位同学对文学简直到了痴迷的程度，课余几乎是在图书馆里看文学作品中度过的。他也创作了小说，也投过稿，也未被采用过。他还利用假期自费到南京、上海转了一圈。有的同学私下告诉我，他其实是到电影制片厂商谈合作拍片事宜，不久前我打电话追问他，他却矢口否认。

还有一位同学也特别喜欢看小说，看图书馆里的书不过瘾，竟勒紧裤腰带自掏腰包买书看。据说来自农村的他，为了尽可能不再找家里要钱，有时舍不得买菜，只啃两个馒头充饥。

我们班有位同学来自县城，父母都是教师，家境殷实。他英俊潇洒，衣着时髦，光鲜耀眼，英姿勃发，是女同学眼中十足的男神。不过那时他已有女朋友，女孩身材高挑，容貌秀丽，他们俩真是天造地设的一对。他还经常把女朋友带到宿舍，手挽手地出双入对，引来无数青春男子羡慕的目光。

那时不少同学春心萌动，荷尔蒙沸涌，纷纷交起了女朋友。一时间，尤其是快毕业的时候，校园里谈恋爱蔚然成风。学生宿舍内，上下课的路上，大食堂里的餐桌边，周末看电影时，你总会看到很多男女同学成双成对的身影。就连我们宿舍也开始有女同学光临。有的同学被学校附近村庄的村民看上了，竟以自己的千金相许，他们也颇热恋了一阵子，不知何故后来不了了之。不过那时的热恋男女，只是牵手、攀肩、搂腰，还没人敢公开搂抱拥吻。

有的热恋男女如饥似渴，实在打熬不住，又苦于找不到合适的处所，只得冒险蛮干，竟然在办公楼里急不可耐地偷吃禁果，不承想东窗事发，被人偶然撞见，当即报告了学校。结果双方均受到严惩，被学校开除。

在阶梯教室上大课时，因为教室太大，能坐两三百人，坐在后面看不清、听不见。每次在上课之前，同学们纷纷快速走入教室占座，有的甚至是一路小跑。快上课了，许多座位仍然空着，却摆放着书本和书包。有的是帮好友，有的是帮恋人，一双双男女结伴入座，他们的关系也就不言而喻。

后来西风美雨俱来，港台风更是席卷全国。校园里也突然洋气起来，已有人穿西装皮鞋、打领带，或穿白色筒裤和喇叭裤，架着太阳镜，看上去的确很酷，青春洋溢。不少同学喜欢跳舞，我们系也有的同学赶时髦想学跳舞，甚至有同学想牵头组织大家练习跳，却遭到系领导的坚决反对，只得作罢。

最热闹的是一年一度的校运会。一般都是在金秋佳日举行，那时秋高气爽，最适宜举办赛事。操场上彩旗飘扬，站台上人山人海，加油声山呼海啸，广播声响彻校园。最刺激最过瘾的当数100米或400米接力，同学们拼命地高喊"加油！加油！"，选手们也拼尽全力地奔跑，眼看最后一棒选手们快冲到终点线的时候，大家拼命鼓掌呐喊为他们叫好。

大食堂也曾爆发轩然大波。食堂的师傅打饭菜时难免不均，有时也可能是故意为之，随心而欲，有的盛得多，有的给得少。盛得多的同学高兴，给少了的就发牢骚，甚至骂师傅。师傅岂是好惹的，立即手持饭铲或饭勺气势汹汹地跑将出来要打学生，双方虽被及时拉开，但仍不依不饶，相互对骂。

有段时间，不少学生对食堂饭菜不满意，纷纷向系校领导反映。

学校也多次开会协调，确实想了很多办法，食堂饭菜却未有大的改进。见屡次反映无果，有的同学居然写大字报，张贴在食堂大门口，借以表达自己的愤怒和不满。还有的同学，竟然在宿舍窗户外垂挂巨型白色布条幅，上面大书鲁迅先生的名言："沉默呵，沉默呵！不在沉默中爆发，就在沉默中灭亡！"以示愤怒。

我们宿舍楼也发生一件令人不愉快的事。有位同学在窗户外的衣架上晾晒衣服，可能是没把水拧干净，湿淋淋的衣服不住地往下滴水，恰巧滴落到体育班的一个宿舍里。他们就跑上楼来找他理论，也许是那位同学口音重，表达不清，他们理解错了，产生了误会。仗着他们人高马大，腰腿粗壮，就动手打了那位同学。这一下惹怒了我们两个班的同学，数十名同学自发聚集排成长队，浩浩荡荡地行走在校园内游行示威，强烈要求学校处分打人者。结果是以那位同学主动找到老师，表示愿意原谅他们而告终。

每天中午、傍晚同学们用餐时，校园里的大喇叭就会准时响起来，校广播站播放校内外新闻，主要是通讯员采写的新闻稿件，多是班级活动和体育比赛新闻，也会播放一些流行歌曲。那时每个班都有一两名通讯员，担任提供新闻稿件的任务。

我记得很清楚的是，有几个星期，在每周日的上午，广播里老是播放三毛作词的歌曲《橄榄树》，那"不要问我从哪里来，我的故乡在远方"直唱得我们心里有些凄凉，毕竟那时我们还都年轻，不时会想念家乡和亲人。那优美的歌曲至今仿佛还在我的耳边回荡。

2022 年 5 月 15 日

和平里与和平街

我与北京和平里、和平街似乎特别有缘。职业生涯从这里开始后,直至退休,我的人生足迹似乎始终没有离开过此地。

和平里、和平街是北京的两个行政街道,分属东城区和朝阳区,又是两个紧密相邻的大街区。本文所讲的是后者,即南至北二环、北到北三环、西达安外大街、东抵地铁十三号线之间的所有区域。从西往东,大致以兴化路、青年沟路、和平里东街、和平里北街为界,假如沿此四条马路画条连续线,则线之西、南为和平里,东、北为和平街。亦可简而言之,属于东城区的为和平里,隶属朝阳区的是和平街。

两区好像孪生兄弟,很难辨认清楚。地名仅一字之差,小区编号也是紧密相连,一至九区属和平里,十到十四区归和平街,分界线又曲曲弯弯。以致在两区生活一辈子的居民,对有的小区和楼房究竟属于哪个区,也是茫然。

和平里比和平街名声大得多,以致很多人把和平街视作和平里,不知道有和平街,习惯把这一片都叫和平里。也无怪其然,因为和平里不仅比和平街面积大很多,是国家机关重地,还有众多名楼、大公园、大商场、大俱乐部、大体育场(地坛体育场)、中小学和"九区一号"、化工大院等以及有名的小区都在此区，很多公交线路的终点站也是和平里，还有和平里医院、和平里火车站。而和平街只有建筑科学院、计量科学院和煤炭研究总院等几家部委所属科研机构，其他楼房皆为普通的住宅区。

据说在20世纪50年代，这一带是北京的北郊区，为一大片荒地，青年沟还是一条大水沟。1952年，"亚太和平会议"在北京隆重召开，和平里街道正是为纪念此次大会而命名的。

和平里地区十分特别。一块不大的地方，最多时有五个国家部委——交通部、化工部、煤炭部、农牧渔业部（后为林业部所在地）、劳动人事部（后一分为二，即劳动部和人事部）相继落户于此。之后这些部委分分合合，有的迁离此地，有的被撤销，还有的改换了名称。就是现在，仍有应急部、劳动保障部、国家矿山局和国家林草局在此办公。还有煤矿文工团、东方歌舞团、中央乐团等文艺团体，以及核工业地质总局、化工规划院等很多国家机关所属企事业单位，这在北京并不多见。后来，东方歌舞团搬往别处，中央乐团也迁到和平街十区。

和平里的区标为和平鸽雕塑，早先矗立在和平里北街、和平西街交叉口的街心公园。后公园被拆除，雕塑迁至地铁五号线和平里北街站的东北侧出入口。

我初到北京时，两区多为苏式筒子楼和二至六层的简易楼。棚户区（低矮简陋的平房区）很少，主要位于地坛东、西门，以及和平里东街区南面一带。筒子楼和简易楼多是平顶或斜坡楼顶，砖混结构，水泥柱梁，红色或灰色砖墙，墙体厚实，冬暖夏凉。相传在新中国成立初期，此地是北京乃至世界上最大的居民社区，也是一个典型的"行政+生活"区。

和平里有很多著名的楼宇，如"赫鲁晓夫楼"、"百灵寺"、"九百家"（军工家属院）、"砖角楼"等。最负盛名的是"战犯楼"和"资本楼"。杜聿明、廖耀湘、王耀武、范汉杰等第一批"特赦"的前国民党高官都曾在"战犯楼"里居住过。"资本楼"里则住着不少各行各业的社会名流，但没有一户资本家，不知何故名之。

大学毕业后，我在北京一家研究总院工作，隶属国家某部门，地处和平街十三区。单位很大，管辖京内外很多研究所或中心。单位有一个大院，方方正正，四周是高墙或楼房，院内有东西南北四条宽阔的道路，合围成一个方形，绕一圈约有六七百米。

进入大门，迎面是总院机关大楼。红色砖墙，中间六层，东西两边均为五层，楼前是个不大的广场。最醒目的是楼前东西向的道路上，挺立着一排合抱粗的白杨树，树梢高逾楼顶。大院内有好几栋办公楼，我在最北边的一栋二层小楼里办公，小楼东面有单杠和双杠。我每天早晨到院里跑几圈，之后再拉单杠，撑双杠，一直坚持很多年。

大院中间是工厂车间，其他几栋楼和食堂、大礼堂在东面。大礼堂是平时开大会、演出或放映电影之所在。单位还有医务室、幼儿园和澡堂，是典型的单位办社会。

记得有一年国庆，单位在大礼堂搞文艺汇演，每个单位都要出一两个节目。我们研究所是小单位，只有二十多人，年轻人又少，所长一声令下，所有年轻人都得上台。我这个五音不全的人也被赶鸭子上架，滥竽充数。我们表演的节目是大合唱，好像唱的是《弹起我心爱的土琵琶》，记得还邀请煤矿文工团的专业人士进行指导，同事们在一起苦练了很长时间。正式登场时，我自知唱歌跑调，心虚胆怯，为避免添乱出丑，只是跟着大家低声吟唱。

汇演是在下午进行的。最轰动的是著名歌唱家董文华莅临现场表演,她唱了两首当时红遍大江南北的歌曲《十五的月亮》和《血染的风采》。大礼堂内座无虚席,后面走道里也站满了人,掌声雷动,山呼海啸。

单位有东、西、南三处家属院。东、西家属院在大院两侧,东家属院有三栋高楼,两塔一板,是比较新的住宅楼,皆为苏式大板房,即大楼主体结构是用混凝土预制板组合焊接面成的,相比20世纪五六十年代,建筑技术又有很大提高。

单身宿舍在西家属院,与单位一墙之隔。院内有数栋家属楼,都是新中国成立初期的建筑,均为坡顶或平顶的红砖墙,楼高四至六层不等。单身宿舍的筒子楼为"U"字形,横在第二、三排楼之间的东头,坐东朝西,平顶红砖墙,楼高四层,楼后即是单位大院。

西家属院和单位大门之间有一个小院,是单位的幼儿园,全院职工的小孩子都在那里入托,我儿子也在此待了几年,接送甚为方便。

单位门前是青年沟东路,路不宽,只有双向两车道。但很长,东面是和平里火车站,这是一座小型货运站,主要运输木材等建筑材料。往西穿过和平里东街、和平西街与兴化路三条街,可直达安定门外大街。

单位往北直到北三环,是和平街十二区。十二区北面是北三环,那时三环外很多地方还是农田。

单位西家属院之北,临街有一家简陋的小饭馆,早餐卖的豆浆、油条、油饼特别好,我经常在那里用早餐。如今这家饭馆还在,只是小店几易其主,饭馆的名称也几经变换,现在名叫"巫山烤鱼"。

饭馆北边是和平街商场,为单层楼,里面阔大,营业面积不小,主营日用百货。现在商场临街(西面)改成几家餐馆和小卖部,后面改为一家小旅馆。

　　商场北边是私立精诚文化学校。有两年，每逢周末，我儿子到那里上英语课外辅导班。有位宋老师教学有方，我儿子受益匪浅，从此英语打下坚实的基础，到高中乃至大学时，他英语成绩一直很好。

　　单位南面为和平街十四区。十四区东边有所小学，名为"和平街四小"，坐落在单位东家属院对过的胡同里，我儿子在那里读了两年小学。紧挨小学校的南边有几栋家属楼，为单位南家属院，是单位的高干住宅区，院领导都住在那里。

　　十四区西南有两家小饭店，都在和平里东街与北街交叉口的东北把角，而且相距不过百米，颇受居民欢迎。

　　一家是馄饨侯。专卖馄饨，兼营包子等小吃，几十年来基本没变，只是店堂装潢过几次。刚到北京时，我时常光顾这家小店。馄饨个大，皮薄馅多，汤中有紫菜和虾米，清香可口，便宜又实惠，因而顾客很多，常需排队。前两年我又去过一次，味道依然，但顾客不是很多。一家饭店单一经营馄饨几十年，实在是很不简单。

　　另一家是十四区餐馆。此馆经营炒菜、米饭，兼卖啤酒和低价白酒。价廉味美，经常是顾客盈门。单位食堂周日只有两顿饭，我偶尔会在周末到小店改善生活，常点个鱼香肉丝或木须肉、麻婆豆腐什么的，再要一瓶冰镇"燕京"啤酒，美美地饱餐一顿。几年前，我又去过一次小店，格局也未变，只是现在经营的是烤鱼。

　　单位西家属院紧挨和平里东街。这是两区当时的主干道，马路很宽，双向四车道，两旁还有很宽的自行车道，从北二环直通北三环，马路两旁耸立着高高的白杨树。街北口是北三环，那时还没有和平东桥，只有一个阔大的十字路口。

　　和平街十二、十三区西面是和平街十区，中间隔着和平里东街和街心公园。公园为长条形，紧挨和平里东街西侧，现在名为"乐雅园"。后来在园中修建了一块乒乓球活动场地，摆放了很多乒乓球案，那里成了中老年活动中心，每天都有很多人在那里打乒乓球，喝彩声、叫好声成天不断。

公园西边是和平街十区，公园、十区之间有条小马路。十区东面的一排楼下，是各种商店和小卖部，还有新华书店和邮电所，与单位西家属院一路之隔，买书和寄信发电报都非常方便。

中央乐团在和平街十区紧东边，靠近街心公园。我儿子小的时候，爱弹电子琴，一到周末，我和爱人就陪同他到中央乐团后面的一座小楼里上课。他和一帮小朋友们跟随中央乐团的老师学电子琴。儿子勤学苦练，弹得很好，顺利地拿到了电子琴九级证书。

中央乐团办公大楼南面，还有一栋单独的两层小楼，最初装修成饭店，叫"爱乐餐厅"，颇火过一阵子，我们在京的大学同学还曾在那里聚过几次。现在改头换面，成了一家快捷酒店。

和平街十区西边是十一区，再往西是和平西街，与和平里东街东西遥遥相望。当时和平西街是一条不宽的小街，两边都是些小商店。

在和平里东街与青年沟东路路口的西南角，即单位西家属院的斜对角，有一栋四层的红砖大楼，原是青年沟商场，销售日用杂货。从商场南边的小道往里走，可抵达和平里有名的小学——和平里九小。后大楼内外重新装修，改成了中国建设银行的营业部。

和平里地坛小学也不错，在和平里九区，位于兴化路西边。后来我儿子从和平街四小转到该校，班主任郑老师很喜欢他。儿子竞选当了大队长，上衣别着白色臂章，上面印着鲜红的三道杠，他洋洋自得了好一阵子。

和平里中街有一家很有名的商场——和平商业大厦，规模比较大，是两区最大的商场，有时周末我到那里去闲逛，选购服装鞋帽。

其西边即是地坛公园。园内最有名的景点是方泽坛，还有很多参天古树，是周末遛弯的好去处。尤其是公园东北角有一方小水池，春天里面有小蝌蚪，冬季水面结冰，为天然的小小滑冰场。周末的时候，我时常骑车带儿子到那里去玩耍。

1985年，公园开始举办春节庙会，我们家几乎每年都要去逛庙会。儿子小的时候，我把儿子架在脖子上，扛着他在公园里转半天，品尝老北京的小吃，观看演出，给儿子买个小玩意儿，全家合玩一些游戏项目，快乐之至。

和平街十四区南面是和平里东街街区。那里有两区最好的小学——和平里四小，还有东城区有名的初高中——一七一中学。虽不属同一行政区管辖，但我们单位不少职工的孩子也在那里上小学和中学。

在和平里东街区南头，和平里东街的路东，矗立着高大的第五俱乐部，是当时两区最大的俱乐部，有时我和同学、同事结伴前去看电影。

我常和大学同学小寇一块去第五俱乐部看电影。买过票，开演之前，我们俩就去散步，沿着和平里东街，一路往南溜达到北二环的护城河。边走边聊，无话不谈。单位趣事，同事轶闻，同学近况，聊起来津津有味。

他和我聊过大学同学小张的家事。说他小两口经常干架。有一回，他爱人一生气，把他家的自行车扔到了北二环的护城河里。后来，小张同学举家到美国定居，前两年不幸因病去世。而小寇也早在2000年5月永远离开了我们。

那时两区大都是楼房，真正是"楼上楼下，电灯电话"，是我在农村时向往已久的生活。小区四方四正，里面水泥或柏油小路纵横交错。小区之间道路宽广，整齐清洁。楼有"三气"（电气、煤气和暖气），居住舒服；路有"三道"（机动车道、自行车道和人行道），出行方便，是当时北京相当好的住宅区。

两区内有医院、电影院、书店、照相馆和邮电所，有公园和体育场，还有三四家商场和两家澡堂，几所小学和初高中。有很多公交线路，四通八达。104路快慢车直达北京站，并经过王府井大街。116路公交车可抵达天坛公园，路过协和医院、东单和同仁医院。13路公交车可到北海公园和玉渊潭公园。另外还有119路、108路两趟公交线。

两区附近有安贞和中日友好两大医院，又有化工学院（后更名化工大学）、中医学院（后改为中医药大学）、服装学院、金融学院和外贸学院（后两所大学现合并为对外经常贸易大学）五所大学，还有青年湖、柳荫两大公园。儿子小的时候，特别喜欢划船，周末我和爱人经常骑车带他到青年湖公园去游玩，每次他都嚷嚷要划船，而且非要自己蹬踏板不可，当船在湖中自由自在地滑行时，他就高兴得什么似的。

两区地理位置绝佳。地处北二、三环之间，而北京众多的名胜古迹，如长城、香山、植物园、明十三陵、黑龙潭等都在城北的山区中，在这里居住外出旅游真是方便快捷。刚到北京时，周末我经常骑车外出游逛。骑车一小时可到王府井，骑到香山和植物园也就两个小时。

那时的两区，干净、整洁、清静、舒服、方便，又是人文荟萃之地，笑谈皆鸿儒，往来少白丁。如果把北京的街道拟人化，和平里与和平街就是温文儒雅赅博精深的绅士，品行高洁，雅人深致，看着悦目，居住舒服，感觉清爽。真是在家只觉很平常，出差顿感北京好。

到了20世纪90年代，两区街市有了明显的变化。摆摊搭篷的骤然增多，修自行车的，卖菜的，掌鞋的，售大兴西瓜平谷桃的，尤其是到了冬季，沿街到处是大白菜摊。

和平西街的变化最为明显。街道两边摊点篷铺密密麻麻，比农村的集市还热闹。牛羊猪肉摊，瓜果蔬菜摊，花鸟鱼虫摊，小商品摊；烟酒小店，电器家具店，什么都有，简直令人眼花缭乱。还搭建了一片大棚，卖服装鞋帽，还有鲜鱼活鸡，现场宰杀，刮鳞拔毛，剖腹去脏，给你收拾得干干净净，保管让你称心如意。真是居民日常所需，一应俱全。只要你去和平西街，绝对让你高兴而去、满载而归。那些年，每天和平西街总是人流涌动，摩肩接踵，红红火火。

那里还有饭店、浴室和游艺厅。有名的饭店是京渝餐厅、老四川和豆花庄，最火的当数京渝餐厅。我和朋友聚会时，经常去的地方就是京渝餐厅，常点的凉菜是夫妻肺片和四川凉粉，热菜无非是鱼香肉丝、歌乐山辣子鸡、水煮肉、水煮鱼和麻婆豆腐等，主食通常是每人一碗担担面。当时京城刮起了一阵川菜风，川菜几乎遍布京城。

单位澡堂不开时，我就带儿子到和平街浴室去洗澡。在不远处的和平里北街也有一家浴室，都有搓背修脚、捶背拿筋的，甚是方便。

在和平街南面的和平里中街，有一家非常有名的饭店，名为"一品酒楼"，是当时的一家高档饭店，主营粤菜，那是有钱人经常光顾的地方。最受欢迎的菜是烤乳猪、烤肉鸽。

再后来，和平西街大改造，集贸市场全部推倒拆除。马路大大加宽，双向四车道，两边也有自行车道，宽阔气派，堪与和平里东街相媲美。还重新建造了一幢大楼——天丰利商场，居民购物更加方便，也干净卫生得多。

安外大街变化也很大。地坛公园西门左近原是一片小平房。后来全都扒掉，安外大街拓宽，改建成一条宽广整洁的大街，双向六车道，还有自行车道。如今沿街都是现代化的高楼大厦。

我们单位西家属院也是大拆大建。在20世纪90年代末，院内旧楼和幼儿园全被拆掉，由部机关出资，重新建造了七八栋、十几甚至二十多层的新楼。所有建筑都采用更为先进的框剪结构，全部由钢筋混凝土整体浇筑而成，是那时最先进的施工工艺和技术，据说能抵抗八级地震，外立墙面粉刷清一色的灰色涂料，是两区当时最现代化的一片大楼，名为"科技小区"。

我们家曾搬到安贞西里住了两年，后来也在科技苑小区分到了两间新房。六年后我们又搬到芍药居，并一直居住至今。此地离和平街不远，我和爱人的工作单位都在和平里，她们单位的食堂在和平街，我偶尔也会到那里去用餐。况且我们家时常到地坛公园去游玩，来回的路上都要经过两区，仍与两区有不解之缘。

不久前，我又到研究总院大院转了一圈。时间过得真快，一晃，离开总院已经二十七年了。久别重逢，欣然发现大院也发生了不小的改变。办公大楼和北边的小楼全都装潢一新，礼堂、食堂、行政楼已了无踪影，大院中间又修建了一栋办公大楼，楼不高而宽大，气势恢宏。

和平里火车站翻建为地铁十三号线柳芳站。原农牧渔业部南面的一大片平房全部推倒重建，代之而起的是一大片现代化的新住宅区，是北京市较早的一批商品房，即现在的"和平新城"。

第五俱乐部变化最为频繁。但都是小改小变，只是简单地进行内外装修。先后改换过几次门面，开过歌厅，做过证券交易所，后改为展览中心，再后来又改成了饭店。

北三环的和平里东街、和平西街路口都兴建了巍峨的立交桥，分别为和平东桥、和平西桥。在和平东桥西边南侧，修建了现代舒适的金鸡百花电影院（俗称"影协"），里面有大小数个影厅。影院东边是麦当劳，我和爱人每每在看电影之前，到里面吃一个汉堡、几块鸡翅或鸡腿、一袋薯条，再喝一杯可乐，鼓腹而出，再到影院看电影，惬意非常。

和平里安贞桥东南角改建较晚，也是两区变化最大、如今最具现代感的地方。这是一片庞大的现代化建筑群，高楼林立，蓝色玻璃幕墙银光闪闪，蔚然壮观。那里有五星级的金隅喜来登酒店，有超豪华的国际影城，还有价格昂贵的七彩云南饭店，是北京名副其实的高端工作娱乐消费区。

现在两区内有三条地铁线经过，一共设有2号线雍和宫、5号线和平里北街与和平西桥、13号线柳芳、光熙门五个车站，交通更加方便。

前两年，和平里东街也进行了改造升级，重新整治了路面，加宽为双向六车道，并重铺了沥青，更为平整气派。和平街十四区西边的一片简易楼也被拆掉，现正在施工，据说是某单位集资新建的住宅区。

和平里北街和东街、兴化路、北三环之间的区域，以及和平街十二区，过去的筒子楼和简易楼大都保存完好，外墙都涂刷了新漆，更加亮丽美观，依然能看出昔日的雄姿，诉说着此地过去的繁华。

公共汽车也都变了模样。以前车厢外面分别涂抹着红色或浅蓝色粗细横道线的快慢车，一改过去朴拙寒碜的样子，变得宽敞大气，而且一律是燃气或电动汽车，更加绿色环保。

而今两区变得更气派、清爽、便捷、美丽和舒适，是宜业宜居的现代综合街区，也是祖国发生翻天覆地变化的一个缩影。

几十年来，这里的每个小区、每家单位、每栋大楼、每条马路，甚至每台公交车辆，无不有其沧桑，而我的青春也在它们的美丽蝶变中逐步老去。

　　和平里与和平街见证了我的大半个人生，给我们家庭带来了无穷的快乐和美好的记忆，已经深深地融入我的生命里。

2022 年 6 月 5 日

筒子楼

1985年8月,大学毕业后,我到北京一家部委管辖的研究总院工作。

总院有东、西、南三处家属院。最大的家属院在大院西边,单身宿舍也在此院,与单位一墙之隔。院内有数栋家属楼,都是新中国成立初期的旧建筑,均为坡顶或平顶的红砖墙,楼高四至六层不等。单身宿舍的筒子楼呈"U"字形,横在第二、三栋楼之间的东头,坐东朝西,平顶红砖墙,楼高四层,楼后即是单位大院。

在单身宿舍楼内,每层中间都有一条"U"字形的走廊,依楼形而筑。廊道两边是房间,一条长廊串联着许多间屋,从一头一直能走到另一头,活脱是方形的水泥筒子,故名筒子楼。房间大小相同,格局一样,面积大约15平方米,三人一屋。每人一床一桌一凳,皆为木质。床四角有柱,易挂蚊帐;顶部是木板,下面睡人,上面可搁置些小物件。屋顶有吊扇,房中间横拉一条长绳子,晾衣服、挂毛巾特别方便。北京夏季不是很热,房中有蚊帐、电扇,足可安然度夏。

中楼一层西边的中间有一个很大的房间,是全楼的开水房,也是大家的公用厨房。挨门口是燃气开水炉,里面紧靠西墙的窗下摆置一张简陋破旧的大木桌,桌子东西两边靠墙各有一个双眼的煤气灶，可供四人同时做饭。每层中楼与南北侧楼之间都有一个楼梯，楼梯外侧为盥洗间，内有南北两排盥洗池以及男女厕所。

筒子楼不仅住着单身职工，还有不少已婚的小两口。不少人晚上要做饭，人多灶少，做饭要排队，于是出现了抢占锅灶的现象。下午一下班，有的人匆匆赶回宿舍，第一时间把锅抢坐在灶眼上，先占为上。晚到的，赶紧口头排队，连忙跟正在忙着做饭的人亲热地打招呼，请求其做完了让给自己。因为人灶比例严重失调，灶太少，有的人很晚了还在做饭。有时已是晚上八九点钟了，还能看到有人在公共厨房里忙活；在自己的房间里，经常能听到咚咚的脚步声，那是有人正端着锅碗盘盆快速地上下楼梯，他们还在忙着到大厨房做饭呢。

单位食堂午饭尚可，晚餐常是馏饭剩菜，品种也少，加之一天三顿总吃食堂，再好的饭菜也吃得人倒胃口。我们这些工作数年的老职工，渐渐不满足于在食堂凑合了，大家纷纷置办锅碗盘盆搭伙做饭。

初到北京时，总院规定，同来的职工住在一起。当时我和另一个研究所的小叶、小杜共居一室，是南侧楼二层紧西头北面那个房间，房号已经记不清了。

小杜是四川人，个头不高，聪敏活跃，心灵手巧，他和小叶同毕业于重庆大学。不知他从哪找了个电炉盘和一块厚厚的四方水泥块，用锤锥等工具，硬是把水泥块凿挖个大凹坑，不小心还把水泥块弄破了，他就用铁丝捆绑牢固，将电炉盘坐在里面，妥帖稳当。有时我们仨合伙做顿好饭菜打牙祭，通常是每人轮流用电炉子下面条、煮方便面。

因为用电子炉的人太多，楼内线路老旧，负荷小，做饭时总跳闸，同一条线路照明的房间就会突然黑灯瞎火。通常是谁用炉子谁赶紧去扳电闸，可用的人多了，就容易推诿扯皮，用的人不自觉，别人当然也不去。结果是看谁能忍能熬，实在打熬不住的，不得不骂骂咧咧地去扳电闸，在焦灼的等待中，电灯一下子明亮起来，大家方才松口气。有时一个晚上，电闸能跳两三次。无奈之下，有的人只好去购买蜡烛，以备不时之需。

小叶喜欢看足球和武侠小说，同住一屋，潜移默化，不久我也爱上了足球和文学。他哥哥也在工作，家境殷实，出手阔绰，买了很多金庸和古龙的武侠小说，我就经常向他借阅。后来我自己也购买了很多文学书籍，几乎看遍了所有的古典名著、现当代有名作家的散文和小说，还背过诗词歌赋。

过了几年，总院又出新规，一个单位的职工才能住在一屋。我又搬到那条走廊最东头南边那间屋，与我们单位的小魏和小曹同住。

小魏和我是老乡，他父亲是大学教授，家庭富裕，穿着时髦，人也活泼，交际广，朋友多，爱跳舞。他经常骑车到北京各大高校去跳舞，还常把舞伴带回来聚餐，大都是一些漂亮的女大学生。他有时邀请他的好友到我们宿舍聚会，还亲自掌勺，烹炒几个小菜，大家一起高高兴兴地聚一下，因而宿舍常常热闹非凡，欢声笑语不断。

再后来，不少单身职工陆续成家，有的还分到了住房，常是与人合居，两家住一个单元，厕所共用。不过有的两家不和，偶尔还生气吵架。但毕竟是住宅楼，有固定的煤气灶，再也不用为做饭发愁。

最苦的是我们这些两地分居者。我和爱人结婚后，一直两地分居。那些年，总院规定，只有夫妻双方户口都在北京的才有资格分房。后来所里照顾我，把小曹调剂到别的房间，小魏搬到了半地下室，我终于有了属于自己的小天地。那时儿子已经两岁，我赶紧让爱人带着孩子到北京，一家人终于得以团圆，但户口仍在两地。

后来我调到部机关工作。两年后,即1997年的六七月间,我爱人、孩子的户口终于解决了,不过我们家仍然住在筒子楼,一住又是六年。看到前后脚分配到单位的同事陆续搬进了住宅楼,都有了自己温暖的小家庭,而我们却不得不一直住在筒子楼里,心里真不是滋味。

因用电炉经常跳闸,不知是谁开的先河,大家陆续使用上了煤油炉。我也赶忙去买一个,做饭时放在房间门口的楼道里。单身楼上,用煤油炉做饭的不在少数,因而每日黄昏,楼道里人影幢幢,炉火闪烁,油烟弥漫,油煎爆炒嗞嗞啦啦,锅碗盘盆叮叮当当,洗菜刷锅哗哗啦啦,好一幅动人的筒子楼烹饪图。

煤油炉虽不及煤气灶,但还是比电炉子做饭快,缺点是老得去买煤油。那时买煤油要跑到交道口,把两只煤油桶用细绳绑着,吊挂在后座两侧,骑车来回要蹬一个多小时。一塑料桶煤油5斤,两桶油勉强敷用半个月。

市场上有了煤气罐时,大家纷纷改用煤气做饭,做饭快,也干净,一罐气用的时间也长,大概能用20来天。把煤气罐用专用铁钩挂在自行车后座外侧,蹬着车来回非常便捷。

为做饭方便起见,很多人把煤气罐放在楼道里,旁边摆张桌子,把砧板、锅盆等家伙什放在桌上或灶上,如此省去了每天搬出搬进的麻烦。有的还将笤帚撮箕、椅凳等杂七杂八的物件,甚至将大立柜也戳到了楼道里。楼道简直成了家伙什展览长廊,家具高低错落,灶具五花八门,什物千奇百怪,两侧挤挤挨挨。

住在筒子楼,不方便的还有洗澡。夏日里,特别是在桑拿天,出门就是一身汗,虽说单位有澡堂,但是定时开放,也不可能随时都能进去洗澡。不得已,只能在厕所里冲凉水。

厕所里靠窗的蹲坑旁有根很高的生铁管,顶部向下弯转,管口朝下，洗澡倒是很方便。但只有凉水，没有热水，那水即使在夏天也是刺骨的冰凉。

为防止冻感冒，也是能让身子骨经得起凉水的冲击，洗澡时，先将双手并拢握成凹槽，接水一捧捧地往身上撩泼，身子一接触凉水就被激得直打战，颤抖一阵子后，方才适应，然后再直接对着水管口冲洗。那些年，在炎热的夏季，每天早上跑完步后，我就到厕所去冲凉。别的季节，我只能拿毛巾擦擦上身而已。

夏天里，北京街头到处是瓜摊，卖的大都是大兴西瓜和平谷大桃。楼上的同事们经常买个大西瓜，把洗脸盆搁在盥洗间的水槽里，放满冰凉的自来水，将西瓜放在盆中冰着，有时盥洗间同时冰着好几个西瓜，成为夏日筒子楼内一幅非常动人的图画。

住在筒子楼里，也自有它的妙处。那么多年轻人挤在一栋楼里，还有活蹦乱跳的小孩子，热闹非常。有人喜欢吹笛子，有人爱拉小提琴，还有人爱唱歌，更多的是聚在一屋，或侃大山，或下象棋，或打扑克。刚到单位时，流行打桥牌，我也是经常参与者。悦耳的音乐，嘹亮的歌声，痛快的喧嚷，孩子的哭闹，锅碗盘盆的叮当，煎油爆炒的脆响，组成筒子楼特有的交响曲，也别有一番动人的情调。

那时单身楼里聚会多。谁来个同学亲戚，或老乡好友，便请人做顿丰盛的饭菜，趁机叫几个同事小聚一下，喝啤酒或白酒，煞是热闹。走在楼道里，总是听到楼内好几个屋里，轰响着大声的喧哗。

楼里大都住的是二十多岁的青年，正是谈情说爱的年纪。有时房间就是约会的地点，每每此时，同屋的人也都自觉地溜开。如果同室的朋友或两地分居的爱人来了，也会主动地把床位让给他们，到别的房间凑合几天。

假如同屋有人分到住房搬走后，就不再让别人住进来。因是老职工，单位也予以照顾，听之任之，尽量把新来的职工调配到一个房间。后来，很多房间是两人居住，甚至有人独占一室。

1998年，在国家机关大改革中，我们部机关被撤销，我又无奈下岗，被迫脱产学习了两年。就在那一年的年底，小区内大部分旧楼被推倒后，部机关在我们小区新建的几栋气派的住宅楼竣工了。当时很多熟人喜气洋洋地搬进了新居，筒子楼几乎空空如也，一片狼藉。只有几户两地分居的家庭仍然住在筒子楼内，夜晚筒子楼灯光寥落，一旁的新住宅灯火璀璨，心中真是悲伤至极。

记得有一次，我和爱人带着儿子到他的同学家去串门。回家后，当时刚上小学的儿子好奇地问："妈妈，我们同学家怎么会有那么多房间呀？"其实他同学住的只是一室一厅的新房子，儿子错把卫生间和厨房当成房间了，问得我们心里一阵心酸。

而恰在那时，因为立马要兴建二期住宅，筒子楼即将拆除，我们又面临无房可住的尴尬境地，内心的痛苦和煎熬真是无以言表。好在后来总院给我们无房户又安排了过渡房，格局跟筒子楼差不多，一家人终于又有了栖身之地。

1999年春节刚过，我们家搬进过渡房，筒子楼也被拆除，结束了我和它十四年的不解之缘。不久我在部机关也分到了一套小两居，地处安贞西里，房屋老旧，无客厅。经过几个月的装修后，当年秋天，我们家终于搬进新房，住上了标准的住宅楼。

又过了两年，我又幸运地重回到公务员队伍，而筒子楼也化身为一栋十四层现代化的东西通透的板式住宅楼，我们家高高兴兴地住进了一套90平方米的两居室内。

2022年9月25日

第三部分 人生思

梦想人生

人生天地间，也就几十年，有人说如朝露，也有人说路漫漫。究竟如何度过自己的一生，是浑浑噩噩，还是胸怀梦想，每个人心中都应慎重思量。

如果一个人心无梦想，人生就会迷失方向，失去拼搏动力。觉得生活侘傺无聊，萎靡不振。工作上安于现状，不思进取，毫无斗志生气，苦熬苦挨，虚度光阴。视人生如虚无，拿职业当儿戏，随遇而安，麻木妥协。生涯平淡，四大皆空，郁郁而终。

生活中好逸恶劳，贪图享乐，痴迷于灯红酒绿，声色犬马，逐步陷入颓废平庸。谋一份职业，混一口饭吃，找一个爱人，期盼家里"老婆孩子热炕头"，工作朝九晚五，柴米油盐酱醋茶是他（她）人生的全部。

胸怀梦想的人，人生有方向，拼搏有力量，志存高远，知止有定。他们始终满面春风，激情洋溢，总是保持昂扬向上的精神状态。工作上务实笃行，矢志有成，精益求精，追求极致，不断攀登事业高峰，生涯荼锦烂漫，事业宇宙昭苏。

生活中他们修身正己，克勤克俭，坚守文明高雅的生活情怀。他们不满足于爱人孩子身边转、一日三餐的琐碎生活，而是眼中存山河,胸中有丘壑,抱持崇高的事业格局和人生追求。视人生为拼搏,把职业当事业,醉心梦想,逐浪奋飞,拼搏不已,全力创造出彩人生。

现时的中国,举国上下,在党中央的领导下,不负韶华,只争朝夕,为早日实现中华民族伟大复兴而衔枚疾进。

适逢这民康物阜、政通人和的盛世,真是"天高任鸟飞,海阔凭鱼跃",随地都是干事创业的机遇,到处都是大显身手的舞台,美丽的梦想千千万万,斑斓多彩。你可以梦想当一名一心为民的官员、叱咤风云的将军、腰缠万贯的富豪、万人景仰的科学家、巧夺天工的大国工匠等不胜枚举的似锦前程。

三百六十行,行行出状元。你也可以去当一名救死扶伤的名医、春风化雨的名师、手艺精湛的技能大师、厨艺高超的大厨师等市场紧缺、国家急需的栋梁之材。只要你勇于拼搏,兢兢业业,照样可以创造自己人生的辉煌。

筑梦不能钻牛角尖,若非磐磐大才,不必非登人生的"金字塔"尖,那毕竟是少数中的少数、个别中的个别。选择梦想务必量体裁衣,梦想适当,事半功倍,否则事倍功半,甚至半途而废,竹篮子打水一场空。

个人梦想还必须正本清源,因为生命的重要意义在奉献。务要把自己的事业格局与国家需要、民族命运相结合,自觉将个人的梦想追求融入到实现中国梦的伟大事业中。不能只想钱多钱少、官职高低,还要为社会服务,为国争光。这样的人生才会充满丰盈,风范山高水长,品格光芒万丈,人生风景如画。

寒窗苦读,既是人生的起点站,也是筑梦的开始。在校求学,考上自己心中理想的大学,是莘莘学子的共同心愿。填报志愿更要审时度势,量力而行。既要兼顾兴趣爱好,更要考虑自己的梦想,好给自己的人生准确地定位定向。

"书山有路勤为径，学海无涯苦作舟。"学生在校，必须抵御住各种诱惑，心无旁骛，专心学业，埋首苦学，力争金榜题名，考取自己心中梦想的大学。纵使你不考大学，无论你将来从事什么工作，学好知识都是你成功的基础，努力学习是你成功的阶梯。

对眼下的学生而言，重中之重是要抵抗住游戏的诱惑。现在的大中学生，十之八九玩游戏，有的甚至到了疯狂的地步，厌恶学习，成天逃学，沉湎游戏，荒废学业，极少数人干脆辍学了之。能否控制住游戏瘾，跃过人生之路上的这一天堑，在某种程度上决定你是否能考上心中梦想的大学，或能否顺利大学毕业，或能否继续考研考博，甚至成为你人生的分水岭。痴迷游戏的学生，如不及早悬崖勒马，在人生的起跑线上就已经败北。

结束"指点江山，激扬文字"的大学时代，走出美丽的校园，此时的你将面临人生的诸多抉择：一是一鼓作气，继续学习深造，考研考博；二是离开母校，踏入社会，驰骋职场。想当公务员进机关，欲当兵去军营，评院士去读博，挣大钱去创业。

人生的成功，既靠天赋、机遇，更须不懈拼搏。"天赋"上苍给定，"机遇"捉摸不定，唯有拼搏主动在我。无论你是在职场打拼，还是在商海搏击，务必牢记机遇稍纵即逝，时不我待，唯有拼搏不止，才会不让机遇错过。只有爱拼才会赢，才能实现自己的梦想，才能感受幸福，体味更加丰富的人生。

人生没有终南捷径，勿心存侥幸。只有以铁杵磨针的精神，勤学博学恒学，从纸上的大千世界里汲取新知，从纷繁的现实社会中积累经验，兀兀穷年，加钙充电，才能练就干事创业的过硬本领。

"梅花香自苦寒来。"只有以滴水穿石的毅力，实干苦干巧干，黾勉从事，争分夺秒，用滴滴汗水积聚涓滴之功，才能从芸芸众生中脱颖而出，实现自己的梦想，开创无限美好的生活。

人生之路不会一帆风顺，总是崎岖修远。世态缤纷，职场错杂，由于升迁所系，利益攸关，同事之间往往是钩心斗角，造谣中伤，尔虞我诈，相互倾轧，职场有时变战场。

生活中也不只有阳光和雨露、快乐和幸福，还充满风雨和阴晴，布满荆棘和坎坷，不时有烦恼和痛苦。或进步受阻，或无奈下岗，或突发重病，或遭遇横祸。无论遭遇何种变故，绝不能意志消沉，更不能灰心绝望。

有很多遭遇不幸的人，意志坚毅，"乱云飞渡仍从容"，勇于直面惨淡的人生，顽强地与命运抗争，重新从逆境中走出来，在失败中站起来，依然书写了不朽的传奇。双目失明的保尔柯察金用自己的意志和刚强告诉我们《钢铁是怎样炼成》的；双耳失聪的贝多芬依然谱写出了震撼全人类的伟大乐章。

面对多舛的命运，心中有梦想的人，一定会有"我要扼住命运的咽喉，他不能使我完全屈服"的决心和勇气、胸怀舍我其谁的豪气、愈挫愈勇的坚忍，始终精神焕发，不为挫折所扰，不为困难吓倒，迎难而上，拼搏以行，锲而不舍。像海燕那样，迎着暴风雨，"飞掠过去，好像深黑色的闪电，箭似的射穿那阴云"，去迎接未来灿烂的人生。

没有梦想的人，到了知天命之后，多数人会患人生周期病。认为人生底定，自己奔波劳累了一生，也该"喘喘气""歇歇脚"了，往往激情消退，松劲懈怠，逐渐陷入混天度日、得过且过的泥淖，当一天和尚撞一天钟。还有不少人人生不如意，不去自我反思，而是怨天尤人，愤世嫉俗，成天发泄不满，肆意传播负能量，成了名副其实的"老愤青"。

"志行万里者,不中道而辍足。"心怀梦想的人,一定会跳出人生的周期律。虽然形体逐渐衰老,但心灵永远年轻,依旧激情豪迈,生命不息,拼搏不止。荣光永远属于追梦人。

人生得意的人,功成名就,但仍坚持发挥特长,贡献余热,全力登攀事业新高度,继续为社会做贡献。怀才不遇的人,也不会徒呼负负,坚信是金子总会发光。他们毫不气馁,依然满怀事业赤忱,重整行装,继往开来再出发,尽心竭力,施展才华,全力成就事业,点亮自己的人生。

梦想是力量之源,拼搏是成功之梯。只有胸怀梦想的人,才会有不竭的激情和动力,朝着梦想,朝乾夕惕,顽强拼搏,直抵生命的峰巅,去远眺那鲜花盛开的诗与远方!

2020 年 8 月 7 日

跑向未来

1981年那个令人兴奋难忘的秋天,我们大一新生从五湖四海兴高采烈地跨入大学校门时,我们的大学——中国矿业学院(现改为中国矿业大学)正处在边建设边办学时期,校园里的工地上热火朝天,体育场也在大兴土木,我们只好到学院附属中学的篮球场去上体育课。

那时候,学校正在大建设大迁徙。一面在江苏徐州加快建设新校区,一面从重庆三汇坝的老校区陆续大规模地往新校区搬迁,从1980年起招收的大学生陆续入住徐州新校区。

记得我们的第一堂体育课是在校园盘山公路上测试1500米。我一路气喘吁吁,一再咬牙坚持,但最终还是未能连续跑下来,中间短暂停歇了两三次才勉强跟着几位同学一起跑到终点线,至今仍清楚地记得我跑了将近7分钟。

后来,体育老师语重心长地对我们说,1500米(或800米)、100米、铅球、跳远和引体向上等体育必修课,如果有一门不过关,即使你各门学业功课再优秀,照样拿不到毕业证书。我听了心里不禁暗暗打鼓,如果平时不强化锻炼增强体质,对于我这个体弱多病的人来说,要想每门体育课都通过谈何容易。

我生长在贫穷的年代落后的农村,恰又出生在"三年困难时期",且生下来先天不足,家境又十分寒苦,生活只能勉强糊口,营养严重不良,以致身体十分羸弱。

我小时候时常生病,常患感冒拉肚子。即便在十几岁时,有几年一到夏天我都会打脾寒。往往在下午正上课之际,我突然头蒙发晕,身上发冷,浑身乏力,坐立不住,难以继续上课,只得请假早早离开教室回家休息。在天气闷热的夏天,我躺在自家床上盖上厚被子睡觉仍然感觉很冷。睡前吃两片脾寒药,睡一夜,第二天就好了;但有时第二天下午又会发作。

这样孱弱的体质,很难保证每门体育课都及格。因而从那时起,我几乎每天早晨都起来跑步,而且一发而不可收,至今整整坚持了四十年。

上大学时坚持跑步是十分容易的。一是那时有锻炼的压力和动力,二是大学校园有很好的氛围和条件,因为很多同学每天都会起来晨练。

我们刚入学那会儿,虽然学校还在如火如荼地进行建设,但工地主要集中在校园东边的一隅,教学和生活的部分楼堂馆所和校园内的主要道路已经竣工。

我们的校园依着两座山的山势和山脚下南北两片平旷的土地而建,南面是一片高楼林立的教职工家属楼,北面是一栋栋新颖别致的教学楼和学生宿舍,两山之间有一条宽阔笔直的中央大道纵贯南北校区。崭新的楼房鳞次栉比、高低错落,非常气派和壮观。两山上茂密的树木,以及马路上郁郁葱葱的梧桐和雪松,将校园点缀得异常美丽。在那新楼新路、绿荫掩映、光鲜艳丽,如同花园的崭新的校园内跑步,一路上心旷神怡,精神抖擞,真是越跑越有劲。

后来，阔大平坦的新体育场竣工，我每天就到那里去晨跑。大学时代，我几乎四年如一日，天天早上起来锻炼。终于跑出了门门体育课都及格的成绩，如愿以偿地拿到了大学毕业证书。

大学毕业后，我被分配到北京的一家研究院工作，住在和平里单位集体宿舍的筒子楼里，与单位仅一墙之隔。之后我又调到国家机关供职多年，但我仍旧居住在研究院附近，我在和平里前前后后共住了二十年。我们研究院有一个很大的院落，围绕院内一条四四方方的道路跑一圈，大约有六七百米，跑步很是方便。

那些年，我每天早上6点起来跑步。刚参加工作时，自己正年轻，每天早上跑5公里很轻松。有时候想跑得更远一些，我就沿着和平里东街一路向北，跑到北四环后再折转回来，大概跑六七公里。再后来，我们家从和平里搬到芍药居，我们的小区邻近对外经贸大学，我每天清晨就到学校的体育场去跑步。早些年，为了锻炼臂力，我每天跑完4公里之后，再接着练单杠和双杠。

参加工作之初，我出差到外地是不跑步的，因为出差携带运动鞋和服装甚是不便。可是在机关工作出差多，时间也很长，有时长达一二十天。出差不跑步，光在北京锻炼效果就会很不好。

大约从2002年开始，无论出差到哪里，我每天都早起跑步，一直坚持到现在。我在全国许多城市跑过步，上海气势恢宏的外滩，广州绚丽多姿的珠江边，杭州风景如画的西子湖畔，南京枝繁叶茂的梧桐林荫大道，长春波光粼粼的南湖大堤，重庆宽广气派的金开大道，无不留下我运动的足迹和汗水。

2011年，我调到一家中央企业工作后，上班路途一下子远了很多，单程坐地铁或开车就得个把小时。无奈之下，我就将晨练时间表改成冬天5点40分、其余日子5点30分起床跑步。或顶风披星戴月，或迎着晨曦曙光，每天晨跑1小时，几乎雷打不动，风雨无阻，下小雨小雪打伞照常跑步。每天早起，在大多数人还在梦乡的时候，我已经出了小区大门，马路上行人寥寥无几，看到的只有扫大街的清洁工和极少数如我一样坚持晨练的人们。

前些年，北京空气污染十分严重，空气污染指数时常爆表，而且雾霾天有增无减，给我跑步带来了新的困难和挑战。刚开始时，一到雾霾天我就躺在床上睡懒觉。但雾霾持续的时间越来越长，有时长达十几天，这么长的时间不锻炼也是不行的。

办法总比困难多，我终于想出了应对之策。我先是到单位活动室的跑步机上去慢跑。但很快我就发现，在那里跑5公里，由于是原地跑步，只相当于在户外跑3公里的运动效果。于是我借鉴足球运动员参加体能测试跑20米折返跑的办法，在家里跑起了折返跑。

家里正好有两台空气净化器，我还买了一块霾表。有雾霾时，就把两台净化器同时打开，用霾表测定屋里空气达到优良时，我就开始在家里跑步。但过不多久，楼下的邻居找上门来，说是我一大早就在楼上咚咚地跑步影响他们休息。于是几经商议，我只得等到傍晚时才能跑步。

我家南面和北面的两个房间相距17米，当中是长长的大客厅。遇到雾霾天，我就在家里南来北往地一气子跑50分钟，效果果然不错。从那时起，只要在北京，我就能做到每天跑步。然而，一到外地出差遇到了雾霾天，我就只能蒙头睡大觉。

要做到每天晨练需要顽强的毅力和坚强的意志，尤其是刚开始时更其如此。在大学刚开始跑步的时候，一到起床时间就不愿起来，特别是在寒冷的冬天，寝室有暖气，温暖如春，早晨6点外面还是一片漆黑，寒风砭人肌骨，躺在温暖的被窝里真是不想起来，往往在床上磨叽老半天才离开暖和的被窝。

我们大学的美丽校园、和平里单位大院与和平里东街两旁高大挺拔的白杨树、芍药居文学馆路婀娜多姿的大槐树，以及全国大江南北的众多大中城市见证了我四十年挥汗如雨的跑步生涯。跑了四十年，如今慢慢形成了固定的生物钟，一到早上5点多钟我准会自然醒来，早上起床比较容易。然而，在数九寒冬，每天早起仍需要很大的决心和韧劲。因为北京冬季早上五六点钟时，屋外仍然黑咕隆咚，寒风刺骨。

出差跑步更不容易坚持。出差时要多携带很多物件，行李箱塞得鼓鼓囊囊，很是麻烦。出差又少不了应酬，往往要忙到很晚；再说人在外地，道路也不熟悉，不知该到哪里去跑步。每到一地出差，在宾馆住下后，我要办的第一件事就是想法打探清楚跑步的路径。

跑步也是我战胜疾病的不二法宝。1997年底，在医生的误导和劝说下，我做了一个鼻中隔偏曲矫正手术，谁知庸医害死人，手术失败，给我留下严重的后遗症。

从2010年起，我开始出现鼻涕倒流，起初还不是很严重，夜里被憋醒后，能够很快吐完痰，马上能够入睡，只是对睡眠有一定影响。但从2018年至今，病情日趋严重，我夜里经常被憋醒两三次，鼻涕直接倒流进嗓子眼里，每次都得吐很长时间，严重影响睡眠。但后来我惊喜地发现，早起跑步，非常有助于排痰。通过跑步，我已将手术失败对身体的影响减轻到最低程度。

跑步的效果是显而易见的。锻炼之前，我身体单薄瘦弱，简直就是病秧子。从1981年开始晨跑后，至2010年手术出现后遗症之前，我基本不感冒，每年体检各项指标全部正常，体质非常好。虽说手术失败对身体产生严重影响，但我现在每天早上一气子跑六七公里，依然感觉不累。

　　跑步也是我学习创作和工作的一条妙径。每天早上，我在奋力奔跑时，脚步矫健，精神焕发，心中也是翻江倒海，常常神游八表，心驰八荒，很多创作灵感便应时而生。边跑步边构思谋篇，打着腹稿，经常灵光乍现，悦意的散文题目突印脑海，美好的内容句子涌现心里。思索中时间仿佛加速流逝，不知不觉中已跑完预定的路程，避免了跑步时的枯燥和乏味。而且跑跑步、出出汗、冲过澡之后，倍感神清气爽，之后再看书、学习、创作或工作，效率非常高，效果也格外好，这已成为我的一条生态的生命线。

　　有人说，跑步损伤膝盖，快步走才是锻炼的最佳方式。我不知道这种说法有何科学依据，我只知道我已跑了四十年，至少现在双膝安然无恙。我曾试着快走过一段时间，但总是感觉不如慢跑效果好。当然，为避免膝盖受伤，我也采取了一些必要措施，比如穿专业跑鞋，尽量在塑胶跑道上跑步等等。

　　明年我就要退休了。退休之后，我预备全身心地投入一生挚爱的文学创作，还打算到世界各地去看看，必须有一个健康的体魄做保障。梦想就在前方，情势时不我待。

　　我决心一如既往地坚持跑步，一直活到老跑到老。因为跑步能给我以充沛旺盛的精力，坚韧不拔的毅力，百折不挠的意志，能够让我在坎坷曲折的人生之路上，不畏艰难险阻，勇于披荆斩棘，竭力奋勇向前，一直跑向自己美好的未来！

2021 年 2 月 20 日

生命的意义

人的一生究竟应该怎样度过？或许大家的回答千差万别，对生命意义的看法也是迥然相异。

我以为，用力好好活着，心里始终有爱，工作小有成就，生活开心愉快，便是生命意义之所在。人的一生才会"不因虚度年华而悔恨，也不因碌碌无为而羞愧"，生命才会真正有意义。

责任是活着的本因。人活着不应只为自己，还应履行义务，承担责任，完成使命。赡养老人，报答父母的养育之恩。养活妻小，尽到抚育孩子的责任。报效祖国，感谢国家培养之恩。只有身体健康，才能担负起责任，如果平安地活到老，就是人生最大的幸福。没有一个好的身体，一切皆毫无意义。

要懂得爱惜自己，始终把健康放在第一位。除了生死都是小事，没有任何事，值得我们用健康去交换，不要因为事业去牺牲健康。命都没了，何谈事业？工作再忙，也要坚持劳逸结合，注意休息，强化锻炼，享受阳光，始终保持昂扬的风貌、健康的体魄、旺盛的精力，确保自己有一个好身体。

人的一生，会遭遇很多坎坷，经历许多磨难。陷入困境，处在人生低谷时，虽然辛酸痛苦，但不能绝望。如果生活遇到了挫折，千万别灰心丧气，要牢记普希金的话："假如生活欺骗了你，不要悲伤，不要心急！忧郁的日子里须要镇静；相信吧，快乐的日子将会来临！"

无论生活如何艰难，都要好好活着，既是对自己负责，也是对家人负责。好死不如赖活着，只要活着就有希望。一旦你没有了生命，你便什么都没有了。要敢于直面残酷的现实，越是困难越坚强，越是无望越向前，想法破局，浴火重生，走出困境，必将柳暗花明，经过涅槃的生命将会更有意义。

热爱是活着的动力。有爱的人生，才会向阳而美好。心里有爱，眼中才会有光，才会热爱工作和生活，从而精神焕发，充满干劲，有所追求，享受生活，人生才会充实丰盈，浪漫美好。爱心是品性修养的基点，也是工作生活的动力源，为人要懂得爱家爱岗爱国。

爱家的人，家庭才会和睦幸福。为人要爱家，懂得为家庭负责。父母劬劳之恩，终生难报。为人之子，必须竭力孝敬父母。无论工作多忙多累多苦，都要常回家看看，多陪陪父母。

家是我们人生之路的起点，也是我们永远的幸福港湾和情感归宿。无论家庭是富有还是贫穷，都必须热爱家庭，爱护爱人、孩子和兄弟姐妹，家和才能万事兴。

有爱心的人，才能爆发出无限的激情、冲天的干劲，自觉遵纪守法，清正廉明，爱岗敬业，勤奋工作，以良好的业绩奉献单位，报效祖国。

爱国的人，才能干大事，成大器。为人必须爱国，懂得为社会负责。天下至德，莫大于爱国。人不爱国，不知其可也，绝不能做有损国格人格之事。每个人都是社会的一分子，要担负起属于自己的一份责任，只有社会稳定和谐，个人和家庭才能幸福安康。

心中有爱，才会乐善好施，乐于助人，常做好事，给别人以温暖，送世间以春风，为社会增光添彩。只有人人献出一点爱，世界才会变成美好人间。

奉献是活着的价值。一生能干点事，取得一点成就，能为家增福、为岗添彩、为国争光，生命将会更有意义。爱因斯坦说："人只有献身于社会，才能找出那短暂而有风险的生命的意义。"可见奉献在生命中是多么重要。

做一个有追求的人。一个人只有心怀梦想，才能够永远坚强；只有拥有热爱的事，才可能永远有干劲。人不能颓废消极，毫无进取之心，浑浑噩噩，蹉跎岁月，虚度年华，一事无成，这样的人生如同行尸走肉，毫无意义。

一个人从事工作，不能只想着挣钱养家糊口，还应该拥有崇高的事业格局，美好的人生追求。只有把职业当事业，怀揣梦想，拼搏不已，才能把工作做得更好，才能创造出最佳业绩，才能为祖国做出更大的贡献，生命才会迸射出灿烂的光彩，生活才会更加充实和幸福。正如斯大林所说："有理想的人，生活总是火热的。"

有无追求和梦想，其结果大为不同。老师与老师不一样，医生跟医生也不同，工人和工人差别大，只有教学有方、技艺精湛，才能为社会做出更大的贡献。贡献小到做好本职工作，在岗位上闪闪发光；大到为单位添彩，为祖国争光，永载史册，万古流芳。不想当将军的士兵不是好士兵，没有追求的人生平庸而乏味。

幸福是活着的真谛。糊口的人生叫活着，幸福的人生叫生活。拼命工作，就是为了用心生活，感受快乐，享受幸福，觉得人生美好、活着真好，生命才有意义。要热爱生活，懂得生活，抱有目光所及皆是美好的心态，在枯燥的日子里寻找美好和幸福。

生活既简单又深奥。说其简单，生活不过是一日三餐，无非是柴米油盐酱醋茶,琐碎而庸长。论其复杂,生活是一本博大厚重的书,也许你一辈子都无法读懂吃透。

君不见,有的人成天生气勃勃,活得有滋有味,自己感到很幸福。或自己动手烹饪美食,或不时与三五好友小聚聊聊,或与亲朋好友一块娱乐,或与朋友结伴四处游历,或专注于自己一生的爱好,日子过得充实而快活。而有的人却整日死气沉沉,感觉生活空虚无聊,活着没劲,足不出户,宅居在家,过着孤独落寞的生活。

学会创造生活,感受人生幸福。或会心不远,闹中取静,读书,创作,写字,画画,弹琴,在诗情画意里陶冶心灵,怡情悦性,寻觅人生佳境。或心向远方,动中寻乐,旅游,聚会,打球,跳舞,在山川狂欢中赏景品味,极娱视听,享受幸福生活。

人的一生,假如自己能够始终充实快乐,并给家人以幸福,给别人以温暖,给社会以奉献,生命无疑非常有意义。

2022 年 2 月 11 日

夫　妻

男女双方热恋一段时间后，瓜熟蒂落，两相情愿，高高兴兴地携手步入婚姻的殿堂。从此恋人成夫妻，建立起温馨的小家庭。

家庭生活不像恋爱那么浪漫，而是很实际，也很琐碎，开门七件事，柴米油盐酱醋茶。双方来自不同地方，风俗各异，口味不一，可能一日三餐也会发生口角。因性格差异，观念差别，教育程度高低，家庭背景差距，磕磕碰碰在所难免。特别是在赡养老人、帮助亲人、老人财产分割等诸多方面，更易发生龃龉。

夫妻之间，多沟通交流，理解为上。遇事要敞开心扉，立马倾心谈开，消除误会隔阂，取得谅解，相互理解，妥善解决。千万别认死理，自以为是，要经常反思，如错在自己，应主动认错道歉，敬乞对方谅解。应设身处地为对方着想，谁没有父母双亲、三亲六故，况且自己也有老了的时候，尽孝心、顾亲人、献爱心，是人之常情，也是应尽之责。假如对方有错，多替对方着想，将心比心，理解对方的心情，得饶人处且饶人。认错让步是平息家庭争吵的灵丹妙药。

忍耐是化解矛盾升级的锦囊妙计。再恩爱的夫妻，也不可能一直相敬如宾、和和美美。有时难免会因鸡毛蒜皮的小事发生争吵，一辈子不吵架的夫妻，不能说绝对没有，恐怕也是凤毛麟角。如果一直没有漩涡浪花，那就不是河流；如果永远不会争吵打骂，那就不是夫妻。所谓争吵是夫妻生活的常态是也。

发生争吵不可怕，重要的是应学会克制忍耐。对方发火你隐忍，对方暴怒你躲开，吵架也就不了了之。千万不要对方急你更急，对方发火你拱火，如此只会火上浇油，越吵越凶，还会演变成打骂，甚至是双方家庭的全武行，场面不可收拾。男人应心宽似海，不能和女人一般见识，女人嘟囔也好，怒骂也罢，只装着没听见。绝不能女人一说你就骂，女人一骂你就打，甚至往死里暴打，要坚决拒绝家暴，因为这是知法犯法。要知道忍一时风平浪静，退一步海阔天空，吵架时，只要一方忍一忍、躲一躲，让时间去消除前嫌、平复创伤，一切皆会烟消云散，尽释前嫌，和好如初。

幸福的婚姻靠经营。只有善待婚姻，用心经营维护，才能拥有持续温馨幸福的小家庭。夫妻之道在细节，要注意从细微处入手，把握分寸，掌握尺度，调节好气氛，设法让对方高兴，尽量不让其扫兴难堪甚至生气。双方都应包容大度，求大同存小异，就会减少矛盾纠纷。应学会彼此赏识尊重，多看到对方的优点，不要用放大镜看对方的缺点，多补台、少拆台，时刻注意给对方留面子。彼此将对方放在心上，相互关心体贴，互帮互爱，温暖对方。

事业成功夫妻关系才能永固。男人应有事业心，有追求、有梦想，锲而不舍，矻矻穷年，力争事业成功，至少小有成就，实现自己的人生价值，使自己的生命更有意义，也让夫人分享你成功的喜悦，为你感到骄傲和自豪。

贫贱夫妻百事哀。假如男人过于颓废消极，毫无进取之心，成天浑浑噩噩，好吃懒做，好逸恶劳，吃喝嫖赌，致使家庭破败，生活拮据，度日如年，让女人看不到希望，夫妻关系最易破裂，以致分道扬镳。

同生死共患难才是好夫妻。夫妻不能唯权、唯钱、唯利，不讲一点夫妻情分。一旦对方有难，或因犯法坐监，或因横祸残疾，或因经营不善公司倒闭，或因工作失误被革职和索赔，就赶紧离婚，设法逃避。真正的好夫妻，绝不会"夫妻本是同林鸟，大难临头各自飞"，而是在困境中相濡以沫，在绝望中寻找转机，坚信风雨过后是彩虹，相依为命，共克时艰，通过协力奋斗，再次迎来人生的曙光。如此家庭才会更加幸福，人生才会更有意义。

在电影《刑场上的婚礼》中，周文雍和陈铁军生死之恋的故事可谓感天动地。他们俩在共同的革命生涯中，萌发了真挚的爱情，由于叛徒告密，两人先后被捕入狱。在狱中经受住了敌人的威逼利诱和严刑拷打，敌人无计可施，气急败坏，立即宣判二人死刑。在刑场上，他们庄严宣布举行婚礼，从容就义。

在血与火的战争年代，为了共同的政治信仰和革命目标，无数革命先烈不惜抛头颅洒热血，捐身躯照汗青，诞生了无数可歌可泣的英雄夫妻。有的因叛徒告密被捕后，在狱中屡遭酷刑，经受非人的折磨，但为了保护自己革命的伴侣，甘愿牺牲自己宝贵的生命。在生与死的考验面前，他们依然经受住了考验。

梁实秋和程季淑夫妇相亲相爱五十年，真乃天下夫妻的典范。他们晚年定居美国西雅图。有一天上午，老两口手拉着手到附近市场去购物，门前一个梯子忽然倒下，正好砸中了程季淑，紧急送往医院，经抢救无效死亡，享年七十三岁。

程季淑意外离去，对梁实秋打击很大，成天以泪洗面，据他自己讲，他流的泪大概可以装满罗马人用以殉葬的那种"泪壶"。有人告诉他，时间可以冲淡哀思。可几个月过去后，他虽不再泪天泪地地哭，哀思却更深了一层，因为他总是回想起五十多年的往事。他不顾自己年老多病，执笔撰写数万言的回忆录——《槐园梦忆》，深情回忆夫妻俩历经磨难但幸福美满的一生。

他总是说，季淑没有死，她仍然活在我的心中。程季淑安葬后，梁实秋每隔一两个星期，都要到她的墓上去祭奠，把鲜花插在一个半埋在土里的金属瓶里，灌满清水。然后低声地呼唤她几声，还不敢高声喊叫她，怕惊动了她，把近期所发生的比较重大的事告知她，让她知道她所关切的事。然后他就默默地立在她的墓旁。死后如此恋恋不舍，可想生前多么恩恩爱爱，人生能有如此伴侣，足矣。

夫妻应有责任感，慎想慎言离婚。既然历经曲折，热恋数月甚至数载，选择了对方，对方将全部的信任和情感托付给你，以你为终身依靠，你就要为对方负责，有义务呵护对方。除非对方有罪过，就不应喜新厌旧，将对方视为窗户纸、旧衣裳，旧了破了就揭下扔掉。

可有些男女，多为男士，一旦事业有成，便想入非非，另觅新欢。如果女方愿意，则无可厚非。有时女方死活不同意，寻死觅活，男方依然心如铁石，置女方生死于不顾，把女方的一片恩情当作粪土，执意要求离婚。协商不成就起诉，法院不判就殴打，不达目的不罢休。为了一己之欲之欢，不惜伤害所有的亲人和孩子，还可能导致女方含悲离世。

有的是在女方及其家人的倾力相助下，男方取得事业的成功，但仍然忘恩负义，全然忘记夫妻二人当初吃尽人间千般苦、历经世上万种难，或以没有共同语言为由，或言感情已经破裂，或以性情不合为借口，不顾亲朋好友苦口婆心的规劝，寻找各种牵强的理由，千方百计要求离婚。

达到目的之后，急不可耐地寻觅佳人。凭着自己傲人的资本，在万花丛中去挑选，以找到比自己小十几岁甚至二三十岁的为傲。看似风光，貌是幸福，其实他良心难安。因为他所谓的快活幸福，建立在前妻的绝望、孩子的痛苦和前妻亲人的伤心之上，生活在旁人的鄙视里，他有一笔永远难以偿还的良心债。

也有的女士，把丈夫当作幸福的阶梯。她们原本住在小城镇，靠着第一任丈夫，得以鲤鱼跃龙门，如愿到大城市生活。可她们跻身大都市后，得陇复望蜀。眼见丈夫平凡无能，仗着自己有几分姿色，又开始另攀高枝。

幸福的婚姻总是相似的。心有灵犀，情深意密，千苦万难，不离不弃。白头偕老，相携以行，形影不离，颐养天年。或待在家中，儿孙绕膝，叫声盈耳，享受天伦之乐。携手漫步街头公园，观云起雨落，赏水清花红。或回归故里，品茗阅览书，把酒话桑麻。相伴踯躅田间地头，闻瓜甜稻香，听蛙鸣虫唧。

说一千，道一万，要想夫妻关系稳固，一生相守，百年好合，恋爱阶段最为关键。只有找到真心爱自己的人，才能有福同享、有难同当，家庭才能持续和睦，夫妻才能永远相爱。夫妻是终身的伴侣，绝不能将恋爱当儿戏。恋爱务必理智清醒，不为衣着外表所迷，更不为甜言蜜语所惑。要慢慢谈，不能着急，更不能闪婚，必须长期相处，真正了解对方，才能找对人、找到真爱。恋爱不能只看外表，只重钱财，更应注重品行素养，只有感觉对方靠谱，值得爱、值得信赖，方可步入婚姻的殿堂。

前人有言："十年修得同船渡，百年修得共枕眠。"又云："一日夫妻百日恩，百日夫妻似海深。"这四句话道尽了夫妻应有的缘分与深情。正是：糟糠之妻勿轻弃，贫贱之情不可忘，是为戒。

2022年7月22日

退休之时话沧桑

今天是我的生日,也是我一生中极不平凡的日子。因为到了今日,我已六十周岁,意味着从明天开始,我就应该正式退休了。

此时此刻,我不禁想起 1985 年 8 月,只身一人拎着帆布手提包,乘汽车换火车,风尘仆仆地赶到北京工作单位报到时的情景,真是岁月无情,等闲白头。"一生很短,短得来不及享用美好年华,就已经身处迟暮!"

一 研究所的年轻人

我的工作单位是一家研究总院,隶属于国家某部门。到单位报到之后,先是待分配。当年分到总院的共有三十二名大中专毕业生,大家每天干一些七零八碎的杂活,大都是给总院的杂志社、图书馆糊信封和贴标签。一个月之后,我们这些年轻人便被分派到总院不同的部门和在京研究单位。

我、小曾、小高和小李四人新分的单位是经济研究所。这是专门从事煤炭行业技术经济分析和政策研究的科研所,亟需煤炭工科专业的学生,这也是我和小曾分配到该所的原因之所在。

到研究所工作后,所里又对我们进行了再分配。我和小曾分在研究二室，加上我们俩，室里也只有四个人；小高和小李分别到了一室和三室。在我们分到所里之前，单位只有两个年轻人，听说原本来了四五个学生，后来由于诸多原因，有两三个已经调走了。一下子来了四个生龙活虎的小伙子，所里也似乎立马有了生气。

紧接着所里安排我们四人实习。我和小曾毕业于煤炭院校，又都学的是工科，须学习经济专业知识和锤炼实操技能，于是所里让我们俩奔赴辽宁鞍山市，到冶金部的一家研究院实习。小高和小李来自非煤院校，则被派到基层熟悉煤矿。

我和小曾在鞍山待了三四个月。主要学习建设项目技术经济分析评价的方法，据说是我们国家刚从国外引进的，当时正处在消化吸收阶段。

第二年春节后，上班伊始，所里又派我和小曾到规划设计研究总院实习半年，让我们熟悉技术经济分析评价原理在煤炭领域具体应用的方法和要领。

为期大约一年的实习结束之后，也就是1986年六七月份，我们就正式投入工作了。我承担的第一项任务，是参加所里的一个课题组，好像是研究贵州织纳煤田的远景规划，是部计划司委托给我们所的一项重要课题。所里非常重视，几乎是举全所之力，组成最强的课题组，组长由三室缪主任担纲，并分别从一、二室抽调一两名同志参与课题研究，我和小李都是课题组成员。

那时没有创收压力，工作很轻松，也很舒服。工间休息和晚上、周日，我们的主要娱乐是打乒乓球。乒乓球案摆放在所里的会议室，很宽敞的三间房子。

二　难忘的第一次出差

在研究所工作期间，出差很多，最难忘的是我承担课题研究后的第一次出差，也是我分到北京工作后的第二次离京赴外地出差。

1986年8月，正是北京一年中最闷热的时候，也就是人们常说的桑拿天。那次是缪主任率领我、小李和美女小丁一起到贵州出差，那是我第一次乘坐飞机翱翔在祖国的万米高空。

我们在贵州待了20余天。乘坐面包车颠簸到盘江、水城和六枝矿务局调研，还在贵阳住了很多天。到了贵阳我们才知道，贵州是个"天无三日晴，地无三尺平"的多雨多山的避暑胜地，天气很凉爽，即使最炎热的七八月份，日最高气温常在二十八九度。

计划司对那次调研很重视，有关领导还专门给贵州煤炭厅打了电话，我们又携带着计划司的介绍信——这可是那个年代出差的"尚方宝剑"。贵州煤炭厅的领导很热情，安排得周到细致，我们的调研工作进展极为顺利。

印象深刻的是贵州的山野和公路。行驶在贵州的公路上，映入眼帘的是绵延的巍峨群山，层峦叠嶂，高耸云霄。山上草木茂密，郁郁葱葱，煞是漂亮。盘山公路依山而建，弯弯曲曲，我们乘坐的面包车迤逦而行，仿佛行驶在悬崖边上，一侧是壁立千仞，一侧是万丈深渊，真是让人心惊胆战。

让我难忘的还有黔菜。没有川菜油腻，也不像湘菜那么辛辣，原料丰富，辣味适中，鲜香味美。

那次出差，恰逢墨西哥足球世界杯激战正酣。当时我尚不懂足球，小李则是超级球迷，在他的撺掇下，我俩一起熬夜观看了两三场足球。那是我平生第一次看足球比赛，正是从那时开始，我逐渐成了一个足球迷，至今仍是我的一大喜好。

三　最年轻的课题组长

第一项课题结束后的第二年，即1988年初，室里已经决定让我担任课题组长了。当时我只有二十六岁，是所里甚至是全院最年轻的课题组长，而且从那以后，我经常担任课题组长。因为所里人才极为匮乏，实在是青黄不接，年老的过于年老，年轻的又太年轻，能够独立承担课题研究的人真是寥寥无几。

无奈之下，只有赶鸭子上架。文笔相对较好的我，不得不独立开展课题研究了，室里决定让我带领一位年长的女同志承担部财务司委托的课题研究。

接受任务后，我即着手查找资料。我经常跑到所资料室和院图书馆，翻阅相关的书籍和报纸杂志，确有参考价值的，办理借阅手续。然后成天趴在办公桌上埋首研读，画圈涂杠，标示重点，寻章摘句，复印誊抄，积累有用的观点和资料，谋划周密的计划和方案。然后奔赴全国各地调研，深入到事先选定的矿务局和煤矿实地查看现场，找人座谈，听介绍，问情况，要材料。

调研告一段落后，我就开始归纳整理和分析研判资料。之后条分缕析，旁征博引，撰写报告。与同事一块磋商讨论，修改完善后向主任汇报。如有必要，再搜集资料和下基层去调研，进一步补充修改研究报告。

报告完成后，由所领导或室主任主持召开讨论会，大家畅所欲言，集思广益，出谋划策，根据会议意见再行补充完善。定稿之后，经所长审阅同意，由所领导带队，向财务司领导汇报研究成果，根据司领导的指示再斟酌删易，直至领导满意后，课题才算正式完结。

我牵头的第一项研究课题完成得比较好,受到财务司和所领导的高度肯定,也引起了院办公室领导的注意。有的领导主动找到我,让我去院办公室去当秘书。我考虑再三,还是婉言谢绝了领导的好意。

在研究所每年的工作大体如此。接受新课题,查阅资料,赴现场调研,起草研究报告初稿。开会讨论,综合大家观点建议,对报告初稿画抹改易,再搜集资料和调研,再对报告进行推敲,删删芟芟,添添补补,直到领导和委托单位满意后课题才算结束。

四 搁浅的文学梦

大学毕业前夕,全系四年综合成绩年级排名第一的我毅然决然地放弃了去北京读研的机会。

一个农民的儿子能够去首都北京学习和生活,这可是无数莘莘学子孜孜以求的梦想,而我却轻而易举地放弃了。难怪同学们对此大为不解,一个个都用异样的眼光看着我,好像我是一个怪人似的。其实,那时我的心中早已默默地有了一个更高的目标——那就是我要报考名牌大学的研究生。

参加工作不久,我就和大学同班同学小寇(已去世多年,我非常怀念他)一起到清华大学招生办,索取了一份研究生招生简章。待到回来一看就傻了眼,清华大学根本就没有我学过的相关专业,要想考上难如登天。

当时我一下子就蒙了,顿觉人生迷失了方向。很长一段时间,我彷徨无定,工余成天无所事事,蹉跎岁月。一晃三年光阴如水而逝。

在百无聊赖中,恰巧同宿舍的小叶喜欢文学,床头上经常搁着金庸和古龙的武侠小说。我就随手翻翻,不承想,我很快就着了迷。

我生长在农村,家境寒苦,吃饭都成问题,哪里还有钱买闲书。

在参加工作以前，我压根就没有看过散文和小说。

从那以后，我竟连续看了六七年文学书，两耳不闻窗外事，这样一直浑浑噩噩地虚度十年光阴，职业生涯原地踏步，一下子比别人慢了一大步。但我的阅读却有了很大的收获，我几乎看遍了所有的古典名著、现当代有名作家的散文和小说，还背过诗词歌赋。

看过许多文学作品以后，我居然鬼迷心窍地痴迷上了文学。何况我在中学期间不仅理科好，语文基础也相当不错。记得上高中的时候，我的一篇作文被班主任当作范文在班上朗读过。

而且我慢慢发现，文学创作很具挑战性——那就是文学是任何人都难以逾越的高峰，很能展现你的天赋和能力，实现你的人生价值和意义。

于是我便从那时起，心中暗暗打定主意，我将穷尽自己一生的精力，去跋涉充满荆棘坎坷的文学之路。

后来我调到国家机关工作。在那些日子里，由于我文笔好，无论在哪个处或某个司工作，写稿子的任务总会落在我头上，见天总是感到很疲惫。加之文学又惨淡清苦，我又有了放弃文学创作的想法。结果，这一停就是十几年。

五　跳槽

当时的经济所是个小所，只有二十多人，是总院在京四所一中心（计算机中心）中最小的，业务单一，收入低微，在总院一直位列从属地位。

在研究单位工作总是求人。找人要课题，出差时求被调研单位，希望人家提供相关材料,总觉得有点低三下四。遇到热情好客的单位，可能接待会好一些。但也有不少单位不乐意不积极，有的甚至很冷淡，不愿意接待。我们出差之前，总是恳求部机关司室给我们开介绍信，或让他们帮忙打电话，即使如此也未必管用，有的单位根本不吃这一套，这时我们出差吃住行都得靠自己解决。

而且在经济所工作，发展空间十分有限，前途极为渺茫。很难留住人，人员进进出出，队伍极不稳定。

在20世纪80年代，出国风席卷全国，改革潮奔涌浩荡，很多年轻人不是拼命学外语准备出国深造，就是纷纷到南方沿海开放城市去淘金。

1988年，小李、小高和美女小丁先后离开经济所，跑到南方沿海开放城市去淘金，更是加剧了所里的人员动荡。1992年，小曾也被借调到国家机关，并在两年之后正式调走。

一起来的四个年轻人走了仨，只有我自个儿还留在所里。其实我心里早就萌生去意，只是在盘算着今后的路到底怎么走，到哪里去。到所里工作不久，我就对自己的工作不满意，总是觉得跟我心中的理想距离太遥远。

何况每年回老家过年时，我发现大学毕业后在县城工作的高中同学们小日子过得很滋润，每天就是吃吃喝喝，搓麻打牌，过得很潇洒、很快活。反观自己，成天在单位食堂排队打饭，饭菜老是那几样，单调乏味，吃得人倒尽胃口。礼拜天还只有两顿饭，经常得泡方便面果腹，生活枯燥无聊至极。

特别是我过从甚密的一位高中同学，从西安交大毕业后，竟然也回到了老家工作，对我思想的冲击特别大。母亲也颇想让我回老家工作，觉得我在北京工作离家太远，远水解不了近渴，给家里帮不上任何忙。于是我心里开始动摇，一度有了想回老家工作的想法。恰在此时，母亲在老家央人给我介绍一个对象，认识半年后，于

1990年春节期间我们结了婚。

谁知结婚之后，我们的两地分居问题迟迟未能解决。同时我在工作中也遇到了不小的挫折。大约是在1993年前后，所里提拔了两位副主任，都是比我晚一年到所里工作的年轻人，年龄也都比我小一些。

我未能提拔重用，应是意料之中。因为那时我不是要调回老家，就是要从事文学创作，一直还未找到人生的方向。为此，所长曾亲自找我谈话，希望我能安心踏实地在所里工作，继续担任课题组长，为所里分忧。当时所里极为困难，缺乏科研带头人。我以种种理由，婉拒了所长善意的要求。

我和爱人结婚后，她建议我还是别回老家，说是老家毕竟是基层，人生的舞台小，北京是首都所在，发展进步的空间要大得多。经过反复权衡利弊，我最终还是打消了回老家工作的念头，决定继续留在北京打拼。

继续留在所里，发展进步之路已被堵塞，爱人、孩子的户口也难以解决，此时我只有华山一条路——尽快调到一个满意的单位。恰巧总院办公室正缺人，几乎没费什么周折，我很快就借调到了那里，其时是1994年底。

到院办工作不久，我的一位在部机关工作的好友，就给我提供了一条重要信息，说是安全司正缺一个人，处长让他帮助推荐人选。他本来引荐的是别人，我听说这个千载难逢的机会之后，当即向他诉说了我家的窘况，深得他的理解和同情，他转而又向处长举荐了我。

我应约到部机关大楼拜见那位处长。当我坐在他的办公室里，恭恭敬敬地把自己的名片递上去，他仔细看过之后立即答应要我，院办秘书的金字招牌帮了我很大的忙。

1994年5月初，只在院办工作四个月的我，竟幸运地借调到国家机关工作，并于当年8月正式办理了调动手续。

不过，等我到那里工作后才得知，我调入的是机关的内部编制，属内部粮票，并不在国家规定的正式编制序列。当时安全司有四个内部编制，关系都放在部调度中心，人在机关干活。虽说是二等公务员，但毕竟一只脚已踏入国家机关的大门，心里还是挺高兴的。

就这样，我结束了在研究总院的十年职业生涯。

六　机关岁月

初调入安全司时，我在培训劳保处。我们处主管安全培训和职业健康，处里只有三个人，正副处长领导我一个小兵，是司内五处室中最小的处。

在国家大机关工作，那种滋味和感受自然不同。每天无非就是打打电话，给下属单位布置任务，要求他们报材料，或听汇报，开会，起草文件，待领导们逐级审核后，送文印室打印，校对，盖章，发文。陪处长到全国各地出差，主要是到矿务局和安全培训中心检查或调研。

机关的工作完全是因循守旧，照本宣科，等因奉此。最难的是起草文件，这可需要文字功底，一个处得有这么个人，否则处长自己就得坐蜡。

到机关工作的第二年，在处长的关心下，我得到了出国的机会，这是我参加工作后第一次出国。

我们临去时途经新加坡住了一宿，尽兴地在狮城玩了一天，第二天晚上乘飞机到珀斯。翌日，在珀斯开会，晚上乘飞机到悉尼。在悉尼参观访问了一天，晚上参观朋友的大别墅。第二天坐朋友的小轿车到堪培拉,又乘飞机到墨尔本、布里斯班去学习考察。回国时在香港住了一夜,在香港玩了大半天后,高高兴兴地乘飞机回家。

在培训劳保处干了一年多,司领导突然将我调整到安全监察处。原因是司里调进一位女同志,按规定不能下井,到培训劳保处再合适不过。安监处是大处,共有六人。

安监处主管安全监督检查。主要工作是一年组织几次安全大检查,从全国各地抽调人员,分成若干组,深入到有关省份及煤矿企业检查安全工作。同时要求各省区市自行组织检查,将检查情况上报安全司。由司里归纳汇总检查情况,起草检查情况通报。虽然辛苦劳累,但相比培训劳保处,接触面要宽广得多。我到处里后,起草文件的任务基本都落在了我的头上。

七 第一次下岗

刚到安监处的第二年,也就是1997年上半年,在处长的亲自大力协调下,赶在孩子上小学之前,将我爱人、孩子的户口一起调到了北京。

然而好景不长。到了1997年下半年,大楼里就开始风言风语,说是部机关要撤销。但毕竟是传言,当时不过是将信将疑。春节刚过,这传言就被证实。在不久之后召开的全国两会上,正式公布了政府机构改革方案。

这次改革力度之大可谓空前绝后。很多部委被撤销,大批人员被分流。部机关当然也不例外,由正部级降格为副部级的国家局,编制由几百人压减至不足百人,听说这仅是过渡性机构,两三年后也将被撤销。

真是一石激起千层浪。当时大楼里几乎是人人自危,多数人感到前途无望，根本无心上班，成天在各个办公室乱窜，聚集聊天，各种传言盛行。

在人们的焦急等待中，国家局的"三定"终于出笼，没有安全管理职能，安全司全员等待分流。当时给分流人员预留了两条出路：一是参加国家统一组织的脱产学习，到在京的有关高校学习两年，自由择校，自愿报名，免试入学，学习结束后，如果英语过六级，可以取得硕士学位，但没有学历。否则，只能拿到结业证书。二是分流到在京的企事业单位去工作。

最终的结果是安全司二十多人，只有三四人幸运地进入国家局，或调整到别的国家机关，除了退休（可申请提前退休）的以外，其余的皆被分流。我是第一个被确定分流的，因为司长谈话的第一人是我，既是大势所趋，也是理之必然，更是无话可说。因为我本身就不在正式编制之列，又是到司里较晚的。

接到正式通知之后，我曾一度想再回到研究总院。后来转念一想，好马不吃回头草，还是随大流吧，当时多数年轻人都选择去脱产学习，我也就报名参加中国人民大学的会计研修班。我当时的想法是，结业后报考注册会计师，到会计师事务所去工作。

我在人大学了两年。那两年，对于我们这个小家庭来说是最为艰难的。我被分流学习简直就是雪上加霜，每月只领干巴巴的一点死工资，而且也只能领两年。爱人户口刚解决，工作没着落，不得不去打工。家里尚没有分到住房，临时住在研究总院安排的一间过渡房内。

事后证明，我当初的选择是错误的。学了两年，十分艰苦，只拿到了毫无用途的结业证书。别人被分流到企事业单位的，两年内有的又提了一级。

八　最累的日子

我在人大的学习生涯行将结束之时，上级又决定以现有的国家局为基础，筹建垂直管理的新国家局，旨在强化煤矿安全监察工作。

真是三十年河东、三十年河西。回想两年前，老安全司的人几乎全都被分流，谁承想仅仅过了两年，随着新国家局的成立，年轻人一下子又都有了回到国家机关工作的希望。

我也顺理成章地重新回到了公务员队伍，而且是正式编制，成为一位名副其实的国家公务员。紧接着又成立一个国家局，主要负责全国安全生产综合监管，与之前成立的国家局合署办公，一个机构两块牌子。当时我在监察二司，先后担任副处长和处长，主要负责小煤矿的事故查处工作。

2005年初，即在当年的全国两会前，后设立的国家局升格为正部级，国家总局正式挂牌办公。总局成立后，先组建的国家局成为总局管辖的副部级机构，内部司室也作了相应的调整。我被调整到事故调查司，又在那里工作了两年。这是一个专门负责全国煤矿事故查处的司室。

2000年后，煤炭行业整体形势逐步好转。尤其是2005年、2006年那两年，正是煤炭行业黄金十年中的鼎盛期，煤价飙升，挖煤几乎等于挖金子，不少煤矿企业违法违规冒险蛮干，因而也是煤矿事故的易发多发期。

按规定，特别重大事故由国家局（后为总局）牵头组织调查，其他部委参与。我是事故调查处处长，一旦煤矿发生特大、特别重大事故，我不是赶赴现场指导抢险救灾和事故处理，就是跟随领导直接参与事故查处。无论周末还是节假日，接到通知必须立马出发。

那几年，我每年的出差时间差不多都在半年以上。

每次在事故抢险救灾现场，我白天跟着领导查看抢救工作，听取进展汇报；我自己还得想法抽空找人了解情况，搜集资料，为后续工作做准备。夜里领导开会布置任务后，差不多已是九十点钟了，工作组其他人员大都去洗漱预备休息，而我的工作才刚刚开始，因为我要着手起草事故抢险进展情况报告和事故通报，还得给领导撰写调查组成立大会的讲话稿。

领导要求事故通报限时发出，我必须在规定时间内拿出初稿。时间很紧，要求又高，必须把事故过程、起因、抢救进展、防范措施写清、写透、写实，不能是空话、套话、大话，更不能与以前发过的通报相雷同。那时经常发通报，要做到这一点谈何容易。

我只是一个小处长，能听到看到的情况很有限，加之忙碌一天，疲惫不堪，时已深夜，又瞌睡得厉害，脑子根本不转圈，还得边写边查阅资料，因而写得很慢，有时竟写到凌晨两三点。第二天还要起早，赶紧把稿子呈报领导审阅。由于睡不好觉，我白天总是晕晕乎乎的，走路双腿直打飘。

调查组正式成立后，紧接着就是开展事故调查，我在事故现场一待就是20余天。要找很多人谈话取证或了解情况，深入井下实地勘察，反复听取汇报，想法寻找材料，汇总整理，起草小组报告。回到北京后，还要根据各小组的报告，撰写事故调查总报告。

那时候，全国煤矿事故多发，因而我的工作就是不断地赶赴现场，持续的舟车劳顿；不停地发通报，写讲话稿，几乎经常如此。因为单位能写稿的人很少，几乎都是由我执笔。

加之那时又报考在职博士研究生，因为我觉得在人大学了两年，学历学位全没拿到，心实不甘。虽说博士没什么用，总得给自己分流两年的苦学一个交代。谁知竟然连考了两年，听说头一年我只差了一分，只得来年接着重考。无奈之下，硬是挤时间又苦学了一年，第二年终于如愿以偿地考上了。接着利用业余时间上了一年课，还要写论文、答辩，苦读两年拿到了博士学位和学历，真是苦不堪言。

九　再次跳槽

后来国家局又增设新的司室，我到这个司担任副司长，在那里干了三年。虽然我是司领导，可司内能写稿子的人则更少，几乎所有重要的材料都是由我操刀。

在研究总院工作时，踟蹰摇摆两三年，闷头看了六七年文学书，虚度十年光阴。1998年脱产学习两年，学历学位也未拿到，可以说又耽搁了两年。因而在仕途上，我比同龄人慢了一大步，进步的空间已极为有限。再说，一步赶不上，步步赶不上，因此，对我而言，仕途已是十分渺茫。

况且我在机关总也摆脱不了写稿子的命运，工作总是很急、很苦、很累，经常熬夜加班，周六肯定不休息，周日休息不保证。

机关的工资待遇又很低，虽说我是司局级干部，可月工资还不到五千元。眼看儿子即将到美国留学，家里只有一套住房，又无车。等到儿子结婚时，将无房可住。

思来想去，经与爱人商量，我终于下定决心，调到中央企业去工作。

我在大学学的是采矿工程专业，俗称"地下采煤"，通俗地讲就是学习如何从地层深处把煤挖出来，这个专业最苦也最累，但这是矿业学院的核心专业。

我又从事煤矿安全管理多年，专门从事过事故查处，还是安全工程专业博士，到央企找个工作应该不难。

果然如此。我当时给自己定的方向是，毕竟在煤炭行业干了二十多年，利用调换工作之机，力争换一个工作环境，去感受不一样的行业文化，经历不一样的行业体验。于是大致方向很快就确定了，那就是到电力企业去工作。

我首先想到了一家综合能源企业，既有电力，又有煤炭，符合我择业的方向和目标。于是我登门拜访了那家央企的一位总裁（总经理）。

他乍一听，很是诧异。说是企业很苦，你在国家机关工作多年，能吃得了这个苦吗？我说没问题，机关的苦我都吃得了，体制内还有哪个单位的苦吃不了呢？他说，要是这样，我们单位还真缺个人，煤炭公司缺一个副总，你愿意干吗？我说，可以啊。紧接着我问了一下待遇，那位领导一说，我心里就犯嘀咕，原来央企的工资也不像外界传说的那么高啊。你回去考虑一下再回复我，待我起身告辞时，那位领导对我说。

过了一阵子，我又想起另一家电力企业的领导，我赶紧去拜访了他。我们认识很多年了，彼此很熟悉。我开门见山地说明了来意。他向我介绍了企业的情况，包括员工待遇，我听了以后很满意。

这家电力企业确实需要像我这样的人员。当时集团已收购了很多煤矿，还有不少井工煤矿，集团总部又没有科班出身的煤矿地采专业人员。一想到这个情况，我天真地以为，我将很快就调到这个集团工作了。

实际过程却完全出乎我的意料。因为直到两年后，我才艰难地调进这个单位。调动过程之所以如此漫长如此曲折复杂，原因有二：

一是集团并不太想把我调进去，领导层并不是很积极。直到后来我才明白，原来央企进人，因素非常复杂。

二是当时集团总部正在进行机构大改革，重新定机构、定岗、定编，这本身是一个庞大的系统工程，又牵涉到集团总部每位员工的命运。人事关系错综复杂，牵一发而动全身，所以集团领导慎之又慎。恰在那时，上级对集团的领导班子也进行了调整。

几年后我才得知，我原先联系的那家央企，由于在国资委的考核中年年是 A 级，工资总额连涨，员工待遇早已超过了我们集团。听到这个消息后，我心里很不是滋味，因为折腾了两年，待遇还不如原来联系的单位；如此辗转费力折腾，何苦来哉？！真是"命里有时终须有，命里无时莫强求"。

十　在央企的日子里

在社会上，电力企业的口碑很好，可以说是声名煊赫，有"电老虎"之称。我之所以费九牛二虎之力，耗时两年，历尽曲折，拼命往电力企业挤者也无非是为此。

但等我真进去工作以后则发现，电力企业的待遇不过如此，在央企顶多算是中不溜。而且我调进去以后，央企的很多福利被上级勒令取消，薪酬待遇实际上不升反降。

央企总部和国家机关的工作性质差不多，开会，听汇报，下发文件，到基层检查和调研，照样是文山会海。

五年之后，我改任专职董监事，一干就是六年。所谓专职董监事，就是委派到二级单位担任董事或监事，过去在我们集团都是各部门负责人兼任，在别的央企也是让快退休的人员担任。我们是奉命专门干此项工作的，故名之"专职"，其实就是为了安排分流人员，说是领导岗位，实为闲差，最初只有几个人。

专职董监事的首要工作，是参加或列席任职二级单位的"三会"——董事会、监事会和股东大会。会前须认真研究议案，以便在会上发表意见。对所有上会议案，同意者就举手签字，不同意者可否决，也可弃权。

为开好"三会"，还要到三级单位进行调研，了解任职单位的发展及生产经营情况，好在开会时对议案进行科学的决策，或对任职单位下一步工作提出意见、建议。当时集团公司明文规定，每位专职董监事每年到一家二级单位的出差天数不得低于三个月。起初同仁们大都担任两家单位的专职董事，后来任职单位越来越多，最多时有五六家单位，根本忙不过来，这个规定也就不了了之。但出差的天数和撰写调研报告的数量，仍是对专职董监事考核的重要内容。

担任专职董监事后，出差较多。在不知不觉中，出差的待遇也有了微妙变化。二级单位的人心知肚明，我们是被分流的人员，已经靠边站。单位领导重视的，接待仍旧很好；领导不热情的，有时难免会受到冷遇。

但有失也有得。虽然出差时经常受到冷落，陪同的人员少得可怜，没有了前呼后拥，没有了美酒佳肴，没有了阿谀奉承，晚上只好一个人冷冷清清地待在宾馆里，但同时我也落得个逍遥自在，有了大把的时间，安安静静地看我自己喜欢的文学书。

后来集团换了董事长，把专职董监事这个岗位做实了，且将岗位更名为"专职董事"。人员有进有出，还有的得到提拔重用，人员也猛增到四十多人，不少人还是"70后"，人员越来越年轻。这个岗位也开始受到员工的青睐，不少人报名竞争。我们的出差待遇也悄悄地有了变化，下面的单位好像又普遍重视起来。

在这六年里，我自己也取得了一些成绩。一是在集团公司召开的第一次专职董监事座谈会上，我作了大会发言，受到领导的肯定和同事的赞扬。会议结束后，集团公司董事长握着我的手说，你今天讲得很好。二是集团公司换了董事长后，集团组织了一次关于如何建设一流总部的征文大赛，在一百余篇参赛文章中，我荣获一等奖，在五个一等奖中名列第三，排在前两位的不是以单位名义参赛，就是两人合伙撰写的，而我则是单枪匹马完成的。这次大赛，集团总部有很多部门负责人报名参与，同台竞技的结果，也充分证明了自己的实力。三是由我执笔完成的一份调研报告，得到了包括集团董事长、总经理在内的四位集团领导的批示。

十一　第二次下岗

2015年，我们集团和另一家央企合并。两大央企合而为一，总部机构几乎大同小异，机构重叠，人员臃肿，机构大改革在所难免。最后出台的涉及我们的改革方案是，撤销三个非电专业部门，重新整合，合而为一。

人资部门主要领导把我们三个部门的所有员工集中在一起开动员会，号召大家以集团大局为重，自觉服从分配。并给每人发了一张表，要求以部门为单位，员工之间相互打分，处长必须排出名次，且不得并列。

散会后，大家回到办公室开始绞尽脑汁给别人打分。人人心里都明白，这次打分意义非同小可，几乎关系到每个人的前途和命运。牵涉到自身利益，每人肯定首先考虑自己的利益，谁都想提拔，谁都怕被分流。因而打分自然而然地就变成了拼关系。

机构改革那阵儿，不少人无心办公，纷纷设法相互打探消息，一时间谣言四起。记得好心人安慰我说，你肯定没问题，怎么也得把你留下呀，你是国家大机关来的，集团也缺少安全监管人员，最不济也得让你到别的部门去。也有的劝我赶紧托人想办法。

我心想，自己是外来户，关系根本无从找起，想找也确实没有门路。再者，管煤炭产业，安全压力很大，成天担惊受怕，最怕半夜来电话。分流就分流吧，其实干什么都一样。我几乎没有找任何集团领导，也没有跟主管领导汇报过。反正那段时间没人安心干工作，大家都在忙着找关系，给自己谋个好岗位，我则干脆成天躲在办公室里埋头看文学书。

表交上去后不久，人力资源部即逐一找大家谈话。找我谈话的时候，一听领导言语中的含义，我确信自己将被分流无疑，因为领导问我下一步有什么想法，我只得说，那就服从组织分配吧。

最后的结果是，我们三个专业部门，有三人离开原岗，我是其中之一，或干专职董监事，或被分流到基层去工作。正式宣布以后，大家都很惊讶，很多人议论纷纷，为我们忿鸣不平。这次分流是否公平公正，究竟谁是谁非，在此不说也罢，还是留给时间老人吧。

第二次下岗颇为无奈。觉得自己曾是国家机关司局级干部，又是博士，曾经的学习状元，竟然沦落到被分流的境地，实在是令人汗颜心酸。

我曾一度想赶紧调走，离开这个是非之地。但干了一段专职董监事后，我觉得这个岗位还不错。因为工作不是很忙，对于我这个喜欢文学创作的人来说，真是再合适不过了。经过一番慎重考虑，我决定还是安下心来干专职董监事。

十二　重新燃起的文学梦

到央企工作后，我总是在想，自己已到知天命之年，难道就如此虚度光阴、碌碌无为一生？尤其是以前六七年苦读文学，就这样付之东流实在可惜。于是自调入央企第二年起，在业余时间，我又专心看起了文学书。

十年中，我的业余文学创作可以说成果丰硕。我先是一口气看了四年文学书，之后边创作边学习，总共撰写了近两百篇散文，约六十万字，还出版了自己的第一本散文集《息县坡》，第二本散文集也已全部定稿。其中散文《息县坡》《我的母亲》《听书》《老家》《拜年》《北京的春天》《老家的年席》《北京的秋天》《青藏高原》《古息春图》《酒论》和《母校矿大记》等篇颇受读者欢迎。虽然被别人关上了一扇门，但生活却给我打开了一扇窗。

十三 人生之思

回顾自己的一生，真是命途多舛，历经磨难，极其坎坷和不幸。究其原因，虽说是多方面的，但最根本的原因还是在自己。

其一，一味地用功死学生生将自己学成了书呆子。我的大学四年生活，可以说与中学毫无两样，每天都是宿舍、食堂、教室、操场"四点一线"。即使我参加工作后也是如此，只不过我工作后经常看的是文学书籍，对人生奥妙和职业玄机知之甚少。

其二，性格缺陷也是导致我仕途极为不顺的重要原因。俗话说，有其父必有其子，这话在我身上特别应验。父亲的遗传基因充分地在我身上显现并发生效力，我的性格与父亲太过相像。心高气傲，不会溜须拍马，为人刚正，说话直来直去，不会拐弯抹角，很难讨领导欢心。我与父亲所处的时代虽然不同，但世态却是惊人的相似，因而我与父亲的命运完全相同：总是不走运，只有干活的苦命。

其三，酷爱文学也使我失去了很多机会。参加工作后，我一度人生方向不明，茫然无措；后来又爱上了文学，耽误了六七年光阴。也是为了文学，在央企工作期间，我自己又没有去主动争取发展进步的机会。

2022 年 7 月 27 日

漫谈孩子教育

孩子如同父母的心头肉，尤其是城市的独生子女，含在嘴里怕化了，捧在手心怕掉了，当真是宝贝得厉害。父母对孩子的教育更是到了无以复加的地步，可谓用心良苦。

在孩子只有几个月大，尚在母亲腹中时，对其的教育就已经开始了。这种所谓胎教者，父母也是无所不尽其心。听胎教音乐，讲胎教故事，胎教俨然成了培养孩子的重要环节。

及至孩子三四岁，父母便加快了对孩子教育的步伐。教其数数、认字、弹琴、画画、背诗词，不厌其烦，也不怕费心劳力。功夫不负有心人，几年下来，孩子不仅熟悉琴棋书画，熟练掌握加减乘除算法，还能背诵唐诗宋词。

更有甚者，有的孩子只有十四五岁，却已学完全部高中课程。接着信心满满地参加高考，还一考得中，有的甚至考上了名牌大学，分在了少年班，并将班上的孩子美其名曰"神童"。

于是乎，在父母美好愿望的感召引领下，在社会舆论的追捧鼓噪下，孩子一路地神下去，比同龄人早三四年就拿到了名校的硕博文凭。

我倒对这种做法不以为然。殊不知，这种拔苗助长的教育法，牺牲的是父母的身体和娱乐，失去的是孩子的童年和青春，伤害的是孩子的健康和心灵，其害莫大焉。

还有不少家庭，父母对孩子的教育也是煞费苦心，无所不用其极，大人小孩俱身心疲惫。

他们给孩子报了很多学前班和课外辅导班，什么电子琴班、钢琴班、奥数班、图画班，还有英语、语文等课外辅导班，名目繁多，不一而足。有的不惜高价聘请家教，老师登门一对一辅导，一小时动辄几十元，甚至上百元、数百元。

周末对孩子们来说有等无。每天在不停地赶路、上课、做作业、练琴、画画，成天忙得不亦乐乎。大人们也是异常辛苦，无间寒暑，风雨无阻，接送孩子，在教室外苦等孩子下课，在家里忙着给孩子做辅导。

有时为了接送孩子上学方便，也是为了让孩子有更多的时间学习，他们放着自己装潢一新的大房子不住，却不惜血本，在学校周边租所小房子，和孩子一起住老旧狭窄的学区房。

为了能让孩子有个好的学习环境，有的绞尽脑汁，挖空心思，托人情，找门路，想尽一切办法，并花费高额的赞助费，千方百计让孩子上个好学校，真是可怜天下父母心。有的想方设法投靠亲戚，转户口，无论如何也要把孩子的户口转到好学校所在的小区里。

还有的在学区房上打主意。卖掉原来宽敞崭新的新房子，通过借贷赊等办法，四处筹款，七拼八凑筹够钱，去购买窄小破旧的学区房，以致将好学校周围的学区房价抬高到每平方米十几万，乃至几十万之数，致使学区房价高得离谱。

其实，对孩子的学习而言，好学校固然重要，但决定因素还是自己，即孩子的资质天赋。假如孩子天资聪颖，潜力巨大，不找个好学校，难以充分发挥其潜能，可能考不上心仪的好大学，如此大动干戈，费尽周折，原无足异。如果孩子天生愚钝，朽木不可雕也，再好的学校也无用，纯粹是浪费钱财和精力，那将会得不偿失。还有可能经过一番身心疲惫的折腾，结果孩子在班上跟不上，反而会给他们带来巨大的心理压力和负担。

不能对孩子管教太严，不能让孩子有太大的精神压力。有的父母望子成龙心切，对孩子的学习抓得过紧，孩子成天学习，简直没有一点喘息的机会。孩子完成作业和练习后，有的家长还要层层加码，不是找家教，就是自己给孩子买复习资料，亲自上阵做辅导，让孩子没完没了地复习和做模拟题。

孩子每天家庭、学校"两点一线"，不是枯坐在教室里，就是闷坐在自己的小屋内，成天伏在桌子上，埋头书本里，真是苦不堪言。

可有的父母似乎还不满意，恨不得将自己失去的学习机会，让孩子帮助补回来；自己未能实现的梦想，希望孩子替自己实现。他们一心扑在孩子身上，孩子上补习班，接送并在校外陪伴；孩子在家学习，他们在旁监督，生怕孩子贪玩。但凡孩子偷懒玩一会儿，父母一经发现，就会严厉呵责一番。一旦孩子考试不理想，就恼羞成怒，轻则厉声训斥，重则谩骂殴打。

殊不知，学习需要劳逸结合，有张有弛。孩子身体好休息好，才能精力充沛旺盛，学习才会效率高、效果好，所谓事半功倍者是也。反之，成天夙兴夜寐地死学，弄得身心疲惫，头昏脑涨，几乎不转圈，效率低下，考试成绩可能很糟糕，往往会事倍功半。

督促孩子一味地拼命死学，还可能使孩子变成书呆子，逐步丧失聪明灵气，笨手笨脚，头脑一根筋，较真死倔，不知变通，除了学习之外，一无所长，缺乏交际能力。即使考上了名牌大学，也是高分低能，适应社会能力差，将来未必会有好前程。而且弓满易折，弦紧易断，累坏了身体，后悔已晚。身体是人的本钱，身体是一，其他的一切皆为零，假如身体垮了，其他都将变得毫无意义，孩子的身心健康比学习更为重要。何况人生是一场马拉松，拼的是身体和精力，只要有一个好身体，才可能笑到最后，取得事业成功。

聪明的父母应该给孩子减负降压。既不耽误学业，也让孩子抽空玩玩，让其看看电视、打打游戏、玩玩篮球、逛逛公园，寒暑假偕孩子出门远游，为孩子创造轻松愉快的学习和生活的环境。切记玩耍是孩子最好的将息，也是为了更好地学习，勿以为这是浪费时间。让孩子有一个幸福快乐的童年和少年，不能让孩子小时候的记忆单调苍白。否则，将是孩子终身的遗憾。

孩子是父母相爱的结晶、奋斗的力量、梦想的所在，爱之疼之在情理之中。但也不能娇生惯养，过于溺爱。树不修不成材，玉不琢不成器，过分溺爱，不管不问。等其长大了，再想管为之已晚，将会导致孩子畸形发展，长大成人后，很可能误入歧途。

少数家长对孩子宝贝得不行，一旦孩子在外惹祸被骂被打，便不问青红皂白，找别人理论，有时还会情绪失控，暴打别人的孩子。名曰"替孩子出气"，实则给孩子树立了一个坏典型，使孩子有恃无恐，将来会惹下更大的祸端。

更有甚者，有的孩子在校调皮捣蛋，无事生非，打骂同学。抑或上课捣乱，不好好听讲，被老师臭骂一顿，或者被老师掴一耳光。这下不得了了，一些不冷静的家长纠集一帮亲朋好友，到学校闹事，有的甚至打骂老师，直至老师被学校处罚方才罢休。

殊不知，如此举动，会很伤老师的心，再也没有老师愿意管教你的孩子。只有负责任的老师才会严管学生，这对孩子的成长有好处，严师才会出高徒。古人云："训教不严师之惰，学问无成子之罪。"那些缺乏责任心的老师，才懒得理会你的孩子，放任自流，任其疯玩，最终受害者还是你自己。

学习固然重要，孩子的身心健康和幸福更重要。成长的道路千万条，好身体乃是成功的基础。家长应该尊重孩子，引导孩子正确对待学习，寓学于乐，顺其自然，也许往往会有意外的收获。

2022 年 8 月 19 日

幸　福

谈到幸福，也许很多人都会想起托尔斯泰的那句名言："幸福的家庭都是相似的，不幸的家庭各有各的不幸。"

幸福究竟相似在何处，怎样衡量，标准是什么，答案恐怕因人而异。但有一点是肯定的，即凡是感觉幸福的人，他们都会感到满足、自豪、充实和快乐。

身体健康是幸福。一个人只有身体健康，才能好好工作，挣钱养家，享受美好生活，感受人生快乐。能够健康平安地活到老，就是人生最大的幸福。没有一个好的身体，一切皆毫无意义。

俗话说，没什么别没钱，有什么别有病，缺什么也别缺健康。可见身体健康多么重要。一旦生病，遭受病痛折磨、不能挣钱养家糊口不说，还可能成为家庭的负担，拖累亲人。

无论工作多忙，都要坚持劳逸结合，注意休息，强化锻炼，享受阳光。有句话说得好："每天坚持一小时，健康工作五十年，幸福生活一辈子。"或慢跑、快走，或打球、游泳，或骑车、爬山，每天一小时，锻炼出出汗，在晨曦星月中送走光阴，于汗水淬炼中增强体质，既打发了时间，又强健了体魄。

家庭和睦是幸福。凡人自有凡人福。不要以为只有高官和富豪才会幸福，芸芸苍生，虽说地位普通，财富有限，只要夫妻恩爱，子女孝顺，家庭和谐，这样的家庭无疑很幸福。最简单的幸福是，有家回，有人等，有饭吃。

家庭和美是创造出来的。幸福的家庭，离不开家庭成员的合同用力，只有同心协力，才能创造幸福美满的小家庭。

夫妻之道在细节，要善待和经营婚姻，相互包容大度，求大同存小异，彼此关心，相互体贴。多沟通，勤交流，懂得忍让和迁就，营造和谐快乐气氛。好夫妻千苦万难，不离不弃，相濡以沫，携手到老。一针一线均是情，一筷一菜都是爱，一日三餐皆是福。

父母应该关心孩子，理解孩子，尊重孩子，孝敬老人，关爱亲人，营造和气大家庭。孩子也应听父母的话，理解父母的良苦用心，诚实孝顺，努力学习，好好工作，让父母放心。

人生充实是幸福。假如你感觉学习、工作高兴，生活丰富有趣，每天过得充实，那你无疑很幸福。

幸福寓于劳动之中。歌曲《幸福在哪里》唱得好："幸福在哪里？……她在艰苦的劳动里，幸福就在你晶莹的汗水里；……她在辛勤的耕耘中，她在知识的宝库里，幸福就在你闪光的智慧里。"只有积极劳动，才能创造财富，取得成就，过得充实。爱劳动的人，将会永远焕发出美丽动人的光彩。

"欲求生富贵，须下死工夫。"学生在校，须发奋学习，磨练本领，打造职场核心竞争力。虽然学习生涯枯燥艰苦，但当你能考上心仪的大学时，十年寒窗皆云烟，金榜题名心中欢。

一朝离开校园，踏入社会，务必心怀梦想，爱岗敬业，用心工作，努力挣钱、养家糊口。虽说干活很苦很累，但当你能为单位做贡献、家庭和谐美满时，再苦再累心也甜。

为国争光更幸福。如果你有崇高的事业格局、更高的人生追求,就应主动把自己的梦想与国家需要、民族命运相结合,把职业当事业,竭心尽智,顽强拼搏,追求极致,全力将工作做得更好,创造出最佳业绩,为祖国做出贡献。纵然历尽艰辛,但若你能功施社稷,必将载之史书,万世流芳,你的人生无疑更幸福。

幸福源自丰富生活。人生是否幸福,八小时以外很重要。心向远方,走出家庭,贴近社会,多交朋友,拥有自己的朋友圈,或与好友小聚,或和朋友娱乐,或结伴四处游历。海阔天空的高谈阔论,快活无穷的游戏娱乐,风光旖旎的风景名胜,都会给你带来开心和快乐。

拥有生活情趣最快乐。生活很美好,关键在寻找、在创造。枯燥琐碎的日子里,仍有很多小美好。洞房花烛,金榜题名,好友重逢,提职涨薪,偶享美味,突遇美景,每每此时,能不高兴?

热爱生活,才能创造生活,享受幸福。或写字画画、吟诗唱歌,或弹琴跳舞、品茗看书,形式多样,任君选择,适性随心,只要让自己忙起来、动起来,就会感到很充实,有成就感,你就会很快活。

心情快乐是幸福。今日中国,无论城镇居民,还是乡村农民,都已过上了红火的小康生活,有车有房,吃穿不愁。幸福不幸福,关键在心态。君不见,即使是一家人,有人心情忧郁,有人开心愉快。只有心里有爱,眼里才会有光,快乐才能常在。

心态不同,眼中的世界也不同。心态好,看到的是春花夏风,草木际天;秋月冬雪,千里一色,风景无限美好,哪怕是竹篱茅舍,粗茶淡饭,也是幸福。心态不好,望中都是春沙夏热,苦闷不乐;秋瑟冬寒,萧瑟凄凉,即使是名车豪宅,花天酒地,也觉烦闷。心态好的人,磨难也是磨炼;心态不好的人,生活再美好也会腻烦。

知足才能常乐。同学、老乡、战友、同事之中，有的地位显赫，不是高官，就是富豪；有的地实寒微，可能只是个股长、科长、处长什么的，官职和财富有天壤之别。但不能因为地位卑微，就怨天尤人，懊悔不已，生活在烦恼忧愁之中。须知人生既有后天的努力，也有先天的禀赋，还有说不清道不明的运气。只要自己努力过、拼搏过，就问心无愧。应学会正视自己，知道自己的不足，不再和自己过不去，抛却不应有的烦恼，就会知足快乐。

人苦不知足。总有些人自视清高，也不掂量自己几斤几两，总爱做不切实际的幻想，好高骛远，自寻烦恼。人若不知足，得陇复望蜀，这山望见那山高，骑着驴骡思骏马，官居宰相望王侯。成天忧心忡忡，郁郁寡欢，这种人活得最累最苦。与其在妄想中身心疲惫，不如在知足中过好一生。学会得之坦然，失之淡然，顺其自然。

做人要难得糊涂。要心宽似海，不能什么事情都得刨根问底，非要弄得清清楚楚，有时睁只眼闭只眼，得过且过，效果可能会更好。凡事不能过于斤斤计较，否则你就会日日烦恼，因为天下没有绝对的公平公道。不要什么都看不惯，要懂得存在的就是合理的。不管闲事，少管别人，就会经常满足快乐。千万不要众醉独醒，逐步变成"老愤青"，看什么都生气，徒劳无益，伤害的只能是你的心情和身体。不迷恋身外之物，不计较利益得失，心若简单，人便快乐。

要学会沉淀浮躁，过滤浅薄，看淡得失，懂得幸福。爱好热闹，与好友狂饮狂欢狂聊，自然快乐；喜欢独处，在家中一人一茶一书，怡然自足。

2022 年 10 月 21 日

性格与命运

人的性格千差万别,而且江山易改,本性难移。因而有什么样的性格,很可能就会有什么样的命运。

有人性情暴躁,好似鞭炮捻子,遇火就着。野蛮凶狠,令人胆寒,些许小事都会触他之怒,登时火冒三丈,大发雷霆。他心头火起时,千万别与之理论,否则立马如火上浇油,很可能引火烧身,挨一通臭骂事小,极有可能挨一顿毒打,饱受皮肉之苦。严重时,他一时性起,还有可能招致杀身之祸。

性格火暴者,感情容易激动,情绪易于失控,往往会引发恶性事件,常有缧绁之灾,甚至被迫偿命。他们往往会因鸡毛蒜皮的小事,与别人发生激烈冲突,且蛮不讲理,拒不认错,毫无克制,绝不相让,以至越吵越凶,甚至拳脚相加,刀棍血拼,直至将对方打死而后已,直到此时方才傻眼,但为时已晚。

这种人朋友少,因为大家都畏而远之。家有性格火暴者,家庭也难得安宁,大吵大闹是常事,家暴也在所难免,于是女性惨矣。

有人性格急躁。遇事爱喋喋不休,甚至骂骂咧咧,指责对方。缺乏灵活性,爱较真,认死理,绝不让步,因而容易惹是生非。轻则挨骂,重者被打。其实忍一时风平浪静,退一步天高地阔。殊不知绝不忍让也是不文明的行为,说明你涵性不足,修养未到,品德不高。此类人日常麻烦不断,事业也很难如愿。

有些人脾气倔犟固执。脑袋僵化呆板,总是一根筋,认死理,不拐弯,听不进任何人的意见,凡是他们认准的,就是八匹马也拉不回来。这种人在仕途上通常不顺。对于领导部署的工作,总是有自己的主张,不是一味我行我素,就是给领导提意见,甚至跟领导争吵,冲撞领导,有时还会与领导拍桌叫板。对下属则是刚愎自用,对群众呼声充耳不闻,一手遮天,独断专行。

在生活中常常固执己见,反叛性强,听不进任何人的好言相劝,越是父母之言越不听,越不让其做的事偏要做,经常是跟父母对着干,不撞南墙不回头,甚至是撞了南墙仍嘴硬。

这种人往往特立独行,行为怪诞,做事鲁莽,不计后果,常有出人意料的举动,让大家目瞪口呆,难以置信。平时会诸事不顺,有的人结局可能很悲惨。

最为典型的事例是畸形恋爱问题。他们在恋爱时,往往过于冲动,双方认识时间很短,尚不了解,即草率完婚,如此闪婚者不在少数。恋爱结婚乃终身大事,幸福的婚姻快乐温馨,不幸的婚姻烦恼不断。务必要在深刻了解双方性格脾性、健康状况、家庭背景等诸多情况后,方能做出最后决断。

可倔强的人谈恋爱十分莽撞,置所有的条件背景于不顾,不管家庭背景相差如何悬殊,也不管性格品性是否相合,刚认识不久,对方的几句甜言蜜语就让其找不着北,仓促私定终身。无论父母如何苦口婆心地劝说,如何坚决反对,甚至以断绝父子母子关系、扫地出门等苦劝,也不论父母如何伤心痛苦,就不悬崖勒马,仍然坚持与对方待在一起,甚至不惜与对方出走私奔。

这样的婚姻多数会不幸福。婚后不是生活艰难，就是吵闹不断，有时大动干戈，对骂厮打，有的不久就闹到离婚的地步。更有甚者，有的难忍欺骗之痛、家暴之苦，愤怒地杀死对方以求解脱，或绝望地自杀摆脱厄运，甚至被对方残忍杀害，结局极其悲惨。

　　有的人老实内向，讷涩寡言，半天不说一句话，一说话支支吾吾，急得脸红脖子粗。喜欢独处，不善交际，上班时闷头坐在自己办公室里，与同事少有往来。一下班就往家跑，宅居在家，足不出户，跟谁也不打交道。除了同事外，认识的人寥寥无几。不懂人情世故，落落寡合，这种人适合搞科研或教学，不应在机关或企业工作，勉强待着，前途多半暗淡无望。老实人吃亏，人生铁律。

　　有的人对下属过于严厉，不理解人，总是鸡蛋里挑骨头，千方百计找错训斥人。总是认为自己高明、自己正确，经常批评下属，而且一点儿也不顾及别人的颜面，轻则一通批评，重则边骂边损，让人根本下不来台。下属不喜欢你，惧怕你，躲着你，有时还容易惹人恼怒，招人记恨，甚至成死对头。有时对方不惜鱼死网破，舍命告状，不惜一切代价，一心想把其扳倒。这类人通常仕途坎坷，事业不顺。

　　心胸狭窄者，小肚鸡肠，眼里揉不得沙子，心里装不下尘埃，斤斤计较，好生气，爱记仇。别人一句不妥的话、一件不顺心的事，就会触其之怒，立马不理人家，甚至马上断绝来往。喜吃独食，不容别人插手，更不与别人分享。尤爱嫉妒，眼见不得别人比自己强，否则，顿生妒意，妒火中烧，这种人结局往往不妙。

　　能说会道者有之。口若悬河，滔滔不绝，舌灿莲花，感染力极强，讲话富有煽动性、鼓动性，聊天易吸引别人的注意力和好奇心。闲谈时总是引聊人，常是聊天中心，令人羡慕。然而事物总是有两面性。这种人容易言多必失，口无遮拦，祸从口出，让领导不高兴，惹别人生气，不宜在重要岗位工作。

心直口快者也不少。这些人心里藏不住话，肚里搁不住事，好比骨鲠在喉，不吐不快。如同竹筒倒豆子一般，不管三七二十一，把不该说不能说的话，一股脑全都吐了出来。如同玻璃人，易被人一眼看穿，给工作造成不必要的麻烦，甚至产生被动，所以很难担当重任，往往不会被领导重用。

有人机灵聪明，性情活泛，善观气象，见风使舵，胜似风信鸡，人称"世间人精"。这类人往往不学无术，工作平庸，干不了业务，写不了材料，业绩上乏善可陈。但精通关系学，特别会搞关系，颇有心机，会拍马屁，在官场上长袖善舞，左右逢源，游刃有余，很受领导赏识。成天喝着、玩着，不亦乐乎，而且轻轻松松，把领导哄得好好的。仕途上平步青云，待遇上好处全有，朋友多，口碑好，几乎人人爱之。世间就是如此之怪，苦干活总不落好，马屁精深得人心。

还有人城府很深，话不多，开口准能说到点子上；不生气，但不怒而自威，气场很足。看上去很沉稳，泰山崩于前而色不变。与之长期相处，总也摸不清底细。这种人最适合官场，进步也会很快。

性格决定命运的例子数不胜数。众所周知，汉末三国时期，蜀汉开国皇帝刘备手下有三位赫赫有名的大将关羽、张飞和赵云。三人皆有万夫不当之勇，并称"燕南三士"。

关羽忠义仁勇，名列"五虎上将"之首，但刚而自矜，勇而无谋。与魏兵大战之前，先锋傅士仁、糜芳二人因饮酒和失火，关公执意要斩二人，后被众将苦劝方免，但各打二人四十大板，两人遂心生忌恨。关公却仍让他俩分守公安、南郡两座城池。关公大意失荆州后，两人立马降吴，致使关公无城可退，终被吴兵所俘并杀害，享年只有五十八岁。

张飞勇武过人，但性暴如火，嗜酒如命，醉后常常暴怒鞭挞将士。关公遇害后，张飞急于报仇，限帐下末将范疆、张达在三日内，必须制办完白旗白甲，三军挂孝伐吴。当范疆、张达入帐禀告："白旗白甲，一时无措，须宽限方可"时，张飞怒不可遏，令武士将二人绑在树上，各鞭背五十，仍余怒未息，扬言"若违限，必杀汝二人示众"。言毕在帐中喝醉后，被二人杀害。时年只有五十五岁。

赵云文武双全，英勇儒雅，胆大心细，颇有大臣局量，性格几近完美，被誉为"常胜将军"，深得诸葛亮信任。每每在关键时刻，诸葛亮总是让赵云做贴身护卫。赵云终老病故，享年七十六岁。

虽说本性难移，但也并非毫无改变之可能，读书即是改善性格的最佳途径。只要多读书，读好书，会读书，就会拓宽视野，增广识见，从而锻造格局，增加涵性，滋养品德，性格也会逐渐好起来。

2022 年 10 月 28 日

闲话读书

今年的世界读书日，全国各地举办了轰轰烈烈的主题活动，内容丰富，精彩纷呈，氛围浓郁，让广大读者饱饫了一场前所未有的读书盛宴。

说起读书，真是酸甜苦辣皆有之。不少人抱怨在校读书苦，工作后事务繁忙无暇读，生活中疲于奔命不想读，想读时却发现又找不到好书。还有人说，这年头，求职提拔靠关系，根本不看业绩和能力，读书根本没有用。

也有人嗜书如命，闲暇总是把书读，乐在其中。我认识一位朋友，听说这老兄每年大年三十还读书。他们尽管囊中羞涩，也要凑钱去买书，腹笥充盈，并以读书破万卷以骄人；不管住房多紧张，也要想法布置一间书房，汗牛充栋，常以书香之家为自豪。

总之，借口满满，例证确凿，读与不读皆有理。于是名人们又炮制了不少读书的名言，勉励人们要读书。

我倒以为，读书不一定行，但不读书肯定不行。在平常的日子里，大家还是抽时间读点书。

在学校，务必苦读书。《红楼梦》中有言："书中自有黄金屋，书中自有颜如玉。"虽然话很俗气，描绘的却是人世间客观实情。所以古人下帷攻读，十年寒窗，苦学八股，疲于赶考，渴望场屋连捷，金榜题名。囊萤映雪、凿壁偷光、悬梁刺股的苦学故事，实在令人感佩。

古人尚且如此，何况现世的我们。当今社会，竞争更趋激烈，就业日益严峻。如果你不读书，你拿什么和别人竞争？对普通人来说，读书是改变人生最佳也是最快的途径。网传劝学顺口溜讲得颇有道理："要么穿上校服志在四方，要么穿上工装满面沧桑，要么加入丐帮游离四方，要么脚蹬三轮收旧冰箱。"另一个顺口溜也讲得俗而好："当初学习不努力，现在工地卖苦力。受苦受累又受气，兜里没有人民币。要想出人头地，学习必须努力！"

高考是人生的起跑线。学生在校，必须抵御住各种诱惑，心无旁骛，埋首苦学，力争考取自己心仪的大学。绝不能好逸恶学，沉湎游戏，成天逃学，荒废学业，否则，一旦你考不上大学，你在人生的起跑线上就已经败北。虽然你还可以选择从事别的职业，但在人生之路上，你已经比别人慢了半拍，失去了很多机会，再想追赶别人，肯定是难上加难。

当然，考上大学，人生未必就会成功；但如果考不上大学，你成功的可能性则更小。而且如果不读书，你很难成功。因为无论你从事何种职业，哪怕是当一位农民工，也得有文化和素养，假如你是一个文盲，斗大的字认不到一箩筐，你的工作和生活将会寸步难行。

无论你是什么原因没有考上大学，也不应自暴自弃，自毁前程。而应迎难而上，坚持不懈，无论工作多忙，也要挤时间读书。你可以自学拿到学历，尝试别的职业，再不济也可以通过读书帮助你做好工作，更好地生活。

工作后，一定要多读书。有人说，脚步到达不了的地方，读书可以；自己经历不了的人生，书籍可以。读书真的很重要，书读得越多，心胸越大，视野越宽，见识越广。腹有诗书气自华。书本的沉淀，知识的加持，可以让你渊博、虚心、通达和圆滑，不再狭隘、冷峻、固执和偏激，内心更加充实强大，你的人生将会更加斑斓多彩。让你在气质上、谈吐上、做事上，甚至在工作和生活的方方面面，处处闪耀着知识和智慧的光辉。

参加工作后，不能只读专业书，还要博览群书。经史子集，古文诗赋，文哲史地，政法军财，休闲娱乐，古今中外，均要涉猎。品味书香，锻造格局，滋养涵性，修身养志，从而增长才干，增添智慧。

广博的阅读让你外有松柏之刚毅，内如丘壑之深沉，聪颖睿智，思路敏捷，沉稳干练，工作时能说能写，交际中左右逢源，满腹经纶，内外兼修，受人敬重。反之，假如你不读书，孤陋寡闻，见识浅薄，志大才疏，无论你职位多高，多么富有，都难以让人心服口服，甚至可能沦为笑柄。

生活里，应该爱读书。莎士比亚说："生活里没有书籍，就好像大地没有阳光；智慧里没有书籍，就好像鸟儿没有翅膀。"八小时之外，周末节假日，尤其是退职退休之后，你有的是大把的时间，应该养成爱读书的好习惯。除了忙于柴米油盐酱醋茶、一日三餐之外，你可能旅游观光，聚会娱乐，琴棋书画，但总有闲暇孤独时刻；即使外出，在舟车劳顿之中，你也有独处之时、无聊之际。这时你不妨泡一杯茶，捧一本书，沉浸在书中的乐趣里，好似在炎炎夏日里忽然掠过一丝凉风，寒冷雪天里突然碰到一堆篝火，让你倍感惬意，不知不觉中，消磨了时光，消除了孤独，增广了见闻，何乐而不为？读书会让你的生活更加美好。

烦恼时，可以读好书。书籍是人们不可或缺的真心朋友，只要你想起它，它就会及时出现在你身旁，并且无私地陪伴你。在你落魄困窘烦恼时，在你最需要朋友时，你却发现真正的朋友寥寥无几，朋友们大都远离你而去，唯有书籍默默地陪伴在你身边。徜徉书海，安放心灵，或许你在生活中的一切迷茫与疑惑，都能在书中找到答案，从而助你拨开迷雾，辨明方向，抚平创伤，抵御苦难。从而找到逆袭的机会，给你克服困难的力量，重振旗鼓，踔厉奋发，东山再起。所谓好书，凡能给予正能量者皆是也。

一生中，必须善读书。读书者，活读则灵，死读则呆。有人读书很用功，但不思学习之法，也不知劳逸结合，只是一味地拼命死学，竟然把自己学成了书呆子，迂腐之至，在职场上不知所措，处处碰壁。

也有人善于读书，有张有弛，忙里偷闲，学则认真刻苦，玩则开心尽兴，而且活学活用，学以致用，勤于思考，善于总结，因而事半功倍，别看平时吊儿郎当，考试总是名列前茅。还拓展了阅历和见识，增添了智慧和情商，聪明至极，在职场上如鱼得水，游刃有余。

读书应增扩范围，设法多读闲书。应广搜遐采，博览群书，博采众长。应专闲兼顾，泛精结合，有的泛览，有的精读。广泛涉猎里寻找好书好文章，重点精读中做到能掌握、能运用。要多读经典名著，多看名家名作，而且要认真读、反复读，逐字逐句钻研，弄透读懂，烂熟于心，做到融会贯通。

阅读中切记要有取有舍。眼下各类书籍真是铺天盖地，五花八门，应有尽有。但也良莠不齐，阅读时必须去其糟粕，取其精华，汲取正能量，才能从中获得启发，为我所用。不然，或许你看到的都是负能量，你将会越读越颓废，越读越厌世，甚至还会误入歧途，走向不归之路。

2022 年 12 月 2 日

友 谊

人生天地间，友谊很重要。人生因之更精彩，生活因之更愉快。真正的友谊总是自然生，老了依然在。

发小友谊耐回味。两小无猜，青梅竹马，一块长大，一起游戏玩耍，捉迷藏，踢毽子，掏鸟蛋，拍皮球，游泳，翻绞，久而久之，相互间自然有了好感，越来越愿意在一起玩，越玩彼此之间越喜欢。于是乎，大家总是在一块疯玩嬉戏，成天开心尽兴，欢欢喜喜地度过了快乐的童年。这种自小在一起玩耍建立的友谊最为纯真，也最为久远。

同学友谊最难忘。数载同窗，朝夕相处，一块上课，一同挑灯夜战，一齐外出实习，一起排队打饭，晚上同睡一个房间，结伴上学或回家，一路上谈笑风生，指点江山，憧憬未来。当时只道是寻常，而后一切成追忆。那段美好的记忆，永远是我们人生世界的一道亮丽的风景。有一首歌唱得好："同学是无话不说的好姐妹，同学是情同手足的亲兄弟。"

老乡友谊似亲情。美不美故乡水，亲不亲故乡人。同在一个城市工作生活的老乡，因语言相通，风习相似，饮食相近，更容易聊得来，感情上自然亲近些。大家常来常往，经常相聚，也在情理之中。

虽说不像古时山高水远，交通阻隔，难得一见，"老乡见老乡，两眼泪汪汪"，但现如今老乡见老乡，仍然是高兴不已，也是人之常情。

同事之谊诚可贵。人生在世，最复杂的事情在单位，最难处的关系是同事。虽则如此，总有一些同事情投意合，相处甚得。竞争之际能理解，关键时刻能补台，工作中切磋交流相互帮助，生活中常来常往不时相聚，彼此之间结下深厚的情谊。即便分开多年，也常联络问候。同事友谊弥足珍贵。

天下苍生千千万，一起共事定是缘。能在一个单位工作，真乃天大的缘分，彼此应珍惜难得的友谊。同事之间友谊最为重要，其他的一切都是过眼烟云。大家应当珍惜在一起的日子，宽人律己，和睦相处，因为与一起工作过的同事分别以后，总会经常回忆那些曾经相处的日子。

朋友之情很重要。人的一生，在各种场合中，还会认识很多朋友。尤其是酒场，那是奇妙的人生交际场，通过参加一次次聚会，在推杯换盏中，大家倾吐衷肠，日益熟悉，感情渐笃，从而可以结识很多好友。

有人说，在酒场上认识的朋友，大都是酒肉朋友，不靠谱，很容易被坑蒙拐骗。此说也不尽然。不只是一般的朋友，即使老乡、同学、同事和战友，甚至是亲兄弟，谈不来合不拢的也有很多，不少也是老死不相往来，甚至断交绝交的也不少，简直如同陌路。

朋友相处，适度为要。再要好的朋友，也不要日日联系，更不能天天黏在一起，宜保持各自相对独立的空间。夫妻小别胜似新婚，亲兄弟也要高打墙，何况是朋友。切记不要透支友谊，不能有事总找人家，麻烦不断，虽说友情是麻烦出来的，但也要有度，过度麻烦就会惹人烦厌，如此关系会逐渐淡漠。

朋友交往，理解为上。朋友间务必要多加沟通，相互理解。一旦有误会隔阂，要主动认错道歉，敬乞对方谅解。假如错在对方，多替对方着想，得饶人处且饶人，应放手时须放手，哈哈一笑泯恩仇。

友谊与小圈子截然不同。友谊是情感，使人变得亲近友好。友谊是花草，让你的人生之路不再荒芜，沿途是无限美妙的风景；友谊是大树和山水，热时让你乘凉，冷时给你挡风，渴时给你水喝，让你的人生世界变得更美丽更温馨。小圈子是利益共同体，沆瀣一气，相互利用，狼狈为奸，谋财夺权，为非作歹，害人不浅。

世间自有真情在。古人说："宴笑友朋多，患难知交寡。"这话确有一定的道理，反映了人间常态，也是社会正常现象。据说今年网络上最走红的两句话是："家人爱你，卧床三年试试？朋友再多，借五十万试试？"不过，夫妻也如同林鸟，大难临头各自飞，何况是朋友？"穷居闹市无人问，富在深山有人知"，正所谓穷家亲戚朋友少，富人狐朋狗友多，官有多大朋友圈就有多大。平头百姓落魄之士亲戚朋友寥寥无几，逢年过节红白喜事门可罗雀，再正常不过。世态炎凉，人世常态，勿以为怪。

但若据此否认人间有真情，全是酒肉朋友，相互利用，也是失之偏颇。其实真心朋友也不少。唐诗千古名句"桃水潭水深千尺，不及汪伦送我情"，写出了李白与汪伦之间的深厚感情。"长亭外，古道边，芳草碧连天。问君此去几时来，来时莫徘徊"，将朋友离别时难舍难分的情景描绘得淋漓尽致。"朋友你今天就要远走，干了这杯酒。忘掉那天涯孤旅的愁，一醉到尽头"，则唱出了天下真心朋友的共同心声。

最为典型最令人佩服的当数刘备、关羽和张飞三兄弟的深情厚谊。"桃园三结义"的故事千古传颂，可谓家喻户晓，妇孺皆知。他们那"不求同年同月同日生，只愿同年同月同日死"的真情誓言，在患难中不离不弃、同心协力、共渡难关的生死情谊，关公遇害后刘备、张飞赴汤蹈火舍身报仇的英雄壮举，可谓感天地泣鬼神。谁道人间无真情？试看刘关张气壮山河的一段情，真正的友谊肯定会地久天长。

  物以类聚，人以群分，朗朗乾坤，定有知心。只要牢记三观近则交，三观异则远，结交志趣相投三观近的朋友，自然能成义交、至交，甚至世交。绝不能因为有人交友不慎，被骗甚至被害，就望而生畏，不再交友，那就大错特错，因为人无朋友，不知其可也。

  友谊很美好，真情永远在。一生之知交，请君务善待。

2022 年 12 月 9 日

第四部分

出行记

东京印象

——赴日培训札记之一

2004年春天,由于赴日参加60多天培训的机缘,我曾在东京逗留半个月。东京的繁华美丽和风情文化让人心旌摇荡,它不啻是一首红尘万丈、意态万殊的城市诗。

东京位于日本列岛中心,矗立在关东平原以南,面向东京湾,是一座美丽的滨海城市。

我们抵达东京的时候,已是4月中旬,樱花花时已过,鲜花凋零,绿叶满枝,只有个别树枝上还挂着零星的花影,但仍能看到樱花那婆娑的姿态。东京的樱花很高大,主干挺立粗壮,虬枝旁逸斜出,屈曲盘旋于空中,茂密的枝条向四周斜伸很远,枝梢低垂,仿佛要与游人拥抱亲昵,惹人怜爱。

我在酒店房间的宣传册上,鉴赏过东京樱花花事盛景。那真是开得泼泼洒洒,满树樱花,繁花如簇,如同云蒸霞蔚,飘绕在城市街头。公园内樱花如霞似锦,小河旁樱花花枝拂水,樱花夹岸,美如图画。

东京是名扬世界的现代化国际大都市,高楼大厦林立,层层叠叠,高低错落。徜徉在大街小巷,满眼是玻璃森林,银光闪闪,现代化的气息扑面而来。即使街道两旁低矮的楼屋,也都雅致精美,街道整齐清洁，干净如洗。

高耸入云的摩天大楼东京都厅，是当时东京地标性建筑，高达243米，属东京第二高的建筑，它是东京都政府的总部大楼。大厦共48层，造型极为奇特，正面横竖各三段的巧妙布置，使其远远看去，很像欧洲歌德大教堂。我们坐电梯到45层的展望室，用时不到1分钟。

站在展望室远眺东京城，城内的美景一览无余。赫然扑入视野的是最高建筑东京塔，塔高333米，状似巴黎埃菲尔铁塔，红白相间，辉煌耀眼，如擎天之柱，耸入云霄。

一栋栋现代化的高楼大厦，仿佛追随着东京塔拔地而起，万楼耸立，密密匝匝，或纵横错列于澄澈的小河之畔，或嵯峨环立在蔚蓝的大海之滨。城内河流映带，千姿百态的小桥横卧波上；海湾壮阔，彩虹桥破空飞架两岸，组成一幅壮美的城市风景画。

踯躅街头，满眼是一样的汉字；漫步在古庙寺院，看到的是相似的建筑。此时此际，不由你心生感想，中日真是一衣带水的邻邦，两国的文化交流源远流长。

东京的寺庙很奇特。更为奇妙的是，这些庙宇大都是钢筋混凝土柱墙，金属瓦顶。东京的寺庙和神社很多，最著名的当数浅草寺，我们还到成田山参观了新胜寺。

浅草寺是日式寺庙，建寺已有一千四百年，为东京最古老也是最为独特的寺庙。寺院大门雷门内，悬挂的大红灯笼重达700公斤。雷门与宝藏门之间的仲见世商业街，长300余米，店铺林立，商品五光十色。在寺庙里建如此长的商业街，在世界上恐怕也是独一无二。宝藏门为三层重檐，灰瓦红柱，最惹眼的是门后两边各悬挂一只大草鞋。

宝藏门再往前即是本堂，是观音像供奉之地，故又称"观音堂"。

钢筋水泥结构，钛瓦屋顶，歇山单檐，灰瓦褐柱。寺西南角有一座高耸的五重塔，塔的最上层存放着从斯里兰卡传来的舍利子。高约48米，好似镶嵌五层方形薄片，四角翘然。也是钢筋混凝土建造，铝合金瓦顶，灰瓦红柱。顶上矗立一个白色的细柱，柱子下面镂刻有螺旋纹，煞是漂亮。

成田山新胜寺是东京著名的佛教圣地，倚山傍坡而建，园林式格局，绿荫掩映，规模宏大。寺内有五处有名的古建筑，也是日本重要的文化遗产。

绿瓦褐柱小巧玲珑的仁王门，靠近总门，屹立台阶之上，门内悬挂一个硕大的红灯笼。绿瓦褐柱的额堂，立柱支撑，底层四敞，好似悬空。灰瓦褐柱的光明堂，歇山单檐，前面排着两列很长的红木架，三角架檐，朱红耀眼。供奉着本尊不动明王的大本堂坐镇中央，歇山重檐，绿瓦褐柱。最高处是巍然耸立、檐牙高啄、绿瓦红柱的三重塔。

日本皇宫是一片四面环水的"绿岛"，宫深似海，神秘莫测。高大墩厚的石城墙矗立在四周，古老的护城河环绕着宫墙，墙内古木森森，绿荫掩映，宫殿多为青瓦白墙，古朴幽雅，气势非凡。

皇宫平时不对外开放，只能在外面参观。我们只好在皇城外自在流连，拍照留念。并不时地驻足眺望，想象着皇城内的壁垒森严和幽深奥秘。

我们仔细游览了二重桥，这是皇宫外面最重要的景点。它是通向皇宫的特别通道，靠近广场侧的是石桥，紧挨皇宫的是铁桥，二重桥之名由此而来。

我们还在皇宫前广场闲步游玩。宽阔的广场上了细沙石，绿草如茵，尤其是一大片黑松格外引人注目。广场上的黑松多达两千棵，树龄上百年，煞是壮观。这些黑松很奇特，树干粗壮，翠羽毵毵，针叶嫩绿如滴。有的树冠其状如伞，且似一个个小伞叠摞而成，格外漂亮。

日本的工业很先进，电器电子产品最有名，东芝、松下、索尼、佳能等品牌驰名天下，当时在中国，几乎家喻户晓。很多企业的总部设在东京，我们参观了东芝电视科学馆和三菱重工汽车总部。所有的场馆都有茂盛的树木簇拥、嫩绿的草坪围绕，环境极为优美。

临回国之际，大家都纷纷到秋野原去购物。当时日本的电子小商品很受欢迎，大家竞相购买相机、手表、腕式电子血压计等携带方便的电子小商品。小血压计最受青睐，既便宜又实用，团友们都买了很多，预备回国赠送同事和亲友。

秋野原是东京最著名的电器大街，在世界上也是屈指可数，店铺达上千家，电器专卖店就有数百家。走在街上，只见店铺一家挨着一家，广告牌匾密密麻麻，电器电子商品琳琅满目，让人眼花缭乱。

东京的交通十分畅通便捷。地上一座座桥梁如虹横跨，上下回旋，直通东西南北。地铁纵横交错，密如蛛网，四通八达。东京的马路车流如水，但很少堵车，因为人们出行几乎都乘坐地铁。地铁站口行人如蚁，来往穿梭，人潮汹涌，成为东京独特的街景。

东京成田机场十分繁忙，飞机一架接着一架地起飞和降落。尤其是降落的飞机在空中排着长队，居然连成一条巨长的斜线，活像一个庞大的雁阵，场面异常壮观。这个画面一直定格在我的脑海里，至今难以忘却。我到过世界上很多超大型机场，唯独在东京成田机场看到过如此盛大的景象，这让我百思不得其解。

日本是非常文明和讲究礼仪的国家。在那半个月里，在东京的任何街头，我看到的东京人都是谦恭温和，很有礼貌，主动礼让，自觉排队。即使在坐得满满当当的地铁上，人们依然相互谦让。

不管是办公楼、商场，还是地铁、商铺，所有的人们都是彬彬有礼，面带微笑，躬身相迎，态度之好，让人肃然起敬。尤为令人称道的是女服务员，那美丽的笑靥，灿如桃花，真是让人一见难忘。

在东京，无论何时何地，你看到的都是一脸的微笑，听到的都是婉转的声音：空妮七哇（你好），依拉夏依马塞（欢迎光临），都走（请），阿里嘎多（谢谢），撒哟娜拉（再见）！这灿烂的微笑、美妙的声音，如同和煦的春风，你怎会不怦然心动？！

东京，有蔚蓝的大海拥抱，纵横的小河萦回，精雅的楼屋栉比，娇媚的樱花点缀，更有那文明的新风沐浴，无论你走在城市的任何地方，都会让你心旷神怡，温馨陶醉。

2020 年 7 月 19 日

青藏高原

无论你乘坐飞机从万米高空去俯瞰，还是你驱车穿行在山间水畔去遥望，展现在你面前的都是一幅无与伦比的画面：山高云低斑斓山，水清天蓝色染水，青藏高原的美景真是让人彻骨地震撼。

当飞机抵达青藏高原上空的时候，几乎所有的乘客都争相到舷窗去鸟瞰，大家情不自禁地啧啧称赞：这是大自然的鬼斧神工，这是青藏高原梦的呼唤。

飞机一下子离地面很近，机翼好像要触碰到山峦。山峰幽谷，河流湖泊，山路城镇，大地上的景物一一清晰可辨。

只见山川相连，白云飘飘，河湖映带。雪山银装素裹，青山绿草茵茵；红山飞红流丹，黄山金灰扑面。还有那红黄绿交错的群山，真是多彩多姿，令人目眩神迷。既有寻常可见的清澈和黄色的河流，还有千年一遇的红河。大大小小的湖泊清一色的碧绿，如同晶莹剔透的翡翠，镶嵌在连绵的高山之间，真是一幅七彩缤纷的壮美画卷。

西藏是山的世界。坐车在西藏旅行，不是风驰电掣在大山脚下，就是起伏盘旋在崇山峻岭之间。登上高山之巅，举目远眺，但见群峰林立，绵延起伏，层层叠叠，波澜壮阔，仿佛辽阔的海洋，苍茫无际。

伫立在西藏的任何地方，举目四望，四周都是万丈山巅。早晨的时候，云雾飘浮在山腰；即使到了正午时分，洁白的云彩依然飘绕在山巅。

青藏高原平均海拔在4000米以上，是名副其实的"世界屋脊"，号称世界第三极。喜马拉雅山是最高山脉，平均海拔超过6000米；最高山峰珠穆朗玛海拔高达8844.43米，是当之无愧的地球之巅。

那天我们特别幸运，风和丽日。站在海拔5300米的加吾拉山口观景台上纵目瞭望，我们清楚地看到了祈盼已久的珠穆朗玛峰。只见眼前铺展着一大片耀眼夺目的银色世界，层峦叠嶂，逶迤起伏，气势磅礴。珠峰独占鳌头，群峰来朝，海拔8000米以上的四座雪峰簇拥在身旁，还有无数耸入云霄的雪山环立在周围，闻名世界的喜马拉雅"五峰"一览无余。珠峰"一览众山小"似的俯视着群山，霸气地洋溢着王者风范。

在海拔5200米的珠峰大本营，我们极力仰脖，凝神注目，方能看清珠峰那银白的尖顶。近在咫尺的珠峰，如同巨型金字塔，嵯峨矗立，高耸入云。山上冰雪覆盖，白雪皑皑，明亮耀眼，透着圣洁神秘，威严肃穆，豪气凌云，似乎蕴涵着宇宙的奥妙、地球的秘密，不愧为万山之尊，人们心灵的圣殿。望着珠峰那恢宏的气势，仿佛读一首雄浑激荡的山水诗，直读得心灵震撼，热血沸腾，心中不禁想纵情呐喊：啊，珠穆朗玛！

据传珠峰的山脊和峭壁之间，分布着千姿百态的大型冰川、瑰玮罕见的冰塔林、高达数十米的冰陡崖，真是令人心驰神往。

珠峰是人们能够走到的离天最近的地方，是每一个登山爱好者的伟大梦想。全球登山好手，无不以登上珠峰为自豪，已有无数登山者登临绝顶，也有不少人折戟沉沙，命断山崖。

珠峰固然神奇，然而西藏最美丽的山峰则是南迦巴瓦。它高居中国最美十大名山之首，素有"云中天堂"之美誉。但因常常云雾缭绕，终日不散，是西藏最难见的雪山，传说十人九不遇，故又有"羞女峰"之称。

南迦巴瓦峰位于喜马拉雅山脉最东端，海拔7782米，绝对海拔高达7000米，远超珠峰的3600米，是林芝市境内最高山峰。它和珠穆朗玛峰东西遥遥相望，为青藏高原增添无穷的诗情画意。

那天早上，雅鲁藏布江大峡谷景区四围的群山云飞雾绕，我们心急如焚地翘首企盼，终于等来了云消雾散，南迦巴瓦峰"千呼万唤始出来"：周围的群山之上，屹立着一片凹凸起伏的洁白山脊，几座高大的雪峰一字儿并肩耸立，云雾缭绕，特别壮美。最高峰南迦巴瓦，状为精美的三角形，轻灵俊逸，洁白闪亮，直插云霄。

听说南迦巴瓦峰日照金山时最为壮美，峰顶被晚霞染成金红色，艳红如火，金光闪耀，美轮美奂。南迦巴瓦，真像是一幅高挂九天的天画，气象万千，精美绝伦。

青藏高原雪山处处，将山川点缀得格外绚丽。无论你走到哪里，抬头远望，总会看见高峻挺拔的雪山，好似峰顶披上了洁白的羽纱，美丽无限。在河流，在湖畔，在草原，在大小城镇，几乎都有雪山耸峙，成为青藏高原最独特的美景。

青藏高原天空格外蓝，一碧如洗，宝石般澄澈鲜艳，灿烂晶莹；空中云彩分外白，洁白似雪，点缀在蓝天。那是别处见不到的蓝，那是他方绝没有的云。蔚蓝的天空下，白云缭绕，美得让人心旷神怡。

西藏的湖泊绚丽多彩，皆是水中经典。我国湖泊最多的地区在西藏，最美的湖泊也在西藏，湖水奇丽，波谲云诡。既有深浅不一的蓝，也有层次不同的绿，还有银灰和清黄，色彩缤纷，美不胜收。而且美丽的湖泊数不胜数，最著名的当数三大"圣湖"：羊卓雍错、纳木错和玛旁雍错，还有巴松错、思金拉错和森里错诸湖，不一而足。

羊卓雍错被誉为"世界上最美丽的水"，号称"碧玉之湖"，是喜马拉雅山北麓最大的内陆湖泊，面积630多平方公里，在群山中蜿蜒130余公里。无论你从哪个角度，都无法看到它的全貌。整个湖泊犹如巧夺天工的绿松石耳坠，嵌入山的耳轮之上。湖面港汊很多，很像珊瑚枝，因而又有"珊瑚湖"之称。据说在不同时刻不同地点，在阳光的照射下，湖水会显现出层次极其丰富的蓝色，好似梦幻一般，湖光山色之美，冠绝藏南。

是日，天朗气清，惠风和畅。站在湖边，仔细欣赏羊卓雍错，映入眼帘的湖水呈狭长的弧形，两岸屏列着碧绿的山岭，浮云掩映，风景极其优美。那水几乎一动不动，没有一丝涟漪，波平如镜，翠蓝似玉，晶莹发亮。踯躅在湖畔，如置身圣境，感觉蓝得神奇，沦肌浃髓，简直融化你的心灵。好像聆听一首曼妙动听的蓝色浪漫曲，让你身心愉悦，如痴如醉。

有着"天湖"之称的纳木错，是西藏第二大湖泊，面积约1920平方公里，绕湖一周在310公里以上。纳木错像一面巨大的宝镜，镶嵌在藏北草原。

站在海拔5190米的那根拉山口观景台上，我居高临下地极目遥瞰，虽只勉强看其一角，但一下子就吸引了我。望着湖面一片天蓝，蓝得叫人心醉，给人强烈的视觉冲击，看一眼就会让你永远难以忘记。

坐车下山，我们直抵湖边去参观。但见湖面烟波浩渺，湖水清澈透明，纤尘不染，近处翠绿，远处碧蓝。群山环抱，草原和湿地围绕，碧浪翻涌，轻风拂拂，海鸥翱翔。天际处白云低垂，拥塞低空，与山水浑然一体。云水苍茫，山峦缥缈，如烟如绡。南面耸立着海拔

7000多米的念青唐古拉山主峰，峰顶积雪银光闪闪，引人入胜，令人目迷心醉。

奔腾的河流辉映着山川。神奇的青藏高原，山谷之间多有河流，公路沿河而建。在西藏旅行，穿行在山峦之间，身边总会有河流相伴。最著名的河流是雅鲁藏布江，蜿蜒咆哮2000余公里，剽悍如猛兽，狂暴不羁，奔腾翻卷，涛声震天。

拉萨河和泥洋河等五大支流点缀其畔。拉萨河是雅鲁藏布江流域面积最大的支流，从西藏首府拉萨市穿城而过，将拉萨装点得畜丽秀美。有着"神女的眼泪"之称的尼洋河，两岸植被繁茂，鸟类众多。拉萨河和泥洋河宽阔温驯，缓缓流淌，浅唱低吟，景色迷人。

在泥洋河和雅鲁藏布江的汇合处，雅江浑黄，尼河淡绿，两流会合，泾渭分明，是雅鲁藏布江大峡谷风景区的一大奇观。

河湖谷地水草丰茂。西藏的河流湖泊，多有河滩平地和湖盆谷地，地势平坦，土质肥沃，是西藏的主要湿地风景区、放牧区和农业区。

羊卓雍错和纳木错湖边辽阔的草原和湿地，雅尼国家湿地公园，以及无数河畔的草原、湿地和田野，构成西藏的"千里画廊"。无论你身在何处，沿途都是连绵的山岭，洁白的雪山，弯弯的河流，湛蓝的湖泊，青青的水草，旷阔的牧场。黄熟的青稞闪着金光，旺盛的油菜一片金黄，成群的牛马羊悠闲地吃草，格桑花昂然怒放。无论何时何地，都是眼中景如画，车在画中行，如梦似幻，恍若置身仙境。

藏乡江南风光旖旎。雅鲁藏布江和尼洋河在林芝地区纵横萦回，十分壮丽。鲁朗风景区的林海，茂密的云杉和松树漫山遍野，郁郁苍苍，绿波万顷。高山牧场芳草萋萋的草甸，悠哉游哉的牦牛，淙淙的小溪，星罗棋布的木篱笆、木板屋和农牧民村落，姹紫嫣红的花海，金波闪耀的青稞，好一幅恬静优美的"山居图"，令人叹为观止，流连忘返。

墨脱县的原始森林闻名遐迩。坐车行驶在100余公里的盘山公路上，扑入眉宇的是绵延不绝的参天古树，密密麻麻，一铺万里。树干合抱，峥嵘挺拔，蔚为壮观。

宗教文化源远流长。西藏拥有藏传佛教寺庙1700多处，在观光期间，寺庙随处可见。酥油灯闪烁，香烟霭旋绕，诵经声呢喃，肃穆虔诚的气氛直刻心版。拉萨巍峨壮观的布达拉宫和大昭寺，日喀则历代班禅驻锡地的扎什伦布寺，更是藏传佛教圣地，也是名扬天下的游览胜境。

伫立在布达拉宫文成公主塑像前，我不由肃然起敬。贵为唐朝宗室之女，竟英勇顽强地长途跋涉入藏，远嫁藏王松赞干布，促成唐蕃结为姻亲之好，继而长期稳固了唐朝西陲边防。文成公主美丽动人的故事千古传唱，她那"天下没有远方，有爱就是天堂"的歌声荡气回肠。

青藏高原惊艳瑰丽的美景，引无数国人前去参观，人们虔诚朝圣般涌向西藏。有的徒步进藏，有的骑车游览，还有的开车前往，车上粘贴或写着"不到拉萨不洗车，不到珠峰不回家""318，此生必驾"的豪言壮语，回荡着顶礼膜拜的至诚心声。

西藏美景雄且奇，天下别处难匹敌。如果你不到西藏去游玩，那将会是你终身的遗憾！

2020年9月20日

高原反应

青藏高原神奇绝美的风景，吸引无数的游人潮水似的涌去参观。但也有不少人，由于惧惮高原反应，始终不敢冒险涉足西藏。

对一般人而言，只要到达海拔超过3000米的地方，通常都会有"高反"。青藏高原平均海拔超过4000米，是名副其实的"世界屋脊"。凡是没有去过西藏的人，初到那里，多数会有不同程度的"高反"。

由于严重的"高反"，对个别人来说，西藏就是禁区。"高反"严重的，有的一到拉萨立马返回，有的不得不到医院打点滴，还有的上吐下泻，持续十天半个月。常见的"高反"是刚到西藏时会感觉有点胸闷心慌，脑疼头晕，睡眠不好，经常半夜梦醒。

我就是担心"高反"，怕自己的身体吃不消，一直对西藏望而却步。以致快退休了，我竟然还没有去过青藏高原。

今年六七月间，我爱人忽然心血来潮，执意要利用年假去西藏旅行。而且说去立行，并已找好了旅伴，就是她的闫、南两位女同事。她还让我同去，但我一直犹豫不决。

她再三劝我，她有一个朋友小陈在拉萨工作，他已在那里待了七八年，对西藏的风土人情和风景名胜了如指掌。特别是他能帮我们找到可靠放心的旅行社和司机，机会难得，机不可失。架不住她的一再力劝,我决定冒险到西藏走一遭。

几经商量,我们决定兵分两路,分别进藏。为更好地预防"高反",同时体验天路,欣赏沿途青藏高原壮丽的美景,三位女士异口同声地要乘坐火车。而我不愿忍受在火车上颠簸41个小时之苦,遂决定单枪匹马坐飞机抵藏。从已购票的时间看,我比她们晚出发1天多,只是晚到2个小时。

这次旅游加上往返,行程长达十五六天,而且她们还要坐火车。在出发之前半个月,我爱人就开始忙不迭地进行准备。与旅行社磋商行程细节,办边防证,收拾行装,采买食品,开买药物,什么感冒药、消炎药、晕车药、葡萄糖粉和速效救心丸,还有防"高反"药物红景天,可谓一应俱全。

三位女士在出发前10天即开始服用红景天,我是一周前才服用,并不再喝酒。我爱人购买了两个厂家生产的红景天,用量用法各不相同。我一开始吃的红景天,每日2次,每次3粒。服了两三天之后,居然感觉有如服用兴奋剂一般,特别亢奋,夜里得起床两三次,有时起床后居然睡眠全无,一直醒着躺到天亮。后来改吃另外一种红景天,1日1次,1次2粒。服后果然正常,后来一直坚持服用到拉萨。

出发那天天色阴沉。但我特别幸运,本来我是用航空里程兑换的机票,经停成都再到拉萨。也许是乘客太少的缘故吧,航空公司把我调整到下一个航班,经停改直飞,且只晚起飞20分钟,路上时间却减少了2个多小时,我和三位女士几乎同时到达拉萨。更让我感到高兴的是,那天我在万米高空上,鸟瞰了青藏高原如画的壮美景色,兴奋的心情真是难以言表。

飞机准时抵达拉萨贡嘎机场,我还余兴未尽。谁知到达机场不久,我在转盘旁等候行李时,就已感觉到轻微的胸闷心慌,后来到达宾馆后逐渐明显，晚上睡觉时更为严重，只觉胸闷心慌得厉害，而且还不住地张口喘气。无奈之下，只得吸氧。

朋友小陈，是一位"80后"山东小伙，虽说年轻，但头脑灵活，心细，反应快，很有眼力劲。我们住进宾馆伊始，他就在我的房间里摆放了一个氧气瓶和一只氧气袋，还有许多氧气罐。

那天晚上，我把吸氧的白色塑料软管插进鼻孔，整整吸了一夜，居然睡得还行。但在早晨起床后，我一到卫生间，双眼唰唰地泪流不止，把我吓得够呛，好在过一会儿就好了。在拉萨一连两天早上都是如此，不知何故。后来早上不流泪了，但坐在车上长途颠簸时，眼睛依然时不时地会流泪，而且一直眼痛耳胀，害得我在西藏的10余天里，路上很少看手机。

其实我爱人也有"高反"，只是比我轻些，天亮以后，我把氧气瓶让给她，她也吸了1个来小时。

我还在北京时就被告知，到拉萨当天晚上不能洗澡。结果到拉萨才得知，到西藏竟有"3天"和"7天"之说。即到西藏头3天都不能洗澡；熬过7天后，就会完全适应，不再会有"高反"。为防出现意外，我们只好乖乖地过了3天才洗澡。至于"7天"之说好像子虚乌有，至少对我来说不准确。因为直到快离开西藏时，我只要一到海拔5000米以上的地方，就会明显地感到不舒服，准得吸氧。

翌日早上，四位团友聚集在餐厅。围桌早餐时，自然聊到"高反"。一问方知，闫、南两位女士基本没反应，她们睡得很香。她们的锦囊妙计是服用少量的安眠药,保证充足的睡眠。她们在西藏期间，一直服用安眠药，始终睡眠很好，且几乎没有"高反"。为应对"高反"，在西藏期间，我和爱人则每天吞服红景天，喝葡萄液。这样地我们一直坚持到离开西藏。

上午，我们按计划游布达拉宫和大昭寺。看天气预报，拉萨当日最高气温23度，我就穿着短袖衫和单裤上车了。没想到拉萨温差大，结果一下车，就感到浑身发冷。也是活该倒霉，司机又停错了车，没有停在事先和导游约好的地点，我们下车后，他又把车开走了。我们只好走走问问，辗转找了半个多小时，方才与导游会合。

到得景区内参观时，三位女士在布达拉宫外面左拍右照，自拍合照，又在天凉的户外逗留良久，实在是把我冻得够呛，这为我后来的严重"高反"埋下了隐患。

因为"高反"，参观布达拉宫时比较困难。因为布达拉宫依山傍坡而建，主楼13层，高达110余米。游览时，得从山脚一直爬到山顶，而且不让携带氧气罐，无法吸氧。在青藏高原，快走都气喘，何况爬坡。因而游玩时，我们只好慢慢地拾级而上，爬几级台阶歇息一气。

之后参观大昭寺，以及晚上观看大型实景剧《文成公主》时，我感觉"高反"明显减轻。当天晚上休息很好，只在凌晨吸氧1小时。

第三天早饭后，我们便动身去林芝，途中要游巴松错。小陈也是好意，为让我们多看看西藏的美景，临时起意让我们先到思金拉错。这是一处新近开发的景点，基础设施尚未完全配套，条件较差，停车场很小，管理也跟不上。

出人意料的是，那天游人出奇的多。车辆大都沿路停放，蜿蜒起伏几公里。等了半天，眼看开车上去无望，我们只得下车手持氧气罐步行，边吸边爬坡。不承想，到达海拔5000米的停车场时，我才感觉天气很凉。衣服放在车上的大行李箱内，无法返回去取，我只得冻着，硬着头皮下到湖边去观景。

我最先游完回到停车场，司机小杜已把车停在那里，我便独自登车小憩。刚坐下不久，我便感到难受得不行，胸闷心慌，头疼恶心，随时都可能呕吐。我痛苦不堪，不住地呻吟。

后来，大家陆续回到停车场。小陈见状后，赶紧从后备箱搬来沉重的氧气瓶，让我抓紧吸氧。一路上，我边吸氧边"唉哟唉哟"地小声叫唤，实在是狼狈至极。

中午抵达一个路边的小镇。在一家简陋的餐馆，吃饭前，大家一通忙活，对我开展起了临时"抢救"：让我吸氧，吃速效救心丸，喝葡萄糖液，服红景天。由于恶心得不行，没有食欲。吃饭时，我力不可支，无法端坐，不得不伏在桌上，在不停地呻唤中，吃了两小碗米饭，几乎没有吃菜。

饭后上路，接着吸氧。睡了一觉后，感觉好了很多，也有了精神，便不再吸氧。

事后想想，那天之所以"高反"严重，跟接连两天的持续挨冻受凉不无关系。我和爱人带了两箱衣服，厚薄服装齐全，守着那么多的衣物，居然着凉，既是由于缺乏经验，也是因为遇事考虑不周所致。

因为着凉，自那天开始，我的感冒一直没好，鼻子每天淌清水。由于擤鼻过度，弄得鼻子红肿破皮。直至离藏到成都转机后，感冒方好。在西藏旅行，最害怕感冒，尤其是感冒发烧，很可能会得肺水肿，危及性命。

因为感冒，我特别怕冷。之后的10来天里，司机小杜经常穿半袖，我却每天身着羊毛衫和保暖内裤，情状至惨。

我的一位在北京工作的老乡，在得知我感冒后，打电话让我立即打道回府，说是在西藏感冒很危险。我告诉他，虽然感冒，但不发烧，应该没事，他才放心。

让我百思不得其解的是，我每天跑步，业已坚持了近40年，我的"高反"却最为严重;闫、南两位女士几乎没有反应,个中的奥妙真是耐人寻思。尤其是闫女士,都六十九岁了,走起路来虎虎生风,宛如青春四溢的女青年,真是让我刮目相看。

我们在林芝待了5天。林芝平均海拔3100米,不用吸氧,我们轻松愉快地游览了波密县鲁朗林海和牧场、墨脱县果果塘雅鲁藏布江"大拐弯"和原始森林,以及米林县的雅鲁藏布江大峡谷、雅尼国家湿地公园,看到了号称"中国十大名山之首"的南迦巴瓦峰。沿途风景如画,我们大饱眼福。

为防止思金拉错之惨状重演,我们一致同意改变既定的行程和住宿计划。决定在日喀则、定日和拉萨,都入住供氧气的宾馆,哪怕费用高些也在所不惜。到纳木错观光时,不再住在当雄县,改住拉萨,虽然路程远很多,司机小杜也毫无怨言。

这一招果然有效。虽说有氧宾馆受装备设施所限,且采用的是弥散式供氧,供氧量明显不足。但毕竟增加了房间的氧气量,感到舒服很多,只是有些微的胸闷心慌和气喘,但对睡眠影响不大。

后来的日子里,无论是到羊卓雍错和卡什伦布寺,还是到珠穆朗玛峰和纳木错去游玩,我们多次到达海拔5000米—5300米的地方去参观,只是手持氧气罐吸氧,再未发生过严重的"高反"。

在西藏期间,我还有一个经常发生的"高反",就是时常做千奇百怪的梦。有两天凌晨,我明明感觉床铺在摇晃,断定发生了地震无疑。早上吃饭时,我告知爱人和同伴,大家很诧异,都说没有发生地震,着实弄得我一头雾水。

由于防"高反"有了心得,后来我们一直玩得开心尽兴。司机小杜不仅驾驶技术高超,人也很好,是个难得一遇的热心肠。他是陕西渭南人,特别爱吃面条,三位女士总是戏称他"面王"。

在我们坐车赶路的时候，沿途只要有好风景，他和小陈就会主动靠边停车，让大家下车欣赏拍照。他俩经常向我们叙说西藏的风景风情风俗、名人名胜名吃。他们的一言一行，透着意蕊心香，让我们始终心情舒畅。一路上，我们总是有说有笑，热热闹闹，欢声笑语时常荡漾在车上。

由于他和小陈的热心和细心，让我们在西藏看到了很多好风景，发现了西藏神奇的"千里画廊"，了解到西藏很多源远流长的传统文化。

而且每到一地，他和小陈就寻找当地最有名最地道的特色餐馆，拉萨的藏家宴，林芝的石锅鸡和牛肉，陕西的老碗面，以及许多道地可口的川菜，使我们又大饱口福。他和小陈给我们留下了深刻而美好的记忆，犹如青藏高原壮美的风景，让我们终生难忘。

在西藏的时候，我总是在想，除却往返路程，我们满打满算，只在西藏待了13天。我们只是游山玩水，不仅吃药吸氧，还住有氧宾馆。可那些在西藏的广大官兵和挂职干部，在那里一待就是几年，甚至几十年，还要从事繁重的日常工作，他们在那里遭受艰苦劳累的程度可想而知。每每想到此处，我总是不由地对他们肃然起敬。

2020 年 9 月 27 日

藏乡江南

在雪域高原，多数地方山上没有树木，要么童山濯濯，要么长满嫩绿的小草，山上像是铺上了绿色的地毯。

只有林芝市最为特别，山上草木茂密，地上绿意盎然，山间河湖映发，坐车在林芝旅游，徐徐展现在眼前的，是一幅幅气象万千的高原风景画。

林芝是西藏管辖的地级市，在西藏的东南部，地处雅鲁藏布江中下游。平均海拔3000米上下，最低海拔只有155米，是西藏海拔最低的地区。

林芝市有两座著名的大山脉——喜马拉雅和念青唐古拉，好似两条巨龙，由西向东翻腾而过。坐车行驶在林芝市，从车中抬头仰望，总是青山夹峙，千山竞秀，万壑争流，引人入胜。

在林芝市境内，喜马拉雅山脉上有一段银白的山脊，并排耸立着几座峻峭的雪峰，这就是名扬天下的南迦巴瓦峰，海拔高达7782米，是林芝市最高山峰。形貌为精美的三角形，洁白闪亮，直插云霄。它在日照金山时最为壮美，峰顶被晚霞染成金红色，艳红如火，金光闪耀，号称"西藏最美丽的山峰"。

林芝雪山处处，雨水丰沛，河流湖泊众多，水域面积超过1100万亩，水力资源十分丰富,约占全西藏的70%以上。

林芝最出名的湖泊是巴松错,位于工布江达县巴河上游的高山峡谷里。面积27平方公里,最深处达120米,是红教的著名神湖和圣地。

那天,我们抵达巴松错景区内时,已近下午7点。看景区导览图,湖面为狭长的弧形。乍一看湖面水波粼粼,浮云掩映,树木茂盛的四山环绕,耸入云天的雪山映照,风景极为优美。

距岸边大约100米处,有一座林木葱茏的小岛,名为"湖心岛",远看活脱是一座绿岛。岛上有错宗寺,是西藏有名的红教——宁玛派寺庙,至今已有一千五百多年。寺庙为土木结构,上下两层,粉墙黄瓦,小巧精致。寺旁有一株古老的藏川杨,树龄达561年,树干粗壮,需两三人才能合抱,枝繁叶茂,巍然壮观。

巴松错的水最为奇特,从不同角度远望,湖面竟然会呈现出不同的绚丽色彩。在夕阳的照耀下,我们从湖的最远端逆光凝视,湖水潋滟,湖面闪烁着无数耀眼的光带,跳动着万点金光;山间烟霭氤氲,远山如黛。登上湖岸观光亭凭栏顺光远眺,湖水蔚蓝澄澈,山峦斑斓多彩,有雪光,有夕阳;日照处山峦碧绿,背阴处山岚飘绕。站在湖心岛凝望近岸的湖面,湖水则翠绿如翡翠,山上树木葱郁,彩霞满天。

素有"小瑞士"之称的巴松错,蓊蓊郁郁的树木环绕在周围,绿草茵茵的牧场铺展在侧畔,自然古朴的藏族村落偎依在一旁,不愧是名副其实的人间天堂。

林芝市还有两条有名的江河——雅鲁藏布江和尼洋河,我们坐车在林芝观光,几乎始终行驶在江河之畔。雅鲁藏布江在林芝市蜿蜒咆哮一千余公里,剽悍如猛兽,狂暴不羁,奔腾翻滚,惊天动地。

江水澄澈，淡绿如玉，江上翻卷着雪白的浪花。

它在宽阔处也会短暂歇息，水面宽阔，水流缓慢。有时竟会冲刷出壮阔的湖泊，岸边鲜花烂漫，周围青山屏列，白雪皑皑的雪峰耸立，坐在湖畔小憩，让你陶醉不已。

它奔流在崇山峻岭间，曲折萦回，在南迦巴瓦峰、墨脱县果果塘等处形成"大拐弯"，水绕山峦，奇特壮观。它有时也会流过城镇，给小城带来如画的风景。

雅鲁藏布江大峡谷是林芝市著名的胜境。峡谷全长505公里，平均深度2268米，最深处6009米，是名副其实的世界第一大峡谷。浩浩荡荡的雅鲁藏布江自西而来，在南迦巴瓦峰下突然直角大转弯，掉头往南向印度洋奔腾而去。两岸群山逶迤，高耸入云的南迦巴瓦和加拉白垒（海拔7234米）隔岸相望，悬崖峭壁，一落千丈，幽深壮丽。

尼洋河河水宽阔温驯，缓缓流淌，低吟浅唱，两岸植被繁茂，鸟类众多，景色迷人。

它最美的风景在雅尼国家湿地公园，即尼洋河与雅鲁藏布江的交汇处，面积近7000公顷。平缓的尼洋河河滩被水流分割成无数的小岛，岛上种植了很多柳树和芦苇，柳树婆娑，芦苇森森，一片片碧绿散布在河中。河水翠绿，晶莹剔透，在岛间静静流淌，蜿蜒回环，仿佛一条条、一圈圈淡绿色的翡翠玛瑙，镶嵌在绿岛之间，简直是史诗般的画卷，令人心醉目眩。

江河汇流的美景尤为壮观。在尼洋河与雅鲁藏布江的汇流处，神奇的大自然在辽阔的水面上画了一个极为规整的圆弧，左边弧内雅江浑黄，右边弧外尼河浅绿，两流会合，泾渭分明，真是鬼斧神工，让人叹为观止。

鲁朗风景区的林海，茂密的云杉和松树漫山遍野，蓊蓊郁郁，绿波万顷。牧场旷阔，青草丰茂，小溪潺潺。围着木篱笆，散布着木板屋，藏式房屋星罗棋布。花海姹紫嫣红，青稞金波闪耀，牦牛在悠闲地吃草，好一幅恬静优美的"山居图"。

坐车行驶在墨脱县的盘山公路上，扑入眉宇的，是绵延不绝的原始森林。特别是那些参天古树，树干合抱，峥嵘挺拔，密密麻麻，一望无际，蔚为壮观。时而山上飞瀑从天而降，洁白如练；一路上幽涧湍急，滚滚而下，真是风景如画。

两大山脉，两条江河，孕育出林芝如画的山川，真的不愧是藏乡江南。

2020 年 10 月 25 日

天路与天园

这次到西藏旅游，我有两个印象最为深刻，一是雪域高原的名山胜水，一是盘旋起伏的公路与风光旖旎的田园。

西藏平均海拔高达 4000 米，公路几乎都依山势而修，山路曲折，有时要翻越海拔 5000 多米的山巅。回到北京后，我一直在想，假如从北京去遥望想象，西藏的公路就是在苍穹中蜿蜒，田园在天空上铺展，真是不折不扣的天路与天园。

西藏是大山的世界，山高沟深，悬崖峭壁，一落千丈。修建高速公路实在困难，造价昂贵，自治区乃至国家的财力都难以承受，故而多是普通的公路，且多为顺山势而建。翻山越岭，穿云破雾，屈曲盘绕，"之"字弯，S 形，螺旋状，千姿百态，蔚为壮观。

西藏最有名的公路是 318 国道，即闻名遐迩的川藏公路，从成都直达拉萨，全长超过 2000 公里，是四川进入西藏的唯一通道，而且可以一直抵达珠穆朗玛峰，号称"全国最险峻的公路"。

我们到西藏林芝市旅游，曾两次坐车通过 318 国道。一边是巉岩绝壁，壁立千仞，怪石嶙峋；另一边是万丈深渊，雅鲁藏布江奔腾咆哮，涛声震天。如若一招不慎，就会车掉深渊，命断山崖。

公路上还经常发生泥石流，或阻断道路，或冲毁路面，隔绝交通。

有时还会滚下大石块，砸到路上，惊险之至。道路本来不宽，往返只有两车道，如遇路基塌陷或泥石流，路变得更窄，只能一车通行，且崎岖不平，车颠簸得厉害，稍不留神，便会车毁人亡。远远望去，道路变成了曲折线，车辆好像悬空在陡峭的山崖边，险象环生，坐在车里，真是胆战心惊。藏道之难，同样是难于上青天。

我在西藏见过的最奇险的路，是林芝市波密县至墨脱县的山间公路，全长不到120公里，而且是新修的公路，开车却要三个来小时。道路狭窄，往返两车道，最窄处只能容一车通过。通行公路在山间回旋盘绕，九曲十八弯，时常有大雾，经常发生泥石流和塌方。而且山上水流众多，坐车在公路上行驶，耳边"哗哗"之声不断，竟然还有水漫公路的奇观，如不谨慎驾驶，真有被大水冲下悬崖的危险。这条公路新修不久，却已毁坏严重，多处桥梁冲坏，很多路段冲垮。可想当初修建之难，墨脱也因此而成为全国最后一个通公路的县。

西藏的山谷之间多有河流和湖泊，公路沿河湖而建。我们在西藏旅游，坐车经常行驶在河湖之畔。映入眼帘的，不是蔚蓝的湖泊，就是波涛滚滚的江河，或是流水潺潺的小溪，还有一片片碧绿或金黄的田园。

西藏的河流湖泊，多有河滩平地和湖盆谷地，地势平坦，土质肥美，或者是绿草茵茵的草原，或者是生机勃勃的庄稼，是西藏的主要放牧区或农业区。

西藏多草地，据说面积全国第一。西藏的山上大都无树木，多是嫩绿的小草；河流湖畔也多是碧绿的草原，是得天独厚的天然草场。放眼望去，满眼是清新的碧绿。公路两旁的草原或山上，到处是成群的牛马羊在悠闲地吃草。西藏的牛羊异常特别，黄牛、牦牛和羊多是黑色、白色、灰色或黑白相间，还有在别处难得一见的灰褐色的岩羊，真是一幅动人的牧区图。

坐车行驶在羊卓雍错70余公里的湖畔公路上，展现在我们眼前的田园，真是气象万千的百里画卷：右边是连绵起伏的山岭，远处是洁白的雪山，左边是旷阔的草原和庄稼地，再往左便是蔚蓝的湖泊。小草青青，野花烂漫，牛羊成群，还有不知什么草艳红似火，油菜花开得轰轰烈烈，青稞黄绿一片。

在纳木错的湖畔，也是辽阔的草原。一边是山峦逶迤，还有白雪皑皑的雪山耸入云天；一边是浩瀚无垠的蓝色湖泊。草原真大，大得我们从山脚下坐车到湖边景点去参观，得跑很长时间。小草开始枯黄，坐在车里远看，草原上放牧着一群群黑色、白色或半黑半白的牦牛，无边的黄色枯草则扑面而来。

藏族同胞主要种植青稞和油菜。我们去的时候，青稞大都已经黄熟，油菜大多业已结荚，但仍点缀着黄灿灿的油菜花，田野里到处闪着金光。特别是在青稞之乡日喀则市，公路两边都是金黄的青稞，青稞摇曳，金光闪耀。

藏族是爱美的民族。他们在田间地头，房前屋后，公路两侧，种植大量的格桑和许多不知道名字的鲜花，经常能看到鲜艳夺目的格桑花和万紫千红的花海。

坐车行驶在如画的田野里，眼前经常会闪现出一座座藏族村落，格局一样，房屋相同，清一色的白屋和白色院墙。房屋粉墙，平顶，平行垂直，四方四正。四角直立着经幡，前檐正中一律飘扬着国旗，端庄而大方，简洁而素雅。据说全都是政府出资兴建，统一规划，统一建造，并且还给每户配备一辆摩托车。现在的藏族同胞，都已基本脱贫，彻底结束了漂泊不定的游牧生涯，过上了固定而幸福的小康生活。

西藏的田园很奇特。四周皆山，雪山耸立，河湖映带，禾苗茁壮，还点缀着星罗棋布的小白房，真是风光宜人，景色如画。

2020 年 10 月 31 日

赴日培训事略
——赴日培训札记之二

一

2004年4月间,我们一行20余人,乘飞机远赴日本,参加在那里举办的煤矿安全技术培训班。

这是中日两国政府之间签订的长期合作项目,始于2002年。项目分别由两国政府有关机构牵头管理,我国为国家安监局国际合作司,对方是日本新能源产业技术综合开发机构(NEDO),而外事中心和日本煤炭能源中心(JCOAL)则具体负责组织实施。

培训分为高级班和初级班。高级班培训时间为60余天,初级班是4个月(以前是半年)。国家局、省局和分局的公务员,以及各煤矿企业中级以上技术和管理人员在高级班,其他均在初级班。我们这期培训班,初、高级班学员大致各占一半,分别来自吉林煤矿安全监察系统、山西大同煤业集团和山东兖矿集团等单位。

出发之前,我们先齐集北京,参加外事中心组织的短暂培训,为期两天。在北京的培训很简单,不外乎是赴日培训情况介绍和注意事项之类。印象最为深刻的是,领导让大家尽可能多地携带方便面和辣椒酱，据说日本的餐馆很贵，而培训单位食堂菜品做得异常清淡，简直像用清水煮熟的一样，寡淡无味，不搁点辣椒酱根本无法下咽。动身那天，每位学员都带了几十袋方便面和数瓶辣椒酱，还装了很多火腿肠和榨菜。

二

我们先是住在东京，在日本煤炭能源中心参加了10天的培训。给我们授课的，既有日本政府的官员，也有科研人员和大学教授，但主要是日本煤炭能源中心的相关人员。

培训的内容主要侧重于宏观方面，主要包括日本煤炭简史和概况；总体生产和安全概要，过往矿难；全日本煤炭供需状况分析；煤炭加工利用与储存管理，还有矿区环境治理，以及境外煤矿开采管理等内容。

日本的授课人员对培训都很重视，讲稿可谓下足了功夫，都很充分翔实全面，讲解时全身心投入。讲课几乎都用多媒体，配以幻灯片和影像资料，图文并茂。讲课时有的严谨认真，有的幽默风趣，有的声情兼具，真是精彩纷呈。

不但在课堂上课，还安排了外出考察。我们先后参观了出光研究所、三菱重工汽车厂和东芝科学馆，观看了煤变油工艺流程、锅炉的高效燃烧以及储煤厂的清洁管理等新技术新方法。煤厂那筒状的拐弯皮带和高高的绿塑料布的遮挡风墙，我们都是第一次看到，印象最为深刻。储煤厂四周干干净净，全然没有煤尘飞扬、黑泥遍地的脏乱景象。

三

虽说在东京的培训仅有短短的 10 天,但对我们的触动依然很大,已经让我们对日本人刮目相看。让我至今难以忘记的,则是日本煤矿开采条件的复杂艰难和对矿难调查的严谨态度。

日本的煤炭开采业鼎盛于 20 世纪五六十年代,煤炭产量一度达到数千万吨。但煤矿井下开采条件很差,水、火、瓦斯、煤尘和顶板"五害"俱全,重特大矿难频发,最严重的一次矿难,竟然一下子夺去了五六百人的性命。

由于矿井赋存条件过于复杂,开采难度大,矿难不断,后来日本政府下令关掉了所有煤矿,几乎全部依赖进口满足国内煤炭之需,也在澳大利亚等国开办了几个露天煤矿。我们去日本的时候,日本境内只有两个煤矿,但主要用作培训的教学和实习基地。

日本人对矿难原因的鉴定真是慎之又慎。在经现场勘察和技术分析,初步判定矿难原因之后,对一些特别重大的矿难,他们还在地面模拟还原矿难发生的整个过程,以科学准确地确定矿难发生的具体原因,这对深刻吸取教训、科学制定防范措施,无疑是大有裨益的。

四

结束在东京的培训之后,我们又马不停蹄地乘坐飞机飞抵北海道的钏路煤矿,我们在那里一待就是 50 天。

我们住的是集体公寓,楼高五层,原是钏路煤矿矿工集体宿舍。公寓为单元房格局,卫生间、厨房和餐桌一应俱全。三人一屋,每人一个房间。楼很老旧,但干净整洁,扔垃圾须用塑料袋,这在当时可是新鲜事。

抵达钏路煤矿后，先是让我们接受防震实操培训。众所周知，日本地震多，时有小震，须天天提防，我在钏路煤矿的几十天里，就亲身经历了三四次小地震。半夜里正酣睡之际，倏地床铺晃荡个不停，睡眼惺忪中，还傻乎乎地不知咋回事。

实训是在一个可摇晃的半封闭的小屋里进行的，有厨房，有桌子，站在外面的人能看清室内全貌。三个人一组，头戴加厚的灰蓝色护头布套。要求地震（小屋剧烈晃动）时，先关气电，然后快速钻到桌下，要做到迅速、准确、安全（不磕碰）。培训简便实用，大家兴致很高，在轻松中接受了防震培训。日本人的培训不搞花架子、走过场，总是严谨认真，注重实效，令人叹服。

在钏路煤矿的培训地点是一栋低矮阔大的金属板房，灰墙蓝瓦蓝檐，双面大斜坡屋顶，精雅漂亮。教室在板房的最里边，房间不大，有窄长的板桌，写字的白板。教室外是矿上员工的办公区，无隔板，一人一桌，相隔不远。出入教室须穿过宽大的办公区。

五

较之东京的宏观宽泛培训，在钏路则是微观具体的培训，主要是培训煤矿日常管理的具体做法与经验、措施方法的要领和细节。培训也是以老师讲授为主，穿插着互动与自由研讨，授课的几乎都是矿上的管理和技术人员。培训内容什么都有，异常丰富：既有采煤和掘进技术，通风、瓦斯和自然发火防治技术，还有机械和选煤技术，以及安全监察、环境治理和经营管理等课程，涉及煤矿管理的方方面面。

在我看来，日本的煤矿安全管理之法，最为值得借鉴的主要有两方面：首屈一指的是"手指口述"安全确认管理法。要求工人通过心想、眼看、手指和口述等一系列行为，对工作过程中的每一道工序进行确认。唯其如此，才能使安全措施走心入脑，使人的注意力和物的可靠性实现高度统一，从而达到避免违章、消除隐患、杜绝矿难的目的，最终实现工人的自主保安。

其次是日本煤矿"安全第一，生产第二"的安全管理理念，是真正将安全摆在最为突出的位置上，借以提高职工的安全意识。日本的"5S"（整理、整顿、清扫、清洁和素养）精细管理法也值得我们学习和借鉴。

我们还下了三四次井，深入井下实地考察现场情况。钏路煤矿井下巷道、硐室，以及采煤面和掘进面，无论是支护的质量、设备的摆放、设施的悬挂，还是巷道的环境，都比较坚实稳固，整齐有序，整洁通畅，节约而实用，看上去很精致很舒服很安全。

六

除了在矿内培训外，日方还经常安排我们到外面参观，带领大家坐火车，颠簸到札幌市去考察。我们到过的厂矿真不少，看过露天煤矿、造纸厂和啤酒厂，参观过石灰厂、电厂和钢铁厂，还拜访过政府机构和实业公司。

日本的工厂很现代、很先进、很文明，楼房崭新别致，设备精密先进，车间宽广整洁，生产几乎都是自动化。厂区环境很优美，环绕着碧绿的草坪，道路宽阔平整，几乎一尘不染，真像一座座花园。

日本人很好客，我们每到一处，均受到热情接待。安排专人负责详细讲解，帮助答疑，引领大家到车间现场去察看。大家戴着安全帽，身穿工作装，登高走低，左转右拐，穿行在现代化的设备设施间，回旋在自动化的工序中，虽然不知所以，但也开阔了眼界，增长了见识。

在日本的培训时间很短暂，但当时受到的思想冲击和心灵震撼真是刻骨铭心，至今难以忘怀。

日本的培训谋划精细周密，内容齐全实用，授课认真严肃。重视而不呆板，轻松而不放任，有理论，有做法，有实操，时间不长，但效果很好。日本煤矿的管理更是让人称道。严格,认真,方便,实用,节约,实是煤矿管理的精髓和法宝，值得我们学习和借鉴的地方实在是很多。

2020 年 11 月 28 日

日本朋友们

——赴日培训札记之三

已经十几年了,有一幅感人的画面始终刻印在我的脑海里:一位戴着眼镜的中年男人,中等个,瘦而精干,在钏路机场与我们一一话别,就在我与他最后握手道别的一刹那,我惊异地发现他双眼居然汪着晶亮的眼泪。

他叫坂本·忠,是我们在日本北海道钏路煤矿接受培训时的班主任。那天,我们高级班一行 10 余人,在结束了紧张忙碌的培训之后,由钏路机场乘飞机到东京,预备再从东京转机回国。他和钏路煤矿的几位日本朋友热情地到机场给我们送行。50 天前,他亲赴机场,满怀热忱地把我们迎接到钏路煤矿;学习顺利结束之后,他又亲自到机场,不无留恋地与我们告别。因为培训期间朝夕相处,彼此有了深厚的友谊,临别之际,大家都依依不舍。

2004 年春天,我们一行 20 余人,远赴日本参加煤矿安全技术培训班。我们先是在东京待了 10 天,在日本煤炭能源中心(JCOAL)参加短暂的培训。

之后,我们又乘飞机飞抵钏路市,在钏路煤矿继续接受培训。我们高级班的培训时间为 60 余天,在钏路要待 50 天;初级班是 4

个月（以前是半年），初、高级班学员大约各占一半。

钏路煤矿在钏路市近郊，是当时日本仅有的两个煤矿之一，但均不再从事生产经营，只作为教学和实训基地。钏路市很小，人口不过十几万。地处北海道东部，濒临太平洋，是日本著名的渔港之一。

在日本前后待了两个多月，我感受最深至今难以忘怀的是，日本人严谨细致认真的做事态度，以及文明礼貌热情的素质涵养。

日本人工作时严肃认真，一丝不苟。给我们讲课的每一位老师，课件都准备得充分翔实全面，讲解时用心负责，全神贯注。他们工作时，几乎一直伏案不停忙活，无论何时我们从办公区穿过，都会看见他们在埋头工作，从未见过他们扎堆聊天，或者在上班时间擅离职守。

日本煤矿的管理措施和作业预案详细、务实、具体，实用性和操作性特别强，严谨细致，注重实效。煤矿井下巷道、硐室，以及采煤面和掘进面，支护稳固完好，设备设施摆放悬挂得整整齐齐，环境整洁通畅，看上去很精致、很舒服、很安全，很值得我们学习和借鉴。

日本人谦恭温和，非常讲究文明礼貌。不管是在办公楼商铺，还是景区车站，人们都是彬彬有礼，笑脸相迎，态度之好，让人肃然起敬。无论在任何场合，即使在人流如潮的地铁站，或是人人心急如焚的公共厕所，他们都会主动礼让，自觉排队。

在日本，从未看到过有人乱扔垃圾和随地吐痰。不管是厂矿小区、写字楼宾馆，街道公路、商铺车站，还是背街小巷、犄角旮旯，城市郊外、田野乡村等地，都是整齐舒适，洁净清爽，就连厕所和储煤厂也都干干净净。

日本人非常热情好客，对我们很友好很热心，在生活中给予我们很多的关爱和相助。路上偶遇时，他们总是显出特别高兴的样子，一脸微笑地说："空妮七挖（你好），都走（请），撒哟娜拉（再见）！"

在培训过程中，他们不仅对我们进行专业培训，还给我们介绍日本的风物风俗风情。最难忘的是他们还不厌其烦地教我们日语。日语音韵优美，听日本人说话，简直跟聆听美妙的歌曲一样，珠圆玉润，悦耳动听。

他们不光热心教，还竭力鼓动我们说。讲课之际，老师不时说一些简单的日语，非让大家大声地学说。他说一句："阿里嘎多（谢谢）！"我们也只好循声大胆地说："阿里嘎多！"他说："米西米西（吃饭）"，全班十几个学员也只好一起说"米西米西"。

最令人感动的是教我们用日语唱《北国之春》。这是我最喜欢的歌曲之一，几乎是百听不厌，用日语唱则更其动听，乍一听就觉得热血上涌，精神为之一振："喜啦嘎巴，啊哦所啦，咪那咪嘎在，阔不喜撒古啊喏哦嘎尅打古尼喏啊啊，尅打古尼喏哈录（亭亭白桦，悠悠碧空，微微南来风，木兰花开山岗上北国之春天，啊，北国之春已来临）……"

他们千方百计丰富我们的业余生活。离我们居住的公寓不远，有一座漂亮的小高尔夫球场，绿草茵茵，球洞很多，彼此相距很近，可以供很多人同时玩。

我们一到钏路，日本朋友们就教我们打小高尔夫球，教我们正确的打球姿势，动作要领。他们不仅躬身示范，而且还手把手地教我们打。讲解完毕，立马让大家散开自由开打，他们则挨个巡视观看，发现打得棒者，便竖起大拇指，连说"哟西（好）！哟西！"

在周末或"五一"，日本朋友们还经常带领大家坐车到钏路附近的景区去转转。赴阿寒国立公园观湖，到钏路湿地漫步，去温泉泡澡。

往知床半岛看白桦，登东藻琴山赏芝樱，在硫磺山听传奇。据说硫磺山地表温度高达六七十度，将鸡蛋往地下一搁，一会儿即熟，十分神奇。阿寒国立公园的阿寒湖、摩周湖以及屈斜路湖，都留下了我们欢乐的身影。他们还陪同我们坐大巴车，颠簸到北海道首府札幌市去考察游览。一路上赏樱花，逛草原，足迹几乎踏遍整个北海道。

最难忘怀的是在札幌喝啤酒，吃凉的帝王蟹。那蟹大得出奇，蟹螯足有尺把长，那是我毕生吃过的最大的蟹。虽然凉冰冰的，但蟹大肉多，味道鲜美，大家喝着啤酒，一通大嚼，鼓腹而出，猗欤快哉。

在日本的日子里，我们认识了许多日本朋友，大家相处甚欢。但印象最为深刻的，除班主任坂本外，那时能够常相谈聚，甚至能随意相互打趣、开开玩笑、搂肩搭背，至今仍然记忆犹新的，还有钏路煤矿掘进区长半田秀树、通风区长白取雅文和初级班的班主任栗林。

半田戴眼镜，头发黑而密，梳着后背头，个头不高，身材较胖，性格外向，特别爱开玩笑。我们离开钏路时，他还不辞辛苦，热心地一直把我们送到东京。

白取中等身材，推平头，黑发粗而挺立，皮肤稍黑，嘴唇有一圈明显的黑青色胡茬子，身体浑实强壮，性情豪爽。他特别喜欢喝中国白酒。记得有一次，我们一同坐车外出游玩时，坐在车上我问他："日本白酒的好喝？"他听不懂，眼巴巴地望着翻译，待明白后摇头不迭。我看定他接着又问："中国的白酒的好喝？"这次他冲我频频点头，并满脸微笑地朝我竖起大拇指："哟西！哟西！"

栗林也是位眼镜先生，身体很胖，头发稀疏，憨厚实诚，沉默寡言，他是我们同行的初级班的班主任。

矿上有时请我们会餐，有时还会请我们到饭店吃大餐。最难忘的是日本的烧烤，吃着喷香的烤肉烤鱼，喝着地道的日产啤酒或清酒，谈东道西，不时碰杯，惬意非常。有时我们自烤自食，开怀畅饮，快乐至极。

坂本、白取和半田等日本朋友还在家里设宴招待我们，让我们品尝地道的日本风味。至今记得很清楚的是坂本班主任邀请我们到他家里去做客，在他家小楼一层的大客厅里，和他的家人共进晚餐。那晚的饭菜很丰盛，摆得满满一桌，生鱼片刀工精细，寿司做工精致，炸虾肉质鲜嫩，烤鱼烤肉馨香扑鼻。最值得称道的是日本的芥茉，鲜绿而辛辣，生鱼片蘸芥末，脆嫩辣爽，芳香刺激，再喝着日本口味清淡的清酒，那真是难得的享受。那天晚上，大家相谈甚欢，酒足饭饱，尽兴而返。

在钏路的时候，我和吉林煤矿安监系统的六位同志在一组。一到周末，我们几个搭伙做饭，改善生活。有时兴之所至，把坂本、半田和白取等约请到我们宿舍，和他们一起喝自带的国内白酒，大家兴会淋漓，痛饮一番。

他们都很爱喝中国白酒，而且喝酒特别实在，老实透顶，你让他们怎么喝你说怎么喝，他们就真的怎么喝；偶尔你没喝佯装喝了，骗骗他，他们也不介意。因而他们每次都喝得酩酊大醉，趴在桌上不动弹。

离开钏路已经十几年了，我和那些日本朋友们再也没有见过面，彼此也没有再互通音信。他们大概和我一样也快退休，甚至有的早已过着颐养天年的生活了吧。

2020 年 12 月 11 日

生活在日本

——赴日培训札记之四

2004年春天，因了参加培训的机缘，我在日本生活了60余天。

我们先是住在日本首都东京，在日本煤炭能源中心（JCOAL）参加了为期10天的短暂培训。记得当时我们住在五星级的品川酒店，每天挤地铁去上课，中午就凑合着在教室吃饭和休息。

每天都有一位日本朋友陪同我们坐地铁，帮我们买好车票，引领我们一同上车。进出站时，他几乎一路上一直不停地招呼我们要紧紧相跟着，生怕大家走散、坐错车、迷失方向。做事如此严谨细致认真，真是让人肃然起敬。

也许是日本国土面积小，东京更是寸土寸金的缘故吧，酒店的房间很小，空间极为狭窄。但特别干净，几乎一尘不染，光可鉴人。最特别的是卫生间洗脸池上面的大镜子，尽管洗澡时水蒸气弥漫，但不知镜子后面究竟安装了什么特别机关，并不模糊不清，依然明亮清晰。日本设备设施制作之精细精美实用，由此可见一斑。

当时让我们特别惊讶的是东京的物价，简直高得令人咋舌。饭店的一碗面条要人民币100多块钱，便利店的一盒快餐要200多块钱，而那时我们的月薪也不过两三千块钱。好在临出发前，我们每人都带了几十袋方便面和数瓶辣椒酱,还装了很多火腿肠和榨菜,应该说准备得相当充分。

在东京的 10 天里,除了日方宴请一两次冷餐外,我们几乎每天午餐、晚餐全以方便面就着火腿肠和榨菜果腹。我们住的酒店早餐很丰盛,大家都故意拖延到很晚才去用餐,一顿饕餮,膨脖而出,恨不得要攫取一整天的食物量。中午晚上则分别在教室和宾馆用铝饭盒泡方便面,日日如此,真是倒尽胃口,以致从日本回国至今,除非特殊紧急情况,我基本上不再吃方便面。

晚饭之后,我们常常结伴到宾馆附近的街道去溜达,闲步容与,留恋街景。我们到东京的时候,已是 4 月中旬,樱花花时已过,只有个别树枝上还残留着零星的花影,但能看到东京樱花树那婆娑的姿态。东京的樱花树很高大,树干粗壮,虬枝屈曲盘旋,乍看很像北京的大槐树,我在国内至今没有见过。

东京的马路上车流如水,但很少堵车,人们出行几乎都乘坐地铁,地铁站口人流如蚁。东京是闻名世界的国际化大都市,高楼大厦鳞次栉比,丛密林立,高低错落,充满着浓郁的现代化气息。即使街道两旁低矮的楼屋,也都雅致精美,街道整齐平整,洁净清爽。

结束在东京的培训之后,我们又乘坐飞机抵达北海道的钏路煤矿,我们在那里一待就是 50 天。

在钏路市,我们住在矿上的集体公寓,为单元房格局,有卫生间、厨房和餐桌。三人一屋,每人一个房间,地上铺着灰色的地毯,墙壁贴着灰绿色的壁纸,房间里一床一桌一椅,生活用具一应俱全,布置雅洁,居住舒适方便。

然而,漫长的学习生活毕竟是枯燥乏味的,几乎每天都是宿舍餐厅教室"三点一线"。那时我们高级班的学员大都四十岁上下,长时间坐在教室里听课极不习惯，一上课就想打瞌睡；只是眯眯着双眼装模作样地听课，有时实在打熬不住了，就眯一会儿。

最令人头痛的是一日三餐。虽然临出发前，外事中心的领导一再告诫我们，日本的饭菜太清淡，大家很可能吃不惯，要多带方便面，多装辣椒酱。但真正到了钏路，还是让我们大感意外，那菜淡得好像用清水煮熟似的。尤其是鸡鱼肉，看上去白不呲咧，闻着腥味刺鼻倒胃，看着碗里那大块的鸡鱼肉，真是让人龇牙咧嘴。大家赶紧往碗里搁辣椒酱，依然索然无味，难以吞咽，只好咬牙吃一点儿，经常还剩下很多就不得不倒掉，很是可惜。因而常常吃不饱，无奈只得在夜里再泡方便面充饥。

虽然我们不断地向老师反映并积极和他们沟通，希望食堂设法将饭菜做得精细一点可口一些，矿方也多次召开协调会，但仍旧未果。因为食堂的厨师是当地人，只会做清淡的饭菜，所以直到我们离开钏路回国，问题也未能得到妥善解决。

好在矿上有时请我们会餐，偶尔也会在饭店设宴招待我们。有些日本朋友还请我们到其家里去做客，让我们尝到了地地道道的日本风味。

让我们惊异的是，不知怎地，无论是在饭店，还是在日本朋友家里，饭菜都做得精致味美，清香四溢，较之钏路煤矿食堂寡淡无味的饭菜来，不啻天壤之别，真是令人百思不得其解。

在钏路的时候，我和吉林煤矿安监系统的六位同志在一组。一到周末，我们几个搭伙合力做饭，一人掌勺，其余的均打下手，大家一起动手做饭菜改善生活。我们轮流到附近的便利店买点蔬菜副食，并利用他们从国内带来的东北特产干黄瓜片、土豆片、木耳、蘑菇等干菜，倚仗曾做厨师的刘处长和魏科长精湛的厨艺，也能做几个色香味俱全的饭菜。令人伤心的是，而今刘处长已经去世好几年了，甚为怀念。

让我们日日担心的是地震。日本多地震，时有小震，我们在钏路市的几十天里，就亲身经历了三四次小地震。因而抵达钏路后，矿上首先是对我们进行防震知识和实操培训。老师在课堂上放映的日本大地震后的惨烈照片让人触目惊心，那真是山崩地裂，房屋夷为平地，一片狼藉，惨不忍睹。因此我们常常惶恐不安，害怕某一天日本真的会发生大地震。

在周末或"五一"，矿上经常组织大家到钏路市有名的景点去看看，有时带领大家到北海道别的景区去游玩，让大家泡温泉，还教我们打小高尔夫球，千方百计让大家开心快乐尽兴，以调节和丰富枯燥单调的业余生活。

我们住的宿舍邻近大海。傍晚的时候，或者是周末，或者是自习之日，我们经常三五一伙，结伴到海边去遛弯。

面对浩瀚无垠的太平洋，心中不由地翩跹遐想。有时不禁想起《大海啊故乡》这首在国内家喻户晓的动人歌曲来，朱明瑛那"小时候，妈妈对我讲，大海就是我故乡"曼妙优美的歌声，似乎总是在我们耳边回响。因为在日本待得太久了，大家真的都很想家。有的同伴时常不由自主地扯着粗哑的嗓子，吼唱上几句。

在钏路市郊区，到处是精美的日式小屋，或连成一片，或零星散布。踯躅在郊外的小路上，我们经常会驻足仔细欣赏这些建造精雅的日式建筑。

钏路市民居住的小楼格局大致相仿，大都两三层，木钢结构，坡屋顶，老虎窗，多窗多顶，楼顶高低错落。整座小楼由坚固耐用的钢板架设柱梁，平整窄长的木板砌墙，平平展展的长条波纹彩钢板盖顶。小楼多为几种艳丽的颜色互映，四墙涂成一色，色彩一般稍浅，或灰白，或淡蓝，或浅褐。屋顶则为另一色，颜色往往较深，有的深灰，有的灰黑，还有的是灰蓝。所有的窗户则几乎都是耀眼的银白。整幢小楼新颖而别致，简洁而精雅。有的小楼前还有小院，楼下有车库，看上去整洁鲜亮，温馨舒适。

在钏路煤矿培训一结束，我们就乘坐飞机返回东京，在那里我们又盘桓了几天，依然住在品川酒店。

在日本的生活有美好和欢乐，也有忧愁和烦恼，每天都是辛苦且快乐着。不知不觉中，就到了回国的日子，临别之时心中却又依依不舍。

2021年1月3日

北海道之春

——赴日培训札记之五

北海道是日本除本州岛以外最大的岛屿，也是日本一级行政区——都道府县中唯一的道。地处日本的最北端，纬度与我国的东北地区差不多，因而春天总是姗姗来迟。

2004年4月下旬，我们从东京乘坐飞机，抵达北海道钏路市时，只见小草刚刚长出翠绿的嫩芽，草色隐隐，除了少数常青树外，大多数树木仍旧灰黑光秃。而我们10天前从北京到达东京时，东京樱花花期已过，北海道的春天大约要比东京迟到一个来月。

到了5月中旬，北海道的樱花始盛开。公园里，公路旁，街道边，到处是缤纷烂漫的樱花。那真是花儿满树，繁花如簇，如霞似锦，萦绕在空中。这时候，多数树木业已生发出绿叶，远看绿意朦胧，而少数树木依然摇曳着枯涩的枝条。

在钏路的日子里，每逢周末，日本朋友们经常带领大家坐车外出观光。自5月中旬开始，我们先到知床半岛公园游历一番，之后到北海道首府札幌市去参观，又到钏路市附近的景区去旅游，足迹几乎踏遍整个北海道。

北海道四面环海，中部是蜿蜒起伏的山峦，广阔无际的平原环绕在周围。坐车行驶在北海道，扑入眉宇的是湛蓝如洗、白云飘飘的天空，绿意葱茏、嫩绿如滴的草木，密密匝匝、云蒸霞蔚的樱花，宽阔平整、洁净清爽的道路，光鲜亮丽、精致典雅的楼屋，一路上始终让人神清气爽。

  知床半岛在北海道的东北部，濒临鄂霍次克海，全长63公里。虽然时令已是5月中旬，但山上依然是白雪皑皑，山下是一片枯枯秃秃的原始森林，周围是浩瀚无垠的大海。岛上有飞流直下的瀑布、澄澈明净的湖泊、一望无际的白桦，风景极其优美。此情此景，我们都不由得想起《北国之春》这首百听不厌的日本歌曲来："亭亭白桦，悠悠碧空，微微南来风……"那天，我们还在涛声震天的海岸线漫步，心中不禁感慨万端。

  游完知床半岛，我们接着又到东藻琴山去赏花。在一整座山坡上种满清一色的芝樱，远远望去，一片粉红。芝樱低矮，似贴地而生，铺展得满山满坡。鲜花艳丽，花朵娇媚，花瓣琐细，怒放得热烈灿烂，红艳艳一大片，如同霞光云锦般飘浮在山上。满山的芝樱多为粉红，装点着少量一条、一片或一圈的雪白与火红，彼此相间，相衬相映，蔚然壮观，令人震撼。

  我们还先后两次到阿寒国立公园去游览。这是一座由火山群组成的山岳公园，面积超过900平方公里，是北海道历史上最为悠久的国立公园。公园中有阿寒湖、屈斜路湖和摩周湖三个著名的火山湖。

  6月初，我们先游阿寒湖。湖面海拔420米，湖中有四座小岛，绕一圈大约30公里。高山上尚有零星积雪，但山下和湖中的小岛上树木蓊郁，绿草茵茵，湖水澄碧，湖光潋滟，风景十分秀美。

  临回国前的6月中旬，我们又前往阿寒国立公园去观景。那天我们畅游了摩周湖、屈斜路湖和硫磺山，以及钏路湿地公园与草原。

被当地人称为"山神的湖"的摩周湖，地处北海道东部的川上郡弟子屈町。比阿寒湖略大，水深超过200米，四周是三四百米高的悬崖绝壁，水面波平如镜。湖水清澈透明，湛蓝如玉，蓝得沦肌浃髓，让人心醉，那是我平生第一次看到那么蓝的湖水。听说湖上经常雾霭笼罩，幽深静谧，神秘莫测。

屈斜路湖是日本最大的火山湖，也是全世界第二大火山湖，水域面积约80平方公里。湖面呈半月形，水面旷阔，湖水澄澈晶莹，看上去极像淡蓝的水晶，真是美妙绝伦。

硫磺山地处摩周湖和屈斜路湖附近，是一座持续千年的活火山，海拔超过500米。站在远处遥望，只见山上几无草木，十分荒凉。整个山岭冉冉地升腾着水汽，一片白雾缭绕。因为水蒸气中富含硫磺，老远就闻到浓烈的硫磺味。据说硫磺山地表温度高达六七十度，将鸡蛋往地下一搁，一会儿即熟，十分神奇。

钏路湿地公园是全日本面积最大的湿地，总面积240多平方公里。那天我们去游观，远看湿地是铺天盖地的绿，水草丰茂，一铺万里，那真是广袤无垠、蓬蓬勃勃的绿色海洋。湿地中河流蜿蜒，还点缀着许多明净的小湖和池塘，四周是天涯云树，树木茂盛，一片绿荫蒙蒙，煞是漂亮。

弟子屈町900草原是一个辽阔的牧场，因放牧的草地面积达930公顷，故名之曰"900草原"。牧场建在一大片绵延起伏的缓坡山岭，一望无际。站在高坡极目眺望，青翠的山坡如波起伏，满眼是幼嫩的小草，绿油油的，一派清新翠绿。草中野花盛开，灿如繁星；奶牛在悠闲地吃草，远处高低错落茂盛的树木构成美妙的天际线，极为壮观。

北海道的春天，山海相依，山清水秀，樱花烂漫，碧空悠悠，展现在你面前的真是一幅风光旖旎的日式海岛风情画。

2021年1月15日

上海的奥秘

上海地处江南水乡，襟江带海，地理位置独特而优越。加之有着天下一流的城市治理水准，使之成为名副其实的美丽宜居的国际大都会。

自1986年8月第一次到上海算来，我已经无数次到过上海，最长的一回待过60余天。我也曾利用学习或工作之余，经常到上海的大街小巷去溜达。到外滩和静安、黄浦和虹口等老城区漫步观光，外滩我不知去过多少回，陕西南路和北路，还有淮海中路我也曾先后逛过两整天。

每次漫步在上海街头，我总是感到上海真是一座无与伦比的城市。特别是改革开放之后，上海的发展可以说是日新月异。如今的大上海，美丽时髦高雅，大气霸气洋气，无疑是国际大都会中令人艳羡的翘楚。

上海是知名的国际大都市。你现在到上海，只要坐车行驶在上海的马路上，放眼望去，到处是设计新颖、建造美观的现代化高楼大厦，荡漾着逼人的现代气息。

尤其是闲步在宽阔整洁大气磅礴的外滩，驻足朝陆家嘴方向望去，一座座现代化的摩天大楼拔地而起，森然耸立，高低错落，玻璃幕墙银光熠熠,光亮耀眼。特别是上海名扬天下的"新三件套"——世界第二高楼上海中心,以及环球金融中心("军刀楼")和金茂大厦高耸入云,金碧辉煌,俯视群楼。无论你在上海的任何地方,老远就能望见他们如擎天之柱,支撑在天地之间。高耸云霄密如森林的现代化建筑,直看得人血脉偾张,心潮澎湃。

上海现代完美的"陆海空"城市立体交通体系在世界城市中也是独领风骚。黄浦江上的轮船码头,通过黄浦江、长江和烟波浩渺的大海把上海与世界各国紧密地连接在一起;浦东虹桥两大机场的国内外航班,通过悠悠碧空把上海与全球各地紧密相连。尤为令人称道的是,他们将虹桥高铁站和机场建在一起,真是绝妙的设计神奇的建造,放眼国内绝对首创,旅客换乘高铁飞机异常方便快捷。

它的城区交通更是令人羡慕不已。总长高达数百公里、密如蛛网、四通八达的地铁,数不清的黄浦江底和城市街道下面的隧道,纵横交错的马路,特别是回环起伏飞架空中的高架,构成上海独具魅力的城区"下地空"立体交通网。上海人非凡的胆识聪明的才智,创造性地率先在国内大城市中建造盘旋空中的高架。嵯峨绵延的高架,穿梭在城市道路之上高楼大厦之间,气贯长虹地盘旋在上海城市上空,联结起上海城区空中交通网。

上海的古建筑星罗棋布。拥有小桥流水和古色古香小楼的豫园、古漪园以及朱家角和七宝等古镇,具有欧洲哥特式风格的徐家汇天主教堂和有着一千多年历史藏有八大山人名画、文征明真迹的《琵琶行》行草长卷的静安寺,早已蜚声海内外。

尤其是外滩及其附近,是旧上海金融和外贸机构的集中地。始建于一两百年前的一幢幢欧洲风格的建筑,一律的尖塔圆顶,曲面圆柱,尖圆门窗,华妙雕饰,这些典型的哥特式、罗马式、巴洛克式和中西合璧式等古典建筑群，构成一条古雅大气、雄浑庄重、雍容华贵的独特的建筑景观。众多古典主义与现代主义并存的建筑，已成为大上海不朽的象征。它们与对岸陆家嘴的摩天大楼争雄斗奇，隔岸媲美，展示着大上海古往今来建筑艺术的厚重与辉煌。

特别是上海外滩的亚细亚大楼、电报公司大楼和汇丰银行大楼，以及高达二十四层的有着"三十年代远东地区第一高楼"之称的上海国际饭店、二十二层的上海百老汇大厦、始建于清朝的中国首家世界著名饭店和平饭店，还有装饰华丽的大世界、百乐门等综合娱乐场所，述说着大上海过往的盛世繁华。

在老城区还散布着宋家老宅、荣宅和很多有名的私人花园，以及孙中山、周恩来和鲁迅故居等人文古迹，这一片片多坡顶老虎窗欧风洋溢闪耀着古典主义光辉的建筑，彰显着国际化大上海的深厚底蕴。

闲步在黄浦静安和虹口，特别是行走在外滩、思南路、陕西南北路和淮海中路，昔日十里洋场万丈红尘中的绝世繁华扑面而来。一栋栋古雅的建筑，一棵棵参天的大树，昭告着大上海过去的屈辱和辛酸、光荣和繁华。在当年上海这个世界大舞台人生竞技场上，达官名流、文才武将、帝国豪强、买办帮口各类人等纷纷粉墨登场。白日里钩心斗角，轧轹争竞，巧取豪夺，甚至硝烟弥漫，刀光剑影，拼搏厮杀，纷纷瓜分地盘，置地建楼，以致整个上海车水马龙、舳舻成阵。夜晚则青楼买笑，红袖添香，灯红酒绿，纸醉金迷的景象仿佛就在眼前，那时的上海不愧是销金窟富贵乡、不夜城花柳地。

上海还是一座绿色和花园之城。上海大小马路都种有行道树，而且大都为香樟，一年四季郁郁葱葱，所以你无论何时到上海，扑入眉宇的都是入骨的葱翠绿色。老城区等街道两旁的梧桐树尤为壮美,整然排列的梧桐树,枝繁叶茂,绿云叆叇,两旁的枝叶交织在一起,形成高大宽阔的绿色走廊。走在梧桐夹道的林荫路上,那桐荫满路、桐影临窗的景象,真是让人心旷神怡。

上海的街道两旁,现代化的办公楼以及古典的园林和宾馆周围,到处是一片片的绿色草坪。瑞金宾馆就是一个小公园,院内的绿色草坪清新醉人,特别惹人怜爱。上海雨水极为丰沛,小草长得特别茂盛,绿色欲滴,沁人心脾。而且街心里弄,宽广的马路两旁和中央,空中的高架上,以及居民住宅楼的窗户上到处是鲜花盛开,通往郊区的高速公路上则是一片片怒放的夹竹桃,上海处处皆有花,简直就是鲜花的世界。满城郁郁菲菲的绿云花雨将上海装扮成美丽的大花园,弥漫着浓郁的诗情画意。

上海的干净整洁可以和世界上任何一个国际大都会相媲美,甚至有过之而无不及。在上海,无论是单位的大院内还是居民住宅区,无论是宽阔平坦的现代化道路,日久年深的旧马路,还是背街里弄,犄角旮旯,城乡接合部,都是整齐有序,干净清洁。上海城区的公共厕所和机场火车站、高速公路、郊县农村等地的厕所,也都打扫得干干净净,国内任何城市都无法与之相比。

上海的施工工地都有整齐划一的挡板,挡板上装饰着花草,远看活脱是一堵堵美丽的文化墙,工地周围清扫得和其他街道一样的光亮清爽。

我的老家人大都在上海打工,多数住在上海嘉定区江桥镇以及青浦区和松江区等地。我曾多次到江桥镇看望他们,我发现江桥镇虽然是郊区,比不上主城区洁净清爽,但依然秩序井然,在马路上很少能看到垃圾和痰迹。连我的老家人也都守起规矩讲起文明来,俨然以上海人自居,开口闭口就是上海怎么着上海怎么样,总而言之,上海非常的美丽和美好，话语里透着骄傲和自豪。

上海城市管理的精细、精美、精雅实在是让人叹为观止。上海的路面整齐平坦，水泥沥青地面平平展展，地砖铺得齐齐整整，很少能看到坑坑洼洼、裂缝纵横、碎砖烂石的路面。街道中间及两侧的隔离护栏整齐雅致，垃圾桶新颖漂亮，是大小街道奇特的点缀。就连疫情期间电梯人员站位图都设计制作得科学合理，图案精美。

上海的城区交通井然有序。当地交通法规规章明文规定，机动车在行驶过程中必须避让行人，而且经常能在很多地方看到警察上街执勤。听说上海交警执法非常严格，对违章行为决不姑息，司机也都自觉地严格执行。行走在上海街头，经常会看到这样的动人场景：行人横穿马路时，机动车老远就减速并主动停下，等行人过去后，车辆方才缓缓驶过。

这两年，有一段视频在网上疯传，视频展示的是上海人文明驾驶的感人片段。两股车流合二为一时，左右两边的车辆自觉交替行驶，很少看见有司机强行加塞。

上海停车的管理也是让人叹服。在上海的老城区静安、黄浦和虹口游玩时，我很少看到街道两旁停有车辆。偶尔看到马路上停着车时，都是划线入位停车，停得整整齐齐，从未看到横七竖八或抢占人行道乱停的现象。走在老城区狭窄的街道上，看到车辆行驶很是畅通，我总是在想，上海市民究竟将车停在了何方？

我到过上海的高中低档宾馆，甚至郊区的宾馆，设备设施家具都是精致完好，整齐洁净，一尘不染，甚至光可鉴人。洗漱用具和拖鞋还用不同的颜色标记，以示区别。被子厚薄适中，一年四季盖上去都妥帖舒适。上海的饭店装修精雅考究，盘子碗筷，杯子菜盆，都设计制作得精细耐看，有的无疑就是精美的艺术品。

细观浅尝慢品上海美食，也许会颠覆你先前的偏见和认知。长期以来，国内不少人认为上海菜甜腻酸淡，国内品牌菜排行榜上本帮菜往往无名。然而，如果你经常到上海单位的餐厅以及高中低档饭馆去就餐，你就会惊奇地发现，其实上海菜清淡健康，精致可口，色香味俱全。上海的川菜、粤菜和火锅，也是做得地道正宗，味道绝佳。还进行了上海化的改良，有益健康，并保持原有的纯正味道。我曾在我们集团位于上海的一家二级单位多次学习和生活，饭菜日日花样翻新，精细鲜美，口味上佳。

上海是中国城市治理的奇迹和典范，在很多方面总是领先一步，这固然与上海人整体文明素养很高不无关系。那么上海人的文明素质究竟是如何锤炼而成的？这个问题我思索了很久，至今仍不得要领，关于上海文明的基因密码还是留给专门的学问家去研究探索并揭秘吧。

2021 年 11 月 19 日

五园争辉映姑苏

苏州坐落在江南水乡，自古就有人间天堂之美誉，不知被多少文人墨客歌咏赞叹过。它也因之而名扬天下，历朝百代游览苏州的人士更是不可胜数。

今年国庆期间，我第三次到苏州去游玩。三游苏州，让我感触最深的是，苏州之所以能驰名中外者，盖因其五座古典园林争奇竞胜震撼人心而已矣。

一 留园

留园现为国家5A级景区。俗名"刘园"，后改"留园"。始建于明万历年，鼎盛于清光绪，位居吴下名园之首，也是中国四大名园之一。

留园是神奇经典的府宅园林。占地30余亩，建筑占三分之一，有曲折迂回的长廊670余米，构筑精美的漏窗200余孔。全园分为东、中、西三个景区，中为水池，东乃庭院，西是假山。

参观留园，真如同走了一趟桃花源。南面大门为粉墙黛瓦缓顶楼，墙有小门。我手持身份证，从南门刷证而入，道两旁皆为高墙，初极狭，曲曲折折。复行数十米，穿过两三小天井，内筑有"古木交柯"和"华步小筑"等小景点,皆为湖石鲜花小树,至著名景点"绿荫轩",驻轩窗眺望,豁然开朗。

迎面是一个不大的水池,环以楼阁和假山。东、南两面为粉墙黛瓦的楼阁,山石突兀的假山在西与北两岸。水质澄澈,荷叶青青。池中小岛是有名景点"小蓬莱",上有小亭,亭之东西两面为曲桥,与西面假山和东面"濠濮亭"相连,桥顶为亭式棚架,紫藤缠绕,郁郁葱葱。

出"绿荫轩",沿池岸往西走是"明瑟楼"。楼为两层半间,与其西边的"涵碧山房"组成航船式建筑。两楼前均有宽阔的平台,很多游人在此休息、赏景、拍照。

沿岸再往西往北是假山。西边的山顶有"闻木樨香轩",为景区最高点,是园中最佳观景处。轩为方形,后倚云墙,单檐歇山顶。

北面的山上矗立着"可亭",亭为六角,飞檐攒尖,与"绿荫轩"隔水相对。山上耸立着数棵五百年的古银杏树,枝繁叶茂,绿荫如盖。

出"绿荫轩",沿池岸长廊往东走则是"曲溪楼"。楼临水而建,只有前半只,下为狭长过道,南北长达10余米。

"曲溪楼"北面是"濠濮亭",亭为方形四角,北面临水而筑。再往北是"清风池馆",馆为水榭,向西敞开,俯临水池。

由此往东是"五峰仙馆",喻指馆前假山为庐山五老峰也。此馆为园内也是苏州园林最大的厅堂,梁柱均为楠木,故又称"楠木厅",被誉为"江南第一厅"。

由此往东是"揖峰轩"。取自朱熹诗句:"前揖庐山,一峰独秀。"轩前庭院称"石林小院",庭院内太湖石千姿百态,园主痴石,故名之为"揖峰轩"。

其东面乃是一座颇大的花园。从大花园往北,即为"林泉耆硕之馆",即山林泉石和老人名流游憩之所。馆为一屋两翻轩,三开间,馆外环有走廊。

此馆之西是"还读我书斋"。取晋陶潜诗:"既耕亦已种,时还读我书。"楼为两层,硬山顶。

穿过"林泉耆硕之馆"往北,便是"冠云楼"。从大花园东边的小门,经过一片茂盛的竹林,可至"贮云庵",也可到达"冠云楼"。

此楼为观冠云峰而设,曾名"云满峰头月满天楼"。"冠云峰"矗立在庭院小水池畔,乃太湖石中绝品。相传这块奇石为北宋宋徽宗花石纲遗物,重5吨,高6.5米,石柱既瘦且皱,布满孔洞,四展如冠,形神兼备,"冠云峰"之名由此而来。"冠云峰"西边是"佳晴喜雨快雪之亭",意指四时景物,不论何时都好。

假山之西游廊之外,还有五六处景点,为盆景园和各种亭之类。极为有意思的是"活泼泼地",取自殷迈诗句:"窗外鸢鱼活泼,床头经典交加。"此处鸢飞鱼跃,天机活泼,借以为名。建筑为水阁形式,四面环有走廊。

留园虽小,但景点颇多,仅有名的景点就多达四十处之众。尤以亭居多,计十三处,竟占三分之一。园中楼馆巍峨,亭轩阁精雅,长廊盘旋,回廊别院庭院深深,小道长廊曲折相通。每个天井不是竖立山石,就是栽植花木,真是大小天井皆有景,每个窗外都是画。

景区之间以墙相隔,以廊相连,又以窗门相通,若隐若现,隔而不绝。整个景区旷幽和谐,小径通幽,幽深静谧,处处是景,而且景中还有景,画里仍有画,真是令人拍手叫绝。

二 拙政园

拙政园为国家5A级景区,为中国四大名园之一。始建于明正德初年，是苏州四大名园中建园最晚的园林。

拙政园占地七十八亩，是留园的两倍多，为苏州最大的古典园林。拙政园很大，格局很像一座公园，有东、中、西花园三大景区。

从南面高大门楼进入园内，首先看到的便是东花园。东园占地约三十一亩，为园中最大花园。

进门首先看到的景点是"兰雪堂"。取李白"独立天地间，清风洒兰雪"诗意而得名。堂中南面置漆雕拙政园全景图，北面饰翠竹图。

离开"兰雪堂"往北，视野突然开阔。映入眼帘的是两泓池水，西边水池阔大，中有小岛，岛上矗立"放眼亭"。东面水池略小，池东南有"芙蓉榭"，一半建在岸上，一半伸向水面，凌空高架于水波之上，屹立池畔，典雅秀美。

东池的北边是"天泉亭"。亭为重檐八角，出檐高挑，质朴庄重。亭内有口古井，相传为元代大宏寺遗物。听说此井终年不涸，水质甘甜，故名之曰"天泉"。

西边水池北边是"秫香馆"。秫香意指稻谷飘香。据说此处以前墙外是农田，丰收季节，秋风送来一阵阵稻谷的清香，令人心醉，馆亦因此而得名。此馆以西是山丘、竹廊、茅亭、草堂、草坪，一派美丽的田园风光。

再往西就是中花园，面积约十八亩，是拙政园的主景区，为全园精华之所在。中为宽阔的荷池，水域面积约占全园面积的五分之三，亭台楼榭皆临水而建，但重要的景点都在荷池之南。

中园的主体建筑是"远香堂"，位于水池南岸，堂名因荷而得。堂北平台宽敞，池水旷阔清澈。池中荷叶密密层层，是赏荷的绝佳之地。

隔池与北面的东西两岛相望。两岛间架有小桥，岛上各建一亭，西为"雪香云蔚亭",东为"待霜亭"。

"远香堂"之西为"倚玉轩",再往西是著名景点"香洲",均在池南,二者遥遥相对,与其北面的"荷风四面亭"成三足鼎立之势。此亭处于三路交叉口,四面皆为荷花。

香洲取唐徐元固"香飘杜若洲"之诗意。为画舫式结构,楼舱两层,临水而建,上悬文徵明书"香洲"两字横额。

二者之南是"小飞虹",是苏州园林中极为少见的廊桥。朱红色桥栏倒映水中,水波粼粼,宛若飞虹,是拙政园的经典景观。

桥下有一湾曲水深入南部楼宇,这里有三间水阁"小沧浪",由"小飞虹"、"得真亭"、"小沧浪"、"松风水阁"等轩亭廊桥依水围成一个幽静的水院。

水院之东还有一组庭院,即由"海棠春坞"、"听雨轩"、"嘉实亭"三组院落组合而成,主要建筑为"玲珑馆"。

从"小飞虹"往西,穿过"玉兰堂",可达西花园,面积约十二亩。依山傍水建以亭阁楼馆,主要有"三十六鸳鸯馆"、"与谁同坐轩"、"留听阁"、"塔影亭"、"倒影楼"等景点。

"三十六鸳鸯馆"("十八曼陀罗花馆")临池而建,为西园主要建筑,位于西花园之南,是当时园主人宴请宾客和听曲的场所。此馆为独特的鸳鸯厅形式,南为"十八曼陀罗花馆",曼陀罗花即山茶花之别名。此地原栽名种山茶十八株,因以为名焉。北部名"卅六鸳鸯馆",因临池曾养三十六对鸳鸯而得名。

西部另一重要建筑为"与谁同坐轩",位于西花园中部,与"卅六鸳鸯馆"隔池相望,平面形状为扇形。"与谁同坐"取自苏东坡的著名词句"与谁同坐,明月,清风,我",可于此处欣赏水中之月和沐浴清风之爽。

整座园林山水萦绕,地旷水广,建筑精美,林木绝胜,具有浓郁的江南水乡特色。

三 狮子林

狮子林为国家 4A 级景区,属苏州四大名园之一。始建于元至正,乾隆皇帝曾七到狮子林,并多次诏赐额匾。

狮子林面积约十五亩,仅为留园的一半。因园内石峰林立,且状似狮子,故名"狮子林"。园里有五棵大古松,因此又曾名"五松园"。

狮子林格局与留园相似,全园设立建筑、假山、水池三个主景区,东为建筑群,西为主花园,花园水池东西南三面为假山。

狮子林的古建筑大都保留了元代风格,为元代园林代表作,分祠堂和住宅两部分。

从南面的入口进入园内,首先看到的是"门厅和轿厅"。其北便是"云林逸韵",原为贝家祠堂,现为迎客大厅。极为特别的是大厅屋顶上有福、禄、寿三神和一个小孩的塑像,据说意在祈盼子孙后代能够出类拔萃,光宗耀祖。

祠堂的西边为著名景点"燕誉堂"。出自《诗经》:"式燕且誉,好而无射",意为燕而娱乐,始终不已。建筑高敞宏丽,陈设雍容华贵,为全园主厅。原是园主宴客所用,此厅是苏州园林中较为有名的鸳鸯厅。

从主厅往北穿过"小方厅"和"九狮峰院",即可到达东北有名的景点"揖峰指柏轩"。"指柏"来自"赵州指柏"典故。又取朱熹诗"前揖庐山,一峰独秀"及高启诗"人来问不应,笑指庭前柏"之意。轩为两层,楼宇高大,四周围廊,轩前古柏数株,为狮子林主景之一。原为禅僧讲公案、斗禅机之处,后由贝氏重建为两层,为接待亲朋好友之用，也是写诗作画之所在。

离轩往西，经过"古五松园"，即是园中核心景区——主花园。花园中心为三面环山、一面楼阁亭台错落有致的水池，最令人震撼的满眼是千姿百态的狮状石柱。

狮子林以假山著称，共有西区假山、南区水假山和东区旱假山三处景观，占地两亩以上，是当今中国古典园林中最大的假山。

东部旱假山全部采用湖石堆砌，山顶石峰各具神态，千奇百怪。山上有五棵古松，枝干苍劲。西侧设狭长水涧，将山体分隔成两部分，跨涧而造"修竹阁"，把假山连成一体。

南区水假山三面环水，西有小桥与西山相连，东接旱假山。山顶峰石有十二生肖之说，但至今尚能看出形似的仅有兔、猪、猴、马等几处峰石。山上有醒目的紫藤架，山间石磴道纵横交错，蜿蜒起伏，道极逼仄，仅容一人通行。那天游人如织，拥挤不堪，行走十分艰难。靠墙假山顶有"扇亭"、"文天祥碑亭"和"御碑亭"等景观，彼此均由长廊相连。

西部假山深处，山石呈悬崖状。一股清泉经三叠湖石，奔泻而下，形成引人注目的人造瀑布。"问梅阁"高踞西部假山，系花园主体建筑。"问梅"二字出自马祖问梅这则禅宗公案。登阁俯瞰，全园山色尽收眼底。

水池北岸齐排有三栋建筑。中间为"真趣亭"，其东为"花篮厅"（荷花厅），均傍水而筑，柱梁门窗雕刻精美。"花篮厅"前有宽广平台，厅南十四扇落地长窗，各刻唐诗一首，厅北六扇长窗均刻有山水人物故事。其西为"暗香疏影楼"，楼上走廊可达西部假山，"石舫"静浮在此楼前的水面上。

园内水池不大，但绿荷满池，池中小桥曲折，桥上有亭翼然。

亭台楼阁高低错落，嶙峋假山沿池耸立，树木蓊郁，风景极为优美。

四　沧浪亭

沧浪亭是苏州最古老的一所园林，始建于北宋庆历年间，南宋初年曾是名将韩世忠的住宅。为苏州四大园林之一，还被列入《世界遗产名录》。

沧浪亭占地约十六亩，格局十分独特。大门在北面，水池在大门之外，一湾池水由西向东环绕在园北，门前有一座石桥。中央是山，亭台楼榭环山而建。

跨过石桥，进入北大门。大门东边长廊外的池畔是"面水轩"，西边长廊外"藕花水榭"临水而建。园内迎面是座不高的土山，为宋代原物。山上树木蓊郁，耸立着五六棵榉树、朴树、黄杨、香樟等高大树木，树龄都在百年以上。

"沧浪亭"掩隐在山顶东边，茂盛的树木遮盖着古亭。取《孟子·离娄》"沧浪之水清兮可以濯我缨，沧浪之水浊兮可以濯我足"之意而得名，亭高旷轩敞，石柱飞檐，古朴壮美。北面的两根石柱上雕刻一对绿字名联："清风明月本无价，近水远山皆有情。"亭额上刻"沧浪亭"三个厚重有力的绿色大字。

建筑大多环山，并以长廊相接，但主要建筑都在山之西南。长廊将临池而建的亭榭连在一起，廊之内壁上嵌有一百多个漏窗，窗芯图案千姿百态，别致精美。透过漏窗，可两面观景，将园内外之景巧妙自然地连在一起，是借景的典范，被誉为"苏州古典园林三大名廊之一"。

从亭东边的石径下至山底，便是"闲吟亭"，长廊穿亭而过。沿长廊往南走可抵"闻妙香室"，红柱黛瓦小轩，取杜甫诗"灯影照无睡，心清闻妙香"之意。原为园主读书处，室前遍植梅花，是赏梅绝佳之处。

此室东南、假山正南是著名景点"明道堂"，为全园最大的建筑，取宋苏舜钦《沧浪亭》中语"观听无邪，则道以明"之意而得名，为园中主厅。砖木结构，面阔三间，宏伟庄严。

此堂正南是"瑶华境界"，为粉墙红柱黛瓦小楼，面阔三间。瑶华本为传说中的仙花，此为借称，此处原为古戏台。

往西走是"看山楼"，取卢集诗"有客归谋酒，无言卧看山"之意。小楼坐落于山石之上，楼下是"印心石屋"，乃道光皇帝御笔亲题。

沧浪亭的另一大看点是园内遍植修竹，尤其是"瑶华境界"和"看山楼"左近，则是大片的竹林，而且种类繁多，让人目不暇接。最特别的是紫竹，秆为紫色，实属罕见。

明道堂之西是"五百名贤祠"，此祠道光七年陶澍所创，祠中三面粉壁上嵌 590 余幅与苏州历史有关的人物雕像。

在"五百名贤祠"前后，还有"翠玲珑馆"、"仰止亭"、"清香馆"和"御碑亭"等建筑与之映衬。

池绕园外，山葱而水秀；堂轩古雅，廊长而窗美。园内古木参天，修竹森森，古老的沧浪亭，风景有其独特之美。

五　网师园

网师园为国家 4A 级景区，也是典型的府宅园林。始建于南宋，初名"渔隐"，以示园主退隐之意；清改为"网师园"。

网师园的布局与留园、狮子林很相似，也分三个景区，东为宅第，中为水池，水池之西为内园。

宅第区前后三进，屋宇高敞。从南面入口进入景区，迎面也是"门厅"和"轿厅"。轿厅之后是"万卷堂"（大厅），即藏书万卷之堂。

这是园中主题建筑,过去为园主办事与接待宾客之处,装修陈设华丽。

"万卷堂"前的门楼建于清乾隆年间,高达6米,宽3米,上刻"藻耀高翔"四个大字,历经三百余年依然保存完好。而且雕刻精细,精美绝伦,人物栩栩如生,被誉为"苏州古典园林中同类门楼之冠",号称"江南第一门楼"。

大厅正北是"撷秀楼",意即摘采秀色之楼。楼高两层,这是住宅区的后厅,也称"女厅",为园主生活起居兼会客之所。

出大厅,往北前行,穿过两个庭院,即是"五峰书屋",为旧园主藏书、读书之所在。该屋前后均有庭院,院内皆有假山。门前庭院假山之山峰,为庐山五老峰之写意。此屋前庭院假山的主峰在五峰书屋东山头,可攀登山道而进入楼内,真是绝妙的设计。屋东北"梯云室"取自唐张读《宣室志》中载"周生八月中秋以绳为梯,云中取月"的故事。

主园在住宅之西,分为南北两庭院区。南面"小山丛桂轩"、"蹈和馆"、"琴室"为居住宴用小庭院;轩的南、西为两个小院。轩北的池畔有用黄石叠成的"云岗"和石拱桥,名"引静桥",为苏州园林最小的石桥。

从此轩向西,可至"蹈和馆"和"濯缨水阁"。"蹈和馆"出自"蹈和履贞"一语,取其"和平安吉"之意。室内雅致幽静,原为园主宴客场所。

此馆之北、"云岗"之西的池畔是"濯缨水阁",为歇山卷棚式,坐南朝北,高架水上,可凭栏观荷赏鱼。

居中为方形水池,名为彩霞池。池西是有名的"月到风来亭",亭三面环水,六角攒尖,檐角高翘。取宋邵雍诗句"月到天心处,风来水面时"之意。

池北"竹外一枝轩"原为封闭式斜轩,取苏轼"江头千树春欲暗,竹外一枝斜更好"诗意而得名。轩北为"集虚斋"。此轩与北面"五峰书屋"、"集虚斋"、"看松读画轩"等组成北面庭院。

水池西面为内院,占地约一亩,园内"冷泉亭"极为有趣。此亭是个半亭,倚墙而建,亭后之墙拱起,与亭顶等高,在墙、亭二顶相接处,向左右两侧分筑弯脊和翼角,虽是半亭,但四角翼然,新颖奇特,构思绝妙。园中有天然泉水"涵碧泉","冷泉亭"正因"涵碧泉"而得名。北侧还有小轩三间,名"殿春簃"。芍药花期在春末,春末为"殿春"。楼阁边小屋称"簃",旧为书斋庭院。院中旧有芍药圃,故名之。

网师园占地只有七八亩,面积只有狮子林的二分之一,为"五园"中面积最小者。但小中见大,布局谨严科学,疏密有致,不显拥塞,也不觉局促,而且园内有园,景外有景,精巧简约之至,堪称中国中小园林的典范。

游览苏州五座园林——留园、拙政园、狮子林、沧浪亭和网师园,真是一路惊喜一路惊叹。建筑之精雅,雕镂之精细,山水之秀丽,真是让人叹为观止。

楼阁亭榭轩古雅,粉墙黛瓦,红柱红门窗,梁柱门窗门楼雕刻精美,简直是鬼斧神工。厅堂内大都摆放条桌椅凳,正墙前是长条案,中间为大桌子,桌或方或圆;两旁分列几和椅凳。墙壁上张挂字画,柱梁上或镌或挂对联。门窗造型雅致,图案精美。

大厅堂布置更为华丽,内设家具极其考究。正壁之前摆放长条案,案上东边有瓶,西边有镜,"东瓶西镜"取谐音喻示"终生平静"之意。案旁花架摆放盆景。条案前是大方桌,两边为扶手或太师椅。厅堂两侧对称分列几和椅,皆为名木雕花。长条案之上悬挂大中堂,中堂上挂匾额，厅中柱梁挂楹联，墙壁两侧张挂书画屏条。

每座园林几乎都有假山水池，有的设有琴室或展览馆，或有绣房和盆景区。精细逼真的苏绣，琳琅满目的瓷器，巧夺天工的盆景，形态万千的湖石，频频可见，令人目不暇接。

看罢"五园"，可欣赏到苏州"琴棋书画诗、瓷刻盆绣石"深厚的文化底蕴。"五园"内的景名景物景色，无不充满诗情画意，浓郁的文化气息氤氲在古老的苏州，不愧为天下第一园林。

但五座园林又各不相同。留园幽深，长廊曼回庭院深深；拙政园疏阔，楼阁巍峨水池宽广；狮子林神奇，山石奇特祠堂别致；沧浪亭古远，石亭古朴廊窗精美；网师园精雅，格局巧妙门楼雅丽；五大园林古雅雕丽，闪烁着灿烂的古典艺术之光，光耀姑苏，熠熠生辉。

苏州现只有"四大园林"之说。不将小巧精雅且有"江南第一门楼"的网师园纳入苏州之名园，难以涵盖苏州园林甲天下的底蕴和全貌。

故苏州应为"五大园林"矣，且网师园必列其中，否则其憾莫大焉。

2021 年 12 月 19 日

水乡周庄

　　江苏苏州的周庄古镇,有着江南第一水乡的美誉,可谓名满天下,俨然是中国江南水乡的代名词,人间天堂的真实具象。

　　我第一次到周庄大约是在二十年前,印象已经十分模糊。去年国庆期间,我再一次慕名前往周庄去旅游观光,并在周庄景区内住了一个晚上。

　　毕竟是节日期间,游人格外的多。那天傍晚,我们一家人驱车抵达周庄后,很难找到停车位,而提前在网上预订好了的宾馆,也是旅客爆满,等到服务员好不容易收拾好房间住进去,匆忙将行李安顿好,急匆匆到外面吃点小吃充饥后,已是晚上10点多了。我和家人便在景区内漫步游玩,直至深夜12点,方才恋恋不舍地回到宾馆。

　　驻足细看道旁竖立的导览图,方知周庄古镇四面环水,因河成镇,依水成街。古镇布局为"四水八街",四条主要河流呈"井"字形,主河流外还有四五条小港汊,河道上完好保存着十四座建于元明清时期的古石桥。

　　八条主要街巷集中在南北向的南北市河,以及东西向的中市河和后港三条小河之畔,另一条南北向的小河两岸只有一些小支弄。

南北市河两岸就有四条主要街巷，东岸南为南市街，北为北市街；西岸之南为南湖街，之北为蚬江街，此河为古镇内最长最宽的河流。另外四条主要街巷在南北市河西边的两条小河边。中市河两岸有两条街巷，南岸是西湾街，北岸为中市街，也叫贞丰文化街；其北面的后港两岸也有两条街，河南是福洪街，河北是后港街。

夜游周庄，行人稀少，可以恣意观瞻细赏，这也是晚上住在景区内的一大妙处吧。只见每条街巷都很长，街道狭窄，两旁矗立着一两层小楼，简直是楼挨楼，紧密相连，在路两边一字儿排开，两旁悬挂着大红或白底绘有彩图的灯笼，形成窄长的古老小巷。两旁的小楼是清一色的粉墙黛瓦，红柱红门窗，大都保持着明清的建筑风格。街巷两旁灯笼明亮，少数尚在营业的商铺灯光闪烁，照得街道忽明忽暗。巷陌幽长，静谧安详，充满着神秘迷蒙的色彩。

小河两岸更是风光秀丽，好似画家笔下匠心独运的水彩画。小楼皆傍水而立，居民都枕河而居。夜很静，无风，小河波平如镜，水面上停泊着许多小船，整齐安静地躺在小河里。灯光和灯笼，仿佛画家的神来之笔，将河水和小楼描绘得更加多姿多彩。

树更亮更绿，水时而如玛瑙水晶，时而又如苏绣蜀锦。一栋栋小楼仿佛披上了五彩斑斓的霞光，墙和屋顶或蓝或绿，或紫或黄。小河两岸彩色小楼倒映在河中，河水似又荡漾在同样色彩的小楼上，上下相连，互为映照，一片绚烂眩目。一座座古老的石桥千姿百态，如虹凌空横跨小河之上，放眼望去，小河两岸五彩缤纷，恍若进入了童话世界。

那天深夜，我们还游览了富安桥和双桥。在灯笼灯光照耀下，夜幕下的两座桥梁看上去朦胧而绚丽。富安桥位于中市街东端，横跨南北市河，东通南北市街。桥为拱形石桥，在桥堍左右两侧均建有桥楼,是江南水乡仅存的桥楼建筑。四座小楼矗立在桥的四角,东北角为著名的富安楼,楼为两层,古雅别致。

双桥俗称"钥匙桥",两座桥梁垂直相连成曲尺状。东西向为世德桥,南北向的永安桥在世德桥东头的南面并与之垂直相连。前者为石拱桥,后者为石梁桥。世德桥横跨南北市河,桥东端有石阶引桥,伸入街巷;永安桥平架在银子浜口,桥洞仅能容小船通过。虽是深夜,仍有游人在那里摄影留念,我和爱人也在那里拍了几张照片。

当时夜已深沉,分外静谧。很多店铺已打烊,只有少数饭店和商铺还在营业,店堂和街巷里游人很少,好像忙碌一天的周庄正在进入梦乡。

踯躅在狭窄幽雅的小巷里,漫步在多彩秀丽的小河畔,我心里也是颇为宁静,似乎沉醉在它迷人的梦境里。小楼,小桥,流水;石板路,灯笼,小巷,夜晚的周庄,四周如此幽静,环境如此优美,真如同行走在人间天堂里。

翌日上午,我们又早早地离开宾馆去游玩。此时的周庄,游人依然不多,正是闲步赏景的好时光。那天天气晴好,天空湛蓝,白云掩映,河水清澈,阳光照耀下的周庄,更为斑斓明丽。

蓝天白云之下,清澈河流之上,小桥如虹卧波,两旁是粉墙黛瓦精雅的小楼映衬,枝繁叶茂葱翠的树木点缀,组成一幅绝妙优美的图画。

在富安桥到双桥之间的南北市河上,两岸一座座古典小楼整然排列,像从河中出立,夹岸拥抱河流,河水亲吻着楼屋,构成一条景色如画的水巷。河水澄澈,蓝顶红褐色的小船静卧在河上,大红灯笼高高挂,许多小楼前都插着耀眼夺目的红旗,洋溢着浓郁的节日气氛。这段水巷为明清时期江南水乡最具代表性的"小桥、流水、人家"布局,是周庄最为经典的旅游景区。

看完水巷,转身回到街巷时,已是一派繁忙热闹景象,完全失去了夜晚的静谧。两边的饭店商铺一家挨着一家,都已开门营业。只见商品五光十色,琳琅满目,什么都有,纪念品,手工艺品,首饰项链,手表,服装,食品等等,不一而足。街上游人也骤然增多,人头攒动,摩肩接踵,人潮汹涌。

我们离开双桥,随着人流,走到著名景点沈厅去游赏。沈厅位于南市街,坐东朝西,七进五门楼,房屋多达百余间,占地2000多平方米。庭院深深,楼屋古雅,洋溢着浓厚的江南韵味。整个厅堂是典型的"前厅后堂"建筑格局,分为前、中、后三部分,规模宏大,气势恢宏。

前部也就是沈厅的第一进为"水墙门",一侧沿河而筑,一侧临街而建。此处是沈家的石河埠和船码头,用于停靠船只和洗涤衣物等。周庄人以前的代步工具是船,客人在此上下船出入沈厅。

中部为第二、三和第四进,由墙门楼、茶厅及松茂堂(正厅)组成,为会客议事及办理婚丧之处。松茂堂为沈厅中心,用来招待贵宾,也是祭神拜祖之所。建筑宽敞气派,大气典雅。梁栋上雕刻有蟒龙、麒麟、飞鹤和舞凤,十分灵动逼真。正墙前是长条案,案上东边有瓶,西边有镜,"东瓶西镜"取谐音喻示"终生平静"之意。长条案前是小条案,两边为太师椅,小条案前是大方桌,厅堂两侧对称分列几和椅,皆为名木雕花。长条案之上悬挂大中堂,中堂上挂匾额,白底黑字,上写"松茂堂"三个遒劲有力的大字。

最为奇特的是朝正厅的砖雕门楼,雕刻极其精雅。砖雕五层,高达6米,顶为砖飞檐,檐牙高啄。正中匾额刻"积厚流光"四字,四周配以"红梅迎春"浮雕,并刻有《牡丹亭》《西厢记》等戏文。

亭台楼阁、人物造型等雕刻得栩栩如生，构思之巧，刻艺之精，实为砖雕艺术之精品。可惜不知何故，门楼雕刻已损坏殆尽。

第五、六和第七进为后部，由大堂楼、小堂楼和后厅屋组成，是生活起居之处。大堂楼面阔五间，主体风格属徽派，造型浑厚，庄严宏伟，为罕见的江南民居。大厅当中摆放一张特大圆桌，长条案两边的柱子上，悬挂着蓝底白字的楹联："漫研竹露裁唐句，细嚼梅花读汉书。"小堂楼中堂供奉沈万三的金身塑像，塑像前是聚宝盆。最为引人注目的是，塑像两旁的墙壁上，分别悬挂着百福图和百寿图，各有一百种写法的"福"字和"寿"字，均分布在四个同心圆环上。后厅屋为平房，中为餐厅，有三张大圆桌，桌上都摆着有名的沈万三家宴"八大碗"。平房两边是厨房。

从墙门楼至小堂楼前后六进的二楼上，楼阁之间均由过街楼和厢房楼相连接，四周走廊可通行，呈"回"字形格局，长约200米，大小房屋四十五间，形成少见的大"走马楼"。由于楼阁相连，甚至骑马也可以在里面畅行无阻，故名曰"走马楼"。沈厅"走马楼"是沈家主人的生活起居之处，建有老爷卧房、小姐闺房、少爷卧房、老爷帐房，以及琴房、棋室、画室、茶室和绣房等房屋。

名扬天下的沈厅，闪烁着灿烂的古典艺术之光，是当之无愧的明清古建筑的典范。布局之精妙，建筑之精雅，雕镂之精细，简直是鬼斧神工，令人叹为观止。

游罢沈厅，我们一家人又到游船码头，乘坐一艘小船游览周庄。一艘艘小船相隔不远，穿行在水巷之中，从河中看到的则是周庄别样的风景。

船娘身着式样色彩整齐划一的服装，一律的蓝底白花褂，纯黑色长裤，戴着一样的尖顶斗笠帽，动作优美娴熟地摇着橹，小船便稳稳地穿行在小河中。

　　船行之中，船娘还给我们唱了四五首歌，音调夹带着吴侬软语，声音悦耳，曲调动听。在船娘优美的歌声、"咿呀"的橹声、淙淙的水声，以及游人的欢笑声和注目礼中，小船缓慢前行，我们仔细品味周庄的水韵，欣赏小河两岸的风景。

　　我们的小船先后在南北市河和后港两条河流中缓缓滑行，途中穿越一个个桥洞。一栋栋粉墙黛瓦的小楼迎面而来，一座座石拱桥从头顶越过，我们陶醉在这如画的仙境里。坐船游周庄，真是一番美妙的享受。

　　我们坐小船从通秀桥附近上岸后，又步行到南湖园全福讲寺。不知怎地，寺庙全都大门紧锁，无法游览，我们只好去欣赏南湖美景。南湖阔大，波光潋滟，风景壮美。

　　午饭后，我们又马不停蹄地穿街越巷去游观，想赶在返回上海之前，抓紧有限的时间再去观览周庄如画的美景。我们先是在南湖园东边的南湖秋月景区内转一圈，之后又紧走慢赶地到张厅去参观。

　　张厅原名"怡顺堂"，由徐家始建于明正统年间。清初转让张姓人家后改为"玉燕堂"，俗称"张厅"。张厅前后六进，房屋六十余间。后花园箸泾河穿屋而过，正所谓"轿从门前进，船自家中过"。

　　游完张厅，我们意犹未尽地离开了周庄。驱车返回上海的路上，我一直在想，周庄建筑格局宏大，"两桥一厅"独特，水巷风光旖旎，真是名副其实的江南第一水乡！

2022 年 3 月 11 日